网络文学名家名作导读丛书

三水小草

与

《还你六十年》

第六辑

王文静 著

肖惊鸿 主编

作家出版社

网络文学名家名作导读丛书

主　　编：肖惊鸿

第六辑编委：肖惊鸿　梁　椤　许苗苗　王文静
　　　　　　李伟元　王玉玉　黄艳明　胡慧娟

序

　　20 世纪 90 年代以来，文学与这个伟大的时代一道，经历了巨大的发展变化，其中一个标志性的现象，就是网络文学的兴起。以通俗大众文学之魂，托互联网与媒介新革命之体，网络文学如同一个婴儿，转眼已成为青年。网络作家们朝气勃发，具有汪洋恣肆的创造力，架构了种种可能的和不可能的世界。科技与商业裹挟着巨大变革中释放的青春、激情和梦想奔腾向前。时至今日，作者是有的，作者群体大到过千万人；作品是有的，作品总量已逾两千万部；读者就更多了，读者群体数以亿计。

　　网络文学是新生事物，也是一片充满活力的文化热土，是中国特色社会主义文学生机勃勃的组成部分。习近平总书记高度重视包括网络文学在内的网络文艺的发展，勉励广大网络作家加强精品创作，以充沛的正能量满足人民群众特别是青年一代对美好精神文化生活的新期待。

　　所以，这套《网络文学名家名作导读丛书》生逢其时，它将有助于探索网络文学艺术规律，凸显网络文学的艺术价值和社会价值，推动网络文学的主流化、精品化；同时，它也是精确的导航，通过这套丛书，我们将能够比较清晰地认识网络文学的重要作家和重要作品，比较准确地把握网络文学的发展历程和发展前景。

　　这套书的入选作者是目前公认的网络文学名家，入选作品是经过一段时间检验的代表作，而导读部分由目前活跃的网络文学评论家群体担纲。预计这套丛书的体量将达到10辑至20辑、全套50册至100册。无疑，这是一项浩大的工程，但也是值得耐心地、持续地做下去的工作。网络文学必须证明自己不是即时的快消品，它需要沉淀、甄别、整理，需要积累经验，逐步形成自身的传统谱系，需要展开自身的经典化过程。这套丛书就是向着经典化做出的努力。

这套丛书的主编肖惊鸿长期从事网络文学相关的研究和组织工作，她的眼光和能力值得信赖。尽管网络文学的理论建设近年来已经取得重大进展，但是，将理论落实为面对作品的、具体的分析和判断，实际上仍然是艰巨的课题，也是网络文学理论评论工作的薄弱环节。希望肖惊鸿和其他评论家们深入学习贯彻习近平新时代中国特色社会主义思想，以习近平总书记关于文艺工作和网络文艺的重要论述为指导，自觉运用历史的、人民的、艺术的、美学的观点评判和鉴赏作品，向现在的读者，也向未来的读者交出一份令人信服的答卷。

李敬泽

2019 年 3 月 7 日

于北京

目 录

导读

第一章　　"文青"蝶变：独立而热情的追梦人　　　　\ 3

第二章　　文字行旅：对时间的痴迷想象　　　　\ 10

第三章　　换了人间：不一样的"爽"故事　　　　\ 19

第四章　　我就是我：获得言说自由的天生"C"位　　　　\ 28

第五章　　亦真亦幻：调校与现实世界的相对位置　　　　\ 36

第六章　　时代镜像：互动文本的反射与延伸　　　　\ 45

附章　　　王文静 @ 三水小草：余音袅袅

　　　　　——故事背后的讲述与思索　　　　\ 55

选文

第一章　　引子　　　　\ 69

第二章　　冬夜　　　　\ 70

第三章　　龙套　　　　\ 76

第四章　　外卖　　　　\ 82

第五章　　顾惜　　　　\ 87

第六章　　记忆　　　　\ 93

第七章　　身高　　　　\ 99

第八章　　物件　　　　\ 104

第九章　　醉酒　　　　\ 110

第十章　　寻衅　　　　\ 116

第十一章　蒂华　　　　　　　　　＼122

第十二章　六次　　　　　　　　　＼127

第十三章　尖叫　　　　　　　　　＼133

第十四章　新剧　　　　　　　　　＼139

第十五章　湖边　　　　　　　　　＼145

第十六章　挨打　　　　　　　　　＼150

第十七章　兄弟　　　　　　　　　＼156

第十八章　发绳　　　　　　　　　＼161

第十九章　离开　　　　　　　　　＼166

第二十章　好啊　　　　　　　　　＼171

第二十一章　对演　　　　　　　　＼177

第二十二章　尴尬　　　　　　　　＼183

第二十三章　应酬　　　　　　　　＼188

第二十四章　茶馆＆针锋＆试镜　　＼194

第二十五章　愤怒　　　　　　　　＼211

第二十六章　终了　　　　　　　　＼217

第二十七章　告别　　　　　　　　＼225

第二十八章　绝技　　　　　　　　＼231

第二十九章　藏拙　　　　　　　　＼237

第三十章　训练　　　　　　　　　＼244

第三十一章　傀儡　　　　　　　　＼250

第三十二章　新闻　　　　　　　　＼256

第三十三章　狗仔　　　　　　　　＼261

第三十四章　安澜　　　　　　　　＼267

第三十五章　逗猫　　　　　　　　＼272

第三十六章　亭心　　　　　　　　＼278

第三十七章　开机　　　　　　　　＼284

第三十八章　逻辑　　　　　　　　＼290

第三十九章　礼物　　　　　　　　＼296

第四十章　贵人　　　　　　　　　＼302

第四十一章　不去　　　　　　　　　　　\ 308

第四十二章　面具　　　　　　　　　　　\ 314

第四十三章　诀别　　　　　　　　　　　\ 319

第四十四章　选择　　　　　　　　　　　\ 327

第四十五章　有戏　　　　　　　　　　　\ 333

第四十六章　一夜　　　　　　　　　　　\ 339

第四十七章　电话　　　　　　　　　　　\ 345

第四十八章　粉丝　　　　　　　　　　　\ 351

第四十九章　解捆　　　　　　　　　　　\ 357

第五十章　　有因　　　　　　　　　　　\ 362

第五十一章　假期　　　　　　　　　　　\ 368

第五十二章　红毯　　　　　　　　　　　\ 374

第五十三章　初名　　　　　　　　　　　\ 380

第五十四章　荒漠　　　　　　　　　　　\ 386

第五十五章　影后　　　　　　　　　　　\ 392

第五十六章　通话　　　　　　　　　　　\ 398

第五十七章　冷水　　　　　　　　　　　\ 404

第五十八章　妥协　　　　　　　　　　　\ 410

导读

第一章

"文青"蝶变：独立而热情的追梦人

1. 她是谁

三水小草，一位来自青岛的"80后"网络女作家，2012年起进入网络文学创作领域。拆自作者本名中两个字的"三水"和"小草"，带着扑面而来的清新活力成为她面向网文世界的第一张名片。

三水小草与文学的机缘很有趣。大学毕业后，她本想出国深造继续自己的外语专业，却因故未能成行。之后她与朋友在北京创业从事网络游戏的开发营销。异地、创业、新领域等关键词带来的艰辛颠簸，个人与家庭之间产生的罅隙，少女梦想与父母期冀的错位，所有的一切加在一起，让这个远离家乡的年轻人带着一丝青春的叛逆开始了自己的追梦之旅。这时，生活——或者是命运，把这个学外语的文艺青年送到了网络文学的世界。从写作理念方面观察，家庭教育对她的影响很大。三水小草的母亲是一位职业女性，母亲清晰严谨的逻辑思维和稳妥干练的为人处世风格深刻影响了世界观、人生观和价值观正在形成的女儿。母亲的形象以及这种积极形象带来的示范效应，也参与了三水小草对于生活的基本态度和对女性认知的体系构建，深深地影响了她的文学观。

虽然作者选择"三水小草"这个名字是出于偶然还是深思熟虑我们不得而知，但自走上创作道路之后，她更加喜欢这个名字的寓意，并赋予了其更多的内涵——或者说，是通过名字的选择对个人写作和人生态度寄予了更多的期冀。"天街小雨润如酥，草色遥看近却无"，水的滋润成为这个带着海风气息的女孩从事文学创作的不竭源泉，水既是她念兹在兹的故乡，也是她在水一方的灵魂归属；又是草叶与根茎里内含着的生命动力，是这株小草得以葳蕤蓬勃的精神维系。而小草的平凡与坚强，带着"野火烧不尽"的倔强与勇敢，努力生长，渴望春天。在笔者和三水小草的交流中，她确认了"三水"的意义：一滴代表独立，一滴代表坚定，一滴代表专业。这"三滴水"鼓励了她站立的姿态，给够了她前行的勇气，也定下了事业的标准。有了这三滴水，它就能自行补给，生机焕发，给生命最好的释义。于是，这一株自己带着水滴的小草与作者本人成为现实和理想不断交织、相互映照的媒介。

综观三水小草的文学创作之路和她对自我的期许，恰恰与网络文学起于"草根"、长于民间的大众文学身份有着相通的气韵，反证着网络文学对大众写作能力的激活与释放。

2. 她写过的那些文

从三水小草在晋江文学城发表作品《心有不甘》至今，共有九部四百余万字的作品先后与读者见面。其中《心有不甘》(《爱，若烹小鲜》)入选"北京市2017年向读者推荐优秀网络文学原创作品活动"，并已进入影视创作环节；《又是青春年少》入选浙江省作协双年奖名单，纸质书即将出版，同名电影正在创作中；《还你六十年》获江苏省作协首届"金键盘"奖都市青春类优秀作品。

荣格曾说，一个人终其一生的努力，就是在整合他自童年时代起就已经形成的性格。或许因为受到成长经历的影响，在八年的创作中，从布局谋篇到主题选择，从情节冲突到人物命运，尽管三水小草的构思创意充满变化，但"整合童年"似乎成为她塑造人物性格的"不二法门"。她笔下的主角在生活与思考的交替中，逐步选择了两种自我与世界的和解方式：一是展现人性中的阳光，二是实现个人的自我价值，不同人物形象的共性都是在努力地向上成长，并在成长的过程中不断地补全自己。在人物的蹒跚步履中，反映出的则是作者对人与自我、人与社会之间关系的自觉关注。

2014年，三水小草在晋江文学城发表了长篇小说《心有不甘》，这部现代亲情向的励志美食小说描写的是历史变革下三代人对传统的坚守和继承，以及在这个过程中人物之间、代际之间的情感表达、观念碰撞和交融和解，获得粉丝好评，成为晋江文学城的金榜作品。此后，三水小草的创作一发不可收。

2015年，现代奇幻传奇小说《退役救世主》面世，作品以另类的角度描写战争年代的英雄与现代和平社会的融合，歌颂和平，反对战争。

2016—2017年，完成现代传奇小说《还你六十年》，以返老还童的视角讲述"演员的诞生"，并在人与时间的对峙中为坚持梦想和奋斗的精神鼓掌。

2017年，发表现代职业情感小说《我的经纪人良心不会痛》（又名《浮华作茧》），讲述了被时代浪潮裹挟着的两个年轻人的故事，以及他们之间的迷茫和相互救赎，为网站金榜作品。

2018年，现代亲情向励志温情小说《又是青春年少》与读者见面，小说从阿尔茨海默病病人和家属的角度，观察了那些病痛无法遮盖的美好亲情。目前该小说已经签约出版，影视改编同步进行中。

2017—2019年，励志类玄幻美食文《上膳书》上线并成为网站金榜作品。

2019年，都市情感小说作品《枕边有你》，以另类视角审视现代婚姻中的生活摩擦，引起强烈社会反响。目前电影、网络剧创作正在进行中。同年，她完成了现代都市励志类美食小说《吃点儿好的》，解构不同年代背景的三代人对于美食、生活、人生和命运的不同理解，以及与他人和自己的认同。

2020年，她开始了抗击疫情题材作品《又是烟花灿烂》的创作，通过记录下无数国人在大疫当前同舟共济的点滴感动，呈现每个普通的中国人在特殊时期的勇敢担当。该作品目前正在写作中。

在这个以时间轴为主线的索引中，三水小草的写作领域相对清晰，思想主题和创作风格也逐步稳定。她擅长行业文和美食文，倾向于在"大历史"中注入"生活流"，故事和人物都具有较高的辨识度，其作品特征归纳起来大体有四个方面：

一是对理想和事业的追求从不间断。从题材上看，三水小草的写作路子非常宽泛，现代都市生活、奇幻色彩下的战争、身边同龄人的奋斗、娱乐圈波诡云谲的浮沉，这些作品涉及军事、美食、都市、演艺、医学等领域，五光十色的生活与形态各异的故事里都蕴含着一个积极、正向的人生价值观。在这种人生观的指引下，主人公普遍呈现出乐观向上、锲而不舍的奋斗形象，如《心有不甘》中的沈何夕、《退役救世主》中的路俏，理想主义的光芒在她们寻找和实现生命意义的过程中闪耀，以极大的感染力圈粉无数。

二是对人与人之间美好情感的记录真挚感人。受故事情节、话题热度、粉丝关注和 IP 改编等要素的影响，网络小说特别是现代都市题材的作品往往聚焦在男女情感的纠葛中，"三角恋""多角恋"成为标配情节的同时也难免降低了题材本身的社会意义。三水小草则打开了情感格局，跳脱了男女情感对文本的支配，她甚至有意地放弃讲述爱情故事，转而关注同性之间或异性之间在追梦路上彼此信任、相互扶持的纯洁情感，如《还你六十年》中的池迟和封烁，尽管封烁对池迟用情很深，但仍然尊重池迟的事业追求，成为池迟最值得信任的"娱乐圈友"。特别值得一提的是，作者对两代人或者三代人之间在情感上的依赖与冲突，在生活方式上的继承与改变用笔非常老到，同时因为触及深层的社会文化结构而赋予了小说较高的格调。

三是对生活日常的理解与热爱。解构宏大叙事使大众文化理直气壮地回到物质现实中找寻真实的人性，而人的本能就是对固有生活习惯、情感活动系统和神经运行机制的无限重复。三水小草在创作中对于贴近生活的题材处理起来得心应手，《心有不甘》《上膳书》《吃点儿好的》等美食文持续引起读者关注和喜爱，就得益于作者对生活日常的再现和提炼。"吃"是任何人都必须经历和面对的生存基础，特别是在中国这个具有深厚的"食文化"背景的国度，如何吃、如何看待吃，则能够体现人们对待生活和自我的态度。即便是在《还你六十年》这部主题与普通人生活有一定距离的娱乐圈文中，作者为主人公池迟在影视城得以谋生设定了"送外卖"的职业，这种与日常生活紧密相关的主题和人物经历为读者进入文本，从而进入作者的叙事节奏提供了很好的契机。

四是对青年人生活和精神的关注。朱光潜在谈及作者与读者关系时曾说，有什么样的作者便有什么样的读者，有什么样的读者便有什么样的作者。作者与读者相互影响的辩证关系在网络文学中，后者的表现更强。然而，三水小草的创作与那些自觉寻找目标读者的作家不同，在《浮华作茧》《又是青春年少》等作品中，作者表达出的并不仅仅是对现实世界中青年生活的复刻与模仿，也没有脱离现实矛盾在主观臆想中"自嗨"，而是把青年成长作为母题嵌入写作逻辑中。这与她进入网络文学创作时的思想动荡有关，也离不开作者由己及人把青年精神成长置于时代背景下去观察、去思考的勇气和格局。《还你六十年》运用"返老还童"的结构，讲述了经历一世沧桑、对生命起伏早已经云淡风轻的暮年老人池秀兰，"变"成十六岁的花季少女池迟追寻梦想的故事，反映的就是作者对于展现青年一代心路历程的着迷。

3. 为什么是六十年？

2016 年，开始写《还你六十年》的三水小草刚刚结束一个漫长的旅行。她接受笔者采访时说，"在广东，最大的感觉就是每个人都很有冲劲，一种近乎于直白的对事业的渴望，特别能够感染到我的一种点燃生命的状态。我是个北方人，当时在南方工作待了大半年，见到了很多人，也产生了很多新的想法。"

一个地道的北方人去到南方，被陌生的新环境、新理念和新生活包围。迥异的南北方生活模式背后，是地域文化对人类精神结构的影响，而这些"新"的元素对于原有认知的撞击，对作者习以为常的世界观进行着大范围的更新。

而这与北方完全不同的风物和感受，也使作者在写作《还你六十年》时拥有了与《心有不甘》完全不同的心境。她显然敏感地体悟到了北京与广东的社会节奏差异，主人公池迟在追寻演员梦的路上展现出的心无旁骛，比《心有不甘》中的沈何夕具备了更多"要争取""向前冲"的精神，而这些实质上就是作者曾沉浸在"广东式"创业激情中的情绪残留。

经历了第一部小说的试水成功，又遭遇了南方生活和文化的冲击，处于梦想十字路口和精神动荡期的作者在短暂的迷茫中瞄准了一个新的主题：一个人怎样活着更有价值？一个人的梦想是否重要？年轻人应该如何面对自己的梦想？两代人甚至三代人的梦想有什么不同？如果时间重新来过，我们对待梦想会更加用力还是更加"佛系"？这些问题反映出的恰恰是作者对于年青一代的思考，这些思考围绕着不同社会环境下人生价值的表现样式以及实现方式，呈现出复杂化、多样化表征，又给身处其中的体验者留下合理化的空间，这在《还你六十年》的构思和写作中占据了极大的比重。

三水小草曾就梦想的话题与母亲进行过交流，当她获知上一辈人是把家庭梦想与个人梦想重合在一起进行人生选择时，理解与怜悯以及更多模糊又复杂的情感让她对于两代人的梦想构成和实现产生了兴趣。于是，七十六岁的迟秀兰和十六岁的池迟越走越近，边界渐渐模糊，影子渐渐重合，一个历经沧桑功成名就的女企业家与一个热情洋溢追逐梦想的青春美少女，谁的生命性价比更高？三水小草把二者结合在一起，把答案留给了读者。

《还你六十年》是小说的题目，也是整部作品的主题。作品讲述了女主角池秀兰重新获得六十年时光之后，以池迟之名努力追寻表演梦想最终实现理想的故事。七十六岁也不忘梦想的老人池秀兰被神奇的时光客车还给了六十年的时光，十六岁的少女池迟——这个在影视城送外卖并兼职做"不能签合同"的武术替身的女孩，在一次次浸透着汗水和泪花的送餐路上，结识了未来对她影响至深的"贵人"，开启了娱乐圈中令她心驰神往的"六十年"。在《跳舞的小象》《女儿国》《凤厨》等一部又一部影视作品的表演中，池迟终于凭借前生的先知、今世的努力和幸运，成为一个传奇影后。看来，植根于苍老灵魂最终开出了青春的花朵，并不仅仅为了虚构重新来过的生命，或者仅仅利用这个生命带读者享受一次"人生后悔药"的酷爽，六十年的循环更侧重于完成前一生被压抑的梦想，在激情奋斗与困厄煎熬的情节冲突中完成对理想追求的各种假设。

六十年的距离到底意味着什么？对每个人来说，这样长的时间几乎覆盖了具有生命意义和主体性的全部生命，换句话说，这就是他（她）的一生。如果时间能重来，让每个人的青春都从梦幻的十六岁开始，他们会不会也这样燃烧着冲向梦想呢？六十年的再次获得，在现实世界中固然只是一种假设，但三水小草仍然想在这样的白日梦中借由主人公池迟的行动和努力，试着描绘出可以遇到"更好的自己"的地图，而这张地图又必将像纽带一样，连着两种人生，它们的平衡点恰恰就能存在于这种浪漫的假设之上。重生模式中隐含的代际关系与作者深受家庭影响的写作观念分不开，这应该是她对两代人梦想的一种关怀。"我写池迟的时候，常常觉得自己是在给长辈们写一封情书。"作者流露出的宽厚与浪漫，与作品中强烈的感染力和精神能量结合在一起，成为读者持续关注的理由之一。

第二章

文字行旅：对时间的痴迷想象

福斯特在《小说面面观》中指出："在小说中，对时间的忠诚尤其重要，没有哪部小说是不谈时间的。"[①] 作为文学创作中的核心问题和不能回避的元素，空间只有和时间结合之后，人物、事件以及他们的意义才被具体化。"从历史看，各段时间的重要性并不是等同的。因此，历来的小说作者都十分重视在时间上的截取。"[②] 可见，在文学研究视野中，时间意识的表达无时无刻不在推动着文学的流变。

现代主义的兴起使时间成为作者创作的切入点的同时，也成为重要的创作内容。詹姆斯·乔伊斯的《尤利西斯》、艾略特的《荒原》、弗吉尼亚·伍尔夫的《雅各的房间》相继发表并成为现代主义文学创新的丰碑，其价值就在于通过小说中断裂、冻结与瞬间的时间观，对启蒙现代性的物化时间进行诘问、反思、批判，而这种批判在瓦解同质化的物化时间的基础上，更加明确地体现了人作为个体的渴望与诉求，体现的是写作者对于生命价值的思索与追问，是对人的主体性的捍卫。

在这个意义上，无论是精英文学还是大众文学，时间作为一个不能忽视的变量在文本中始终存在。特别是对于以消解宏大叙事、消解事件意义为旨归的网络小说，时间与题材、叙事、人物等众多要素完成无数次排列组合，而每一次的排列和组合都会呈现不同的叙述方式和文本质地，折射出写作者对生存和生命的感知，阐释着每个读者心

---

① ［英］爱·摩·福斯特著，苏炳文译：《小说面面观》，花城出版社1984年版。
② 陈村：《关于"小说时间"》，《文艺理论研究》1984年9月，第142页。

目中的爱和死亡。

三水小草迄今已经完成九部作品，均发表于晋江文学城网站，分别是《心有不甘》《枕边有你》《又是青春年少》《吃点儿好的》《我的经纪人良心不会痛（浮华作茧）》《还你六十年》《上膳书》《退役救世主》《完美扮演法》。《完美扮演法》从 2020 年 3 月至今尚在连载中。从内容题材来看，作品涉及都市情感、美食生活、玄幻修真、穿越重生等多个类别，也正因如此无法为三水小草贴上一个单一的写作类型标签。然而，在总计四百余万字的作品中，表面上风马牛不相及的世界设定，风格迥异的人物塑造方法，以及新颖奇特、各有亮点的故事类型又集中体现出一个明显的特征，即作者在创作中对于"时间"的运用。无论这是有意为之，还是创作潜意识，时间成为作者表达审美取向、世界认知的主要角度。三水小草习惯于为她描写的世界增加或者减少时间，通过时间变量的控制重新厘定故事的悲喜和生命的意义。在这里，时间成为作家与世界、与读者交流的魔法棒，同时也赋予作者重构世界的方式和路径，值得注意的是，在每一种时间的失去、获得、停滞、延宕中，三水小草都会在叙述时间点之间构建意义的联结，而不像一般的穿越、玄幻小说，仅仅把时间点作为事件发生的背景。

1. 时间的获得

对于现实世界中的单向时间，现实主义创作方法常常会感觉棘手。一旦否定这个物质前提，在此基础上的逻辑、情感、道德等问题就都会全部面临被质询、被追问甚至被颠覆的危险。三水小草在重新获得时间的架构上，为主人公赋予了重新来过人生时要弥补遗憾、实现梦想的情感价值。

《心有不甘》关注的是人们对于无法实现或者已经失去的事物的心理图式变化。主人公沈何夕的故事是在一个烈日蝉鸣的小院子里开始的，哥哥沈何朝为自己的妹妹精心准备着午睡后的解暑小吃时，丝毫不知道他的妹妹身体中已经储存了未来二十年的记忆。虽然有一个当大厨的哥哥，但她对厨子这个行业不屑一顾，坚定地认为自己的人生不属于烟火灶台。戏剧性的是，在沈何夕那段"多出来"的二十年记忆里，沈何朝的意外身亡让她的命运陡然转变，最后还是成为一个孤僻寡言的厨子，她心有不甘。

为了扭转自己的命运，也为了改变所有亲人的命运，沈何夕付出了巨大的努力。救回了哥哥后，沈何夕自己踏上了异国求学之路，以为人生就此走向"正轨"，却发现自己根本没有办法割舍掉对厨艺的热爱，厨艺让她在他乡收获了友情和尊重，也让她的人生充满了可能。

在这个过程中，沈何夕意识到自己曾经错过的东西不仅是年少的梦想，还有来自哥哥与爷爷或沉默或别扭的亲情之爱，作者又通过沈何夕的视角对生活中每个普通人"不甘"的心态进行了观照。沈何夕的母亲不甘于自己的生活被时代的洪流搅散，不甘于自己曾经的丈夫是个厨子；沈何夕的哥哥不甘于自己被母亲抛弃，而自我封闭成了个哑巴；沈何夕的爷爷不甘于因为战争失去了亲人，不甘于祖上传下的手艺和传统在历史中渐渐遗失；正川老人不甘于自己生命中仅存的亲情再也无法挽回；俞正味不甘于自己的养父死于陷害和冤屈。

《心有不甘》把人们带回到了那个曾经怀有梦想、拥有亲情却肆意挥霍的年代，并用时间的再次获得打开了爽文的寻宝图。现实中每个人的不甘，构筑了他们不同的生活，就像沈何夕一家人在心有不甘中的痛苦、压抑、无奈、反抗……"不甘"成了人生最大的遗憾。

而作者就是通过沈何夕重获时间的假设，企图以此弥补现实中的遗憾，企图以此打开他人的"心锁"，企图为那些没有被生活温柔以待的同路人送去光亮，做一个"不甘"的"终结者"。读者跟随在亲情中渐渐成长的沈何夕，也得到了关于如何使用时间的启示：人应该及时扩大生活的意义，无论成为自己理想中的厨子，还是延续沈家的传奇。

《还你六十年》运用"重生"的叙事套路讲了一个返老还童的故事，而整个故事就是已近暮年的池秀兰重新获得了六十年的时间，从而使她新的生命池迟为表演事业奋斗一生提供了可能。勤奋努力的群演女孩儿池迟兼职在影视城送外卖维持自己的生活，认识了有才华的年轻人温潞宁后，为他自编自导的电影《跳舞的小象》出演女主角。在拍摄相处过程中，池迟用宽厚、勇敢、坚忍的性格帮助温潞宁走出了封闭的自我，重新面对生活。当了一年群演之后，偶然机会认识了著名女星顾惜，她的表演才华和成熟天真兼具的性格让顾惜非常器重这个年轻人，并在自己制作参演的《女儿国》中给了池迟一个机会。表演的世界和娱乐圈同时向这个年轻人打开，她的艺术人生从此开了外挂。之后封烁、柳亭心、杜安、宫行书等影视界的名人名导都在她事业成长的过程中为她指点前行的关窍。然而，也正是在越来越深入的交往中，价值观的不同像横亘在她们中间的沟壑，使她们相聚之后又走远。在小说中，池迟与顾惜的矛盾与日俱增，对表演认知的错位、对情感不同的理解使她们分道扬镳。面对封烁和宫行书对她的情感表达，池迟也是出人意料地冷静，这与她本人曾经有过"前世"形成了逻辑上的因果，也体现了主人公对于重获六十年的意义指认。在这六十年中，池迟咬着牙一点点地前进，也一点点找回了属于"池秀兰"的记忆，两段人生在现实中相遇，六十年的努力也换回了全球一流演员的桂冠。

2. 时间的交换

在网络小说的叙事模式中，文中人物"灵魂"脱离自己的身体躯壳进入他人生命，以个人精神对他人生命的体验构成新的故事冲突。穿越小说中把这类写法细分为"魂穿"，《枕边有你》是代表作品。

小说讲的是一对恋爱四年、结婚三年的年轻夫妻在结婚纪念日互换身体的故事，丈夫褚年和妻子余笑因为彼此情境的倒置努力适应对方的生活，发现了很多原来不知道的秘密。余笑以褚年的身体努力工作，帮他继续争取升职机会，而本来是职场精英的褚年成了身体孱弱的家庭主妇"余笑"，就在他们适应着对方生活，计分器的分数升到了99的时候，余笑发现褚年早就已经出轨。所谓的良人，竟然是如此自私和冷酷。计分器归零，发现自己的爱情和生活早就濒临崩塌的余笑只能选择暂时在褚年的身体里去适应这个社会，而褚年此时才发现余笑在日常生活中面对的鸡毛蒜皮竟然那么难以忍受，自己的亲妈以"婆婆"身份出现时竟能变成另一张嘴脸，余笑的原生家庭对于她"现世安稳"的生活是一副难以摆脱的枷锁。真相一步步升级，不能忍受背叛的余笑想要离开褚年，而褚年却发现余笑的身体已经怀孕了。

一场新的角力开始了。余笑宁愿抛下自己的身份与身体，也要忠于爱情和尊严；可获得了真相的褚年却千方百计想保住自己的婚姻，而他唯一的方式就是重新争取事业的同时把孩子生下来，为家庭做出更多的主动性和自觉性的建设。在这个过程中夫妻二人都经历了之前从未想过、也不可能体会的痛苦。褚年的自我实现不再只是工作和事业，余笑在家庭里的付出以及双方母亲的苦衷都让他对生活有了更深的体会，而肚子里的孩子也不再仅仅是他留住婚姻的工具和筹码。与此同时，余笑在事业上不断发展，她在一次又一次解决问题的过程中重新认识自己、接纳自己，并依靠她的直觉和坚韧在事业上不断突破，帮助更多女性获取新的工作和生活。交换时间使两个人的生命都变成了一个新的存在，褚年在事业上即将迎来起色的时候先兆早产，余笑披风带雪回来照顾他。时过境迁，认识余笑已经七年的褚年发现自己重新爱上了余笑，然而余笑却在重新接纳自己的同时也彻底放下了自己曾经的感情和婚姻。

作者肯定了"一加一大于二"的理想型婚姻，更加专注每一个首先存在的"一"——那些应该被尊重的、灵魂自由的个体。孩子出生后，余笑和褚年恳谈，做好了换回来的准备，却因为褚年的临阵变卦而失败。但这并没有挡住余笑的选择，在余笑签好名的离婚协议书上签完字，换回了身体的褚年终于明白了该如何为爱付出，两个人在医院里同过去告别，也向彼此告别，走向新的生活。

3. 时间的抽离

从现有时间中抽离一部分，使时间空白成为情节跳跃的结构基础，失忆是比较典型的表现。《又是青春年少》中关于失忆的故事讲得很巧妙，表面上讲的十五岁的女孩沈小运因患"急性衰老症"失去记忆，外表的原因使沈小运一直找不到合适的工作，因此还闹出了一些笑话。实际上是已近花甲之年的她失去了关于自己的一切记忆，是一个患有阿尔茨海默病（又称老年痴呆症）的老人，她在一个早上醒来后病症发作，就自称是十五岁的少女沈小运。

她的儿子沈牧平，一个话不多有点冷漠的中年男人，想让沈小运能够拥有一个更加平等放松的生活氛围，带她去医院陪伴一些住院的老人，寻找共同的话题。也就是在那里，沈小运接触了同样患病的老人，并与这些因衰老而失去生活能力和生命活力的人群产生了共鸣。

陆老太太极少说话，是沈小运倾诉自己烦恼的对象。患有"冷漠症"的她可以在沈小运哭诉自己对未来的茫然时抬起手，拍拍她的肩膀。患有健忘症的陈老爷子每天都要重新认识沈小运一遍，沈小运就不厌其烦地陪他重新认识，在每一次的诉说和"见面小点心"的分享中，沈小运在两位老人特殊的友情抚慰下对世界充满了眷恋，并希望自己能再为这两个老人做些什么。被家人嫌弃的陈爷爷和想拥有一件旗袍的陆奶奶成了沈小运的牵挂，她带着两个老人孩子似的在城市中"冒险"，前来救急的沈牧平也只能帮助他们去实现愿望。这个看上去呆呆傻傻笨笨、什么都做不好、什么都记不住、容易惹出一堆烂摊子的"女孩"对沈牧平却一如既往地依赖、保护。

在拥有健康也拥有可以沟通交流能力的岁月，偏偏因为不去珍惜而错失了母子情感的维护。而正是在母亲变成"女孩"的日子里，沈牧平的态度越来越"软化"，对沈小运"过去"的追索也越来越深入，一个四十岁的男人，被他的母亲用一种荒诞又悲壮的方式感动、救赎。

4. 时间的重叠

《吃点儿好的》中的主人公沈小甜在很多人的眼里都是一个按部就班、平平无奇的乖乖女，有一个化学老师的安稳的工作，为什么还要执意辞职呢？从小跟着外公田亦清长大的沈小甜在十四岁那年被送回了母亲的身边，这一次分离像一个"被抛弃"的阴影笼着她所有的快乐，直到十二年后与自称"野厨子"的陆辛相遇。沈小甜和陆辛就像线段的两个端点，从各自的人生出发相向而行，最终在重叠的时间里找回共同的记忆，这记忆既解除了沈小甜对于外公不解的伤痛，又把陆辛和田亦清的故事和盘托出，在二人时间的重叠里，每个参与这段时间的人都散发着温暖和芬芳。

"吃点儿好的"成为从现实抵达记忆的方式，就在陆辛带着她走进故乡那些隐藏于街巷深处的小餐馆时，一辈子都在做牛肉夹饼，吵吵嚷嚷又相濡以沫的牛师傅夫妻；半辈子为了女儿卖炸鸡的冷面店老板；曾经游荡市井、外表凶悍，改邪归正后帮助不良少年的煎饼馃子摊儿老板；一肚子人情道理、做包子很好吃的邻居奶奶，还有纸醉金迷又一夜破产的富二代……他们的生活在一个个与美食相关的故事中抚慰着沈小甜的心房。

小说两线并进，一边铺陈天下美食，写淮扬菜，写正宗川菜，写浆面手艺，写牡丹燕菜，一边在每一个美食故事里写地气满满的市井人生。无论是年轻时野心难收一心想闯荡的冯老板，苦心孤诣收集各种菜谱几十年把毕生心血送给厨艺界新人的元大厨，还是在丈夫去世之后独力支撑着家业的周阿姨，在这些故事中，沈小甜不再坚持"人生实苦"的感受，而小说的高潮也在这些感动的铺垫中到来。在陆辛失去亲人最迷茫的时候，遇到了田亦清——一个把一生都奉献给教育事业的老教师、老校长，他从田亦清那里懂得了做人的道理，也得知了他因癌症把自己最疼爱的外孙女送走的秘密。真相到来时，时间在两个人的经历中重合。沈小甜所有的忧愤与不甘彻底化解，背负着巨大的悔恨，她也感受到了被自己外公永远珍爱着的幸福。解开了心结的沈小甜站在大西北的防沙林边，这里也是田亦清老爷子的埋骨地，她看见了一代又一代的人们在这片大地上付出、忙碌、收获，也决心借助她擅长的化学知识成为一个去付出和帮助别人的人。

《我的经纪人良心不会痛（浮华作茧）》是一个关于重逢的故事。十六岁的桑杉和十九岁的肖景深谈了一年的恋爱之后按照约定分手了。十几年后，肖景深为偿还家中债务，成为一个落魄的十八线艺人，而桑杉已经功成名就，是个手段高超作风犀利的金牌经纪人，再次重逢，前缘何处安放？作品中再次相逢的两个人成了事业上的工作伙伴，为了炒作提升知名度，假装从过去到现在一直都倾心相爱。在貌合神离的苦心经营之下，肖景深和知名女明星拍广告、参演高收视率电视剧、参加真人秀，荣获最佳男配角、电影节最佳男主角，一块蒙尘的宝石逐渐被打磨出璀璨的光彩。在这次时间的重合中，读者最期盼看到的再续前缘并没有发生，肖景深和桑杉的原生家庭带来的问题成为他们无法相遇的阻碍，时间表层的重合之下却是两个曾经无比亲密的灵魂越走越远，二者形成的情感张力是作品的亮点。

5. 时间的延展

三水小草对于玄幻类作品的处理同样是以时间为中心的趣味实验。在《退役救世主》中，时间不再沿着线性前进，而是越过了现在，在过去和未来之间进行同步整合，时间向度多发，时间的延展形成了。小说讲述了一百多年前一种叫"空嗒"的奇怪飞行物降临地球，它们靠吸收人的生命力而不断壮大，庆朝的末代帝王只能依靠每年大量的"祭品"保太平。因反对皇帝的做法而全家获罪的路大将军家族，只有二女儿路俏获公主搭救幸存。公主府秘密研制出对抗空嗒的武器后，路俏作为第一个成功的实验品，成为公主组建的清世军首领。公主毒杀生父后扶持自己的弟弟上位，并决定维持统治与空嗒和谈。各地义军频起，被封为重川侯的路俏带领义军杀入了京城。因实验中植入的龙骨导致身体逐渐僵硬，饱受折磨的路俏一边与空嗒战斗，一边抵制旧王朝的异能者们的围攻，成了"杀人者乔"。当路俏的爱人方启航终于研究出能对抗空嗒的弦炮后，最好的炮弹却是路俏这无坚不摧的身体。百年后，当人们在北极的积雪下面挖出了失去记忆的路俏时，她到底是"救世主"还是传说中的"杀人者"？这个退役的救世主，属于过去，也属于此刻，也属于未来。

《上膳书》则是一个修真故事，性情跳脱又精于世故的宋丸子是个背着大黑锅从凡人界到了无争界的"食修"。其实，她曾经是沧澜界玄元山阵修一脉的大师姐——宋斜月，在师父闭关之后因为捡到了一本《上膳书》而被追杀，又被师门放弃甚至暗算，丹田破碎，落入人间界，为了活命，才修习《上膳书》成了一名食修。水火无争的世界被丹修统治了上千年，甚至连凡人都用辟谷丹果腹，没人知道"做饭"是何物。

作为注定被丹修们针对的"邪道"，宋丸子假称自己是手段特殊的炼丹师，只想平静度日，修好自己的丹田，可丹修对整个无争界的压迫还是让她忍无可忍，在她一次又一次冲击千年来丹修的统治和禁锢的时候，无数人帮助她，她也一次又一次在血泪里重新爬起来，最终丹修镇压天道的秘密大白于天下，无争界的千年大劫再次来临，宋丸子立鼎烹天，消去了会让无争界沦为魔界的魔气，自己也到了另一个世界——玄泱界。

然而，这里也不是净土。几寸大的小人儿、被困在结界的瑞兽鸾鸟、被无数梦境追逐诅咒的梦境之主、十万年前创下星辰阵法的苍术、被天道惩罚的荒山三族……无数人悲惨的宿命之后潜藏的是天道想要成神的野望，而宋丸子看似神迹的"祭天之法"正是因为她是神骨魔血所化的"人"——天道真正渴望的祭品。挚友死去，又永失挚爱，宋丸子在无数次地度过了心魔试炼之后，终于推翻了生出私心的天道。

《完美扮演法》中的时间也打通了现实和未来，无边界的想象是时间延展的成果。被镇守雪山的将军魏雪衣救下的元初与救命恩人情愫暗生。然而，一旦罗酌酒的男人出现，魏雪衣便神志模糊，原本英姿飒爽的将军变成骄矜柔弱的公主。随着受困意识越来越强烈，清醒时间越来越短，魏雪衣意识到必须要弄个水落石出。当她努力冲破束缚寻找答案时，才知道自己是一个由主脑控制的名为"酌酒赏雪衣"直播世界的女主角，"意识模糊"不过是角色偏离主脑要求后被进行的"性格修正"。魏雪衣在与罗酌酒大婚前想争取元初的感情，却证实元初不过是一个产生了自我意识的AI。

进入了现实世界的魏雪衣开始重新学习这个世界的一切，昔日的铁甲将军变成一个在路边喝酒撸串的姑娘楚玟。六年后一个对抗主脑的组织找上了她，楚玟在对抗直播世界主脑的过程中，重建自我，并遇到了和"元初"一模一样的管家，倾尽全力赌上一切的"完美扮演"，只为彻底毁掉自己的"敌人"。

第三章

换了人间：不一样的"爽"故事

当网络以"众生平等"的面孔为人们搭建话语狂欢的平台时，也为"爽"文化的建构做好了技术准备。然而，网络"平权效应"带来的爽感又不同于网络文学文本内部的"快感机制"，网络小说运用多种元素参与叙事，在故事的推进中让主人公的形象命运与读者的阅读形成契约，读者在阅读中沉浸、认同，并与主人公以及主人公身后的作者形成了一个相对牢固的情感共同体。这个情感共同体一经产生并发挥作用，读者就会拿着作者发出的邀请函成为主角人生的访客，而这种身临其境、感同身受的体验就是"爽"文的核心。在网络小说中，文学性的体现不再是传统文学所重视的主题多义、创新叙事和寓意象征等手法，而是企图通过故事设定、情节冲突和人物关系将读者锁定在网络小说内部。除此之外，网文借助历史、玄幻、穿越、都市爱情等套路化叙事，大胆解构传统意义的重大主题，对现实生活进行一种回避，为白日梦开辟出另类的体验空间。

1. 不是穿越，是另一种重生

同样作为大众文化的载体，无论是中国传统的民间故事还是西方的通俗文学，脱离当下到另外时空中去的"穿越"要素并不是新鲜事物。马克·吐温在 19 世纪末就写出了一个从当时社会穿越回 6 世纪圆桌骑士时代的亚瑟王朝的美国佬的故事（《康州美国佬在亚瑟王朝》，1889 年），这比 2007 年，也就是"穿越"在网络言情类小说中大规模出现的一年，早了一百多年，甚至有网友把这一年称为"穿越年"。就在 2007 年前后，猫腻的《庆余年》、金子的《梦回大清》、三生蘸酱的《魔装》等一大拨作品在各大网文站点连载并受到读者欢迎，这种通过讲述现代人穿越到古代或者其他平行世界的传奇经历来探讨人性、国家、社会等深层问题的作品进入创作形式探索的上升期。

对于网文中的"穿越"，学界也有题材和写法之争，但无论是把穿越放在写作内容的角度以类型写作视之，还是将其作为一种讲故事的模式作为叙事方法进行分析，"穿越"都是网络原创小说的主要类型之一，"并借由网络媒体的技术性和虚拟性，充分发挥'穿越'母题所特有的叙事灵活性和跨时空文化碰撞的叙事趣味"[①]，从而最大限度地满足读者对于爽感的需求。无论是偏重于建功立业的男性穿越小说，还是偏重于言情的女性穿越小说；无论是以真实历史为背景的"三国穿""唐穿""明穿""清穿"等历史阶段穿越，或者是与真实世界和历史背景关联不大的"架空"，穿越的主要功能就是打破了固有的时空观念，把不同时空中的人、事、情、理重新组合，为编织精彩故事创造无数种故事形态和叙事可能。它更倾向于利用不同时代、不同地域的社会化差别形成的碰撞来组织剧情和戏剧冲突，在"穿"回过去、"穿"向未来和"穿"到他处的过程中都会获得原有身份赋予的"金手指"。

在这个意义上，"重生"也具有类似的叙事功能，有论者把重生作为穿越的一种特殊类型进行归类，只不过主角将要穿越进入的是自己曾经的人生，而"重生"变成了另一种穿越形式的命名。它一般指的是人物经历过一次生命之后，重新回到自己生命的某个节点开启新的人生，借助"前世"的优势在时光倒流中完成前世未实现的愿望。很多研究者愿意把重生作为穿越的一种特例，很大程度上是因为二者都有一个具备"先知"、自带前世经验的主人公，因此他们可以毫无压力地重新规划人生，开启新的生活。如果人生可以重新来过，你将会如何生活？激发读者对于假设自己人生的想象以及对人生意义的思考，是重生文不同于穿越小说的一个突出贡献。而相较于历史穿越和

---

① 李玉萍：《网络穿越小说概论》，南开大学出版社 2011 年版，第 39 页。

异界穿越等去另外一个世界的传奇和冒险，重生文特别是现代都市世界中的重生，显然更贴合读者的现实生活并更加易于引发读者的共鸣。2004年，周行文的《重生传说》开始在起点中文网连载，开创了"都市重生文"的先河，文中的主人公重生到自己的少年时代，凭借前世的"先知"在创业发财的路上披荆斩棘，最终成为商业领袖。

《还你六十年》从题目上看充满了"返老还童"的暗示，其内核仍然是重生的叙事机制，"六十年"成为作者给晚年的迟秀兰开放的第四次追求梦想的权限。

> 人这一生，至少该为自己的梦想奋斗三次。
> 对于已经七十六岁的迟秀兰来说
> 她第一次输给了天
> 第二次输给了命
> 第三次输给了时间
> "如果再来一次……"
> 轮椅上的老人看向窗外很远很远的地方。
>
> （《还你六十年》第一章）

于是，以商界大佬的身份安度晚年的迟秀兰"失踪"了，这个惯看商场风云、经历了人生冷暖的老人"变"成影视城里一边送外卖一边兼职替身的十六岁女孩池迟，开启了以"龙套"为起点的"艺术人生"。如何看待这个"变"呢？从情节架构来讲，这是一次带有奇幻色彩的返老还童；回到叙事策略中，它毫无疑问是重生的讲述模式。常规的重生"套路"并不稀奇，娱乐圈的题材也并非只此一家。

《大亨传说》中的萧然重生后回到堪称香港电影黄金时代的1985年，经历各种传奇事件最终成为一代娱乐大亨；御井烹香的《制霸好莱坞》讲述了北京女孩陈贞从餐厅的一名普通女招待，成长为好莱坞一代影后的经历。然而，在故事题材之外，《还你六十年》对以往娱乐圈重生文有了相当大的突破。无论是萧然还是陈贞，尽管他们和池迟一样也是从娱乐圈的"小白"做起，在点滴奋斗中逐渐蜕变，但前者回到十几或几十年前，不过是"依附于自己或他人从前的身体，运用'先知'的金手指，去占同时代人的便宜"[1]，而这在现代都市类穿越或者重生类小说中非常常见。池迟尽管也拥有迟秀兰的前世经验，但在小说的大部分叙事事件中，池迟对于前世经验是遗忘状态，作品结尾时她才把所有属于池秀兰生命的线索拼凑完毕，两个人生才再次重叠。

如此看来，穿越是在两种（两个）人生经历的并置中突出情节和人设的故事张力，突出的是个人与不同时代背景的关系，两种人生经历可以拉开较长的时空距离，也可以是毫不相干的两个人物，反差越大则戏剧性越强。重生则指向个体生命自身，无论是投胎或者转世，都更应该突出两个生命的"重合"部分，即：前世的理想愿望与后世的规划努力。或者说，穿越的重点在于对比，而重生的灵魂在于联结，无论重生前后的人生有多么巨大的反差，重生文都应该突出两种不同的生命样态之间千丝万缕的联系，一种是自发的现实人生，一种是自觉的梦想人生。很显然，前文所述的两部为网友津津乐道的重生类娱乐圈文更像穿着重生衣的穿越文，作品对于主角重生前的理想图景基本没有提及，两种人生之间的内在联系缺乏力量。而在《还你六十年》中，池秀兰叱咤商场的人生经验，她的孙子池谨文与池迟（重生后的自己）的交集等设定都建立了以重生为界的两种人生纽带，两个主角的生活在作品中得到相互印证，甚至在故事中相遇。

2. 拒绝物欲，也远离爱情

在弗洛伊德精神分析学说中，欲望是对于一切事物进行解释的最初源头。结构主义学者彼得·布鲁克斯在他的《为情节而读》中曾提出一种结合精神分析和叙事学的文学理论，后来被学者称为"欲望叙事"[2]，指的就是以欲望为动力的叙事。网络文学登场恰恰是与经济

---

[1] 王祥：《论网络小说中的穿越重生架空问题》，选自王祥著《海上牧场：网络文学研究论文集》，作家出版社2019年版，第92页。

[2] 李鲁平：《身与心》，选自中国作家协会理论批评委员会编《中国文学理论批评文选：2005卷》，北京大学出版社2006年版，第35页。

社会急剧发展和大众娱乐文化兴起同步的文学样式，精英文化的退场使以作者为中心的文学观念转向了以读者为中心。在写作者和读者的双向交流中，读者的期待视野发挥关键作用，作者必须不断提供具有强烈吸引力的快感内容才能获得更多的关注和支持，而这本身就是社会学意义上的阅读欲望的契约体现。

在这样的社会结构和理论框架中观察网络文学，无论是以玄幻、修真、武侠、历史、军事为主要题材的男书还是以宫斗、言情、都市、青春校园为主要题材的女书，都是在紧扣人们难以实现的日常愿望的前提下启动了欲望叙事的计划，可以说网络小说毫不掩饰地表达对物质现实和情感爱欲的渴望和追求。为了让读者的代入感更强，写作者还会把目标欲望的"完美"实现作为全书高潮予以呈现。金子的《梦回大清》被称为清穿小说的"鼻祖"，它的主人公小薇因在故宫迷路意外穿越到清朝康熙年间，热情如火的十三阿哥、深沉内敛的四阿哥以及诸位阿哥的执着守候为女主构建起一个理想化的命运，读者在穿越叙事的童话结局中得到满足。梦入神机的《佛本是道》作为网络仙侠小说类型，其修真过程借助简单的咒语不断升级，目标并不在于修仙的细节，而是对于所谓的永恒力量的崇拜。

> 我之所求，随心所欲，奈何？没有强大的实力，一切都是空谈，从今往后，我定当掠夺一切，以提升实力，什么道德仁义，什么大道都见鬼去吧，只要我力量够强，我就是道，我就是天！
>
> （梦入神机《佛本是道》第一章）

传统武侠小说中的侠义精神不再是网络仙侠小说人格建构的核心要素，只有膨胀的自我、争霸的哲学所构成的爽感来支配主人公的成长，思想和道义的边界收缩，欲望的描述和实现成为网络小说的叙事动力，仿佛没有现实世界的欲望，或者不对现实世界的欲望进行网络转码，就不是一部合格的网络文学作品。

《还你六十年》同样也遵循着欲望主导叙事的规律，不同的是三水小草对于欲望做了大胆的选择。从池秀兰返老还童成为十六岁的池迟开始，女主唯一的追求就是实现在表演事业上的成功。这个愿望机制的形成更像是人为地从"欲望"中析出了一切与物质、情爱和野心之后的理想精华。拍摄《跳舞的小象》时，制片人、导演温潞宁对于池迟——这个在他眼中唯一可以扮演主人公、也是唯一一个愿意出演的演员生出了莫名的情愫，而池迟则始终怀着对剧中人物的喜爱和对现实人物的理解，专心钻研表演的技巧。遇到事业低迷期的封烁之后，困境下两个人相互鼓励，在出演电影《申九》和MV《飞天一剑》后更加默契，封烁对池迟的感情也与日俱增。然而受制于二人在娱乐圈的地位，更受制于池迟"我要演戏"的单纯，强烈的感情被隐藏在心底。及至池迟表演水准不断提升，著名导演宫行书因二人在艺术观念表达上的契合被池迟吸引，把对方看作自己的缪斯女神，池迟依然把这些情感看作事业道路上的阻碍，毫不犹豫地拒绝。

> "我后悔了，我不该听你当初的话，什么三年，什么五年，我就应该一直跟着你，跟全世界说我看上你了，黏着你……"宫行书的话，是倾诉，是低语，也是自嘲，带着愁苦伤怀落在池迟的耳朵里，都没有让池迟的表情有丝毫的变化。
>
> "可是不管什么时候，我给你的答案都会是一样的。"池迟的声音响在凉凉的夜里，像是凝结的露水，裹着秋凉砸在宫行书的心上。"我说过，你的这份感情对你不公平，同样，也对我不公平。"
>
> （《还你六十年》第二百六十三章）

在《还你六十年》中，池迟不想当明星，不想成为富豪，更不想披着娱乐圈的外衣讲一个灰姑娘的故事，而是把"表演"作为一种职业甚至是事业的信仰来照亮生活。整体行文中小说规避了情欲和物欲的影响，不再向读者展示人征服现实世界的血腥与快感，而是从"对外"转向"对内"，企图以一种更加高冷和带有文青气质的超凡拔俗，为读者提供人对自我内心的追问，在忠于内心愿望的基础上去努力实现。

前行之路你想选哪一条呢？一条可能有荆棘荣耀，但是也寂寞常伴，一条看起来星光漫漫，但是你可能要付出超出想象之外的代价。

......

我只有这一条路，从来不想选择。

这一条路是什么？

那就是演下去，演下去，把自己的时间、精力、人生、悲喜，都只放在表演这一件事情上，在这之外，荆棘荣耀也好，星光漫漫也好，都不能让她动摇。让自己能不挑任何角色，无论什么剧本都可以驾驭，也让自己不要分心于外物，诱惑再多，也不忘初衷。

（《还你六十年》第四十四章）

3. 这是一场戏中戏

在情节结构和叙事策略上，网络小说不再像传统小说一样把作品形式作为艺术审美的核心。"传统文学的结构，是在有限的空间和时间内解决问题的方法，而网络文学在时间和空间上没有限制"[①]，网络小说结构上的随意性也就不可避免。这一方面受制于网络文学的消费性：读者利用碎片时间阅读，以消遣娱乐为目标，故事好看、读者购买、粉丝催更才是网文界的"硬道理"；另一方面，网文创作不是完本发表，它区别于传统文学发表模式的核心点在于，互联网语境下即时阅读和反馈的模式对作品走向可以进行干预。假如作者预估的布局结构和叙事节奏不能得到读者的认可，那么写作有效性就会大大降低。

因此，大多数网络作家不会为自己的作品固定一个写作者单方面认可的结构，而是会在漫长的"连续性"写作中对情节重点和叙事节奏进行调整。在实际写作中，针对一部数百万甚至上千万字的文学作品设计一个统摄全文、伏脉千里的总体结构是困难的，更何况这样大体量的通俗小说要首先解决"好看"和"日更"的问题，结构就不可能成为网文作者首要追求。所以，网络文学展现在结构方面的亮点是情节设计的巧妙，而在整体布局上，线性结构仍然是包容性最强的普

---

① 张柠、舒晋瑜：《年轻一代睁开眼，就是一个开放的中国》，《中华读书报》，2019年3月27日，第18版。

遍选择。

在网络文学的布局结构很难有所突破的前提下，三水小草在《还你六十年》中采用了一个"戏中戏"的嵌套结构，把池迟从演员小白奋斗为一代影后的六十年中拍摄的一百一十九部影视作品作为线索，通过细致讲述其中较为重要的十几部作品的主题内容、人物关系、演绎过程和观众（市场）反馈，来说明主人公在"我要演戏"的主线下，如何一步步完成对于职业梦想、社会责任等价值观的成长，而文中的每一场戏又都成为主戏下的新图景。可以说，这个结构的讨巧之处正是在于用文本内部的若干影视作品为主人公的进阶"颁发证书"，而"双层"的戏剧结构也彰显了写作者的结构意识。

在电影《跳舞的小象》中，池迟扮演林秋。这部由餐厅大厨老金引荐的剧本原型来自两个受伤的家庭，而身陷林秋离世不能自拔，患上重度抑郁的正是导演温潞宁。原本开朗洒脱的女孩热爱跳舞，为朋友打抱不平，在好友遭遇校园暴力的时候挺身而出。然而，家庭暴力使林秋的心理开始出现问题，也让见义勇为的少女变成了校园暴力的施暴者。冷漠和毒打成为父母的代名词，满心憧憬的舞蹈学校名额的失去，为林秋的毁灭压上了最后一根稻草。

池迟被顾惜发现起用后，拍摄的第一部电影是《女儿国》，扮演女四号祭司。影片讲述的是一个玄幻故事，在虚构的国度里，渴望权力的女王，意图颠覆国家的丞相，貌似莽撞却一腔忠诚的将军，天真单纯又机敏聪慧的祭司，在神庙、皇权、人性、良心的复杂故事中完成了每个人的价值选择。

著名导演杜安慧眼识珠，池迟获演了武侠题材电影《申九》的女一号申九，从小生活在与世隔绝的天下第一刺客组织，不懂如何与人相处，鬼使神差救了书生闻人令。闻人令成为申九的人生导师，教申九学会了怎么去成为一个"人"。

电影《凤厨》作为美食题材电影，讲述了清朝末年一个顺德"自梳女"的传奇故事，想当自梳女却被家人卖给了憨傻表哥，想以死明志却遇上了救命恩人，想与恩人度过平凡的一生却因时势失去爱人……女扮男装的自梳女以"陈凤厨"之名苦学厨艺，一鸣惊人。

从小说写到的前三部电影作品的分析可以得到一个信息，即作者借力"戏中戏"结构为人物塑造和小说主题服务，起到了四两拨千斤的作用。无论是见义勇为的林秋，天真善良的祭司，勇敢执着的申九、凤厨，还是具有双重人格的罪案天才 Jane，无助又突破自己的王子，想要弥合父兄嫌隙却抱憾而死的平阳公主，这些人物形象的塑造是池迟成为一代影后的足迹，这些电影也成为与池迟重生的幻境遥相呼应的"另一重幻境"。

第四章

我就是我：获得言说自由的天生"C"位

无论是传统文学还是网络文学，人物形象都是为小说"造物赋形"的重要载体。尽管传统文学更大程度上以对宏大世界、深刻思想的再现为任务，而网络文学是以媒介革命为基础的消费式写作和碎片化阅读，它们仍然有个高度一致的共同要素，就是通过塑造丰满的人物形象讲一个好故事。在文学经典中，丰厚深沉的历史长卷通过小说中各式各样的人物形象打开，他们的成长史、奋斗史、生活史以时代缩影的方式反射着时代的光芒，人物精神成长饱含着作家对家国、社会、人性、心灵的认识。网络文学中的人物形象虽然与传统文学意义上"典型形象"中"杂取种种人合成一个"的核心有所不同，但人物形象依然是来源于生活、推动情节冲突发展、彰显文本主题思想的主要依托。

网络小说中的人物形象不再以反映个人与时代的深刻联系、聚焦时代的现实问题以及凝聚高尚的道德人性为最高纲领，取而代之成为阅读刚需的是"代入感"满满的人物设定（简称"人设"）。当然，"人设"这个看上去可以赋予写作者更多自主空间的概念，并不代表它可以跳出常识，而意味着作者要通过一种新的组合方式建立一套新的叙述逻辑。人设一般由姓名、性别、外貌、性格、职业等背景要素组成，详细的人设还包括人物的行为、人物之间的关系等。"随着故事的展开，在小说连载过程中不断从言行、细节、心理上对其进行添补，使其进一步丰满、鲜明，直至成为在受众眼中拥有自己特性与思想的鲜活的人。"① 一部小说中的人设是否出色，通常决定着小说受关注和被认可的程度。

三水小草笔下的人设无论男性还是女性，都带有超尘脱俗、不食人间烟火的文艺气质，特别是在她擅长的娱乐圈和美食题材中，市井人生的地气和人物精神的超拔常常为人物形象增加幻梦光环，从而成为读者持续追更的秘密所在。因为在网络阅读中，读者更希望在个人的闲散时间中阅读到让大脑放松、让情绪舒缓的趣味性强的作品，人物的现实逻辑不重要，而为人物设定一个命运并看他一步步实现的过程很重要。

《还你六十年》中共出现了七十多个人物形象，这些形象由三个系列构成，一个是以"池迟世界"为中心并与之产生密切联系和情节冲突的人物系列，作为显性的人物形象主线引导读者阅读；一个是以"池秀兰"世界为中心的人物系列，包括她的孙子池谨文、孙女池谨音以及天池集团的相关人员等，作为池迟的"副结构"系列，这些人物形象的功能是铺垫主角在"上一个时空"如何获得人生经验，获得前行动力，同时也获得可以解决任何问题的无敌"先知"；第三个是池迟参演的影视剧中的主角系列。三个系列共同构成了《还你六十年》的人设逻辑：池秀兰可以为池迟解释她重生的意义，其对于表演事业的专注执着来源于池秀兰一生驰骋商场而无暇追求个人梦想的遗憾；而她面对诱惑、面对陷阱、面对困难的淡定，几乎都来自池秀兰的人生经验；而影视剧中的人物形象作为池迟每个表演阶段的人生状态的一个镜像存在，与真实的池迟相互补充，成为她一步步实现自己梦想的里程碑式的记录。

1. 独立的我：勇敢执着的阳光主角

五四新文化运动以后，女性书写从历史的盲点中浮出地表，女性形象的呈现不能只满足于"花木兰式"的两条出路：要么像男人一样

---

① 胡影怡：《造物赋形：网络小说中人物形象的构建》，《苏州教育学院学报》，2019年第2期，第52页。

披挂上阵以功勋爵位实现个体价值；要么像女人一样"脱我战时袍，著我旧时裳。当窗理云鬓，对镜帖花黄"，回到原来的女性秩序上去重复焦仲卿妻们的古老命运。"一个世纪以后的中国，移动互联网技术的普及给网络文学带来新的契机，女性消费主义崛起，'女性阅读''性别写作''她时代'等制造了整个网络文学'W概念股'强势崛起的大潮流。"① 女性作者以及她们笔下的女性形象对于男权中心的审美标准和价值判断勇敢地挑战，从争爱争宠到争取个人社会话语的独立和女性价值的实现。

在《还你六十年》中，女主人公池迟是坐着时光公交车从一个七十六岁的成功女商人池秀兰穿越来的，此行目的就是圆前世未能实现的表演梦。池秀兰年少时经历了家乡发洪水、兄嫂去世、侄子失怙、寡母无依等遭遇，这让她一心为家族的生存和责任努力，而梦想只能被无情尘封。

因此，池迟的人设核心是"戏痴"，忠于梦想、执着坚忍是人物形象的主要构成部分。为了保持主角精神的光环，作者在描述这个有明确目标、个性坚强、将要去娱乐圈打拼的妙龄少女时，放弃了对她的外貌刻画，让笔下的池迟从"如花似玉""弱柳扶风""倾国倾城"等物化女性的形容中解脱出来，不再接受男权中心社会视角的凝视。她不需要被怜惜、被同情，甚至不需要被从性别的角度去注视，性别不再是她取得成功的优势，这是作者极力想表达的观点。

在这个层面上，之所以池迟的独立形象塑造得更加纯粹，很大程度上是由于作者剥离了她身上可以为成功带来任何收益的性别特征。因此，作为从影视城门口众多群演小白中走出来的一个，池迟的第一次亮相甚至没有集中细致的面部描写，只有比她年龄老到得多的从容，即便是在拍完《跳舞的小象》被顾惜慧眼识珠后试镜《女儿国》中的玲珑时，作者也没有为池迟的外貌加入过于女性化的描述。

随着念订单的声音，戴着护耳和口罩的人一只手掀开了棚子

① 庄庸：《女性网络文学十五年嬗变史》，选自张邦卫、杨向荣等著《网络时代的文学书写》，中国社会科学出版社，2016年，第30页。

的帘子门，另一只手拎着大外卖箱子熟门熟路地跨了进来，一层细白的粉末从她的头上肩上簌簌落下，那是寒风里无处安身的碎雪。

（《还你六十年》第二章）

女孩儿的十六七岁，被很多人称为最美的时候，其实她们都是美着，又尴尬着，像是初开的花朵，羞涩于春风，畏惧于细雨，模糊知道自己的美，又知道自己似乎在哪里比别人更加脆弱。

男人们是欣赏这种带着不安和困惑的美的，他们称之为"青春的诱惑"。池迟自己并不具备这种美。因为她仿佛完全没有困惑和不安，总在一点举手投足里显露出超越年龄的沉稳。

池迟现在的这身装扮却彰显着她不同的青春——干净、昂扬、舒展。

（《还你六十年》第二十四章）

亮相之后的池迟始终保持着她对于事业的不懈追求。在冰冻三尺的寒冬腊月，池迟可以毫不犹豫地含着冰块戴上面罩为男二号做武术替身，深夜回到寄居在韩萍饭店的小屋里，万籁俱寂中只有一个追梦女孩在本子上做人物分析和场景素描的"沙沙"声。哪怕在顾惜的帮助下已经出演《女儿国》之后，面对着《申九》开拍时的准备和导演的要求，池迟不但没有表现出任何的畏难情绪，相反，对于表演中演员极难跨越的心理难关和导演的苛刻要求，池迟表现了享受其中的乐观、敬业，充满着追逐梦想的青春朝气和火一样的热情，具有强烈的感染力。

池迟把冰块含进嘴里戴上面罩，对着工作人员示意自己准备好了，她的腰腹和大腿之间顿时收了一下，勒在她细嫩的皮肉上。

第一堵墙高三米有余，第二堵墙稍矮一点，为了整个画面好看，他们最高会被吊到离地四米以上的位置。

刺骨的寒冷中，池迟助跑了一步，纤细的腰肢和胯部再度一紧，她整个人直直地双脚腾空，腰肢的肌肉比别人松弛了一点，

31

让她能够在离地的瞬间恰到好处地做出了一个蹬地的动作，显得自己轻盈得像是一只白鹤。

（《还你六十年》第二章）

这段戏的要求很简单，申九杀了自己的主人，逼退了原本要围杀她的四大杀手，独自一个人走在荒漠里。

是的，剧本只有一句话："独自一个人走在荒漠里。"

她就走啊，走啊……来回往复，不见尽头。

"Cut！"

杜导演挥了挥手，几个工作人员立刻去把池迟拽回来，几个化妆师飞扑上去给她补妆……更重要的是擦掉她脸上的沙子。

"走得很好。"杜导演笑眯眯地说。

池迟并没有因为这句话多么地惊喜，毕竟这句夸奖她已经听了几十遍了。

不过她还是笑着，就是笑容已经不那么明显——她脸上的皮肤有点干裂，笑的时候会有点疼。

"再走一遍吧。"杜安依然笑眯眯的。

"好。"池迟也笑眯眯的。

（《还你六十年》第五十四章）

对演戏的热爱是池迟重生的意义所在，因为热爱，她默默攒下了若干本自己对于演戏的笔记和心得，她珍惜与封烁、顾惜、柳亭心、安澜相处的时刻，虚心学习，为了塑造一个出彩的角色（王子）把自己放到学校去体验生活，即便在沉寂得无戏可演的时候，仍然愿意在没有任何报酬的前提下全身心投入地去拍一个当时看上去毫无热度的微电影。

对这样单向性的、内含维度单一的性格，有粉丝在评论中表达了对于人物心理复杂性的看法，主要是针对六十年的奋斗人生，它的主人公何以能够从始至终保持不变的热情。当然，单从人物形象的塑造来说，池迟是一个"扁形人物"，其性格本身缺乏矛盾性冲突带来的张力。而作者更愿意把池秀兰和池迟两个人生作为相对照和联结的生命段落，把坎坷、痛苦、压抑、郁闷等负面的情感给了一个无法面对理想的人，而对于池迟，她的前生不存在物质现实的缺憾，精神内质的空虚才是她重生的最大动力。因此，作者集中笔力详写了池迟参演的十余部作品，并以此为单元结构专心致志地塑造一个追逐"表演梦"的炽热灵魂，放弃了对于主角内心复杂性的表达，比如：对娱乐圈复杂性估计不足；比如在表演过程中自我肯定与自我否定的交替反复；比如前世就单身的自己是否可以收获一份完美的爱情。在完全有空间、有可能塑造一个"圆形人物"的时候，作者还是选择了"一条路走到黑"的坚持，成就了池迟——一个指向性明确的独立精神个体。而池迟在她的前世的助攻下，也成了一个身在红尘又脱离红尘的"纯粹"的女主角。

2. 我之所以是我：温暖有爱的理想同路人

除主人公之外的其他人物之所以能在故事中出现，依靠他们与主人公的关系。他们每一个人在帮助刻画主人公性格方面起的作用各不相同，又不可或缺。麦基在《故事：材质、结构、风格和银幕剧作的原理》中把主要人物和其他人物比喻成太阳和行星的关系："把影片的全体人物想象为太阳系，主人公就是太阳，配角就是环绕太阳的行星，小角色就是环绕行星的卫星——所有这一切都被位于中心的明星的吸引力固定在各自的轨道上，他们的每一个人都对其他人的性格潮汐起着推波助澜的作用。"[①] 如果说池迟是《还你六十年》中着力塑造的太阳形象，那么推动她性格形成的"其他人物"发挥的作用也需要引起注意。

顾惜是不能不提的重要角色，作为池迟的"伯乐"，一次偶然的送外卖让她认识了这个会说话、会演戏的"龙套"。作为已经是影后级别的超级明星，她对池迟表演才华的欣赏、对她个性的喜爱、对她的提携和包容让池迟离自己的梦想更近。

① ［美］麦基著，周铁东译：《故事：材质、结构、风格和银幕剧作的原理》，天津人民出版社 2014 年版，第 441 页。

在《还你六十年》中，顾惜是一个非常重要的功能性人物。她从娱乐圈一路过五关斩六将，饱经世故左右逢源，精通潜规则又憎恨潜规则，作为池迟在表演道路上的"领路人"，她显然充当了导师角色：为她寻找《女儿国》中的祭司这样适合她的角色；告诫她参加导演面试时的技巧；把自己对于娱乐圈的判断和规划寄希望于池迟；提携她逐渐进入"影后级"演员云集的演艺圈"一线"；以一己之力挣脱韩柯对她的控制并指控他在蒂华集团的勾当，等等。顾惜这个人物形象在小说前半部分担任了主角的保护人，她为主角付出的疼爱、怜惜、理解和扶助，一方面推动情节发展，另一方面也回应了已经产生代入感的读者，此时池迟被保护、被疼爱，就相当于读者被保护、被疼爱。

这样的功能性人物还有池迟的经纪人窦宝佳，经历坎坷却豁达坦荡的柳亭心，外冷内热表演功底深厚的前辈安澜，对表演精益求精到苛刻的导演杜安……他们都以各自的方式给予了池迟关于表演的艺术营养，成为池迟事业路上的加速器。

> "我跟你说，这个叫池迟的小姑娘，绝对是我的超级影迷，你知道吗，她模仿我模仿得特别像，神态、动作……"
>
> 一说到池迟，顾惜忍不住地眉飞色舞起来，昨天的对戏真的是很过瘾，又过瘾，又舒服。
>
> 爽得顾惜恨不能立刻搂着小姑娘的爪子签了卖身契把她签到自己的工作室里。
>
> 如果不是想到了自己这两年筹谋的"大事"，说不定昨天池迟就成了她的人了。
>
> 顾惜现在的打算，是等着池迟这个丫头有了作品，就一步步筹划怎么包装她，反正一两年的光景都未必够一个新人在演艺圈里站稳脚跟，等池迟稳妥了，自己这里也就从蒂华独立出来了。
>
> （《还你六十年》第二十三章）

顾惜与池迟的人物关系具有双向"拉力"，一方面顾惜急于洗白她靠韩柯砸钱捧红的"黑历史"，因为她曾是一个表演天赋不输池迟的天才，因为她渴望世界对她本身的认同，于是卷进了用金钱、关系来证明自己的漩涡，在这个过程中头破血流最终身败名裂。另一方面，她又把自己演艺的一生作为经验宝库，希望池迟按照自己的意愿去发展，过度的控制欲和占有欲仍然是当年被控制的阴影。池迟是一个明白自己在做什么、知道自己想要什么的人，价值观和自由度的不断冲突加剧两个人、两代人也是两种背景的矛盾，最终二人黯然分开。

对于池迟而言，顾惜是她有可能成为的"另一个自己"，一旦放下演戏的初衷，被娱乐圈的光怪陆离所吸引，池迟与顾惜并无二致。至此，从顾惜人物形象分析中，可以再次得出一个结论，作者无意让池迟成为一个精神上多维度的形象，并把有可能让她更加立体、丰富的人物个性通过池秀兰、顾惜等若干个围绕在她身边的人物分离出来，而在他们的相处和精神对话中，池迟的"简单"被有意凸显，她的成长完全属于演技，属于事业，属于她的未完成的梦。

池迟的成长既有来自现实生活中的"影视圈内人"对她的指点和陪伴，也有她饰演的影视剧作品中的人物形象作为池迟一步步成长的见证和足迹。《跳舞的小象》中的林秋是一个勇敢又脆弱、渴望长大的孩子，她想保护世界又向整个世界求救，矛盾的青春心理与涉世未深的无助感，与初入影视城的池迟保持同步。在《女儿国》中的玲珑则有一副天真不谙世事的外表，思维却十分敏锐，她能够发现丞相的阴谋，还可假装被"男色"所惑；表面上与珊瑚各怀心思，实际上为了姐姐能够再上战场为她雪恨，显然，仅就角色而言，玲珑已经比林秋成熟。申九的身上则已经具备了武侠世界与现实世界的辩证思考，对"刺客"的由来和理解是关于社会和自我人性的反思："如果天下皆光明，又如何有我。"《凤厨》中陈凤厨是一个在命运的风吹雨打中全力抗争和逆袭的女性，她对于自己的信念和愿望更加明晰，是现代社会中"我明白自己要什么"的影视话语翻译。而到了《以彼之道》，主人公 Jane 已经成为一起案件中的复述者、追查者和凶手，三重人格的复杂性跃然纸上。而王子自我觉醒、自我成长、自我救赎的历程已经是一个阅尽繁华、看透世事的沧桑人生了。

第五章

亦真亦幻：调校与现实世界的相对位置

文学来源于生活又高于生活，是现实世界的审美化反映，从这个意义而言，文学都是亦真亦幻的。在传统文学维度，被称为"现实主义源头"的《诗经》，写王侯将相的正声雅乐，也写人民群众的底层生活，对后代文学的发展影响深远。及至汉代乐府民歌的"感于哀乐，缘事而发"、建安时代"借古题写时事"，再到唐代"即事名篇，无复依傍"，"文章合为时而著，歌诗合为事而作"，元杂剧、明清小说把文学的民间性发扬光大，现当代文学更是以鲜明的时代性反映着社会的发展和变革。无论是《红楼梦》《白鹿原》还是《人间喜剧》《悲惨世界》，无不通过文学创作"兴观群怨""讽喻美刺"展现着无比丰繁浩瀚的社会历史。即便是不再担任社会斗士和思想督察的现代主义文学，在艾略特的《荒原》、卡夫卡的《变形记》、贝克特的《等待戈多》中，作品呈现小人物的精神重负和心理焦虑时所表现出的荒诞，看似与日常现实格格不入，而实际上作品传达出的忧患、反思、批判和抗争，仍然是文学对社会现实的精神折射。

网络世界的文学创作是否可以沉溺于"幻"境而完全罔顾现实世界呢？痞子蔡的《第一次的亲密接触》的浪漫唯美以及邢育森、李寻欢、安妮宝贝等人登场后逐渐形成的"文青"气质，成功地把"青春爱情"这个大众话题与言情、娱乐结合在一起，形成了以青年为主力的网民最为欢迎的现实题材。《媳妇的美好时代》《杜拉拉升职记》《失恋三十三天》等作品瞄准家庭生活和都市情感题材，以其对家庭矛盾和职场经历的生活化表达，得到了读者的共鸣，也以话题性引发了全社会的热议。穿越、架空、玄幻类作品尽管不是现实世界的直接复制，这种叙述策略和故事套路也是从读者心理需求出发，通过异时空猎奇与乏味的现实生活之间的对比建立"爽感"的。可见，尽管网络文学在审美上的认识功能、教育功能和娱乐功能方面与传统文学的表现方式和分布比例大相径庭，但如鲁迅先生所言，"文艺大概由于现在生活的感受，亲身所感到的，便影印到文艺中去。"[①] 除了"影印"的方式存在差异之外，所有精神产品的生产，都离不开现实这个物质基础。

应当注意的是，网络文学在全球一体化的经济背景和移动互联的媒介背景下，还具备了艺术创作的商品属性，通过内容引起读者兴趣是它的重要任务。《还你六十年》作为一部娱乐圈题材作品，与庸常重复的现实生活拉开了一定距离，把梦幻、戏剧、光怪陆离的想象权利交给读者，为他们提供窥视、猎奇和探秘的暗示，并意图透过明星的恋爱、分手、竞争、成长、投资等娱乐性话题维持作品对于读者的亲和力和可读性。在完成了符合大众媒介传播的"规定动作"基础上，小说还存在一个主题突破：三水小草大胆放弃了泡沫式的臆想，不满足于只披行业剧的外衣，也没有无节制地去洒"雷人"的狗血，而是在叙事策略上手动调试了"白日梦"的尺度，在重新校正娱乐圈文与现实的关系模式同时，改变了该题材网文原有的粗糙和低幼化倾向。

1. 拒绝那个"假的"娱乐圈

娱乐圈题材的网文作为 IP 改编成影视作品并不是近几年才有的事，尽管大部分作品已经淡出观众的记忆，但事实上 2000 年左右就出现了《星梦缘》《娱乐插班生》等一大拨电视剧，只不过在当年风头正劲的婆媳剧围追堵截之下几乎全军覆没。这与作品本身的创作质量和制作水平有关，更主要的还是传播媒介环境并未成熟所致。由于电视观众的平均年龄普遍较高，以中老年为主的观众对光怪陆离的娱乐圈题材并不感兴趣，高收视率也无从产生。随着互联网技术和平台建设

---

① 鲁迅：《文艺与政治的歧途》，《鲁迅全集》第 7 卷，人民文学出版社 1981 年版，第 116 页。

越来越完善，以青年为主体的网民在人数和阅读需求上呈现出指数型爆炸式增长。与此同时，一些演艺公司、经纪人或演员也借助网络平台扩大自身的明星效应，八卦新闻通过互联网的传播成为老百姓津津乐道的饭后谈资，网络用媒介的方式联结了娱乐圈和老百姓。

当第一束光从娱乐圈透出来时，绯闻、小道消息、谣言以及辟谣迅速激发和诱导了看客的偷窥欲，人们愿意关注他们作为明星的不平凡和作为普通人的平凡，因此娱乐圈题材逐渐回到观众视线。2009年前后，各大文学网站的娱乐圈文呈"井喷"之势，娱乐圈文成为订阅流量的"香饽饽"，晋江文学城的《制霸好莱坞》《等你的星光》，起点中文网的《最佳导演》等作品受到读者追捧，甚至只要标题带着娱乐圈字样的小说，收藏点击就会扶摇直上。在这些作品中，既有《名流巨星》（青罗扇子）等以娱乐圈生态为对象，展示明星励志的重生小说，也有《重生之国民男神》《重生之影帝贤妻》《天后进化论》等借助娱乐圈背景和重生结构写霸道总裁、写复仇的"新瓶装旧酒"的庸俗套路。

完结于2017年的《还你六十年》距离娱乐圈文第一次"火"遍网络已经过去了相当长一段时间。而早期的娱乐圈文尝到了该类型的娱乐甜头后，并没有再向行业生态、人性表达等具有实质戏剧冲突和鲜活形象的方向挖掘，五光十色又生动可感的娱乐圈题材从通俗滑向了"霸道制片爱上我，风流制片想睡我，同行都想搞臭我"①的恶俗。在这样的前提下，《还你六十年》同时运用了娱乐圈题材和重生结构——两个都不再是新奇元素的创作要素，这意味着作者对于受众审美的观察和娱乐圈表象下的本质思考有了新的发现。

在小说中，娱乐圈不再是早期网文中那个充斥着奇幻爱情和奢靡光晕的梦境所在，而落地成为一个无数演员工作奋斗和实现梦想的真实世界。在这个世界的设定中，娱乐圈各个层面的人物命运渐次展开。以顾惜、柳亭心、安澜、封烁等影星级演员为例，他们都真正热爱表演，把表演视为可以为之奋斗的事业追求。拍摄《女儿国》的过程中，顾惜饰演的女王因天灾人祸政令不通而对自己的能力产生了怀疑，和

---

① 张晗：《嘴上说着辣眼睛、身体却很诚实地去刷了〈云巅之上〉，娱乐圈题材的魅力怎么就这么大！》，登载于骨朵网络影视，2017年2月28日。

安澜饰演的丞相飙戏，二人即有在演技和对剧本理解的比拼，足足延续了十一次 NG 才过了这场戏，这样的敬业却被在一旁看戏的柳亭心讥诮："十一遍 NG 啊，你简直废物，还不如你找来的这个小送外卖的！"而在圈内叱咤风云、以泼辣率性著称的顾惜竟然可以心平气和地"咬着芦荟汁的吸管，不说话"。

在《还你六十年》中集中描写的娱乐圈明星们虽然大名鼎鼎，但总体关注和敬畏的是表演本身，娱乐圈的价值意义悄然发生了改变。这与早期娱乐圈文以"娱乐"带"言情"，看似写娱乐圈，实则不过是把"霸道总裁""我是至尊"等爽文内核照搬过来的思路是完全不同的。如《娱乐圈演技帝》（月下蝶影）、《重生之影帝贤妻》（魅夜水草）等作品，要么是呼风唤雨被暗恋多年的"神"，要么是演技"胎生"，还有开矿的爸爸加持可以带资进组。娱乐圈是有了，讲的故事却像《娱乐圈演技帝》的另外一个题目——《论如何优雅地给男主献上膝盖》一样，对娱乐圈只剩置逻辑于不顾的、毫无根据的臆想。《还你六十年》显然对于"披着医疗外衣的偶像文""打着律政大旗的情感文"毫无兴趣，在主题上抽离了女主的感情线，在整体行文结构上以主角参演的十几部戏为独立又有机结合的单元，人物设置上从著名导演、编剧到星光熠熠的影星到深藏功名的群演武替；从带着妈妈期望去打拼的宋玉冰、年底买不起车票回家的王老闷到在影视城开餐馆的韩萍和老金；从走不出精神困境的敏感少年温潞宁、对表演充满幻想的大学生涂周周以及对娱乐产业颇感兴趣的池谨文……基本遍布了娱乐圈生物链的各个环节。因此，《还你六十年》中，白日梦的制造由主角返老还童的人设承担，而娱乐圈则从失焦状态回归到了普罗世界，得到了它本就应有的丰富性和生动性。

2. 消费视角下彰显"人"的精神

从 2019 年 1 月起，《文学报》以"文学'新人'的意义"为题开设笔谈专栏，针对"当幻想与现实已模糊了边界，如何在文学中生成有意义的'新人'形象"问题展开了深入讨论。近年来，随着"扶植力度的导向、市场需求变化的推进，作者突破固定模式的写作意愿等，支撑现实题材网文再度兴起，网络文学重新面向现实"。① 于是，重新厘清现实边界并关注那些能与时代"共情"的人物，也成为网络文学一个时期内无法逃避的现实。网络文学发轫至今的二十多年里，作家们依托赛博空间的技术优势和文化特质为中国当代文学贡献了无数的"新人形象"，涌现出了大量优秀的网文作品，"难能可贵地突破了网络文学缺少现实主义批判精神的不足，而将笔触探进了当下十分尖锐和深广的社会问题与矛盾之中，显示出网络文学现实主义品质的极大提升"②。"新的主题"和"新的人物"不断涌现、更新，是网络文学发展和成熟的标志，作家们对于现实世界的体认自觉，在互联网空间以轻盈自由的方式体现出来，在给读者以强烈代入感和愉悦的阅读体验的同时，形成了赛博空间特有的文化景观。

萨特说，"不管你是以什么方式来到文学界的，不管你曾经宣扬过什么观点，文学把你投入战斗……一旦你开始写作，不管你愿意不愿意，你已经介入了。"③ 尽管以读者为"衣食父母"的网络小说作品会更多考虑受众的审美需求，但《还你六十年》对于主角在精神层面的进取"执念"自始至终统摄全文。小说围绕勇敢上进、正义真诚的精神核心，称得上是以正能量励志的娱乐圈"清流"，女主人公池迟由七十六岁的池秀兰返老还童而来，曾经在外界看来成功光鲜的一生是坎坷经历的完美逆袭，而"别人眼中的完美"和"我知道我想要什么"构成了向阳、向上的精神向度。她不仅为了演戏的梦想可以一边默默做替身，安安静静写"脑补"剧本，还主动到专业机构进行严苛的培训，在片场忍受常人无法忍受的无数次"再来一遍"，在一部又一部戏的考验中慢慢成就了自己。在这部"娱乐明星养成记"的背后，是池迟现实努力与实现梦想高度一致的精神指向，这个指向的深层意义在

---

① 许苗苗：《网络文学：再次面对现实》，《中国文艺评论》，2020年第3期，第54页。

② 闫海田：《寻找"新的边界""新的人物"与"新的世界"——2019年现实题材网络小说创作综述》，《文艺报》，2020年4月22日，第6版。

③ 柳鸣九主编《萨特研究》，中国社会科学出版社1989年版，第24页。

于，当我们实现了物质生活丰裕、衣食无忧且被认为是人生赢家的时候，人的精神如何安置，人的主体性如何呈现。

"什么是表演？以前以为我能说明白，现在我觉得我已经说不明白了，我问你，你是一个什么样的人，你能说明白吗？不能，所以我也一样，我就是表演，表演就是我。"（池迟独白）

（《还你六十年》第二百六十七章）

在以往的女性穿越小说中，感情问题和生存状态通常会作为主题成为该类题材难以跳脱的套路化写作。女主人公们在爱情中的背叛、家族的仇恨中按下了人生重启键，或想逃离付出无果的情感，或反抗平淡无聊的日常生活，总之，物质现实的欲望成为这类小说情感的填充物。《醉玲珑》中的宁文清发现自己心中的白马王子不过是为了自己的身份和利益，就穿越为凤卿尘，与夜氏皇族四皇子夜天凌之间开始了心心相印的爱恋；《庶女有毒》中拓跋真的大历皇后对他一片真心，却难逃后位被废儿子被害的悲惨结局，于是穿越成相府庶女李未央，凭借聪明才智手刃仇人并与元烈终成眷属；《梦回大清》中的蔷薇和《步步惊心》中的张晓文，都是在大都市的车水马龙中朝九晚五的上班族，对陪伴着自己的琐碎生活不胜其烦……然而，物质层面的欲望的满足往往停留在戏剧冲突的强烈上，对于"人"的精神内质及其自觉自主的理想追求是无法触及的。

网络小说即便聚焦人物的精神向度，也并不同于宏大叙事中的社会意义，相反，消解意义、抵制崇高是网络文学后现代文化赋予它的消费性特征，也是其民间性的主要表型。池迟的人生意义并不由作者赋予，也不是当代社会对于文学作品"寓教于乐"的道德规训，而是在对自己走过的辛苦跋涉、看似成功的"前生"进行的颠覆。我们不妨把池迟的"前世今生"进行对比：池秀兰一生独身，抚养在洪水中失去父母的侄子；创办建筑公司，在生活的洪流里拼搏；退休后正欲重拾梦想，却遭遇车祸失去双腿；在国外休养时操持起一个话剧团，侄子却遽然去世留给她一双年幼的儿女和尚需扶持的集团；直至侄孙成人可以接管公司，池秀兰却已经年老体衰。而返老还童的池迟则是坐着时空的公交车穿梭到影视城，成为一个默默无闻的草根群演，除了表演，她不再附带社会家庭施加的责任，她甚至对男女感情都不感兴趣，完全超脱和浮游于物质欲望之外，严肃的人生和沉重的使命感都已经在前世尘封，池迟就是一个忠于自己的追梦者。

三水小草巧妙地运用了娱乐圈造梦的奇迹和梦幻，为她构建"新的形象"搭建了一个可以任意变形的世界，因为只有保证消费视角的存在，"新的人物"和"新的精神"才能够获得读者的认同。

比如在池迟为顾惜偿还违约金时对于金钱的戏谑描述：

> 顾惜越发笑得眼睛都眯了起来，还没忘了甩给窦宝佳一个找事儿的眼神。
>
> "今天还顺利吗？"
>
> 毫无形象地从嘴里抽出一截鸡腿骨，顾惜捧着拌了很多大盘鸡里的土豆和浓郁汤汁的面问池迟，她的嘴角现在就挂着一点汤色，显然是对今天的宵夜很满意的样子。
>
> "比想象的顺利，还以为我得掏这一年赚的钱出来，结果只需要一部电视剧的片酬就够了。"
>
> 池迟说得轻描淡写，仿佛那不是她辛辛苦苦赚的几千万似的。
>
> （《还你六十年》第二百二十章）

毫无疑问，这些对于常人而言非常"梦幻"的描述暗合的就是全民娱乐的大众心态，而网络时代娱乐产业的成熟导致的大众文化对普通人生活的侵蚀，就是通过这些带着"作秀"色彩和"探秘"功能的未知生活完成的，其中的消费性对青年受众具有极大的黏性，这一点还体现在对于拍摄片场的描写上：

> 第二天的戏是玲珑和碧玺对决的文戏部分。
>
> 也是整场剧中，玲珑唯一不再戴着面具面对碧玺的一场戏。
>
> …………

玲珑缓缓地从地上站了起来。

与此同时，碧玺的表情陡然变化，她的腹部上被插入了一根钢刺。

"权力也能让你背弃女儿国？也能让你下手害死珊瑚？"

玲珑的表情终于激动了起来："她是我姐姐，你看着她长大的，你……"

"Cut！"

费泽杵着自己的下巴看着监视器，想了半天，终于对池迟说："你的感情表达有点软，前期很好，在这个时候，你对碧玺不应该还是这种爱恨交加的感觉，珊瑚比碧玺对你来说重要得太多，你要更激昂，更放开一点……"

池迟盯着剧本，默默点了点头。

（《还你六十年》第四十二章）

除了戏中戏的想象之外，三水小草还力图在小说中还原一个真实立体的娱乐圈，对于"圈"的认知，作者同样是以大众视角代入进行的再现。

正月初七，新一年的娱乐圈话题竞争就轰轰烈烈地拉开了序幕。

当红花旦李凌娅公开恋情，男方是曾经的知名歌手赵益，现在已经转到幕后成了卓有成绩的音乐制片人。鉴于李凌娅一贯优良的形象，人们对于这一对的感情还是祝福居多。上午曝光了恋情，下午就是赵益的前妻出来痛骂赵益负心薄幸不管孩子……围观群众井然有序地先看李凌娅微博下面的祝福，接着去看赵益秀恩爱的微博，然后去赵益的前妻那里看看大家对渣男的口诛笔伐，就像是一条精选的旅游线路，可谓层层递进的精彩、不容错过的八卦。

（《还你六十年》第九十一章）

可见，网文对于人物形象的固化和僵化是不满足的，作为时代精神的折射镜像之一，新一代的人物形象以及他们身上的新的精神内涵必然会与时俱进、层出不穷。当然，网文毕竟是受后现代主义文化底色影响的文化样式，它仍然是以打破中心、解构整体、反体系反本质为目的，并且提倡非同一性、历史偶然性、世俗性和多元主义的。对于这一点，三水小草似乎深谙其道，她并不满足于小说创作中题材重复所导致的"量"的增长，而试图在流行畅销的题材下，把人的存在感、主体性与客观现实的相对位置进行微调，试图在"沉甸甸"的现实生活和"轻飘飘"的表达方式之间找到一条更加通畅、便捷和有效的路径。因为只有在三个"融合"——融合叙事文本和生活日常的界限，融合高雅艺术与大众文化的界限，融合各种纷繁艺术风格的界限——的基础上，读者与文本的距离才能缩短或者消弭，才能够产生强烈的代入感。

第六章

时代镜像：互动文本的反射与延伸

如果说文学是人类认识世界、艺术地反映世界的重要载体，那么网络小说显然凭着"在线写读"的媒介方式，在反应速度和数量上跑赢了传统文学，并"以比特之名唤醒了沉睡于传统文本之中的'互文性'，即唤醒了书面文学的开放性、自主性、互动性等潜在活力与灵性"①，使互动性成为网络文学的重要特征。在纸质媒体时代，文学作品一旦出版就无法进行内容修改，除非修订再版。读者与作者的沟通交流也异常困难，在多数读者眼中，作者是概念化的存在。而网络时代创作传播的开放和同步，使作者成为一个"看不见"却又触手可及的具体存在。读者可以在第一时间把阅读感受反馈给作者，甚至就作品内容进行讨论和批评，作者会根据读者的意见调整人物设定、内容权重和情感走向，而通过读者互动影响到网文作者的，除了读者对于文本之内的观察之外，显然还有体量巨大的受众身上携带的审美趣味、道德观念和价值选择，也就是说网文通过互联网与时代和社会产生了互文的关系，同时，网友——或者粉丝——也成为时代和社会在网络世界折射镜像过程中的媒介。

三水小草对于女性成长和美食两大主题情有独钟，而这两个主题又都是社会物质文明与精神文明发展到一定程度的产物，是大众在精神追求和日常世俗这两个并驾齐驱的心理审美需求的表现。大众文化的使命是颠覆一切成为"中心""权威"或者具备上述趋向的话语，任

---

① 陈定家：《文之舞——网络文学与互文性研究》，社会科学文献出版社 2014 年版，第 4 页。

何叙事成为一种模式的时刻，都是它即将被替代的时刻——因为网文是与时代互动、与粉丝互动的动态文本，在这个文本中体现的交互性是网络文学的生命力和吸引力所在，而主题中时代因素以及读者的互动反馈构成了网文独有的风景，社会热点的反射在网文中形成新的话题，读者和粉丝对附带着话题热度的文本又会通过点赞、评论等方式进行个性化的标记或注释，而在时代与作品、作者与读者同步互动的幕后担任导演的，则是网络文学的互文性和超文本性。

1. 互文性：生活与心灵的网络投影

文化消费的趣味性和娱乐性并不意味着机械重复的套路，如果一切吸引人的故事情节都被复仇、寻找金主、享受被爱、追逐权力等欲望叙事裹挟，最后成为一种模式，那么这种模式也必将逐渐失去自身的吸引力。网络文学以"去中心化"保持自身的解构特质，因为它并不深入社会现实进行思想深处的观照、反思和批判。这种削平深度模式的文本样式呈现出意义浅表化和平面化的特征，但不意味着它对一切现实进行反动。要知道，它的数以亿计的读者都是平均年龄在三十岁左右的青年，假设不通过社会热点构建情感共同体，那么网文对于"代入感"的追求则无法实现。

三水小草对社会话题的选用具有非常强的时效性，这也是吸引读者的重要因素。德国戏剧理论家曼弗雷德·普费斯特在《国际后现代主义》中指出，互文性是后现代的一个重要标志，"后现代主义"与"互文性"是一对同义词。网络文学既具有后现代文化底色，又与技术迭代的时代症候关联紧密，因此网络文学在与社会彼此成像的过程中就体现为一种新的互文关系。这种互文性还不只是表现为后代对前人在文本上的承袭性参照，甚至不仅仅指网文文本内部同时具有"可读性"和"可写性"之间的参照，而更应该体现为它作为媒介属性对于社会的参照与反映。

《还你六十年》中对于社会热点以及青年人具有普遍认知和关注度的话题都表现出了极大的包容度，也显现出网络文学的互文性特征。

在文中，女主池迟的电影处女作《跳舞的小象》凭借她走心入脑的演技获得了圣罗丹电影节闭幕式放映电影的殊荣，她本人也获得了多项大奖，而这部电影的女主角林秋是一个在敏感的青春期遭受家庭暴力，同时向更弱小的孩子实施校园暴力的女孩，在现有教育体制和问题家庭的夹缝中选择了死亡。温潞宁作为林秋生前曾经保护过的人，在极度焦虑和自闭中无法自拔，最后选择把林秋的生命以胶片形式固定下来。这一场"戏中戏"关涉到的青少年成长、家庭暴力、校园暴力等问题都是当下社会关注度颇高的公共事件，它存在的普遍性可以在很多读者与文本之间建立共情的纽带，从而在相似的情节和境遇中完成人物的代入。这当然并不同于现实主义的创作方法，作者只负责把故事本身进行呈现，而并不企图揭示现象背后的原因，对于作者而言，"事物是平面的，现象就是所有的内容，人物是表层的，外在行为的背后并没有深层的潜意识"[①]，作者只负责讲故事并带着读者进入故事，读者如何为这个故事进行接续的阐释和想象，那就属于超文本的范畴了。

美食是三水小草擅长的题材，她的成名作《心有不甘》就是一部延续家族传奇的美食文。其实网络小说中的美食书写由来已久，《食色无双》（静官）、《你的味蕾，我的爱情》（寒烈）等作品在2009年就拥有了自己的读者，然而十年间美食文"大热"并持续升温，起决定因素的是社会的整体审美趣味。美食书写是社会物质文明与精神文明发展到一定程度的产物，先有食物材料、种类的丰盛，才能有食不厌精、脍不厌细，无论是《东京梦华录》《陶庵梦忆》还是《随园食单》，表现的都是繁华富足的社会里悠闲精致的生活，"是世俗的艺术化，日常生活的审美化"[②]。

在中国经济形势持续向好的大背景下，2012年播出的《舌尖上的中国》催化了美食文的迅速流行。"吃"作为全人类共同的生存活动成为作者和粉丝"搭讪"的优质话题，而读者则在细致烦琐的烹调工序

---

① 欧阳友权：《网络文学概论》，北京大学出版社2008年版，第121页。
② 陈立群：《舌尖上的大同梦——论网络小说中的"美食书写"》，《河南教育学院学报》（哲学社会科学版），2018年第1期，第79页。

和精致考究的色香味中找到了生活的闲逸、心情的放松，甚至获得了精神的抚慰，美食文在网络文学中成了附带疗愈功能的载体，换句话说，美食的实现是作者献给读者的另一个"白日梦"。

在《还你六十年》中，三水小草把美食书写融于娱乐圈故事，处理得新颖巧妙。池迟的人生起点就是送外卖，她的暂时的栖身之所也是影视城内的一个饭馆，这为她在后来任何一个人生阶段中对于美食的需求以及美食对于她的陪伴做好了铺垫，而粉丝们在看完文章后大喊"饿了"的反馈则是读者真正被"代入"，并安心享受着小说中的美食乌托邦。

> 汤锅的热气、蒸笼的水汽氤氲在池迟的周围，这就是她一天生活的开始。
>
> 每天六点钟起床清洗羊肉、羊肉在后厨房炖上，再打拳晨练直到七点半，生活在影视城的人们普遍起得早，八点多九点半才是他们的早饭时间，到了那个时候池迟就把汤锅架到餐馆门口继续熬，一是招揽客人，二是不耽误后厨房的工作。
>
> 秋天的时候她还做过萝卜炖牛杂，夏天的时候就是煮好了桂花绿豆水放在冰盒子里，汤锅一口满街飘香，别家学得来样子，学不来味道。
>
> （《还你六十年》第四章）

> 终于，一切准备就绪。
>
> 她拿起刀，掂了一下，很感慨地说："很久没用这么有分量的刀做鱼了。"
>
> 导演一声 action，那被"感慨"的刀就化成了影，迅速地划掉了鱼鳍和鱼尾不好看的部分。
>
> 接着，一盅白酒洒在了刀上，刀在鱼身上一深四浅地切着，让酒顺着刀进入到了鱼的纹理中，鱼的一面已经切满了花刀，洒在刀背的那一滴酒还没滑到刀刃上。
>
> 随手抓过几枚薄薄的姜片放在刀口里，长手一转，肥美的鱼

痛快地在案板上翻了个身。

带起了一片有酒香的水痕。

鱼处理好了，旁边的大锅早就已经烧到很热，把蒸架排在锅上，鱼整个放在蒸架上，不用任何的容器盛装，只是把一块猪油脂肪放在了蒸架上。

举起一坛子好酒，闻了一下酒的气味，做菜的人脸上露出了满意的笑容。

酒绕着热锅转了一周，浓郁的酒气扑向蒸架上的鱼……

盖上大锅的盖子，她又把葱姜切成细丝，另起锅灶用酱油等物调制蒸鱼的汁，最后烧上两勺热油。

所有的动作快到让人目不暇接，搭配着做菜那人淡定自若的神情，让人觉得这不是一次烹饪，更像是一场表演。

比酒更加醉人的表演。

过了几分钟，锅里已经渐渐冒出一种浓郁的香气，酒香，混着鱼的鲜香、一点点的油香味儿……

有几位摄影师怕自己深呼吸的声音被录下，只能用手捂住自己的鼻子。

把蒸架连着鱼一起拿下来，鱼放在浅盘里，择去原有的姜片。

红色的汤汁浇上去，黄绿相间的葱姜丝也稀稀落落层层叠叠地撒了上去。

那人站着如松如竹，一只手背在身后，另一只手抄起了没有一点水渍的汤勺。

热油恰是刚好，以勺一泼，激起浓香盈盈。

霎时间，鱼醉，人醉，一室醺然。

（《还你六十年》第一百零七章）

尽管"返老还童"的名义遮不住"重生"的套路，但是三水小草对于成长主题的把握还是有别于早期的女性穿越作品；而几乎在每部作品中都能够见到踪影的美食内容，更是成为读者理想和现实地气之间折中主义的表现，贯穿其中的独立、向上、阳光的女性形象是时代通过读者传递给作者的信息，潜在的欲望诉求减弱，实现个人梦想、遇到最好的自己则成为一个响彻全篇的宣言。

2. 超文本：活跃有效的传播指征

作为文学研究中的一个概念，"超文本"是使用频次很高但却相当混乱的一个术语。黄鸣奋在《超文本诗学》中对于"超文本"的概念分别从文本类型、传播手段、文本属性、文本环境等多个维度进行观察和阐释，还原了"超文本"的广义性。在网络文学的范畴中，"超文本"概念更加突出互联网的媒介属性，以及由此延伸出的交互性、即时性。体现在网文的创作传播中，除了作者持续更文的连载方式之外，还有页面评论、同人创作、番外话题等"二度加工"。

在晋江文学城网站，《还你六十年》的总点击量达到近七百万，总书评数约两万七千条，无数读者对于心中的"哈姆雷特"做出了个性化的判断和想象。"文学批评也如同小说一样，正在告别书页向网上迁移，流动性、偶然性、不明确性、复数性、不连贯性等等是今日超文本的热门词汇"①，也正是这些流动、偶然、不明确、复数、不连贯的评论反馈，在《还你六十年》的元文本之上，形成了一个更加充沛、更加丰富的超文本。

署名为"澄尘"的读者以《夜空中最亮的星之一》为题，写了五篇人物小传式的长评，其中第一篇以《林秋》为题，讲述读者本人和身边朋友的"林秋式"青春，反映出青春期教育中各种程度"家庭暴力"存在的普遍性，印证了作者对于社会问题和青年公共情感的准确把握，体现出读者"身临其境""人生得一知己足矣"的超强代入感。

"当记忆如潮水般涌来，突然想起中学坐在最后角落里那个思想行为不同的女生，大家要么在一开始就远离她，要么是奚落她；突然想起隔（壁）班的姑娘被一群小子勒索了一两万；突然想起自己的小学也是在别人的'直白'里度过的。"

---

① 参见罗伯特·库弗《书籍的终结》一文。

读到"你是你爸的孩子，管他要钱去"，又恍恍惚惚发现，大脑皮层也有这一段的残影，尴尬的岁月碰上尴尬的家长，真是……太尴尬了。幻想着有人来救，幻想着经历的是场梦境，一次又一次的失望，没有什么比一次次毁掉希望更痛苦的事情，厌恶着他们，也厌恶着自己。

看的时候仿佛镜中人有了熟悉的影子，那是我认识的人，又不是我认识的人。很多人都是第一次做父母，自然会做错事，没有那么完美。在那个时候，有任何一个人能拉一把，那就是另一个故事了，演绎千万种，是活着的我们。

（澄尘《夜空中最亮的星之一》发表于晋江文学城网站

2017-07-13 17:37:08）

很显然，粉丝的参与打破了原有的"自我讲述"，将小说从以作者为起点、相对封闭的"元文本"变成了非线性、碎片化的"超文本"。在从"文本"到"超文本"的增殖过程中，青年亚文化语境下年轻受众对于网文的介入意愿被体现得淋漓尽致，"爽得优雅的重生文""思考到蛮多三观问题""没有多余情节""不是无脑 YY 文"等评价作为思想交换得到了千差万别的回馈和阐释。粉丝从此无须受困于文本本身规定好的"所指"，而是通过移动互联的阅读优势在"能指"的海洋中遨游。

值得注意的是，网络文学经过二十年的奔涌和沉淀，读者与作者相互陪伴和守望，共同推动着网络文学的审美进阶。《还你六十年》中无论是池迟"虽九死其犹未悔"的执着个性，还是"跳舞的小象""女儿国""申九""凤厨"等"剧中剧"的情境体验，都超越了早期"种田文"或"金手指"的单一审美，成为粉丝热评的对象。特别是三水小草劲道的语言和优美的文笔意图在文学氛围中构建精致优雅的"爽文"，从以"白"和"俗"为中心的娱乐性语言向"文"和"雅"转向。事实上这样的转向并没有影响粉丝的关注，甚至在强化作者文风的同时，为文学化的"超文本"提供了元文本。

池迟辞

序章·说书

月饼两三块，清茶四五钱。会友寻雅舍，开卷觅洞天。
秋风惊堂木，茗香溢云巅。灰袍说书客，白首道经年。

节一·前尘

昔有一戏痴，腿疾莫能医。六旬仍逐梦，不惧岁月辞。
雷毁栋梁树，黄口无可依。愿作长忧者，羁鸟返巢枝。

节二·缘起

世无十全事，圆月复成弦。尚闻夏雨雪，执念可动天。
三水连天涧，小草种仙缘。安借马良笔，还汝六十年！

节三·梦始

习艺北风凛，串戏冬日严。暮年花季客，寻梦梨园边。
油饼忆旧事，热浆赠暖言。官人伯乐至，封烁青云迁。

节四·林秋

精图描分镜，殚思析台词。光渺烛莫掇，雾浓星自稀。
圆梦无觉倦，入戏不知疲。怀伤若未睹，尝苦亦如饴。
扶弱拳染血，欺小汗沾衣。残红知秋意，暗幕驱夕晖。
酒酣蔽神志，寒影拂荆扉。熹微赤衣舞，谁识小象悲？

节五·玲珑

茶馆迎贵客，将军会祭司。疾风惊雏鸟，离桐别处栖。
故人逢不识，去者莫可追。兄妹难释怨，睹物愧旧时。
苦磨髀下肉，细琢楚腰姿。祭舞成绝唱，铁剑铸史诗。
初心俱往矣，浮华入眼迷。遥指锦绣路，惜与宿愿违。

节六·申九

剑舞驰千里，青眼越重山。飞沙逐影没，炙日取景难。
折桂名渐显，复闻前路艰。惟愿长驻戏，不得半日闲。
书生持正气，说教遵圣贤。刺客无善念，出剑由利钱。
纵情随孤剑，歼敌任心田。何如闻道者，夕死不枉然。

节七·殊途

两角并行列，心老人不知。良朋千里至，但戚入戏危。
安王陷孽恋，红颜绝生机。对镜尝拷问，执念终不移。
名扬电影节，感言动人思。素像遗倩影，故人始生疑。
树苗成乔木，园丁弃耕犁。昔事且行别，只缘前路歧。

节八·凤厨

六蛋白煮肉，嚼蜡日三回。名厨烹羹菜，闻香人已肥。
大导怀偏见，□□论尊卑。惶惶逝者现，始恐旧时非。
乱世无净土，夜半杜鹃啼。孤女赴千里，小刀削青丝。
名传九阕路，艺集百家师。飘飘孑然去，沉冤得雪时。

节九·王子

七日皆云烟，新角动心弦。瓶颈何以破？进学寻书山。
岁月不复改，一梦返从前。纵知未来事，愚者难争先。
回溯何觅趣？安稳变颓然。励言明灯照，新日煦光延。
生死或有命，困局对愁眠。敢行无功事，辞冬接春天。

节十·分裂

持状告媒体，接戏远行西。一人饰三角，何辨雄与雌？
笑语怀恶念，羞颜藏杀机。冷眼执判令，彼道彼身施。

节十一·柳爷

浮萍无根茎，聚散事不期。缘伴数十载，当成连理枝。

暗香依旧在，寒梅早入泥。黯然销魂事，惟有伤别离。

节十二·平阳

隐闻侵权事，新剧会旧编。习御翩若雁，明礼逸如仙。
纤躯跃城郭，素手挥长鞭。怒马驰峡道，轻骑赴临关。
仗剑拒夷敌，列阵陷长安。权重泯人善，功高薄亲缘。
扶病战意盛，张弓银甲坚。沥血终不悔，莫负韶华年。

节十三·顾惜

千里援兵至，四面楚歌时。何如雪中炭，危难见情谊。
下厨烹暖面，散财换生机。晓梦且长恨，折腰攀贵枝。

终章·望月

惊雷木屑落，游思书梦归。若问下回事，悠然未有期。
穷经团聚日，不知夕阳辞。谁怜书荒意，邀月尽余杯。

（荏苒泠泱《池迟辞》发表于晋江文学城网站

2016-10-14　00:12:40）

　　从荏苒泠泱诗化的评论中看，凝练整饬的诗句不仅再现了《还你六十年》的主要人物和情节脉络，每个小节"判词"结构的运用也准确传达了读者对人物命运的认知和情感价值的取舍。尽管在音律平仄上并不是绝对工整，但以"文学性"来回应"文学性"，也成为《还你六十年》创作中一道亮丽的风景。篇幅所限，笔者不能列举太多读者长评。然而正因为海量的"超文本"中充满了时代呼吸和生活体验，饱含着对更深一层文学审美的期盼，小说内部也即变成了一个新的意义生成的场所——会有更多的"文学控"读者通过这些长评进入文本或者关注作者，而正如《还你六十年》一样，小说文本会在活跃的超文本性的刺激下，形成了更强的内容吸附力和传播驱动力。

附章

王文静 @ 三水小草：
余音袅袅——故事背后的讲述与思索

1. 生活的时间与文学的时间

王文静（以下简称"W"）：你从 2012 年开始创作至今，接近八年时间了。这个时间长度对于一个作家而言——无论对于纯文学领域的作家，还是网络作家，都会是一个充满了变化和可能的区间。特别是再回头看八年前与网络文学的结缘，有没有很多感慨？

三水小草（以下简称"S"）：我从小就喜欢写东西，最早的时候是写作文刊物上的征文，上中学后还给一些青春杂志投过稿，不过小孩子阶段什么都不懂，也不知道过稿了没有，甚至连我当初起的一堆笔名都忘记了。开始长篇写作是在 2012 年，这里面的原因说起来还有点儿复杂，一方面是我当时同时在准备托福考试和考研，另一方面是2012 年嘛，那个时候有关于玛雅预言的种种传说，我看了很多相关题材的小说之后就很手痒。

同时还有一个重要的原因，是我当时非常喜欢一个网文作者"我想吃肉"的作品《非主流清穿》，给它前前后后写了十万字的"同人"，让我对自己驾驭小说的能力有了一定的信心；而且当时很多书友彼此之间也会互相鼓励，会说"啊，你去写吧，我觉得你可以"之类的。在这几方面的促进之下，我就开始了我自己的小说的创作。其实这是一条很多网文作者都会走的路吧，从一个忠诚的读者逐步转变，因为喜欢，所以参与。那些当初鼓励我的朋友，我们现在还经常聊天，就连作者"我想吃肉"本人，现在也是我的好朋友，所以现在每次说起为什么会开始写文这件事，我就会说是"为了把喜欢的作者变成好朋友"。

W：是什么时候开始想专业写小说？做出职业创作这个决定难吗？

S：专业写小说？其实到现在我也不觉得自己是专业的，我在写文这个事情上特别"不专业"，急于表达、急躁、凭着性子来，总是去尝试不同的题材，甚至写文的时候产生自相矛盾的思考，在这些方面我觉得我不是个专业的写手。我更像是一个被丰富表达欲、丰富表现欲还有各种脑洞追逐的人，我用写作这种方式去表现自己脑海里的场景。

职业创作的决定倒是挺容易下的，现代年轻人嘛，总要去尝试一些东西，在职业写文之前我还参与到了朋友一家手游公司的创业里，相比较而言，做出职业创作的决定比离家出走去另一个城市创业要容易多了。

W：时间和网络有个共同点是公平性。人们接受时间的淘洗，积累生活经验和教训，丧失和获得前行的信心，在这个意义上每个人都是平等的。作家相对普通人拥有更加敏感细腻的体察力，这种观察超越了市井生活成为审美体验固定到作品的故事中，是作者献给读者的礼物。随着创作的深入，时间的变化会让你的一些生活体验升级或者消亡吗？

S：从前写文的时候，包括看文的时候，我会给自己一些问题"为什么别人能写这个""为什么你写不了""为什么这样的角度和情节你在构思相似题材的时候没有想过"？我那时候特别佩服别人的脑洞和写文创意，因为我自己在这方面总觉得有什么"不够"，但是到了2016年，我开始写《还你六十年》的时候，我不这么想了，我开始某种在写作时候催生的"自我审问""我看见所以我书写"的写作方式。

这应该跟我在生活的过程中也开始试着放下一种东西有关，毕竟人是成长的。我在年轻的时候总是希望自己成为一个会发光的人，凭借自身的才能、财富甚至外貌……我曾经一度自我苛求到我不允许自己不如我想象中完美。但是后来我发现写作本身就能够带给我比这些更深刻的满足感，我可以选择被我笔下的人物照亮，我可以选择被给我留评论的读者照亮，我也可以去接受这个世界不够好的一面，因为我开始相信这个世界会变得越来越好。

这些年，我也可以说是陪着我的一些读者长大的，有个小姑娘第一次看我小说的时候还在读初中，现在已经大学毕业了，偶尔交流起来，我也能感觉到我是从她们身上吸取力量的。这也让我写小说的时候，心境越来越平和。

W：这也是一个作家创作观念的形成。每个作家的创作毫无例外地都会从个人经验或者相对熟悉的领域起步，当一个作家进入公共视野之后，他创作之后的时间会被放大，而在此之前的十几甚至几十年形成的情感基因和心理模式往往会被忽略。

S：我觉得这个是因人而异的，因为对于一些作者来说，当他开始写作，也意味着他开始审视自己的生活和成长经历，开始放大自己的感情在作品里。当一个作者进入了公共视野时，人们也会像做阅读理解一样去剖析他的当下与他的作品之间的关系，但是事实上没有人的人生是能独立分成每一节的。就像我们看见浪打在沙滩上，但是最早的涌动，是在海的深处，它甚至被遥远不可触及的月亮影响。

至于我自己，我之前很多年积累的情感基因，恰恰是让我写成了《心有不甘》的决定性因素。

《心有不甘》是我离家工作后开始写的，那段时间我离开校园开始体验跟我过去完全不同的生活，除了创业本身的各种新奇和挑战之外，我和家人之间长时间的矛盾成为那段时间的主旋律。直到那年过年回家，我穿着一件穿了一冬天的网购的羽绒服，拎着我刚买的行李箱，在家门被打开的一瞬间，我意识到我惧怕的"矛盾"其实没那么可怕。所以，我再次回到工作上之后，就利用业余时间写了个所有的"心有不甘"都被女主战胜或者实现的故事。

不过写美食文是挺凑巧的，有一年清明假期回青岛，父母带我吃炉包——很多地方叫水煎包，可能是因为离家太久，也可能是因为那家店的手艺很好，我一下就记住了。我父母都是很讲究吃也很会做菜的人，从小耳濡目染，长大后自己也会做菜，所以我在写美食题材的时候还是挺得心应手的。

W：因此，仅站在研究作品文本的角度对作者创作风格进行观察会显得不厚道，知人论世还是很重要的。

S：不能说不厚道，因为写作者特别是网文作者愿意暴露自己个人经历这件事是一个很难的选择。就像我有作者朋友说"没有社交恐惧谁天天蹲电脑后面敲字儿"，再加上现在是个网络社会，很多消息传递得很快，让大家说起自己的事情的时候就会变得更谨慎。对观察者来说，难度也是增大了。

W：如果为过去八年在创作上的成长寻找几个关键节点，会是什么？

S：一个关键点是写《心有不甘》。在那之前我没想过可以用写文这件事情去解构几代人的关系，去把它们的命运跟时代嵌合在一起。这对我的写作风格有了很大的影响，写《心有不甘》之后我在塑造角色的时候，都会让这个角色找到"来路"，他是怎么成为这么一个角色的，他这个人物的"根"在哪里。

另一个关键点是我写《退役救世主》时，小说中有一个情节是女主角路俏对被她救下的女孩儿说"不是你的错"。然后有一个读者留言，她说自己最近也经历了不好的事情，可是看到文中这句对白的时候，她觉得自己被安慰了。

她的留言一度让我非常惶恐，我不知道我写一个小说会有这种力量，会产生这样大的影响。所以我这篇文也断更了很久，因为我开始审视自己写的到底是些什么东西，开始去想我这些出于"萌点""爱好"的东西，它们能不能带给别人更多的温暖或者力量。这样说或许有点太大了，我就希望，哪怕是一个人口渴了呢，我写的东西能是一杯温热的水，让她舒服一点儿，一点儿就行。

最近看网上有人提到"写作自由"，对包含"道德意识"等话题都展开了很深入的讨论。我认为我是没有"写作自由"的，特别是遇到了刚才说到的读者之后，我开始对自己有了一些要求，愿意放弃所谓的"写作自由"，因为我必须要去赞美蓬勃不停息的生命，这是我给我的"枷锁"。我写《还你六十年》的时候，就是这种思想刚刚迸发、沉淀出了成果的时候。

在写文手法上变化的一个"关键点"，是我 2019 年写《枕边有你》

的时候开始尝试"强剧情写作",人物的碰撞、发展都很激烈,故事情节很密集,脱离了关于"日常"的描写,给每一个场景赋予"人物变化"的目的,让我觉得很有意思。

W:可见,对作家来说,时间会以各种方式来标记创作的过程,也会以文学的方式进入创作。你怎么看待文学中的时间?

S:有人说我的作品一个很大的特点是主角终究会跟自己达成一个和解,比如《心有不甘》里沈何夕与自己的家人达成了和解;《还你六十年》里池迟在结尾处坦然说她的人生是一场和自我的战争;《上膳书》里宋丸子从局外人的身份到反抗天道的不公,等等。而亲情、梦想、爱情、人与社会、婚姻这些话题也是随着我自己年龄的增长在慢慢变化的,这种变化就是时间留在我作品上的一种标记吧。

W:无论是《心有不甘》《还你六十年》《又是青春年少》等都市文,还是《退役救世主》《完美扮演法》等玄幻文,我注意到你特别注意运用"时间"的概念,比如重生、魂穿、失忆,也有历史和未来的混搭,几乎每部作品的故事张力都和时间的变形分不开。

S:我觉得这跟我成长过程中一直有"时间差"有关,我是我外公外婆带大的,当我成长到开始尝试理解他们的时候,他们已经老了,所以我写文的时候,会把这种带着遗憾的理解放进作品里。我希望,此时、此刻这个崭新的世界,能让那些被时间"抛弃"的人真正感受到,让他们一颗久经世事的心有属于新时代的活力。

2. 为故事也为人生

W:网络文学创作中,"世界观"是个非常重要的概念。作为大众文化的典型代表,网络小说带有天然的商业性和娱乐性,制造"白日梦"的同时带来了一个个酣畅淋漓的故事。然而,无论是那些天马行空的故事,还是故事中被塑造的人——我指的是符合社会主流审美的形象——又常常是那些能够让人对生命有所反思的形象。比如《退役救世主》《上膳书》这类作品,尽管在时空、人物设定上极具想象力,情感内核还是围绕正义、责任展开的。

S：我在之前提过，从 2015 年之后我对自己写文开始有所要求，无论是主角还是配角，我要求自己去赞美那些昂扬向上的生命，她们要坚持、要成长，因为我也希望她们能去保护更多的"坚持"和"成长"。其实也不用更多，只要有一个，有一个读者，有一个女孩子能被这样"保护"就够了。

作为作者这个单纯的身份来讲，只有读者的阅读快乐是属于作者的，这些快乐被串在一起，就是能够照亮无数黑夜的星星项链。但是我也希望自己的作品成为微小但是存在的星星，有一天，一个女孩儿抬起头，她看见了，在黑夜里。这就是属于我写作这件事情上最宝贵又夺目的财富了。

就像我的笔名，三水小草，自带水源，连浇灌都不用，哪怕孤零零立在地上，让一个刚刚走过严冬的女孩儿停住脚步，她看见了，然后说："呀，春天来了。"对于这一棵草来说，还有更好的赞美吗？

W：在网文的世界里，好故事就是一种道德。但是网络文学发展了二十年，升级打怪换地图或者霸道总裁灰姑娘的故事讲了上千遍，好故事怎样超越旧故事的境界？

S：我觉得好故事的超越是自然而然的事情，因为我们都看过旧故事，我们会提炼旧故事的缺点，摒弃掉，我们会根据时代的发展、新的思想的涌现、更多高学历人才的群体思考得出更好的解决问题的办法，然后把这些东西写进作品里。

比如二十年前，人们写霸道总裁动辄让人"天凉了，让王氏集团破产吧"，二十年后人们写的时候就知道这是违法的，比如让女主角对着霸道总裁读《刑法》。二十年前，人们写升级打怪换地图，是杀光了所有的敌人；二十年后，人们写升级打怪换地图，会去写主角的成长和感悟，会去写地图上其他人与命运的抗争。这就是进步，这种进步会积累出境界的提升，不管是从思想上还是作品的可看性上。

W：这是你不想再写男女情感的一个原因吗？

S：其实我没有不写男女情感，只是有些设计里面没法写，有些呢是我写着写着，故事要结尾了，回头一看，哦，主角还单着呢。

《浮华作茧》《吃点儿好的》都是言情小说，《上膳书》里宋丸子和苏远秋的感情线是整篇文的脉络，但是我认为女作者确实被很多人天然认为是"言情作者"，这确实是一种偏见，这种偏见也有可能反过来局限女作者。女孩儿不光会谈情说爱，也可以升级打怪，可以一边谈情说爱一边升级打怪，也可以不谈情说爱，一心升级打怪，我觉得这都是写作过程中很正常的选择。

W：网络文学被称为"读者文学"，读者看不看、喜欢不喜欢、订阅不订阅，这在作品的创作接受过程中的作用很大。如前文所讲，最初是作者的文字吸引了读者，关注度升高后，读者对作者的创作逐渐产生阅读期待，比如池迟的表演理想最后是不是一定要实现？褚年和余笑的婚姻是否还有破镜重圆的机会？你在处理这些故事走向的时候，读者对创作的干预大不大？

S：池迟的故事，我是从一开始就想好了怎么写的，她都这么拼了，要是还不能达成表演理想，我可能自己都不会放过我自己。

至于余笑和褚年，说实话，因为我第一次写婚恋题材，我其实真的被读者们的要求吓到了，当时真的是第一次产生了心理压力，我其实一直不懂为什么会有人在一开头就要求作者让两个人"破镜重圆"，主角们会经历什么，主角们会思考什么，她们都还不知道。但是我写文是比较"任性"的，所以，坚决按照自己的设定走，事实上最后读者们的反馈也不错。

W：情节逻辑或者众望所归，哪一个对你创作过程影响更大呢？

S：情节逻辑，必须是情节逻辑。

W：现实生活的逻辑反而更难把握，比如《枕边有你》中的褚年和余笑，在他们穿越到对方身体认识到了一个不一样的对方后，生活已经不再给他们机会了。这会不会让一些粉丝失望，或者觉得不爽？

S：会有，肯定会有，但是她们看到最后产生了这样的想法，是因为她们觉得两个角色都获得了成长，因为两个已经成长的人就这样"错过"所以遗憾。我是完全可以理解的，跟她们也有一些交流。我们彼此之间也有互相的理解。

W：但实际上我看到这个结尾的时候，反而是很震动，也思索很多。这部作品的"现实向"非常明显，女性启蒙和家庭关系反思都非常充分。

S：我不知道是不是很多女人会跟我一样，成长到某个阶段的时候，你会觉得，这个世界有一种不公平，叫"妈妈"。我母亲是个很有能力、很有魄力的人，我认为她身上的诸多标签里，最不值一提的就是"母亲"和"妻子"，可她的大半生，都为这两个身份毫无底线地付出。我觉得我没办法去反对这种"不公平"，因为我长这么大，每时每刻都在享受着我母亲的付出，我站出来说"不公平"，对她来说是一种否定。

随着我年纪大了，我发现这种"不公平"不只存在于我的父母辈，我们现在是21世纪20年代的生产力，但是很多人的"家庭观"和"婚姻观"还是旧的，很多人还把女性的社会价值完全归于她的家庭和婚姻，这种东西是对的吗？我在思考，所以我就把我的思考也写了出来，这就是《枕边有你》的创作初衷。

当然我还拉上我的很多读者一起来思考，看看能够得出什么样的结论。我很高兴看到有些读者在是反思自己的生活，有些读者是在说她们的人生已经不一样了，有些读者说自己的母亲是一种更好的状态，我觉得这些不同的想法的碰撞都很棒。

W：还有一个"现实向"的标志，就是美食。美食文的写作资源是什么？

S：吃，美食文最大的写作资源是吃。《心有不甘》写的是鲁菜，我自己就出生在胶东菜之乡，家人会做，自己也爱研究。《又是青春年少》写的是江浙菜，我扎根在那里吃了两个月。食物是一个人的情感体现，喜怒哀乐，吃点儿好的，这是咱们民族文化里的东西，从这个方面入手，很容易就让读者产生共情，哪怕同样的情绪你没有，同样的东西你总吃过，要是没吃过，没关系，大半夜饿肚子流着的口水总是一样的。

W：饮食男女，人之大欲。但是你的作品中极少把男女情爱作为主题来写，是刻意的吗？还是觉得很难逃出"总裁文""虐恋"等固有套路？

S：饮食男女，你这个话题真的是太巧了。我之所以不太愿意把感情和食物放在一起写，正是因为《饮食男女》这部电影，我当年第一次看的时候，看到吴倩莲演的家倩，她的男朋友拿起做好的食物跟她调情，当时就给我造成了巨大的心理阴影。不行，食物不该被这样对待，所以后来我虽然写了一本言情美食文《吃点儿好的》，但他们两个人谈恋爱也是认认真真地吃饭。必须认认真真吃饭，吃饭皇帝大！

W：这印证了我的一个推测：你对自我、对作品是有要求的，这种要求是使命感吗？

S：我觉得我还说不上是"使命感"，现代社会每个人都是在波动中寻找自己的位置，我没有资格说自己带有什么使命，只能说，自我要求，在收获读者的阅读快乐之余让自己的意义更多。

W：是否担心对于文字的执念太美好会让文字变得"鸡汤"呢？

S："鸡汤"是什么呢？我认为，"鸡汤"是"我曾经很穷，经过努力，我富了，你像我一样，你也可以"。这种东西你说给别人听，这叫"灌鸡汤"，因为你表现的其实是一种机械的东西，没有现实根由，也没有切实理论。但是如果你在写作的过程中，写清楚了"我曾经很穷，我为什么穷，我的缺点是什么，我如何克服了缺点，我的努力和运气的关系，我的时代背景，现在这个时代不一样了，我想做什么，我觉得你可以做什么"，把这些都交代清楚，那就是一个人精彩的、波澜壮阔的人生。

3. 女性精神的书写与传播

W：之前你提到过家庭对创作的影响，母亲的形象是年少时对职业女性的理想定义。这是你对于女性命运关注的起点吗？

S：可能是吧。

W：在现代都市情感小说中女性形象走写实路线，历史小说中的女性形象也被穿越过去的现代女性占有了。《梦回大清》《步步惊心》中的女主光环其实都是现代女性带来的独立启蒙赋予的魅力。中国传统女性形象中的美好品德在网络小说中被遮蔽，导致网文中的女性数量不计其数，但其精神本质的单一性越来越明显。

S：不，我觉得女性形象越来越单一，不是因为她们都是现代女性，不是因为现代女作者不去歌颂传统美德，而是因为女性在被定义。被定义现代职场，文中女性都是莽撞菜鸟；被定义校园，文中女性个个白幼甜；被定义古代言情，文中女性则个个成了下堂弃妇、深宫怨女……如果我们写现代职场的女性精明强干不靠总裁来帮自己解决问题；我们写校园女孩儿团结起来勇敢对抗校园暴力；我们写古代言情放过后宫嫔妃和宅门媳妇；我们写以军礼下葬的平阳公主、写几经离乱的蔡文姬、写阵前击鼓的梁红玉……上面这些形象缺乏现代魅力和传统美德吗？

W：现代独立女性穿越到古代，用情节冲突的张力来彰显女性进化的愿景，可是真正到了现代都市小说的创作中，身处男女平等的当代社会，女性独立却并没有被塑造出来。《欢乐颂》中"五美"的塑造涵盖了社会各阶层职业女性的奋斗史，应该说是非常亮眼的人物形象架构，可是小说结尾，她们非但没有实现个人的精神性的超越，即便是物质性的超越，依靠的也是其他姐妹或者超值的"男友力"才实现的。我认为，并不是作家没有意识到这一点，移动互联的媒介环境和读者的碎片阅读也许才是作家对人设进行确定的最后考量。您觉得在作家心目中，网文应该为当代提供什么样的女性形象？

S：我觉得最好的形象就是什么形象都有，可以是九死不悔的英雄，可以是临终忏悔不得解脱的背叛者，可以是撑起一个时代的脊梁，也可以是街边锱铢必较的摊贩。如果这些女性角色都有人去写，那么自然而然，就会产生更多更好能够体现这个时代的女性形象。不要让女性成为各种标签，只要去挖掘内心就够了，给每一个形象一个"来路"、一个"前途"，剩下的，交给读者和时间。

W：在创作过程中，你发现读者期冀的女性形象和您心目中的理想形象会有多少重合？

S：百分之百重合，经常有人看我的文说："啊，我就喜欢这样的女人！"那我就很高兴了。读者其实没什么对女性形象的"期待"，拓宽她们的眼界，让她们知道这个世界上有更多的女性形象，这才是作者该做的事情。

W：女性书写对您而言，最大的吸引力是什么？

S：最大的吸引力就是用优秀的女性来吸引更多优秀的女性，和可爱的读者沟通交流，在这个过程中进一步地自我完善，再反馈给她们更多更有意思的作品。

W：那你通常怎么平衡小说的文学性和可读性？

S：我要表达的东西，读者能看懂就行，在这个基础上尽量让自己有文化一点。

W：所以文学性的语言成为你作品的辨识度之一。就女性的生理成长而言，有一种说法是七年一个周期。如果把这七年搬到创作中，您作为女性作家对未来一个新周期的女性书写有什么想法？

S：七年的时间对我来说有点长，我想了想，我会让自己进入一种更高效的写作状态里去吧。写一些还没写过的形象，让更多的女性角色去做一些有趣的事情。我有一个写作计划表，未来几年我会写身世曲折的女将军、退役后重返赛场的击剑选手、三元及第的女丞相、和高中生女儿交换了身体因为考试不及格逃课的母亲……希望这些新的人物和故事，也能帮助我获得更多的成长。

W：非常期待。

选文

第一章
引 子

人这一生，至少该为自己的梦想奋斗三次。

对于已经七十六岁的池秀兰来说

她第一次输给了天

第二次输给了命

第三次输给了时间

"如果再来一次……"

轮椅上的老人看向窗外很远很远的地方。

"瞎想。只要我还是池秀兰，我还是会输，一次，又一次。"

第二章

冬 夜

如果说，北方的冷是糙汉子们暖炕上窝着唠嗑看雪的情怀，南方的冷，更像是一场无差别的狂轰滥炸式的化学伤害。

扎肉刺骨的湿冷在没有暖气以拯救世界的天空之下是令人毛骨悚然的恐惧。

"听——说——，这次降温是北极一个超大冷空气漩涡南——下了。"

昏黄的灯光照射下，年轻的女孩儿全靠自体颤抖发热，裹着军绿色的棉大衣跺着脚搓着手。

"这年头冷气旋还学乾隆啊，还南下，好好蹲在北边不好吗，去年都没这么冷。"另一个女孩儿和她动作相仿，只是头上顶着一个大拉翅的帽子，怀抱一个大大的暖枕，猴子头形状的暖枕随着她的动作也都轻颤着，让她的投在墙上的影子格外畸形可笑。

她们所待的地方是个临时搭建的棚子，即使能挡住无声的寒风，也挡不住江南那无孔不入堪比生化武器的湿气和冷气，一个插着电的小太阳旁边码了一排湿掉的棉鞋，一堆羽绒服大棉衣都堆在她们身边的桌子上，乱糟糟地盖住了镜子和妆盒，地上的暖瓶里热水更是早就用完了。

此时已经是晚上十点，上百号工作人员要准备今晚的大夜场，那七八个电热水壶兜兜转转早不知道到了场地的哪个角落里了。

"去年？是六十年都——没有——这么冷——好吗——"第一个说话的姑娘说到冷字的时候狠狠地打了个哆嗦，"要是乾隆下江南的时候被冻成狗，咱们现在是不是也就不用在这大半夜地拍辫子戏了？"

"算了吧，没有乾隆爱上女主角还有别的皇帝爱上她，重点是霸道皇帝爱上玛丽苏，到底是哪个皇帝全看编剧心情。"

两个女孩儿一边说着闲话一边靠在一起抖啊抖，目光不禁滑向了棚子的那道塑料门。

在这样的天，最好能来一碗热汤，撒着胡椒粉，漂着葱花和辣椒末，最重要的是热腾腾的、冒着热气的那种，灌到肚子里能让人从上到下就暖和起来。

"叮铃叮铃——"

几声清脆的车铃声由远及近，很快就到了棚子的跟前。

"是她来了吧？"

"是吧？"

可怜的女孩儿们面面相觑，表情终于不再是被冻住的僵硬模样。

那是对温暖的憧憬，那是对春天的向往，那是对寒冷会褪去的期待。

那是……宵夜！

"羊肉汤十五份，七份不要葱，三份多放辣椒。蔬菜粥四份，两份加胡椒末，南瓜粥一份不加糖，胡辣汤一份，肉包子三个。"

随着念订单的声音，戴着护耳和口罩的人一只手掀开了棚子的帘子门，另一只手拎着大外卖箱子熟门熟路地跨了进来，一层细白的粉末从她的头上肩上簌簌落下，那是寒风里无处安身的碎雪。

"小池！"两个女孩儿露出了看见亲人的表情直接就扑向了她……

"哎哎，别着急。"把箱子往地上一放，口罩人揭下口罩，露出了冻到发红的鼻尖——这又是一个过分年轻的俊美女孩子。

"他们还有多久下戏？"

"不知道，NG三四次了，导演都带火气了。"

"哦，那你们先吃，他们的我用热水袋焐着呢。"送外卖的女孩儿蹲下身打开外卖箱子，从最边上拿出了两份汤。

"你要的纯羊肝汤。"她连看都没看，把一份汤径直放在头顶大拉翅的女孩儿的手里。

"你要的……"她抬眼对着另一个女孩儿露出心照不宣的笑容，

"没葱花，多放了辣椒还放了醋。"

"小池，我太爱你了！"第二个接过汤碗的女孩儿露出了大大的笑容，她嗜好吃羊脑又怕被人嫌弃，自从能从小池这里订外卖，她的需求会被对方一直记着，根本不需要自己再避着人小声重复，真的少了不少的尴尬。

两个女孩捧着热汤蹲到一边，瞅着打开盖子之后的热气，她们的脸上不约而同地都露出了幸福的表情。

"我中午的时候还以为会收到通知晚上不来了呢，没想到这么冷的天居然真的演大场。"

送外卖的女孩儿抽了抽鼻子，帽子把她的眉毛以上都盖得严严实实的，只有一双纤长的睫毛偶尔伴着眨眼的动作轻动几下。

她一边说着话，一边摘掉了自己的手套和护耳，衣服早就堆满了棚子的每个角落，她从外套兜里摸出了一个双曲钩，把一头挂在木头架子上，另一头，她把护耳、手套都装在干净塑料袋里挂了上去。

"听那边副导演说，如果不下雪就要撒化肥，那臭就不用说了，还得额外给影视城里交钱，今晚上一口气拍完了能省好大一笔呢。"大拉翅的女孩儿三下五除二喝完了汤，用勺子把羊肝都扒拉到了嘴里，还没咽下去呢，她一只手已经掏出了化妆盒准备给自己补妆。

叫小池的女孩儿静静地看着她给自己描眉画目，没再作声。

其实，这两个宫装女子也都是跑龙套的，在剧中，她们只会被摄像机一扫而过，就像那些租来的花瓶和屏风一样显示出皇宫的富丽堂皇。

可是，哪怕只有一秒镜头，她们也会为这一秒全力以赴，这就是龙套的操守。

声音渐歇，只听到棚子外面拍摄场地上偶尔传来呼呼喝喝的声音，有导演举着喇叭的训斥声，有工作人员拖动着道具的声音，有拍摄间隙人们琐碎又密集的讨论声。

随着一遍一遍的NG，整个拍摄场地的空气都紧张了起来，送外卖的女孩儿感受到了扩散到棚子里的紧张气氛，手指在外卖箱子上轻画了几下。

终于，听到了一声响亮的"过"！

棚子里，几个女孩儿也都长出了一口气。

外面有人呼啦啦地跑了过来，帘子被粗暴地掀开，人们冲进来直奔自己的外套，一边穿一边抖，或者干脆有人冻到连衣服都拿不起来了。

小池好心地帮两个年轻妹子套上外套，全程脸上都带着笑。

"小池！汤还热吗？"

熬过了冷劲儿之后终于有人注意到了穿着黑色羽绒服的女孩儿和她的外卖箱子，一时间所有人的表情都变得热烈了起来。

"那还用说？保准烫手。"成为人们视线焦点的小池笑容爽朗，让发问的那个人自己也忍不住笑了起来。

一时间整个棚子里都洋溢着欢快的气息，人们排着队去拿自己的宵夜，打开盖子的瞬间，随着香气的逸散，冰冷寒夜还要演戏的愁苦瞬间就消散了大半。

羊汤，蔬菜粥，南瓜粥，胡辣汤，包子，她既不用看订单也不用看外卖箱子，对着那一张张被冻到歪七扭八的脸，她一份不错地把外卖都发了出去。

有两个群演没订外卖，现场交钱她也能端出格外多备的南瓜稀饭。

香香甜甜的粥一下肚，直让人觉得这粥就像眼前这个女孩儿一样妥帖周到。

"池迟？池迟来了吗？"

闹哄哄的棚子随着一个中年男人的呼喊声渐渐安静了下来，不慌不忙收拾好外卖箱子的女孩儿声音清亮地应道："宋导，我来了。"

"雪夜刺杀戏外景第一场二十分钟后开始，你赶紧准备啊，得上威亚。"

撩开帘子的男人确认了人确实来了又急急忙忙地走开了，走之前狠狠地吸了一下鼻子，在心里暗诽了一声这些群演还挺会享受的。

"小池？这么冷的天他们还要你上威亚啊？"

把羊脑汤喝完也把塑料碗毁尸灭迹的女孩儿瞪大了眼睛表示难以置信。

"不是他们要我上，是我前几天就接好的活儿，现在上威压还能看雪景呢。"

池迟笑嘻嘻的，仿佛全不把外面的寒冷放在心上，她从口袋里拎出了一个大塑料袋。

"这有大垃圾袋，你们一会儿把塑料碗都放进去，等我走的时候一起扔掉就行了。"

在一片"好""知道"的声音里，在羊脑爱好者忍不住担心的眼神里，池迟在隔壁更衣室脱掉自己的外套，只穿着保暖衣换上了戏服——黑色的劲装，黑色的鞋子，黑色的头罩，标准"杀手丁"的配置。

在保暖衣关节和腹部的位置她至少贴了七八张暖宝宝。

对着镜子细细检查了一下，池迟拍了拍自己的肩膀，幸好今天她"演"的这个杀手没有性别要求，在肩膀位置的暖宝宝把她的肩膀垫得有些高也不会有什么影响。

池迟是个在小餐馆里打工的女孩儿，也是这个剧组的一个临时演员，俗称跑龙套的。

在这个说四句台词的角色都有编剧的侄女深深觊觎的造星时代里，她能找到这么一个龙套角色，全靠两个优势：她可以跟大夜场，她可以演打戏上威压。

所谓大夜场就是拍戏到凌晨以后，这绝对不是什么轻松的活计。

吊威压更不用说了，胳膊和腰胯都勒得生疼，还要做出各种导演要求的动作，那也不是什么人都能做得了的。

更何况，在这么冷的冬天里。

今天这场戏的剧本池迟中午来送外卖的时候就拿到了，剧情就是她作为杀手之一要跟着男二一起冲进皇宫，然后被乱箭射死。

只要贡献几个凑数的背影和动作就行了。

黑色的布裹着半张脸，池迟跟着几个同样造型的男女听着导演助理讲戏，男二在另一边听着武术指导开小灶。

"你们一会儿要吊着跨过那两堵墙，看到了吗？第二堵墙上男二会有一个借力的动作，你们要注意把握节奏，别超过他，也别挡住他的背影。"

"上去之前嘴里都含块冰，要是出了雾气就难看了。"

裹了三件羽绒服的工作人员给每个绑着威亚的演员送冰，男二号没要，只让助理送了点水来漱了漱口。

大冬天里，嘴里含着冰还要被吊到半空中，让那些趴在棚子里往外看的人都忍不住狠狠地打了几个哆嗦。

池迟把冰块含进嘴里戴上面罩，对着工作人员示意自己准备好了，她的腰腹和大腿之间顿时收了一下，勒在她细嫩的皮肉上。

第一堵墙高三米有余，第二堵墙稍矮一点，为了整个画面好看，他们最高会被吊到离地四米以上的位置。

"布景OK"

"打光OK"

"Action！"

刺骨的寒冷中，池迟助跑了一步，纤细的腰肢和胯部再度一紧，她整个人直直地双脚腾空，腰肢的肌肉比别人松弛了一点，让她能够在离地的瞬间恰到好处地做出了一个蹬地的动作，显得自己轻盈得像是一只白鹤。

第三章

龙 套

　　黑色的靴子在薄雪上划出一道漂亮的痕迹，池迟在距离男二最远的站位上认真做着自己的动作。

　　那两个瑟缩于冬夜的女孩儿，她们的脸在屏幕上可能还有一秒的存在感，池迟全程却是连脸都没有，只有黑衣包裹之下的细腰长腿。

　　透过监视器导演眯了一下眼睛，他已经决定把刚刚那个小临演起身的那段腿部动作剪切给男二了。

　　……

　　今天的运气还算不错，虽然中间因为天气太冷导致有两个人出了点小状况，池迟还是在一个半小时之内结束了两场拍摄。

　　换回了自己的衣服，她看起来就是个平平无奇的外卖女孩儿，刚刚在威亚上帅气轻盈的样子已经像梦境一样成了过去。

　　走到群演棚子外面取自行车的时候，池迟发现自己那一袋子塑料碗已经被扔掉了，也许是哪个好心的群演或者后勤在走的时候随手帮她解决了。

　　夜已经深了，别的群演都结束了自己的拍摄，只有工作人员在拆掉拍摄布景的宫殿顿时显出了几分空旷。

　　推着自行车越过警戒线往外走，池迟被矮胖的演员导演拦了下来：

　　"小池，今天白天的时候咱剧里的孙姐助理又找我了，你要不要考虑当她的武替，她也没什么吊威亚的戏，就是要要剑啊、抬抬腿啊……"

　　这个演员导演自己心里清楚得很，这找的根本不是武替，是那个姓孙的女二号看上了池迟这个小姑娘腿长条顺腰细还敬业，做起动作来比她的武替好看得多，哪怕是剪辑出来的，女演员们也都希望自己能有个细腰长腿，眼前晃过孙女二又宽又垮的屁股裹在戏服里的样子，胖导演晃了晃脑袋让自己忘掉。

池迟掏出口罩先戴上了一边，冻到有点青白的脸上对着比自己矮的男人露出一个略有些腼腆的笑容："宋导，我签不了武替的合同啊。"

"啊？"

女孩儿从兜里掏出来今天晚上刚赚的几张"群演票子"：

"我还不到十八呢，别人哪敢用我当武替啊。"

"啊？"

宋导演是真惊讶了，别的不说，就这姑娘那足有一米七的个头，那送外卖时稳妥的做派，那威亚上漂亮的身段，谁能想到她还没成年呢？

想要在影视城里当个群演，从程序上来说一点也不难，在演员公会登个记，那以后就是现场拿"票儿"月底结钱，说不干了也有人接着，出了事儿演员公会会出面帮着解决一下，多多少少算是私了。

签了合同当武替，出了事儿那剧组就是要按照合同实打实赔偿的，到时候再让媒体牵扯出一个雇用未成年……呵呵……剧没上娱乐头条就先在报纸法治板块上走一遭的节奏啊。

皱着眉头想了一下跟一个未成年签合同的麻烦，矮胖的导演有了决断："那成，孙姐这事儿我就做主替你推了。"

"谢谢宋导，明儿您再点羊肉汤算我请您的，给您多放两勺辣椒。"小姑娘笑容很甜，说话的样子带着那么几分与年纪不符的利落和周到——也正是这点"世故"让人忍不住就忽略了她看起来过于稚嫩的脸庞。

"小丫头片子还请我呢……你说你爸妈就放心你在这打混？"想想自己十五岁的女儿现在每天要妈妈开车送着去上学，周末一觉睡到午饭的时候，看着眼前的女孩儿大半夜的还要打两份工讨生活，饶是在是非圈里打混了二十多年的老油子，导演也有了几分不落忍。

池迟又笑了，她把自己的口罩妥帖地挂在自己另一边耳朵上："我这是自己愿意，谁也管不了了。"

"你们这些小姑娘啊……唉。"

宋导摇了摇头，摆摆手让她先走了。

月行渐偏，地上的雪里掺着小冰粒子，池迟稳稳当当地骑过去，碾出了两道细细的、不停穿插的轨迹。

这里有巍峨皇宫，这里有水乡江南，这里有黄沙漫天，这里有花飞遍野，这里有那么多那么多的寻梦人。

这里是一个影视城，一个离梦想远且近的地方。

三个月之前，池迟来到这里，除了一包能证明她身份来历的文件和一大沓钞票之外，只有一个在她脑海中根深蒂固的念头陪着她。

——"我想演戏。"

这个念头似乎穿过了无数岁月，被里面的苦难和心酸细细打磨过，被无数梦想压制的痛苦淋漓浇灌过，即使池迟自己没有了记忆，也依然能品味到其中的苦与酸，它们氤氲出了浓烈的气息，蒸腾在她的心底，随着她每一次心跳浸染着她的灵魂。

"阿丁出生在江南一个村子里，家里有四个孩子，他排老三，爹娘更喜欢大哥和小妹……六岁那年洪灾……终于被打造了人形武器……那个带着笑容的红糖馒头是他这一生中最温暖的记忆……在阿甲死后，他只相信自己的头领……头领在江南喜欢上了一个女孩子……卒于二十三岁，死于乱箭之中。"

夜深人静，钢笔在本子上画出了一道道带着思索的痕迹，它们慢慢地组成了一个年轻杀手的一生。池迟下意识咬了一下笔杆，作为一个龙套能获取的信息实在太少，如果能看见男二的剧本，大概有助于自己把这个角色通过想象给补充得更加鲜活。

如果有另一个人知道她在想什么，大概会不客气地冷笑，谁会给区区龙套看一个主角的剧本呢？区区一个龙套，又何必在乎他的平生呢？

女孩儿却并不会为自己的妄想感到羞愧，时光漫长，人事往复，有一个小小的盼头并不是什么不好的事情，她坚信自己绝对不会只是一个区区的龙套。

时间那么长，她会有很多很多的戏要演。

更何况，每一个角色都应该是有生命力的，哪怕是一个出场就死了的角色，哪怕是个连脸都没有露过的小可怜。

通过自己的表演赋予一个想象中的人物生命力，这就是表演的魅力，在池迟的眼中，人物本身是没有龙套与主角的区别的。

"如果你自己不认可自己角色的鲜活，那在别人的眼里就注定是行尸走肉。"这句话是她第一天当临演的时候写在这个本子扉页上的。于是在这一百多个寂寞的夜晚里，她和那些没有对话、没有白描、没有外貌的角色在这个本子上进行了十余万字的交流，在她的眼里，每一个被她扮演的龙套，都在自己的世界里独立存在着。

翻过一页，池迟闭上眼睛想了想，又动笔在本子上描画了起来：

雪夜、冷月、覆盖着白雪的高墙，几个从高墙之上掠过的身影。

一张是六个人拔地而起的背影，一张是他们掠过雪地的脚部特写，一张是他们越过墙的样子，一张又一张地画着，简单的线稿翻了一页又一页，她甚至还画了一张男二的眼部特写。

如果有人拿她的图去对照着导演的监视器看，就会发现，虽然线条粗糙又简单，但是这几个被随意勾勒的画面与导演觉得满意的几幕几乎是一模一样的。

能够完整重现自己见到的画面，是池迟自认为自己最大的本事，尤其是对于建筑和环境的细节，她总是会下意识地重现在脑海中。

每天晚上，她就用这个能力来审视自己表演时的画面，一遍遍地总结经验。

收起本子，池迟长出一口气，从上午在饭店打工开始一直忙到深夜再去当群演，这是她半年来日复一日的生活状态，就算已经习惯了，也不代表她不会累。

站起来在狭小的卧室里打了一套八卦掌，昏黄灯光下，少女的每招每式都带着劲与力，随着一个抬腿过头的姿势，她的脸色渐渐开始恢复了红润，感觉自己已经气血充足，池迟才关掉床上的电热毯，躺进了暖暖的被窝。

窗外又飞起了雪，影视城又有几处熄灭了灯火，高楼广厦和流水人家终于一齐盖上了轻薄的绒被静静睡去。

这是一个熊猫眼与白雪齐飞的早晨。

昨天晚上好几个餐馆的老板都没睡好，眼睁睁看着窗外又下了一夜的雪，他们担心今天的配送车又要晚点，晚就算了，要是跟昨天一样好多菜都冻了，那才是耽误了大生意。

冬天的影视城已经是旅游淡季，这些餐馆的生意主要都是靠着那些剧组的外卖撑着，原料不够，人家要一百盒饭你只能给五十？拜拜吧您哪，五十的生意人家也不跟你做。

一大早上顶着熊猫眼出来熬心熬肺地等着配送车的时候，他们就看着如意餐馆的韩老板各种不顺眼。

原因嘛，自然是这个韩老板赶在大降温之前大手笔囤下了一堆的菜，昨天一天截了两个大外卖单从早忙到晚赚了个盆满钵满。

她现在又是一副意气风发姐要发财的样子，如何让忧心忡忡的旁人不生气。

被人用视线谋杀的韩萍韩老板当然开心，看着别人不开心她更开心，把装满了土豆皮和葱根萝卜腔的袋子往后门外垃圾箱里一扔，她扭了两下腰才走回了店里。

店里是一派欣欣向荣的气象。

厨房里在叮叮当当地切菜，小服务生在擦桌子摆凳子，餐馆前门外更是早就立了一口大锅，在咕嘟咕嘟地泛着羊肉的香。

还有蒸笼里热气腾腾的包子，带着勾人的烟火气儿。

至于那个在羽绒服外面套了围裙的女孩儿，在韩萍的眼里可比那汤那包子都更加讨人喜欢。

"小池啊，忙了一早上了，要不要先歇会儿？今天咱们都吃打卤面加包子。"

戴着口罩专心给羊汤撇沫子的池迟抬起头想了一下，嘴皮子十分利落地汇报说：

"包子这一轮都被包圆了，再过十分钟吧，订了半个月早餐的李哥他们会来拿，一共四十笼二百四十个包子，南瓜粥不用咱们分装了，天太冷，他们把保温桶整个提回去自己分装，给他们减掉十块钱的包装费。"

声音脆得像是碎玉掉进了碗里，带着喜人的干净利落，引得几个路过的人忍不住转头去看她。

　　早就听习惯了的韩萍也看着池迟，那眼神哟，别提有多慈爱了。

第四章
外　卖

一早上别人给土豆削个皮的工夫，池迟就能一边看着汤锅蒸着包子，一边做成了几百块的生意。

让韩萍更满意的是这生意一点都不费事，包子后面还在包着，南瓜粥在灶上也还有，不用外送不用分装，一点也不占用正在准备午餐的人手。

随着路上渐渐有人顶着寒风出来买早餐，整条冰雪覆盖的街道上有了点人气，让如意餐馆门口的那个汤锅像是长出了一只勾魂摄魄的手，引得人们跑来买一碗热汤喝掉。

做了两三个零散的生意，小姑娘自己的早饭还没顾得上吃，韩萍有点心疼，嘱咐了金大厨先做几张土豆饼，谁饿了就先吃着。

汤锅的热气、蒸笼的水汽氤氲在池迟的周围，这就是她一天生活的开始。

每天六点钟起床清洗羊肉、羊肉在后厨房炖上，再打拳晨练直到七点半，生活在影视城的人们普遍起得晚，八点多九点半才是他们的早饭时间，到了那个时候池迟就把汤锅架到餐馆门口继续熬，一是招揽客人，二是不耽误后厨房的工作。

秋天的时候她还做过萝卜炖牛杂，夏天的时候就是煮好了桂花绿豆水放在冰盒子里，汤锅一口满街飘香，别家学得来样子，学不来味道。

就连从不夸人的金大厨都说过池迟做汤那是有真本事的，夸就算了，他还生生让韩老板把池迟的底薪从一个月一千五包吃住，提到了两千二包吃住。就这样，池迟每天早上炖汤，下午空闲时间包馄饨，饭点送外卖一单再给她一块钱提成，这是她每个月能稳定下来的收入，至于龙套的工作，旺季多一点淡季少一点，以池迟的资历和经验，纯靠跑龙套活着是会饿死的。

"小竹林那边有个羊汤的单子，汤好了我就给送过去。"池迟看了一眼手机上的订单提醒，跟韩萍报备着。

韩萍早就知道池迟能干，是那种利索老练的能干，真正的里里外外一把罩，比她这个老板更像是老板，却依然每天都在被池迟刷新着对"能干"这个词的认知。

就像这次他们能够在冰天雪地里依然生意兴隆，就是靠的池迟。

前几天天气预报刚说要来寒潮，池迟就说服了他们要去周边的农村里采买蔬菜，收菜的时候韩萍还觉得费时费力，现在只能说池迟这个丫头真是神了，看看临近的几条街，生意没被大寒潮耽误的也就只有他们家了，要么是像隔壁几家一样没进到足够的原材料，要么跟前街那个老刘一样鲜菜都被低温冻坏了，每天只能做土豆块土豆片炖芋头炒萝卜，只有他们家能保持菜品数量，还趁机扩大了供餐范围。

没有经历过，谁也没想到在这个物流发达气候温和的地方，陡降到零下十几摄氏度的气温和冰冻会破坏人们已经习惯了的便捷和舒适的生活。

除了池迟。

除了这个别人眼里虽然很能干也依然傻兮兮去当群演的小池迟。

"你昨晚上又是深更半夜才睡吧？"

瞥见了池迟眼下的阴影，韩萍心里那点佩服就瞬间纠结成了心疼，这个小丫头真是一点都不爱惜自己。

"真仗着年轻就作，将来有你后悔的时候，伤还没好透就去吊威亚，再摔一次怎么办？"

中年妇人的手轻轻拍了一下池迟的后背。

女孩儿放下手里的汤勺揉了一下左肩，被口罩遮住了一半脸的小脑袋晃了晃："放心吧韩阿姨，现在威亚再有故障也摔不到我，金大厨不是教了我八卦掌了吗，我也是有武艺在身的人了。"

说着，她还隔着口罩做了一个笑的表情，一双明眸弯成了月牙形，就算看不见全脸也能感受到她那张小脸笑得灿烂可人。

韩萍叹了一口气，不再说什么，戴上手套开始往保温箱里装包子。

一个半月前，池迟在吊威亚的时候出了事故，整个左肩胛的位置都是大片的青紫，因为没有合同，剧组给了三百块钱的医药费就算了账。看着小姑娘身上的那一片触目惊心的伤，已为人母的韩萍倒吸了一口冷气，眼泪就吧嗒吧嗒地掉了下来。

十六七岁的年纪，哪怕街头打混一事无成的孩子，父母也不会让他们受这种苦，那威亚是好上的吗？那打戏是好玩的吗？在影视城这里开了十年的餐馆，韩萍见多了那些以为自己能一朝成名就在这里搏命的年轻人，也见多了这座寻梦城里人们的伤痛和失落。

说是影视城，何尝不是另一个小社会，总有人自以为付出一切却从一开始就走错了路子，也有人梦想着平步青云其实是让自己跌下深渊。这里甚至比外面更残忍，因为这里有太多的"赌徒"，用青春、金钱、名誉去赌一个功成名就，用自己的身材、脸蛋去赌一个闪光灯下的繁华。

赌徒们欺骗自己也欺骗世界，让这里的气氛变得格外浮夸。

池迟，这个半年前突然出现在餐馆门口穿着时尚浑身名牌的小女孩儿，也是一个赌徒，还是一个让人认为她脑子不清楚的赌徒。

明明一身衣服都值好几万，偏偏要在他们这个小破餐馆里打工。

明明长得漂亮，声音也好听，偏偏要去跑那些不露脸的龙套。

明明脑子聪明绝顶，处事豁达干练，干点啥都能过得很好，偏偏要想不开去演戏。

明明受伤了就该休息，她却跑去跟人学武艺，学了没几天又跑出去串戏。

好好学习天天向上，以后找一份安安稳稳的工作升职加薪出任CEO迎娶高富帅走上人生巅峰不好吗？

有这么一个好孩子还让她跑来被这个名利场祸害，她家的父母脑子里是被羊汤滚了吧？

韩萍觉得自己都替这个啥都好就是脑子一根筋的小姑娘觉得心累。

池迟恍然不觉，和韩萍一起装好了包子又打了六碗羊汤两碗南瓜粥十二个酥饼去送外卖。

昨晚的一场雪过后影视城的交通基本宣告报废，自行车肯定没办法骑了，池迟背着外卖包哼哧哼哧地走在路上，头上还戴着韩萍硬塞过来的绒线帽子。

影视城很大，日常维护的工作人员都忙着清理积雪，也没打扫出多少干净地方，雪化在一个一个的脚印里成了冰冷的积水，湿冷的感觉从脚底往人的全身蔓延。

这样糟糕的情况让大多数剧组都决定休息，还在开工的剧组，工作人员的脸上都有着对天气显而易见的不满。

路过一个拍摄场地，池迟又看见了那位爱喝羊脑汤的年轻女群演，今天的她穿上了旗袍和高跟鞋，摇身一变成了民国名媛。此处场地原本是古代街道造型，如今挂上了霓虹灯牌摆了两辆老爷车，装起了民国范儿也是像模像样。

那个女孩儿现在就站在一个霓虹灯牌的下面，在她旁边十几米的地方就是镜头范围，她把自己往角落里使劲缩，配着努力想用别针把身上旗袍收一下的动作，格外地扭曲。

其实她只是希望这件不怎么合身的衣服能再妥帖一点，好显出自己的腰身。

不管在电视里她会有几秒的镜头，不管她在电视里的那个身影多么光鲜靓丽，只在此时，她看起来就像是一只快被冻死却还有一息挣扎的麻雀，在人来人往的剧组边缘苦苦挣扎。

池迟一步越过被人扫起来的雪堆，马尾辫在空中划过一道弧线。

她上前帮女孩儿弄好衣服顺便重新穿上外套。

"小池，你真是大好人，太谢谢了。"

在女孩儿感激的目光里，池迟摆摆手："中午订外卖了吗？我这有南瓜粥配包子。"

"……"女孩儿苦笑了一下，"你还真是敬业，我中午……有事儿，粥和包子还是等下次吧。"

池迟笑着点点头，转身继续去送自己的外卖。

留下女孩儿轻轻抚摸自己的腹部，为了穿旗袍，她早上就没有吃东西，要是吃了包子之后腰不好看可怎么办呀。

至于那点对池迟的感激，早随着食欲一起抛到了脑后。

大冬天里穿旗袍不冷吗？

大冬天里饿肚子不惨吗？

又冷又惨，为的就是能露脸，能在导演那里留下一点印象，为了这个目标，别的都不重要了。

想想昨晚还和自己一起当哆哆嗦嗦群演的小姐妹今天早上被人电话叫去沪市的剧组试镜女四号，这个女孩儿已经决定以后再也不喝羊脑汤了。

她要更瘦，更美，要学会左右逢源，不放过任何一个机会，在这个早晨，很多东西，和羊脑汤能带给她的微笑一起被她抛弃了。

从嘴里呵出一口白气，背着快递箱子的女孩儿利落地跨过几个水坑，转眼已经离刚刚的拍摄点足够远。

池迟已经感觉到昨晚上还对自己有善意和关心的女孩儿今天已经变了一副模样，这样的事情在这里实在是太多了。

这里有太多一步登天的童话，也有太多捧高踩低的现实，更有无数人梦想破碎只能泯然于芸芸众生，在这里不过半年的时间，池迟已经见识了足够多。

对于那个羊脑女孩儿的转变，池迟自己心里很清楚，她并不在意这点微薄的感激之情转眼淡漠，就像她并不在意在这些剧组里当着不能露脸的群演。

踩在积雪上，她一步一个脚印，笔直地走向前方，越过那些高高低低的天然或人为的路障。

第五章
顾 惜

快步走了整整二十分钟，池迟才终于走到了那个订外卖的剧组，这个剧组在拍的大概是一部古装片，女演员在头顶都顶着大坨的假发，说是"大概"，是因为她们身上穿的衣服就像是把窗帘扯下来随便裹了裹而已，这样的装扮，说是古装也行，说是精神病人玩起了 cosplay……问题也不大。

在收钱的时候，池迟看到她们在摄像机前面开始大跳现代舞，扭腰甩胯露大腿的那种。

"……"

世界观受到严重冲击的外卖少女在走出拍摄现场的时候没忍住再次盯了一眼剧组的名字。

剧名：《啊啊，神来啦！》

猴赛雷影视公司出品

很好，以后记得，当群演也得避让十米开外绝不沾边。

在脑海中具象化了一下他们可能拍摄出来的效果，池迟没忍住打了个冷战，站位混乱，拍摄角度清奇，导演的审美取向也是直接歪到了人类根本没办法理解的地方。

……

今天对娱乐圈来说，大概是个很特别的日子。

整条路都被密密麻麻的媒体采访车挡住的时候，池迟如是想。

天冷到连送菜的配送公司都不愿工作了，这些媒体人却仍旧是这么兢兢业业。

大概是因为菜钱每天都可以赚，但是抢头条的机会并不是轻易就有的。

"这些人赚个钱也是不容易。"

拐了个弯走上了另一边的小路，小路两边都是高墙，墙边堆着不知道哪个剧组遗留下的道具，现在都被雪盖了厚厚的一层。

在各种石堆和木架子之间，裹得像球的池迟背着外卖包依然体态轻盈来去自如。

搁现在流行的说法，她那就是在玩跑酷。

左手一个单手撑过了石头磴子，另一边及时在木头架子上借个力，她整个人就翻出了两三米开外，只留下了几个脚印和被蹭掉的一地落雪。

小路的尽头有个岔道口，一边通往影视城的后山，一边通往后门，最后一边自然是池迟回餐馆的方向了。

"哎，那个送外卖的，你过来。"

很久很久之后，顾惜想过，如果她那天没有叫住那个送外卖的小丫头，大概她们各自的人生，都会像那个路口一样，走上不同的方向。

"你不认识我？"

遮遮掩掩接过土豆饼的顾惜发现对方对于自己的脸无动于衷，终于忍不住摘掉眼镜露出了描画精致的眉目。

年轻的女孩儿笑得灿烂："您一看就是大明星，土豆饼一份三块五，天气这么冷该加外卖费的，您这么漂亮，我一看见您就觉得天也不冷了风也不刮了，外卖费也就省了，总共三块五，您要是没有零钱也可以微信或者支付宝付款。"

顾惜当然听得出来，这个女孩儿的言下之意就是"你好，你美，不认得，概不赊账"。

大明星立刻捧着土豆饼转头瞪她的助理："华夏居然还有人不认识我？上次大数据调查不是说我在年轻人里的知名度是全国第一吗？"

胖乎乎的女助理在副驾驶座位上缩了一下，没有搭腔，仍然埋头于五六个手机上戳戳戳地应答消息，似乎已经对她老板时不时的抽风十分习惯了。

池迟依然笑眯眯："我就是一个小送外卖的，杂事多钱还少房租高吃饭难没钱买房付首付，哪有机会看电视呀，您一看就是大红大紫的，不用在乎我这个小人物。"

顾惜："……你这个小丫头很会说话呀。"

池迟继续笑眯眯："三块五谢谢。"对待这些大明星，只要嘴皮子上捧着就行了，现在这个世道摄像头到处都有，为了不耽误自己赚钱，混娱乐圈的人即使使性子甩脸子的事情都不会正大光明地搞，尤其是已经有了稳固人气的明星。

在影视城拼了半年，本来就带着点狡猾劲儿的池迟心明眼亮，把一些事儿看得透彻。

再说了，为了一口吃的能自己打开车窗叫住送外卖的，这人与其说是盛气凌人的大明星，不如说是个有趣的小女孩儿吧。

身份证上显示未满十七岁的少女把二十多岁的女明星当成小女孩儿毫无心理压力。

没有零钱的顾惜并不知道自己在别人心里成了个逗趣儿的，就像她不知道这个小姑娘觉得她可怜巴巴的才把自己的早饭卖给她，也是真的因为她漂亮又可爱才省掉了外卖费用。

让助理用手机付了账，顾大明星戴上墨镜，拉上了车窗。

戴着帽子脸颊红扑扑的女孩儿确认收款之后就摇摇晃晃地踩着积雪离开了。

隔着车窗，顾惜盯着池迟书包上晃晃荡荡的"如意餐馆"四个大字出了会儿神。

她的助理接了个电话小心翼翼地对她说："惜姐，豪雅酒店那边安排好了，这个土豆饼您还吃吗？"

"吃，怎么不吃？"为了保持体重已经三年没吃过什么碳水化合物的顾大明星决定在这个寒冷的冬天放飞自我。

"现在就去豪雅，瑞欣那边的几个艺人……除了封烁，其他人的活儿都给我揽了，老虎不发威当我是病猫啊。让付诚文三个小时之内给我把消息彻底平下去，再让他和瑞欣新上任的那个老板叫李什么的亲自来给我解释清楚，到底是谁给了他手下艺人胆子敢炒作到我的头上。"

土豆饼的油粘到了顾惜的嘴上，她毫不在意地用手背一抹。

付诚文是国内娱乐圈的知名经纪人，捧红了好几个电视剧演员，其中还有刚刚爆红没多久号称"颜值比顾惜低一分，演技比顾惜高十分"的孙莹，多少小透明演员想自荐到他的手下而不得，在顾惜这里，他不过是个得在这大冷天里千里迢迢跑来道歉的货色。

前一阵孙莹靠踩着顾惜在网络上给自己炒热度，顾惜这种咖位，理会她的"碰瓷儿"才是抬举了对方，只是转手就用自己的人脉搅黄了三个想要跟她接触的品牌代言，这次颇得付诚文看重的新人辛阳又搞出这种拿她炒绯闻的幺蛾子，顾惜正好新账旧账一起算。

"问问他，我顾惜在他眼里就是块石头？随便什么货色都敢踩一脚？"

助理默默地点了点头，透过后视镜看过去，给顾惜当了这么多年的助理的她此刻觉得顾惜吃土豆饼的样子都显得格外凶残，也不知道外面那些人是不是瞎了眼把她当成可以任意揉圆捏扁的娇弱小女人。

"还有，上次那个矿泉水的代言，要是再把价格提高百分之二十我就接了，我就不信，我把脸印在矿泉水瓶子上还有人不认识我。"

"……顾姐，快消产品不合公司为您定下的格调啊。"

"那就找个合我格调的，手机吧，手机也行，广告贴满全国那种。"

胖助理不想说话了，顾惜这个人经常想起一出是一出，说不定她自己过几天就忘了呢。

低头看看手机上那几十个来自付诚文和他团队的未接电话，助理心中的憋闷有了发泄的地方。

突然爆料所谓的绯闻让顾惜被媒体堵在客串剧组外面。

害得顾惜在车里坐了半个多小时耽误了行程。

害得顾惜大冷天肚子饿了自己叫住外卖买了个廉价土豆饼。

害得顾惜遭遇了一个不认识自己的年轻人都想接矿泉水代言了。

害得我的工作量增加了十倍。

呵呵。

在胖助理心里点燃成排蜡烛的时候，低调的白色轿车已经驶出了影视城的后门。

走在回家路上的池迟拿着手机搜了一个"华夏女明星"，就看见了刚刚顾盼神飞的那张脸。

要说女明星中谁最有名，那实在是一件见仁见智的事情，但是说到最当红，刚刚那位叫顾惜的女明星确实是无可争议的。

十九岁凭借一个狐妖的角色出道，到今天为止已经在娱乐圈沉浮了七年，七年中顾惜平均每年出演两部电视剧两部电影，最多的时候一年拍了九部戏，还拿了几个不轻不重但是相比较年纪而言已经十分不错的电影电视奖项。

如果说她拍戏能打个八十分，那么她炒作的本事就是一百二十分，满分一百还有二十分的附加分。凭借着精致的面貌和强大的气场以及每次都声势浩大的着装，顾惜在每一次的电影节、时装周的红毯上都抓足了人们的眼球，是海内外都知名度颇高的"红毯女王"，也是整个华夏最具有商业价值的女明星。

她的衣着装扮、她的举止风情、她和蒂华传媒老板韩柯若有若无的情事，甚至她的身高体重都是全民谈资。

网上的人们称她"顾大官人"。

百科资料下面是关于顾惜的最新一条新闻——"钟情新晋男神？曝影后顾惜痴恋人气小生辛阳［组图］"

发布时间刚好是半小时之前。

此外还有一大串类似题目的新闻，中心人物都是顾惜和一个叫辛阳的年轻男人。

池迟想想刚刚那个戴着墨镜对自己说"你现在有什么吃的我都要了"的女人，默默收起了手机。

一根金光闪闪的大柱子立在那里，总有人想过去蹭一层下来，俗称给自己贴金，至于柱子，往往也不在意身边堆一点花花草草，以显示她更加光彩耀眼。如果有宝石挂在上面交相辉映那是最好的。当然也有可能是【哔——】要抹在上面，这种情况下，柱子也会让抹【哔——】的人知道疼。

对演艺圈里的这些明星来说，种种乱象都围绕着他们的名字，大概在影视城里被人们偶尔围观的拍摄时光才是他们生活中难得的清静。

连娱乐圈门朝哪里开都不在意的池迟只知道刚刚的偶遇代表了价

值三块五毛钱的生意。

　　影视城里最多的时候有成千上万跑龙套的，也有一心演戏辗转于剧组间的普通人，那些人才是演艺圈真正的主体，毕竟一部戏只有几个主角，他们演的不是独角戏。

　　池迟接触最多的就是这些人，所以她虽然是把演戏当作了自己的唯一目标，对娱乐圈却没有一丁点的向往，更不想一个猛子扎进浑水里去，那些纷纷扰扰之于她，此时不过是过眼即忘的八卦而已。

第六章

记 忆

　　好容易回到如意餐馆，池迟又要去往另一个方向送外卖，其中的一个订单就是给不远处酒店的客人送的。

　　随着太阳渐高，积雪开始融化，交通情况越发糟糕，就算像昨晚和今早那几个一样要进度不要命的剧组也不会真舍得把命交待在这里。

　　路过剧组动态公告牌的时候池迟驻足看了一眼，下午到晚上，除了她刚刚去送外卖的那个奇葩剧组，别人都已经猫冬休息了。

　　酒店连三星的标准都够不上，天气这么冷，前台连人都没有，池迟径直坐电梯上去，找到了客人所在的房间。

　　"这么好的机会你都不去，你还要不要混了？"

　　还没敲门，就听见房间里传来了一声怒吼。

　　震得这个隔音效果不怎么好的楼似乎都为之一颤。

　　"我说了不想去就是不想去。"

　　年轻男人的声音不高昂，却也是掷地有声的。

　　"封烁！我告诉你，现在不是以前了，你……"

　　"当当当！"池迟开始敲门。

　　"您好，如意餐馆的外卖，一份鱼香肉丝盖饭，一份葱炮羊肉盖饭，一份酸辣土豆丝。"

　　屋里的中年男人把自己未出口的话生生憋了回去。

　　打开房门，外面站着的女孩儿笑得灿烂。

　　"一共三十九，今天天气不好加五块钱外送费，四十四块钱谢谢，接受微信或者支付宝转账。"

面色不善的中年男人从大衣口袋里掏出了一张五十块钱的票子："送个外卖还要加钱，你们老板是掉钱眼里头去了？"

"嘿嘿嘿，"池迟笑得特别专业，"天气这么冷，厨师们干活也得加钱，鲜菜更是买不到了，我们的菜都是高价从周围农村买的，两头成本都高了，您要是去我们店里吃饭，今天每个菜还得加两块钱呢。大叔您多付的五块钱其实我真是一块都捞不着，这不是订餐软件上不让随便涨价，我们就只能加个外送费了。我看大叔这么气派，多花点小钱吃个舒心说明您是天生享福的命，哪像我们这么可怜，风雪里来来去去都是辛苦。"

"哼。"

池迟的声音悦耳，笑容也甜美，几句话跟相声一样噼里啪啦地往外冒，砸进人的耳朵里让人说不出地舒心，男人怒气也被这番恭维给抚平了不少。

"这么能说，你是送外卖的还是看相的？"

"看相我不会，看脸色还是知道一点儿的，大叔，您额头和嘴边都有点发黄，最近火气太盛啊，我这有热的雪梨饮，里面有加果肉的，十块钱一杯您要不要来一杯？"

中年男人："……"

站在他的身后，高大的年轻男子越过自己经纪人的头顶看了两眼这个碰巧缓解了紧张局面的外卖员。

身高一米七、时刻牢记自己外卖重任的池迟也越过这个暴躁大叔的头顶看向他："这位帅哥一看就是注定大红大紫的人物，要不要喝杯热腾腾的红豆浆事业长红？看您这么帅，打个折四块五一杯。"

年轻的帅哥："……"

两个人掏了将近六十块钱终于打发走了这个自带说相声技能的外卖小丫头，在关上门的时候，他们忍不住同时舒了口气。

"这种人就该拉到咱公司公关部，真是死的都能让她说活了。"

中年经纪人的脸色彻底柔和了下来，这个大冷天还在外头讨生活的小姑娘让他想起了自己的孩子，心里的火气也就彻底消散了。

年轻的男演员捧着热乎乎的红豆浆，确实觉得暖和了不少，也不知道是身体，还是心里。

"封烁，推心置腹地讲一句，你是真的已经不年轻了，你看看和你差不多同时出道的顾惜，人家就比你大一岁已经是个金娃娃了，你呢？早几年还有几个选秀时候的粉丝，现在你走在马路上都没人认识你了。现在不是老董事长活着的时候了，付诚文在公司里一手遮天，董事长都得听他的，他手下新来的这个辛阳人不大野心不小，你要是再这么下去你签约公司的时候定下当男主的几部剧能不能保住都难说。"

"兴哥，你别说了，我知道你是为我好，可是有些事儿我决不能放松底线，放松了一次，我自己都会看不起我自己。"

"你怎么就这么倔？"

"您又不是第一天认识我，我一直都这么倔啊。"

"别气了。"男人白皙俊美的脸上带着淡笑，"我能等一个七年，就能等另一个七年，总有红的时候。"

"你呀……"兴哥长叹一口气，对着他那张脸是什么也说不出来了。

封烁脸上带着轻笑，手里攥了一下热豆浆，带着红豆味道的浓甜灌了他一嘴。

把心里的苦涩缓缓覆盖。

池迟脚步轻快地往外走，她还记得离现在不远的那个夏天，一场仙侠剧的夜戏里，导演要求他们这些群演去演一场围杀男主一伙人的戏。

男主角就是封烁。

那时剧里的女主角孙莹已经颇有名气，配角们也都各自拥有不少的粉丝，唯有这个男主角，正处于人气的低谷。

在走位的时候，一个群演失手用道具剑伤到了男主的脖子。

高高壮壮的男群演吓得扔了剑，眼圈都红了。

叫封烁的年轻人却摆摆手，表示拍打戏受伤是很正常的事情。

这是一件再小不过的事情，池迟却一直记着，因为封烁笑得真是好看又让她觉得眼熟。

能让一个失忆的人觉得眼熟，是多么难得的事情。

今天随手帮他调节一下和经纪人之间的气氛，对池迟来说不过是举手之劳。

在雪地里奔波了一天，池迟的棉靴都被冰冷的雪水浸湿了，餐馆里只有几个人在喝酒聊天蹭空调，她卸下了外卖箱想进厨房帮忙，明察秋毫的韩萍老板看见了就立刻表示这么冷的天晚上店里也不会有什么客人了，让她早点上楼休息。

"我是店老板都不急着赚钱，你个屁大的小丫头替我操什么心啊?! 明天病了我还得替你找医生，多耽误生意，快去休息，快去!"

饭馆的一楼是饭馆，二楼有两个雅间和两个杂物间，其中一个小杂物间收拾了出来加了床和桌子，就成了池迟用来栖身的地方。

房间的暖风机是韩萍前几年用来冬天烘衣服的老型号，勉强能用，只是刚开起来的时候会丁零咣当地响。

因为怕影响别人休息，夜里池迟是绝对不会开的，所以无论这几天天气有多冷，她也就靠着电热毯的那点热度来保证自己一夜又一夜的安眠。

即使是这样，也好过她刚来时候的夏天，没有空调的闷热房间里温度直逼四十摄氏度以上，想要凉爽只能靠心静带来的"自然凉"，池迟也就是从那时候起养成了去当大夜场龙套的习惯，一样是睡不着，吊在威亚上大概还能凉快一点。

同样是在那段时间里，她从刚来时候的一百二十多斤瘦到了不到一百一十斤，搭配着她一米七以上的身高，让她看起来腿更长了，脸更小了，人也更加显得稚气了。

此时，外面的天还没黑透，望向影视城后山的方向也能看见寥寥几颗星子挂在了蓝黑混杂的天幕之上。

趁着楼上没人，她难得奢侈地开着暖风机，在例行地惊天动地咣当咣当响了一阵之后暖风机开始替她烤干那双劳苦功高的雪地靴。

先打了几遍八卦掌保证自己全身气血通畅，池迟坐在桌子前开始仔仔细细地写着记录，劲瘦腰板挺得笔直，半长的头发扎成了马尾从她脸的一边垂了下来，去掉了帽子和厚厚的羽绒服，她在羊毛衫外面还披着短外套，看起来就是干净清瘦，带着青春特有的清爽。

今天没有串戏，自然就没有分析角色的小论文，写完了每天该写的那点记录，"少女"把本子和笔放好，算是完成了今天的一半的功课，她的记录是不能为外人道的，因为正常人谁也不会每天都记录自己这一天对自我性格的探索。

优秀的表演必须要达到三个统一："演员与角色的统一""艺术和生活的统一""体验与体现的统一"，这样，演员才能在角色中探索自我，在自我中体现角色。

对于池迟来说，她现在在做的，就是在"池迟"这个角色中探索"自我"——因为她根本不知道自己是谁。

她似乎是从天而降，突然出现在了影视城的门口，睁开眼睛看见的就是影视城那一堵颇有穿越感的大门。

在那之前她的身上发生过什么，她一无所知。

她是谁？

对她来说这是一个哲学的也是现实的问题。

池迟是个彻底的行动派，即使没有记忆也不耽误她正儿八经地活着，既然自己的内心有演戏的念头，那就干脆在这个影视城里先扎下根来，为了在影视城中妥善地生活，她迅速扮演了一个性子有点拧巴的"寻梦少女"。

是的，扮演。

扮演一个叫池迟的十六岁女孩儿，热爱演戏、为人爽朗、偶尔话痨，笑起来有满满的胶原蛋白和不掺假的蜂蜜。

透过一次次的自我分析和揣摩，池迟知道自己绝对不止十六岁，因为即使看着三十一枝花的韩老板在她的心里也是能诱发某种浅浅慈爱之情的后辈，更不用说今天看见的那个土豆饼大明星和红豆豆浆帅哥。

池迟也知道自己不叫池迟，因为她对这个名字没有任何的归属感，每当别人叫池迟这个名字的时候，她都下意识地想到自己现在并没有"迟"，一切美好都才刚刚开始，这个名字更像是她对自己的告诫。

她更知道这张年轻的脸属于自己，这双瘦长的手属于自己，这双健全的腿也属于自己。

这种奇怪的感觉全部来自灵魂深处，奇妙到难以解释。

一个属于自己的身体，一个不属于自己的名字，一个空白的大脑，一颗被梦想满溢的心，所有这些矛盾又和谐，糅合成了这样的一个她。

在这半年里，她慢慢地从下意识的习惯中去寻找自我，也慢慢地填充着属于"池迟"的人物设定，让她变成了一个性格算不上多活泼，但是可爱中透着可靠的女孩子。

扮演一个女孩儿，池迟自认为已经驾轻就熟了。

"以后可以试试工作的时候偷懒，更贴合年龄一点。"

纤细的手指轻巧地敲击在桌沿，女孩儿的脑海中出现的是今天自己各种"表现"时别人的表情，在那些表情里她总能获得自己想要的信息，一个有点奇怪的女孩儿会让人忽略掉"女孩儿"的年纪，但是一个奇怪的方向太"小众"的女孩儿，会影响交际范围的拓展。

"小池，睡了吗？"

房门外传来韩萍的声音。

池迟打开门，韩萍站在两个暖瓶后面伸着脖子往她房间里面看，看见她开着暖风机，才算是满意地点了点头。

"你这房间里还是太冷了，要不你上楼跟我和童童睡呗？"

韩童童是韩萍的儿子，今年六岁。

"不用了韩姐，我被窝里面挺暖和的。"池迟笑着婉拒，韩童童小朋友醒着的时候是个小天使，睡着了就是盖世魔星，半夜里从床头爬到床尾那是平常事，把他妈妈打出熊猫眼也不是没有过。

如果不是因为天气太冷，韩萍也不会和她儿子挤一张床上。

大概也是想到了自己儿子昨晚上的"丰功伟绩"，韩萍摸了摸自己肚皮上被儿子踹出来的那块青，没再坚持。

"你用这两瓶热水烫烫脚，今天在雪地里走了一天了。"

池迟接过热水道了谢，眼睛再次笑成了一弯新月。

韩萍看着她的小脸，没忍住叹了口气："你说你，图什么呀。"

"图个……无怨无悔呗。"池迟一手拎起一个暖瓶放在椅子旁边。

韩萍哼了一声："你现在觉得无怨无悔，等你再长几岁，后悔都来不及。"

"说了无怨无悔，那就肯定得让自己往着不会后悔的路子上奔啊。"

女孩儿依旧笑容明媚。

被自己的老板啐了一句傻倔。

第七章

身 高

随着寒潮退去，那一场灾难般的降温留给人们的渐渐只剩下挂在嘴边的谈资。

比如韩童童小朋友那只被冻在了鱼缸里的解冻之后依然吃嘛嘛香的乌龟。

比如被冻成了冰溜子必须留照纪念发网上的网购化妆水。

比如那个冬天别家饭店被抢走的一单单生意。

比如这场寒潮让大部分剧组早早放了年假，很多临时演员决定直接早点回家过年。

于是，某个剧组的演员导演在一个原定的小配角病倒之后，发现自己没人可用了。

"喂，您好，这里是如意餐馆外送服务，请问有什么需要？"

池迟蹲在后厨房里给芋头削着皮，随手就接起了电话。

"喂，小池迟？我是老邹，这边剧组有个小角色缺人，你要不要来试一下？"

老邹是影视城里一个有名的群演中介，俗称群头，常来韩老板这里吃饭聊天。韩萍和金大厨都不太愿意让池迟跟这些群头有过多交集，按照他们的话来说，群头就是"两头吃"，吃点钱就算了，池迟年纪还小被人占了别的便宜那可就完了。

正是因为从来没有跟池迟有过"工作接触"，今天如果不是手上实在没人可用，老邹也不会想起那个饭馆里的兼职"龙套"。

池迟把剩下的十几个芋头都削干净了皮再拿水泡上，才去洗了个头换了身衣服骑着自行车直奔那个片场。

演员导演看见池迟，不由得眼前一亮。

"长得还真是干干净净的，身高多少？"

"一米六八。"

"别跟我整虚的。"演员导演一开腔就带着大东北的酸菜氽白肉的味儿。

池迟特单纯特崇拜地一笑："不到一米七一。"

演员导演嘬了一下牙花子有点为难地说："有点高啊，现在这些小丫头片子怎么都往高了蹿。"

老邹在旁边赔着笑脸搭腔："不是说孟先生一米八五吗？她一米七正好。"

这个演员导演明显和老邹很熟，冷笑了一声说道："是啊，一米八五，去了冠子还有十公分是鞋跟贡献的。"

池迟和老邹："……"

老邹一只手在池迟背后捅了一下，如果不是他手上合适的人都没时间，他也不会把这个好机会给这个小丫头，到了这一步就看小丫头自己的福分了，再让他出多大力也是不能。

临出门之前，池迟被韩萍摁着洗了个头，一头黑长直衬着她白皙的小脸，就透出了一种化妆和整容都无法复制的鲜嫩。

小丫头给人的感觉就是这么又嫩又脆，她笑着说："您嫌我高我也有法子往矮了整，民国戏穿长裙，我腿上打了弯也看不出来，一准儿能衬得别人光明伟岸英姿飒爽。"

配合着演员导演的口音，她说话的语气里也自然而然地带上了地三鲜的劲儿。

"哟，你这个姑娘说话有意思。"

演员导演低头想了想，又抬头看看老邹，再看看池迟。

"行，我带你去导演那试试。谁让你是老邹极力介绍来的，不过你也得有心理准备，这个剧组，可不好混。"

老邹也没忘了当着演员导演的面嘱咐池迟："你来之前韩老板和金大厨都给我打了电话，要不是看在他们的面上，我可不会下这么大力气推你的，要是表现得不好，你这是辜负了一帮子人的苦心，知道吗？"

池迟点了点头，深吸了一口气。

整个电视剧的剧情是用几个短语就能概括了的：民国、乱世、多角恋、狗血、爸爸在哪儿。

女一二三四五都喜欢男一，男一二三四五都喜欢女一，此外还有女六之后一直到女十五分别喜欢男二到男五。

复杂的情感关系做成连线图大概可以直接当作渔网给南海渔民使用了。

男二号是一名进步青年，类似于青春校园剧里面的校草形象。

池迟试戏的角色差不多是女十一号，是个暗恋男二号的"恶毒形象代表"，立志将毕生精力奉献在"男二好帅""女主好坏""我要变态"的事业中。

女孩儿翻了一下剧本，搞清楚自己的套路说白了就是：花痴男二，欺负女主，在男二救走了女主之后用深仇大恨的目光盯着他们的背影，然后更加疯狂地重复上述步骤，最后被一枪爆头。

池迟要试的戏份，就是在男二和女主的背后喊一句："南宫麟，你会后悔的！"

剧本上写着："身后传来声嘶力竭的怒吼声。"

得，放剧里其实就是一个衬托男二和女主甜甜蜜蜜的背影。

在准备的时候，池迟对这个剧组已经有了一个大致的印象。

——与其说是不好混，不如说是不靠谱。

如果说，那个猴赛雷公司的不靠谱是因为他们所有的人都太业余，那么这个剧组的不靠谱则是来源于气氛。

一种焦灼又散漫的复杂气氛在整个剧组里弥漫。

大家对于拍摄进度都处于一种很焦虑的状态，只要这场戏能过就行，一条又一条，拍的时候很多人都看着导演的表情，只要听着说他过就好。

至于散漫，那就是对成品质量的态度了。

现在的人们心里都很明白，如果集体中的所有人都是上班的时候想着下班，周一的时候想着周末，那么这个团体就很难获得预期的进步，剧组也是一样的。

如果所有人只在乎导演看着监视器的表情是生气还是舒展，这一条是能过还是不能过，而不去在乎演员们到底表现得怎么样，那这个剧组的成品就可想而知了。

池迟觉得就连自己手中的剧本都透着一股不走心的意味。

导演坐在椅子上一动不动，用挑剔的眼神上下打量了一下池迟，心里先给这个卖相打了一个大大的对号。

说起来，这位看起来排场很大的导演自己也是第一次主导一部片子，以前他是某个大导的助手，觉得自己（坑钱）水平差不多了，就弄了一个糅杂了一众流行元素的本子扯着大导演助理"处女作"的大旗子找了傻白甜投资商来给自己挣北上广第三套房子的首付。

他跟过的那位大导是真的大牌名导，凭借独特的镜头感和掌控力塑造了一个又一个成了时代印记的美人。

跟在大导身边这么多年，就算这位导演的技术还是稀松，审美的眼光是肯定提升了不少的，所谓"美人看骨不看皮"，这个骨就是骨相，在这方面，眼前这个小姑娘可以称得上是极品了。

额头饱满，脸颊小又有少女的丰润，鼻子明显不是工业制成品也挺直秀气，嘴唇丰润饱满，下巴也秀气精巧，最妙的是配上了一双桃花眼，眼角稍长，带了特有的味道。

在娱乐圈里，这张脸绝对称不上是让人惊艳，但是也会有很多人觉得她看起来元气满满，越看越顺眼。

导演的审美比别人更专业一点，他挺喜欢这个女孩儿的眼睛。

这是一双会讲故事的眼睛。

按照老辈们的话说，在演戏的路子上，有一双会讲故事的眼睛，那真是老天爷赏口饭吃了。

君不见早几年港城几位后来被封王封圣的男女明星，他们大多是半路出家，年轻的时候都没有接受过什么专业的演技培训，但是很多人就是苦练自己双眼的表现力，生生地把自己从花瓶和小白脸扭成了影后和影帝。

其中有几位，就是这位导演的前老板苦心孤诣调教出来的。

再看这个小姑娘的身材……导演见猎心喜地坐正了身子，上上下下仔细打量。

身材真是没的说啊，腿长臀翘，肩腰比例好，手也漂亮，腰腿都直得很撑气质，上镜了也能显出少女特有的清瘦感。

这个小女孩儿……老师一定会喜欢。

这个念头在导演的心里一闪而过。

"我看你有点眼熟啊。"导演低声说，"以前在我手下跑过龙套吗？"

他挥了一下池迟那张薄薄的所谓简历，并没有仔细去看。

"我以前给您送过外卖，您喜欢吃鱼香肉丝不加肉、剁椒鱼头加醋、蛋炒饭里不放葱花。"

池迟利落地报起了菜名，在她的脑海里一瞬间闪过了她自己收到附加一大串备注的外卖下单的场景、金大厨开伙时候的无奈表情、自己送外卖的时候看见过的这位导演标志性的小胡子。

干了半年的外卖送餐员，她有足够高的职业修养，对着人脸背外卖单没什么压力。

"行了，不用试镜了，就你了。"

池迟呆呆地看着他，扮演一个没有上镜露脸经验、有点紧张的小群演："我、我还没试镜。"

"一个送外卖的试什么试？才几句台词还要后面加配音，脸够用就行。"导演把池迟的简历塞给助理，挥了挥手里卷成了一卷的台词本，"带她下去化妆，咱们继续拍第四百二十六场。"

池迟人生中第一次露脸有台词的戏，就这样简单粗暴地在一个不靠谱的剧组里，被一个不靠谱的导演决定了。

"南宫麟，我喜欢你……"

面对着"高大"俊美的男人，穿着民国学生裙的女孩儿一脸的热烈痴迷。

"Cut！孟松，你怎么回事，你是不喜欢她，知道吗？你要表现出来你不喜欢她！"

第八章
物　件

叫孟松的男人正是被人背后说鞋跟占十公分的男二号，在娱乐圈里也是已经摸爬滚打了八九年的老油条，年过而立了还是只能在正剧里面当个男 N 号，这次导演组班底的时候考虑到他性价比不错，干脆让他在自己这个无脑偶像剧里当个男二号。

有了这么一份"知遇之恩"，被导演吼了他自然也不会生气，开了眼角的一双"电眼"看向此刻比他低半个头的池迟，笑着说："这么漂亮的小姑娘跟我告白，我还真是心里怦怦跳，得缓缓。"

池迟并没有像卖萌的时候说的那样真的弯膝盖，这位孟松一直知道自己的身高是短板，身边常备增高小道具，这场戏他只要站着给几个特写再转个身就行了，脚下踩着六七厘米厚的实心木板，就能造成在镜头中颇为"高人一等"的效果了。

"好了，休息一会儿。"

导演挥挥手让男二和池迟一起过去。

"孟松，小姑娘再漂亮，你也得一颗红心向刘芬（该剧女主）你知道吗？"

孟松转头瞅着池迟说："今天第一次看见这位漂亮的方小姐，视觉冲击真是影响发挥，我调整一下，下一条肯定没问题。"

孟松是个南方人，说话的尾音都是轻轻软软的温文。

导演懒得搭理他的俏皮话，交代完了孟松，他也要交代池迟："你……表现得还行，情感表达还可以更丰富一点。"

刚刚在监视器里导演看见了池迟的表现，一个外表在娱乐圈并不让人觉得十分出挑的姑娘，在面对她喜欢的人的时候那种极力想要表现自己美的感觉，从她的双眼中毫不保留地释放了出来，带着一点青涩和紧张的状态。

着实美得惊人。

美到让人瞬间忘了她是个兼职送外卖的纯新人，也或者干脆就不是什么新人。

如果真是个新人……导演瞥了池迟一眼，转头去看监视器，这个小姑娘的镜头表现力根本就是天才级别啊。

其实，孟松的表现与他平常的水平是差不多的——不过不失地平庸着。

对着这位女十一号，他表现出了剧本所要求的"厌恶"，但是这种厌恶，与女孩儿表达的澎湃情感是脱节的，甚至，他还被这个女孩儿的情绪影响了，让那份厌恶显得浮于表面，展现出了他本身的不该有的情绪——惊艳。

所谓的对戏，其实就是两个人在镜头前各种层面上的交流，简单解释就仿佛是两个人在对话，有来有往，有逻辑和中心。

池迟和孟松的这一场"对话"，十分让人蛋疼。

一个人兴高采烈："今天早上吃什么，豆浆油条还是豆腐脑？"

另一个人："我讨厌邻居家养的狗。"

面对这种毫无逻辑的交流，那旁观的人心里就只能："What the fxxk！"

正如导演此刻的内心正是这样的。

一场对戏，主角被喊了cut，配角算是被夸奖了，旁边听见的工作人员没忍住在孟松和池迟之间来回看了看。

明显都是想要看好戏的眼神。

孟松太熟悉这种眼神了，他轻轻晃了晃脖子，立刻有他的助理上来对导演说："我们孟哥昨天拍夜戏累到了，导演，能不能让孟哥先去休息一会儿？"

导演戴着墨镜，过了几秒才慢慢地点了点头就算答应了。

池迟一直在旁边发呆，导演说的表情再丰富一点，让她对于这个角色有了新的想法，纯粹的大脑不健全式的喜欢确实太单调了。

"导演，我能问一下，我演的这个人她家里是做什么的吗？"小丫头怯生生地问。

"啊？"导演愣了一下，同样愣住的还有本要离开的孟松。

"剧本上没写吗？"没关注过配角的导演问孟松。

孟松摊了一下手没说话。

导演拿起水杯喝了一口，想了想说："你就当她家里是卖烟土的吧，小姑娘事儿还不少，演戏挺有意思的是吧？"

"我就随便问问。"池迟腼腆地抓了抓自己的脑袋说，"第一次有台词，只知道直勾勾地看着孟先生背台词了，还连累孟先生表演真是太抱歉了。"

少女的笑容没有一点攻击性，眼睛弯成了月牙，脸部的肌肉线条也笑得舒展自然。

孟松从助理手里接过罗汉果茶喝了一口又递回去，慢悠悠地走回了休息室，没再跟她说话。

主演都去休息了，工作人员也都开始休息了，有人研究一会儿出去吃馆子，有人刷起了手机，几个摄影师叼着烟卷出去抽烟。

池迟站在一边慢慢地想一个贩卖烟土的家庭应该是怎样的。

父亲出入的时候肯定是带着保镖的，甚至应该养着私兵，她该是见惯了人血，又被父母养得矜傲……信息依然太少，没办法补完角色。

那就从另一个角度考虑，她喜欢南宫麟，讨厌会夺走南宫麟视线的女人，那南宫麟又是为什么会讨厌她呢？

没有这个女十一号的完整人设，她可以从有完整人设的男二号出发，男二号是个什么样的人，他会讨厌一个什么样的女人呢？

导演一手端着茶壶走到她身边，把刚刚似乎随口说的那句话又说了一遍："演戏挺有意思的是吧？"

池迟抬起眼睛看他。

戴着墨镜的中年男人摸索了一下自己的小胡子，或许是在自言自语，也或许是说给这个小女孩儿听："演戏啊，有时候就是看谁玩得开。谁玩得开，谁就掌握主导权，那才是真有意思。"

少女梳着让他看起来成熟了三四岁的发型，眼睛上贴了假睫毛，嘴唇也被涂成了艳俗的红色，按照偶像剧里傻白甜是天生主角，被干掉的都是妖艳俗货的套路，这个装扮就充分显示她在这个剧里其实只是一个炮灰。

民国女学生的长裙穿在她的身上，显得她单薄也窈窕，只要不看脸，就是讨人喜欢的。

在戏里，她的表情与自己的妆容并不违和，表现出了比现实中成熟很多的样子。

如果不是这个女孩儿表现出的灵性，按照这个导演一贯的作风，他连一个眼神都不愿意施舍给她。

池迟歪了一下头，看似十分认真地问导演："大家都玩了，那剧怎么办呢？"

"我是导演都不担心，你担心什么。"导演哼了一声，"好好演戏，乖乖拿钱，知道吗？人不大，操心的还不少。"

池迟已经可以确认了，现在剧组里的这种情况，这位导演不是看不见也不是没能力管，其实就是不想管。

"行了，行了，准备一下这一条再拍一遍。"

"三，二，一，action！"

【一个骄傲的富家公子讨厌的女人，与其说是刁蛮任性，不如说是会伤害到这个男人的自尊。

女孩儿的家里贩卖烟土，父亲赚的是人命钱，她才十几岁，已经知道这个世界上只有攥在手心里的才真正靠得住。

父母兄弟靠不住，钱来来往往也靠不住，人命如蝼蚁生死无常也靠不住。

我喜欢你……

你就是个从头到尾都属于我的物件儿，其余的都不重要。】

"南宫麟。"年轻的女孩儿低着头，声音里带着一点轻薄的羞涩，在她终于念出了男人名字的时候，她终于抬起了头。

【你必须，是属于我的。】

她的目光里没有多少的温柔缱绻，更像是一个贵妇人在对着自己养的小狗轻轻爱抚，带了一点凉薄、一点冷淡。

所有的狂热和志在必得，都要有语言来作为出口。

"我喜欢你。"

【女孩儿不紧张，也不羞涩，因为她认为对方根本不可能会拒绝她，"喜欢"脱口而出之后，她自认为对方就已经属于她了，开口的时候会有颐指气使和喜悦。】

"明天有一场舞会，你陪我一起去吧。"

导演低头看了一眼台词本，原本该是"和我一起去"，改成了"陪"字，更咄咄逼人了一点。

"喜欢我？"孟松，或者说南宫麟觉得这个女人让自己浑身上下都不舒服，她的喜欢的告白都透着让自己难受的味道。

他唇角勾了一下，像是一个未成形的冷笑。

"呵。你这种草包一样的女人，跟你说话我都嫌恶心。"

孟松转身往前走了两步，一台摄像机迅速拉近距离给了池迟一个特写，另一台摄像机捕捉了孟松的背影。

镜头前女孩儿的眼神带着压抑的愤怒和更多的难以置信。

在监视器里，导演沉默看着女孩儿的表情。

这个小姑娘，真是太有意思了。

对于这个连名字都没有出现在男二和女主学生时代的女十一号，剧本里自然不会给多少刻画和描写，只是写着她种种带着疯傻劲儿的台词。

在很多人眼里，这样的女人必定是对男二充满了深厚感情的，是个"为爱疯狂"的女人。

池迟自己却从"烟土商人女儿"的这个人物背景设置出发，对这个角色有了另一种解读：

她对于男二的感情，与其说是"爱"，倒不如说是一种"痴"，这种痴恋因为她的出身和经历，显得浓烈和不讨喜。

可其实，她感情的深刻程度与喜欢一件衣服差不多。

只是因为偏偏这件衣服被人买走了，被一个出身不如她、长相不如她、学识不如她的女人买走了。

一次又一次的积累，才会有结局的"思之欲狂"。

当然，这些别人是不可能一时半刻里脑补出来的，他们只能感觉到，那个眼神根本不是在看一个爱人，而是在看一件昂贵的可以炫耀的装饰品、一个必须属于自己的奢侈品，观众们可能根本体会不到这种含义，但是这不耽误他们站在男二的角度去讨厌这个女人。

只可惜，在这个剧组里，有这种感觉的人，不超过三个。

第九章
醉 酒

第一天，池迟只拍了这一场戏。

她要回去继续熟悉剧本，明天就有她把女主角逼到墙角威胁她离开男二的戏份了。

在她走之前，演员导演顺便跟她提了一句，这次池迟不仅终于和剧组签了合同，而且如果拍摄顺利，她这次可以拿到小两万。

回家的路上，池迟还在不停地重放刚刚的几次 NG 镜头，她自己的抬眼，她的手上的小细节，她看着男二号的眼神，还有男二号对于她最后一次情感表达的反馈。

一丝一毫都足以回味。

毕竟与以前那些人相比，这个男二号算是有演技的，给她的情感传达更加精确和自然。

池迟也是第一次尝试向别人传达非友善的情感信息，以期待别人向自己传达负面的情绪，这次尝试算得上是成功的吧。

很多年轻演员在演反派的时候，想的是让自己的角色显得不那么坏，最好能让现在年轻的网民们深度挖掘一下自己，开个脑洞写写同人，那离红也就不远了。至于剧本是什么，编剧是什么，角色的核心思想是什么……能吃吗？

骑着自行车回家的女孩儿并没有这么"丰富"的想法，她耿直地去把握这个女十一号性格中最恶劣的部分，甚至不惜扭曲掉这个角色最容易出彩的部分——她对男二号的感情。

餐馆里的一帮人在池迟回来的时候都涌了上来，听说她被选中拍戏已经拍完了一场，每个人都很开心。

"小池以后红了可别忘了咱们啊！"

"这种有好几场戏的肯定赚钱也多，到时候小池得请我们吃板鸭。"

"去去去，吃什么板鸭，小池今天算是事业有突破，咱们得替她庆祝一下，厨房晚上加一盘回锅肉。"韩萍驱散了众人，拍板决定今天多一个肉菜。

一幕幕的具象化剧情从池迟的脑海里渐渐退去，看着眼前这些人的脸，池迟想起了自己从书本上看来的话语："……表演艺术是多方面的，但都必须具有外表上的真实，也可以是不折不扣的幻觉上的真实，不然既毫无价值，也不能引起人们的兴趣……"

看着眼前的这些笑脸，池迟第一次感受到了"表演的价值"。

它能让一个一无所有的人，在这个社会中找到自己的位置，在这个位置上去收获作为一个社会个体的财富。

是表演，而不是谎言，因为这些笑容也是她用一颗真心点滴换来的。

这种成就感，比出演一个烂片里的女十一号更能推动她往前走。

"一个家里做烟土买卖的千金小姐会如何看待一个穷大夫家的女儿？"

针对这个问题，池迟写了两个小时的笔记，根据有限的剧本内容，她从家庭背景、人生经历甚至性向的角度进行了分析。

是的，性向。

她想不明白为什么她演的这个女孩儿要针对女主。

喜欢上一个男人不是应该热烈追求吗？

为什么这个剧本里都是她去找女主，去找女主，去找女主啊？！

前几次还好说，最后结局的部分敌军攻城逃难的时候她看见男主和女主在一起，就要冲上去自己捅死女主，结果替女主挡了子弹，自己被爆头了。

那个时候男二已经放弃女主了，那个时候男二早就随军离开那个城市了，男二离开的时候这个女十一号根本没有什么表示，为什么看见女主离开的时候她反而激动了呢？

她喜欢的到底是女主还是男二号？

而且还总是一样的套路，把女主逼在墙角，把女主压在地上，把女主扔进池塘里。

这明明是韩童童那个年纪的小朋友才会玩的把戏啊——喜欢她就欺负她。

写完了小（长）论（吐）文（槽），才刚刚晚上九点。

楼下依然不停地传来有人喝酒说话的声音。

池迟下楼到后厨房帮着一起收拾。

碗筷都有专门的餐具清洁公司来回收清洗消毒，池迟把那些脏兮兮的碗盘分类放好，拿起扫帚把厨房的地面细细地清扫干净。

"我是想回家！我不就是没钱吗，我要是有钱我能不想回家吗？"

前厅传来一个人的吼声。

"啪！"一个黑色的手机砸在了厨房门口的地面上。

池迟想要出去看看怎么回事，被越过她的金大厨按了回去。

"没事儿就早点回去睡觉，今天晚上的外卖我就顺手送了。"

金大厨身高接近一米九，皮肤黝黑又高又奘，他的手往池迟的小肩膀上一压，就像是把一只小猫摁回窝里一样轻松。

池迟对这位镇店铁塔做了个鬼脸，转头去清洗台布。

"王老闷，你喝醉了在我这里闹什么？"金大厨走出厨房一声暴喝，先声夺人气势十足。

刚刚还要横扔手机的中年男人竟然抽抽搭搭地哭了起来。

"我想回家啊，我能不想回家吗？！我家那口子说我今年再不回去就跟我离婚，是我不回去吗？我是回不去啊呜呜呜呜呜……"

把台布泡在洗洁精水里，池迟轻轻走到厨房门口，挑起一边的帘子往外看。

餐馆的一个常客坐在地上，鼻涕眼泪一把把的哭得凄惨，池迟对他还是有印象的，要么是一个人来吃饭的时候是闷闷地要两个菜一瓶酒，要么就是和某个群头来一起大吃大喝大声说笑，每次喝完了酒吃完饭都把手里的临演票子往桌子上一甩："你们要是全价收票子，我立马就结账，要不就记账等我月底换了钱来。"

他以前跟韩萍死去的老公关系很好，哪怕是看在逝者的面子上，韩萍也一直不好说什么。

老板都不开口，下面的服务生自然也没什么话说。

在影视城里里外外的各家饭店都是同样的规矩，要是用群演票子来抵账，一百块钱面值的票子只能抵八十五块钱。群演票子就是群众演员们每天接活之后用来结算的票据，每个月底可以跟影视城的演员公会换取等值的钱，一个月只有月底那么一次兑换的机会，过期不候。

有些人挨不到月底，想要活下去就得用票子抵账，毕竟这些票子不是真钱，真的用于流通不仅违反相关法规，饭店也要承担着公会的信誉风险。

这个不成文的规矩要是如意餐馆敢破了，那在影视城里可就真的混不下去了。

好在店里有金大厨，王老闷也不敢闹得过分，一个月欠上几百上千的，到了第二个月的月初都能还上大半。

金大厨抬着手臂护在韩老板身前，两个人都低头看着他。

"我手里没钱啊，只有这些票啊，年前公会不给结钱了，这些票现在脱手得打七折！七折！两千三百块钱就剩一千六，我七百多块钱的血汗钱就都没了，我回家一张车票就得五百！"

王老闷从兜里哆哆嗦嗦掏出一把票子扔在地上。

"我还欠你们店里一千多饭钱，我还得交一个月六百块的房租，我怎么回去？啊？我怎么回去啊？！呜呜呜呜呜呜呜……"

韩萍弯下腰把票子捡起来放在他的手边。

"你在这里作天作地的时候也该多想想自己的老婆孩子，天天就知道跟群头喝酒打牌，有活儿的时候又拈轻怕重，事情到了这个份儿上哭有什么用。"

"你们这些女人懂什么，我和群头喝酒怎么了？天天跟那群闷蛋子一样蹲在墙边等人挑？一辈子都混不出头来？我是……来当明星的你们知道吗？从小，我们村里的人就夸我长得板正有出息，你们知道吗？我是要在这里当明星！"

说着说着，他站了起来。

"现在的年轻人，个个歪门邪道……陪着睡就有戏拍，都不要脸了！"

他趔趄了一下，斜倚着桌子边。

"我得当明星，我得赚大钱，我得开好车……那些小白脸有什么本事，都是靠卖的，一个个穿得人五人六的，什么本事都没有……就贴个老女人就 TM 穿金戴银……就你们店里那个雏儿！她也是在老邹床上……"

耍酒疯的男人脸涨得通红，眼睛都充血了，金大厨上前一步，蒲扇一样的大手往他的后颈上一招，手舞足蹈骂骂咧咧的男人就晕了过去。

"没事，他有点犯癔症，我把他送回住的地方去，你们先关门吧。"

金大厨把他扶在手里说着话，还瞪了站在厨房门口的池迟一眼。

经过王老闷刚刚一闹腾，店里的人早就走光了。

看着金大厨像拎小鸡一样地把王老闷拎走了，韩萍站在门口叹了一口气。

"得了，这是又疯了一个。"

扭过身，看见池迟，韩萍带着怒意的脸上挤出了个笑："早不来晚不来，听说咱店里出了一个能在剧里露脸的就跑来撒酒疯，又蠢又没见识的中年老男人也只能靠折腾幺蛾子来找存在感了，不用放在心上。"

池迟点点头，抬手露出掌心里黑色的手机："诺基亚的，没摔坏，刚刚金大厨一瞪我，我没敢说他忘了拿手机。"

韩萍可不信池迟会被金大厨吓到："……你这丫头也是够鬼的，放前台吧，等他明天自己来找。"

"哦。"

韩萍看着池迟乖顺的小脸，脸色又柔和了几分。

"你的路长着呢，磕磕绊绊的小石头，现在避着点，将来总有能一脚踹飞的时候，犯不着生气。"

"哎。"池迟乖乖应了。

才过了十几分钟，金大厨就大步流星地走了回来。

韩童童在楼上闹着不肯洗澡，韩老板上楼去了，池迟自己把餐馆里的凳子都摆在桌子上，来来回回地把地板擦了两遍，一边擦地，她一边也不忘了踩着八卦掌的步法，偶尔还抬个腿下个腰什么的。

"小池啊。"一贯走沉默低调风的金大厨叫住了池迟。"王老闷这种人你不用放在心上，这地儿的人天天赌命，一不留神就魔怔了。路还是一步一步走得踏实，安心演戏比什么都好，那些走歪了的都不长远。"

池迟知道，金大厨和韩老板一样是怕自己受不了王老闷这种人的下作劲儿，也怕自己会学坏了。

金大厨走到厨房门口，似乎下了什么决心，又大步迈了回来。

第十章

寻 衅

"我觉着你还是应该去读书,哪怕就是爱去拍戏,等你考上什么影视学校了,起点也高点,将来出名了说起来也好看,群头们不也说明星大多数是科班出身吗,名校出来的一听就比跑龙套混出来的有前途。"

这段话显然已经在金大厨的心里权衡了很久,像科班出身这种明显是从别处听来的词汇,他自己说得都带点别扭。

池迟拄着拖把笑着看金大厨。

"金大厨,您真是难得说这么多话。"

"哼。"

金大厨有点不好意思,大手拿过池迟手里的拖把自己开始擦了起来。

"我和你韩姐都是一个意思,你才十几岁,在这里混起点太低,还是得把路子走得宽一点。"

"哎。"池迟笑着跟在金大厨后面看他擦地,拖把在他大手里生生给衬成了一个玩具。

"你看我,一个高中学历都没有,只能在厨房里当个厨子。"

"您做饭可好吃,大学生肯定没您做的好吃。"池迟不失时机地拍着金大厨的马屁。

"别奉承我,奉承我根本没用,跟你说正经的,转过年来天暖和了,你就开始读书,在这附近找个高中也成,正好你拍完现在这个戏也有钱交学费了。"

"哦。"

"哦什么,就问你行不行,你要是说行,趁着过年前后人少,我去给你找学校。"

"我户口在外地，在这里读书得多花不少钱呢。"

金大厨动作顿了一下。

"多也就是三万两万的事儿，我和韩老板商量一下，一人给你凑点。"

"大厨啊，你真是好人！"池迟的眼里都快冒出小星星了。

"说了别奉承我，这钱是借给你的，你将来大学毕业得还。"

池迟清楚地看到金大厨的耳朵有点泛红，他为了掩饰什么，用力推了一下地板，把一张桌子连带上面摆着的四把椅子都推到了一米开外的地方。

女孩儿觉得心里泛酸也泛着甜。

不管她身处的地方是多么光怪陆离，至少她是真的遇到了很好的人，无论是在生活上关心她的韩萍，还是撇开一贯高冷人设好声好气来跟她谈心的金大厨，他们都善良朴实。

噔噔噔。

金大厨回过头看着池迟跑上了楼，过了一会儿又噔噔噔跑了下来。

"大厨你看。"

池迟把一张写满了蝌蚪文的纸摆在了金大厨的眼前。

"这是我的高中毕业证。"

池迟又把另一张写满了蝌蚪文的纸摆在了金大厨的眼前。

"这是我的大学学位证书。"

"啊？"金大厨有点蒙。

在确认了上面的蝌蚪文他一个都不认识之后，金大厨更蒙了。

"我在国外读了高中和大学，今年夏天大学毕业了才来这当演员的。"其实池迟并不知道这些是哪里来的，它们跟自己的身份证户口本护照都放在一起，也确实写的是自己的名字，直觉告诉她这些都不是假的，拿出来让关心自己的人安心也好。

一个晚上把自己三年份的体贴都用完了的金大厨把拖把搭在了桌子边上："……你把剩下的地拖了吧，我去把外卖送了。"

"大厨，我不是故意瞒着你们的，你们一直也没问，我也不好意思说。"池迟跟在金大厨屁股后面解释。

"我去送外卖。"

"大厨，我错了，我知道我早该交代学历，可是一个建筑学的学士学历跟我当演员没有任何关系啊您说对不对？"

"你说……你是学了什么？"

"建筑学啊。"池迟眨眨眼，明晃晃地卖了个萌。

"你过了年虚岁才十八，也就是说你十四就上了大学，脑瓜子这么聪明还是学的建筑，你怎么就这么想不开要往这个烂泥潭子里钻呢？王老闷是疯了，我看你也……爱演戏的都是……去去去，上去睡觉。"

金大厨单手拎起池迟，就像拎小猫一样地把她放在了楼梯上，还没忘了小心地把证书都拿起来让池迟捧好："抽空跟韩萍提一句，别让她再张罗你读书的事儿了。"

"哦。"池迟转身跟金大厨摆摆手，"我这两年先赚赚钱，十八九了再去上个表演班啥的，您放心，我肯定把自己的路子走得宽宽的。"

小女孩儿蹦蹦跳跳地上楼了，留下有点心塞的金大厨，只想打套八卦掌静一静。

可能他这辈子都不会想明白，演戏到底有什么样的魔力，让一代又一代的年轻人如痴如狂、走火入魔。

在影视城打滚沉浮了十来年，眼力见儿金大厨还是有的，他能看出来池迟是真的热爱演戏，而非为了那个光鲜靓丽的娱乐圈，就像他曾经认识的那些人一样，就像现在演艺圈里越来越少的那种人一样。

池迟是先去送了两个地方的早餐外卖，才到了拍摄地报到的。

今天是她和女主的对戏。

整个剧组在女主电话一直关机的情况下一直等了整整两个小时，女主都没有到场。

午饭的时候，导演的助理接到了一个投资人的电话，说女主今天身体不太舒服就先请假了。

导演坐在保姆车里喝着茶哼笑了一声。

"让女一号的文替来演。女一号的脸靠以后补镜头。"

导演可以用到时候压着投资人追加投资的方法来发泄此刻心中的不满，别的人，那满腹的怨气就跟便秘时候的屁一样急于寻找出口。

比如：撺掇一下昨天刚来的新人，让他们欣赏女主的文替挨揍。

池迟站在距离女一号替身几米开外的地方，文替小姐跪坐在地上。

“那个……池迟是吧？你呢，一会儿下手的时候要狠一点知道吗，最好能让观众感觉出疼来。”

听着一个不知道从哪里冒出来的小助理这么说，池迟扭头看了看导演，转回头来对助理说：“那是不是该把文替换成武替比较好？”

小助理：“……小姑娘你不觉得自己戏有点多吗？”

“既然是文替的戏，那就得按照文戏来走。”池迟挑了一下眉毛，黑道大小姐的气场飙到了两米开外。

无论从哪个角度，池迟都不想理会那些莫名其妙人的指手画脚，等了两个小时有怨气是一回事，想把怨气往一个不相干的女孩子身上撒是另一回事，这么爱看动作片就该回家好好地跟左手相亲相爱，为什么要出来工作呢？

“Action！”

文替只觉得眼前一花，对面的女孩儿已经扑了过来拎住了她的领子。

“就是你勾引的他！”声音不怎么尖厉，在别人耳边却有一种呼啸的质感。

“这个女的吃什么长大的？”

一时间，文替的脑海里只有这一个想法了。

池迟拖着文替往墙上一撞，在没有人看见的地方，她的手臂垫在了文替的肩膀下面帮她缓解了绝大部分的冲击力。

“说，你到底怎样才肯离开南宫麟？！”

“我已经查过了，如果没有南宫麟，你家的医馆根本就开不起来，你有什么资格缠着他？靠着这张脸吗？”

池迟的声线压低之后带着一点淡淡的磁性。

此时在对方的耳边响起，就像是一条毒蛇缠着她的血肉和灵魂。

文替小姐觉得自己的身上鸡皮疙瘩都起来了。

“还说自己是书香世家，你根本就是个狐狸精。”

池迟的眼神从文替的眼睛渐渐地往下扫，越过鼻子，最终落在她的嘴唇上。

"你……你想干什么……？"

文替的声音带着十分自然的颤抖，在颤抖中有愤怒也有惊惶。

"好！过！"

导演拍拍手，表示一幕有走位有动作的戏一条过了。

池迟很自然地松开文替的领子，随手还帮她将顺了一下上面的褶皱。

"合作愉快啊。"

少女的笑容依旧是那种甜甜软软毫无攻击性的，可怜的文替姑娘却还记得刚刚那个让自己毛骨悚然的眼神。

导演又回放了一遍监视器里面的画面。

终于忍不住笑了。

这个小丫头，实在是太有想法了。

刚刚最后那一幕，这个小姑娘的表情神态，说她给女一号毁容说得过去。

说她要给女一号一个强吻……

好像也说得过去。

有意思，越来越有意思了。

池迟根本没时间去管别人想什么，她掏出小本子对照自己昨晚画的走位图看了一遍，确定了自己估算的走位方式和导演要求的差不多，就要开始准备下一幕戏了。

天依然不甚暖和，有无聊的工作人员走过来打断她的准备跟她说："要不你下次来用你那个外卖箱子装点饮料呗，还能多赚一份。"

任谁都听得出来他是在讥笑池迟不过是个送外卖的。

旁边有人甚至笑出了声，几个群演对着池迟指点了一下不知道说了什么，笑得越来越大声了。

女孩儿的脊背一直挺得笔直，把脑袋从本子上抬起来，只看着那个开口的人："好啊，有南瓜汁、玉米汁、红豆浆、五谷豆浆……想喝什么你帮我统计一下，超过五十份可以打九折。"

她的态度太坦然，笑容太真诚，来寻衅的人都不知道自己该再说什么，讪讪地走开了。

　　嬉笑声渐渐小了下去，池迟又低下头在有点料峭的冷风里修改着自己的笔记。

第十一章
蒂 华

几天后，池迟跟着剧组转场到了沪市。

这是池迟自有意识以来第一次离开那个影视城。

刚买的书包里装了一身衣服、一条毛巾、一套洗漱用品和她的笔记本。

叫宋玉冰的文替小姑娘就坐在她的旁边，自从那天搭过戏之后，宋玉冰就表现得非常喜欢池迟，现在正坐在她的旁边跟她说着在沪市的好日子，整个剧组都是一种人傻钱多的气派，到了沪市吃得好住得好，根本不用带什么。

"有时间我带你去吃小笼包，可好吃。"

池迟突然觉得这个小姑娘挺可爱的。

会带着自己去吃小笼包的小姑娘，肯定是个好人呀。

剧组在沪市包了一座小洋楼，A、B两个摄制组要在这里进行总共五天的拍摄内容，整个剧组大部分成员住在距离拍摄场地不足一千米的四星级酒店里，当然，导演、制片和主演排除在这个"大部分"之外。

宋玉冰小姑娘虽然目前也只是一个文替，也是有经纪人帮她接洽业务的，每天早上起床都要匆匆忙忙和她的经纪人兼亲妈打电话。

池迟自然没有这个烦恼，早上五点五十起床，去酒店的健身房健身，跑跑步、练练器械，打打八卦掌，池迟很喜欢那个大头朝下往上卷动腹肌的健身设备，每天都要做上一二百个才算是过瘾，练到了七点二十回房间叫小宋姑娘一起吃了酒店提供的早饭，稍做准备在八点半之前赶去拍摄场地。

作为女主角的文替，宋玉冰的戏份比池迟多多了，很多时候池迟都是在剧组里顺便干一点剧务的杂活再看看别人拍戏，等着宋玉冰下戏了就帮她卸个妆披个衣服什么的。

作为整个剧组里唯一一个在影视城当地招来会出现在剧尾演员表里的演员，池迟收获了很多揣测的目光，揣测一天揣测两天，她就是个笑容亲切不多话的小丫头，就连那些存心挑衅的人都被她笑得没了找碴儿的心思，人们也不再关注她了。

到了沪市的第三天，宋玉冰下午三点就收工了，拖着池迟的胳膊，她一定要对方陪着自己一起去逛街。

"你看看你身上的衣服，样式旧还显老，要是以后进别的剧组会被笑的知道吗？"

宋玉冰随手揉了一把池迟嫩生生的小脸蛋："脸上也不擦东西，要想状态保持得好，二十岁之前就得好好保养皮肤知道吗……哎呀，真滑，最讨厌你们这种仗着底子好就为所欲为的人了。"

跟池迟混熟了之后，宋玉冰算是充分了解了池迟这种性格，要说是温吞吧，在拍戏的时候能把有很强攻击性的角色演得很好；要说是圆滑吧，也没看她左右逢源去讨好下制片人和导演什么的，虽说他们也确实挺难讨好的。整个人说起来算不上温吞也算不上圆滑，就是那么让人不讨厌地存在着，默默地当个小配角。

宋玉冰的妈妈觉得池迟这个小姑娘很好，还特意打电话让宝贝女儿多跟人家学学低调踏实的作风。

"总比跟着那群妖精还没演就会作妖的混一块好多了。"——这是宋妈妈的原话。

"去逛街买点东西，然后咱们去吃鲜肉小笼，蟹黄汤包也很好吃啊。"

池迟自己的衣服有几件甚至是韩萍的旧衣服，在影视城周边买的衣服大多是稍有夸张的明星同款，还有一二百块钱的礼服裙子什么的，那些衣服池迟肯定不能买。

小白手攥着，池迟默默盘算了一下，觉得自己还真该买点衣服了。

宋玉冰没带池迟去多么高档的地方，坐上地铁直奔了一个CBD的常规卖场。

"去看看几个日常的街牌就足够了，这么高的个子太粉嫩的也不适合你。"

池迟点点头："太干净的颜色送外卖不好穿。"

宋玉冰忍不住笑："还惦记着送外卖？你就没想过这次一下子就红了，每天都有片子拍，根本不用再送外卖吗？"

年轻的小姑娘低头看她，地铁轨道两旁的灯箱广告飞驰而过，化成了绚丽的光影，就倒映在她的眼眸中。

"呀，很好的想法。"她说。

宋玉冰怎么想都觉得这个口气像是家长对待孩子们的异想天开。

"梦想还是要有的，万一实现了呢？"

池迟抬起头，正巧地铁到了一个站，一拨人挤出去一拨人又挤进来，池迟护着身形小巧的宋玉冰往地铁里面退了一下，这个话题就被中断了。

梦想啊，应该是我做了什么，我成了什么。

而不是，别人给了我什么，命运对我如何眷顾。

如果说运气一定要跟自己的目标挂钩的话，它一定会是折断她翅膀、打断她双腿、让她只能匍匐前行又输在了时日无多上的巨大不幸。

女孩儿的胸口微微一疼，左腿下意识地轻动了一下。

"到了，下车。"宋玉冰拖着池迟下了地铁。

两个女孩儿迅速融入了来来往往的人流。

江浙派系的汤包，最重要的就是那一口汤的鲜美，汤冻融化在面皮之内，或有鲜肉的荤香，或有蟹黄的鲜甜，浸在其中的肉馅也格外软嫩，若是再有香醋祛除那若有似无的一点腻，就足以惊艳一个疲惫的夜晚。

宋玉冰吃了四五个小汤包又喝了一个蟹黄汤包的汤汁就开始嚼黄瓜小菜，假装自己已经吃饱了。

一边嚼，一边看着池迟身旁叠起来的笼屉心塞。

"你平时也这么……吃吗？"

光小包子就吃了三笼，更不用提巴掌大的蟹黄汤包，她连外面的面皮都没放过。

池迟咽下嘴里的包子皮慢悠悠地说："看运动量吧，最近都窝在剧组里，饭量不如以前。"

宋玉冰："你们这种吃也不胖的都好讨厌！"

小宋姑娘自己买了七八件衣服，池迟算已经上身一套黑白卫衣一共买了三身衣服，刚好花光这次的预算。

看着堆在一起的纸袋子，宋玉冰说什么都不肯坐地铁回去了，两个人打了个车，一个红绿灯一个红绿灯地慢慢往住的酒店前进着。

"迟迟，你看，那里就是蒂华传媒！"

宋玉冰有点激动地指着一个高耸的建筑给池迟看。

池迟不明所以地看过去，看见了顾惜的巨大影像。

"华夏最棒的公司，娱乐圈里的圣地，唉，那个是顾惜的全身像。蒂华真土豪啊，从四年前开始每个月都换一次广告墙，全部是顾惜拍过的杂志封面，她是真红啊。"

冶艳的红唇、灿烂的笑脸、飞扬的神采，摄影师捕捉到了顾惜性格中若有似无的那一点强硬，将它在镜头前表现为夺目的明丽。

她的笑容就这么对着人来人往的繁华大路，在巨大的广告墙上，恨不能让这座城市所有的人都可以看到。

所谓红不红的，池迟没有什么概念，说顾惜是所有爱吃土豆饼的人里最漂亮的那个，她是赞同的。

"当明星真好。"看着远去的蒂华大厦，宋玉冰的神色都迷离了起来，"没有人不知道你，没有人不看着你，就像神仙一样，天天踩在云彩上过日子。"

池迟没说话，沪市的夜景很好看，流光溢彩，远灯如星。

同样看着这片夜景的，还有站在蒂华顶层的顾惜。

"什么时候，我顾惜……是拦下别人几个低端代言就能消气的人了？"

中年男人低头站在咖啡机旁边慢条斯理地往咖啡杯里调椰汁，听见顾惜抱怨的话，脸上露出了一丝宠溺的微笑。

"没说不让你去折腾那个付诚文，只是蒂华和瑞欣合作的电视剧已经签了星芒，等剧播完了，你怎么整那个小角色都行。"

"你也说了是小角色，连小角色都能骑到我头上了。"顾惜哼了一声，一只手搭在自己的手臂上，她看着窗外的灯光，也看着映在窗子上的、自己修饰完美的指甲。

"加了椰汁的白咖啡，尝尝看。"男人端着一杯咖啡慢慢从她身后走过来。

顾惜头也不动地接过杯子，任由那个男人缓缓环过自己的腰，她轻轻回眸，一点点的嗔怨带着说不清的熟稔和亲昵。

窗上是两个人的倒影，斯文儒雅的男人，明艳动人的女人，像是一对彼此深爱的情侣。

"《飞仙一剑》是瑞欣以前的老爷子力主的项目，蒂华这边的董事会也很看好，现在付诚文架空了李齐把项目攥在自己手里，还有几个月就播出了，播出之后随便你开心。"男人的下巴搭在顾惜的肩膀上，手在她纤细的腰肢上来回摩挲。

"付诚文那个家伙志大才疏急功近利，最好是等他把瑞欣搞散了架子，蒂华就能直接吞并了瑞欣，是吗？"顾惜淡淡地说，语气多么贤淑可爱。

男人轻笑了一下，小心拿起顾惜空闲的那一只手，轻轻地爱抚着："最了解我的人就是你了。"

顾惜轻轻喝了一口咖啡，椰浆和白咖啡的味道混在一起，在她的咽喉里慢慢沉了下去。

"我了解你，你却不关心我到底高兴不高兴。"她轻轻地说，带了一点愁绪，像是小毛刷子一样轻轻扫过男人的心底。

男人的低笑声从胸腔里传来，像是看着自己养的小猫因为没有扑到毛球而生气。

"怎么会？"他的手一只越发往上，一只越发往下。

"等吞并了瑞欣，我就让封烁跟着卫英华，把他捧红了算是替你报恩了，好不好？"

卫英华是蒂华传媒最好的经纪人之一，捧红了几个天王歌手，和顾惜的经纪人路楠并称蒂华的两大王牌经纪人。

第十二章

六 次

"不好。"顾惜猛地转过身来，"你呀，每次都是这样，事事说是为了我，其实都是无利不起早的小九九。封烁多好啊，雷老头还活着的时候你就想挖过来了，别以为我不知道。"

男人笑得更大声了，接过顾惜手里的咖啡杯放到一边，就要把顾惜抱起来。

"不行。"顾惜皱了一下眉头，"我明天早上七点的飞机去法国。"

她推了一下男人的胸膛。

"我们都两个多月没见面了。"男人的淡定不见了，语气里带了一点急切。

纤细的手指顶着他的胸膛，慢慢悠悠地画了一个圈儿。

"就当心疼我，好了——等我回来吧。"

说完，女人毫不留恋地转身走到门边，房门自动打开，男人看清了门外站着整整两排的助理和保镖。

想要追赶的步子就这么顿住了。

高胖的女助理小心地给顾惜套上外套，一群人就像侍从服侍女王一样浩浩荡荡离开了。

走进电梯里，助理小心地递给顾惜一张湿巾，顾惜看着玻璃电梯外面的一夜星火，慢慢地、仔仔细细地，擦着自己被那个男人细细把玩过的手。

自己也是没想到，明明都在一起六七年了，现在却越来越讨厌他的触碰。

这个"他"自然是被她抛弃在顶楼的男人，蒂华传媒的董事长，娱乐圈的第一钻石王老五，韩柯。

外界一直有着顾惜与韩柯若有若无的传闻，却一直没有人搞到什么实在的证据，任凭那些泡在八卦论坛信誓旦旦的人想破脑袋，他们也不会想到，顾惜其实刚成名没多久，就成了韩柯的"金丝雀"。

早几年的时候，是韩柯倾斜资源捧她，等到顾惜证明了自己的商业价值，她也成了蒂华的活招牌，在这个文化相对保守的古老国度，树立了一个现代化的、娱乐化的"明星"的标杆。

蒂华这几年势头强劲，和她是相互支撑、相互成全的。

"费导演那边谈的电影给回信了吗？"

"《女儿国》的剧本费导已经看完了，他想确认一下这次的投资蒂华占多少。"

"天池投资方面已经初步达成投资意向，他们的意思是如果蒂华的投资占比不高于百分之三十，他们愿意包下剩下的投资份额；唐宋影视答应以包揽营销和院线费用的形式入股，他们也说如果蒂华的投资不超过总投资的一半，他们还愿意追加投资。"

蒂华这几年的势头是很猛，颇有一点舍我其谁的架势，在合作的项目里捞过界也不是一次两次了。天池投资是娱乐圈外的庞然大物，这次算是他们第一次试水投资电影项目；唐宋影视是老牌的院线公司，新老板野心勃勃，在营销推广上极有手腕。他们都对蒂华不感冒，只对顾惜牵线的电影项目本身很感兴趣。

"我的个人片酬折算入股，改天把天池和唐宋的负责人叫到一起聊聊，你提前跟他们说，这次，我自己当制片人，不带蒂华玩。"

最后一句话一出口，跟在她身后的人里，有人乱了步子。

说起来好笑，池迟虽然大部分对手戏都是跟女主角的，她拍了这么久的戏，其实连女主角也没有见过。

剧组里开始疯传八卦，说是女主角已经陪着这个电视剧的投资人出国游玩去了。

有人问那女主的戏份都怎么办，有消息灵通的说所有女主的镜头都由文替宋玉冰完成，只等最后再通过剪辑移植上女主的脑袋就行了。

在外行人眼中听起来觉得荒谬，剧组里的人也不觉得有什么。

男主是制片人指定的，女主是投资人硬塞的，女二号是另一位投资人的侄女，男二号这么多年的苦心经营不过换来一个大家在电视上的眼熟，竟然成了主演里咖位最大的那一个。

晚上拍完了当天的戏份，宋玉冰被导演和制片人叫走了。

回来的时候是带着笑容的。

"我的戏份增加了两倍，制片人说给我加三倍的钱。"当替身不过几万块，加上三倍那就是有二十几万了。

羊毛出在羊身上，导演以增加了额外成本为由又跟投资商要了五百万的追加投资还把拍摄周期延长了一个月，这一买卖他可以说是最赚的一个。

剧组里上上下下有眼睛的不少，很快就有很多年轻人跑来找宋玉冰鼓动她一起去酒吧庆祝一下。

池迟以自己未成年为由，独自留在了酒店里。

她还要准备明天把"女主角"推下池塘，以及自己被男二号扔下池塘的戏份。

今晚的酒店很安静。

池迟在本子上绘制了池塘的样子，仔仔细细地给自己设计走位的方式和动作。

通过这些天对整个剧组拍摄情况的观察，池迟已经可以总结出这个导演所喜欢的拍摄角度和拍摄手法，不是因为她的观察有多么强大，而是因为这个导演他就是这么偷懒，就是这么单一。

夜深人静，池迟在房间里打了三遍八卦掌，宋玉冰终于摇摇晃晃地回来了。

"迟迟啊——我回来了——"

宋玉冰明显喝多了，就连说话的尾音儿都是带着飘的。

池迟扶着宋玉冰躺在她自己床上，帮她摘掉了皮包和外套，还脱掉了那双恨天高的鞋子。

"我第一次能赚几十万，嘿嘿，几十万。"宋玉冰手指头在半空中胡乱地画着，仿佛在签支票一样。

池迟没搭理她，用温水浸湿了毛巾要给她擦脸。

喝醉了的宋玉冰还算乖巧，池迟用毛巾捂了一会儿她的脸，很容易就擦得她脸上乌漆墨黑一片。

平时不会化妆的少女盯了一眼被毛巾带下来的假睫毛，对着宋玉冰那张车祸现场一样的脸叹了口气。

想想自己下戏之后宋玉冰总是帮自己抹了一层又一层的东西，池迟跑去找了她的那些瓶瓶罐罐，好歹算是把她的脸折腾干净了。

本以为，这样的一天就过去了。

夜里一两点的时候，池迟被宋玉冰的哭声惊醒了。

清瘦的女孩儿悄悄坐起来，只听见隔壁床上，平日里大大咧咧的宋玉冰蜷缩在自己的被窝里抽泣着。

"我不要演替身了，我比她强那么多，凭什么我只是个替身？我要露脸，露脸你懂吗？！跟池迟一样演个有台词的小角色也行啊，为什么要让我一直当替身？！"

黑暗中传来一串细细碎碎的声音，池迟能听出来是宋玉冰躲在被窝里跟自己的妈妈打电话哭诉。

她重新躺下来，默默转过身去，再度睡了过去。

第二天早上，池迟锻炼的时候收到短信，宋玉冰说她先去剧组了。

下午阳光最好的时候，池迟的戏份开拍了。

她要带着一群人把"女主"围堵在池塘边上，然后把她推进水里。

她们站在岸边看着"女主"在水里挣扎。

男二路过看见，骂池迟所扮演的角色恶毒。

男二跳到水里把女主救上来。

池迟被男二推进水里。

佯装河流的池塘其实就在拍摄地旁边，从另一个角度看宽度不超过六米，通过摄像机的巧妙架设，愣是让它有了那么点滚滚长江东逝水的架势。

这段戏是全剧的重头戏之一，因为男二抱着女主的样子会让男主看见，由此在女主和男主之间产生误会，再次引爆一连串的狗血炸弹。

顺便还能让男二体现出对女主的深情厚谊——建立在对另一个年轻女人的毫不留情之上。

本来是一定要女主来演的，现在只有宋玉冰这个文替，她今早才拿到剧本，知道自己要倒退到池塘边上，作势要落水。

把女主推下水的那一条先是 NG 了四遍，因为宋玉冰说自己小时候差点被水淹死，有点怕水，每次在走到距离水池很近的位置的时候，她都会腿软，克制不住地蹲在地上。

第五遍 NG 的时候导演摔了喇叭。

"你丫一替身矫情什么？我又不是让你真的进水里，你要是不能拍就走人，我要找替身还不好找吗！我不要求你有什么演技，你只要能把被逼着走到河边的动作做完就行了。"

"真的抱歉！"宋玉冰眼眶都红了，对着导演不停地鞠躬道歉。

"最后一遍！不行就滚！"

第六遍。

"你为什么还要纠缠着南宫麟。"池迟一步一步地逼近宋玉冰。

"我没有纠缠他，我不知道你在说什么。"宋玉冰慢慢地后退，脚步惊惶。

池迟看着她的眼睛，表情狰狞又狠毒。

"我是不是跟你说过，你要是再缠着他……"

离着池塘越来越近了，越来越近了。

宋玉冰又开始腿软，她一直没有说，她害怕的原因并不仅仅是她对身后池塘的恐惧，也是池迟的眼神，她是真的要杀死她，毫不顾忌地杀死她！

很多人都看见了宋玉冰表情的失控，就像前面的几次一样，她会垮坐在地上，根本做不到那个脚踩在池塘边上的动作。

一只手猛地拽住了宋玉冰的领子，稳稳地提住了她的身体。

那只手的主人继续说着剧本里的台词。

"……你去死吧！"

随着池迟的动作，宋玉冰被猛地往外一推。

又被拉了回来。

"Cut！过！"

导演静静地看着监视器的屏幕，把五分钟不到的一点戏看了好几遍。

这场戏根本是一场独角戏，池迟的表现是一个被抢走了男人的疯狂女人，宋玉冰给出的反馈却好像她是遭遇了神经病的可怜受害人。

什么女主角对男二那点若有似无的情愫，什么女主想起了男二对自己的种种好，所以不愿意说出再也不见男二的这种话啊……

统统没有表现出来。

虽然剧本里确实把那个女配写得很像一个神经病，宋玉冰的表现也着实让人出戏，脸上夸张的表情和肢体无力的动作，被摄像镜头纤毫毕见地捕捉到，彻底一言难尽。

今天早上还打着讨论情节的旗号来找自己套近乎，到真正拍戏的时候连完整说完台词都是让别人带的，导演在心里不由得庆幸，幸好她只是个替身。

这个戏的女主角虽然演技也稀烂，但是她身后有拿三千万出来让大家吃香喝辣的金主啊。

所谓的娱乐圈就是这么势利，当所有人都没办法拿作品和演技说话的时候，看的就是赤裸裸的金钱背景。

第十三章

尖 叫

池迟蹲在角落里默默地揉着自己的额头，短短几分钟的戏拍了六遍就花了一个小时，为了保持愤怒的样子，她的脸上肌肉一直处于紧绷的状态，现在觉得整张脸都有点酸痛。

宋玉冰走到她的面前想要说点什么，踌躇了半天，最终只是沉默地递过了一瓶水。

今天早上她提前走，多半是自己昨夜醉酒又哭诉的尴尬，小半……她微妙地觉得自己不太适合跟池迟混在一起了。

昨天晚上一起喝酒那些人的话灌了她满满一耳朵，她当时没放在心上，半夜酒醒之后却越想越多。

"说不定那个刘芬（该剧女主）在国外遇到点天灾人祸，你这个替身就直接转正了。"

"和你一起的那个叫池什么的，和导演到底什么关系，我看她拍完戏经常被导演叫去，还跟导演说说笑笑的。"

"你这叫上位有望，她还是个跑龙套的，混一起你也不嫌丢份儿。"

"唉，她今天还帮着场务装箱子你们看见了吗？就知道跟着打杂献殷勤，年纪不大心眼不少。"

"不是说才十六七吗？这么小就出来混，肯定也是有两下子的。"

年轻的男女们喝多了酒，说话的时候眉梢眼角都带着乱飞的神采，"有两下子"几个字一出，不少人发出了心照不宣的笑声。

"不说她了，那么 low 一人有什么好说的，喝酒喝酒！"

宋玉冰的心里一时是隐约的展望和窃喜，一时是对自己替身身份的不甘和郁结，那群人不干不净地说着池迟，她想要制止，又怕闹得场面不好看，默默地喝着酒，就那么醉了。

人醉了，心也醉了。

早上睁开眼睛，看见池迟的床铺一如既往地整整齐齐，她径直起身走了，不光走了，她还想着今天拍完戏就请导演吃个饭，再跟导演提要求，最好能把自己从两人标间换到自己一个人的大床房。

这一早上的 NG 不停地砸在她的脸上，终于把她从"宿醉"中给砸清醒了。

不想演替身，那是要拿出当演员的正经本事的。

自己有吗？

不去攀比那些主角，只跟同吃同住的十七岁小女孩儿比，她有一个做演员的基本素养吗？

作为整个剧组里和池迟相处时间最长的人，她看得见池迟到底有多么刻苦和努力，哪怕是跟了大夜场，第二天仍然早起去做健身；无论多晚回到酒店，都要先整理当天的笔记。

和她一样大的小姑娘不是在追着日番看着韩剧，就是天天蹲在晋江上且悲且喜，她却自律又简朴地生活，像是一个机器人。

扪心自问，如果脱离了妈妈的督促，宋玉冰知道自己一定会懈怠和经不住诱惑，就像她从出道到现在遇到的很多人一样，当演员之前只看到了演艺圈里多么光鲜靓丽；当了演员之后，才知道赚大钱必然是吃大苦，必须熬过一个个看着别人光鲜靓丽而自己悄无声息的日日夜夜。

人们宁肯共同生活在灰暗天空下，也绝不愿意生活在聚光灯外的角落里，看着别人占据全部光明。

这就是心里不平衡，充斥着整个娱乐圈的不平衡，在这样的不平衡里，太多自认为怀着梦想的年轻人最终放纵了自我，迷失在了光怪陆离之中。

宋玉冰本来是看不起那些人的，她也以为自己是平衡的，万万没想到，一次加戏就让她隐藏的全部的卑劣和狭隘都暴露了出来。

面对池迟，她真的不知道自己该说什么。

女孩儿表情自然地接过宋玉冰递过来的矿泉水，一只手仍然在揉自己的脸。

"早上吃饭了吗？"池迟仰着脸问宋玉冰，"昨天早上你说闻起来很香的面包店，我路过的时候买了个杏仁面包。"

今天的阳光极好，照在少女的脸庞上，坦坦荡荡，一如既往。

宋玉冰的手抖了一下，眼眶泛了红又消了。

"一会儿得进冷水，你才该多吃点增加体力。"

她笑得有点不自然，又慢慢自然了起来，对着池迟做了个鬼脸："你刚刚的眼神吓死我了。"

池迟晃了晃头，把矿泉水打开喝了两口。

"演的就是坏人，那就得坏呀。"

"哼哼。"宋玉冰蹲下来帮她揉额头，"你小心到时候走在马路上有人朝你扔鸡蛋。"

她说的扔鸡蛋还是个典故，前几年一些老艺术家发挥职业精神全心全意地去塑造令人咬牙切齿的人物，结果剧播完了，他们拍拍屁股过自己的小日子，观众们受不了了。演员出戏了观众没出戏，导致可怜的老太太走在菜市场里还被人砸了鸡蛋；另一位更惨，十几二十年后一提到"衣冠禽兽""家暴狂魔"，他的剧照都会被人拎出来挂墙头。

池迟嘿嘿一笑，真的能被那么多人肯定演技，也是很爽的事情。

导演一边摇头晃脑听着手机里的京戏，一边看两个年轻人蹲在大太阳底下说话。看着池迟还对着那个替身笑得傻兮兮的，他的心里觉得有点不得劲。

这么好的苗子当个龙套也就算了，天天跟不入流的替身混在一起算怎么回事？

宋玉冰被副导演叫走去讲戏，导演招招手把池迟叫了过去。

"说过演戏得放开一点，越是玩得开的越是玩得好的，你是怎么回事？"今天小姑娘的松弛度不比往常，她的神情有点绷得太紧。

小姑娘没忍住又揉了几下脸。

"大概是昨天落枕了。"她的语气特别乖。

导演："……"

池迟自己知道自己今天的表现不如以往，第一遍的时候尤其紧绷，后面只是一次次调整渐渐好了一点而已。

如果换一个人跟这个女孩儿搭戏，哪怕能够稍微给她一点正常的感情反馈而不是要求她控制着全部的节奏和气场，这个导演相信，凭借池迟的悟性，她很快就会恢复到正常的水平。

"独角戏很累是吧？"导演端起茶杯，慢悠悠地啜了一口，"跟这样的烂剧组就是这样的，好演技一点用都没有，好演员撑不起烂片，烂演员要是运气好进了好的剧组，倒是能装个演技派。"

好的戏都是要带出来的，两个人演戏要互相带，一群人搭戏，一群人烘托着戏份把所有人的感觉都提升起来，这才叫对戏。

就仿佛他刚刚在听的经典三人段子《智斗》，刁德一越是奸猾就越能衬托出阿庆嫂的沉稳机智，胡传魁越是愚笨就越显出了刁德一和阿庆嫂的暗潮汹涌，任谁缺了力气，整个戏都会塌。

池迟仿佛没听见导演当着自己的面说这个剧组很烂。

正好池塘的一边要搭一个新的机位，她跟导演示意了一下就很热情地去帮忙了。

导演跟着手机哼唱了一句"我待要旁敲侧击将她访"就歪过头闭目养神去了。

站在池塘边上，池迟看着幽幽的水面，脑袋里又是一阵的刺痛。

这才是她今天表现失常的原因，她对水也有非同寻常的反应。

陪着宋玉冰一次次地走到池塘边的时候，她的头疼一次次地加剧。

这疼痛并没有让她畏惧。

"池迟，准备一下，马上开下一场了。"

"哎！"她干干脆脆地答应了一声，跑去准备室里找化妆师补妆。

很快就到了今天她的最后一场戏，被男二踹进水里。

导演嫌弃回身一推的动作没有足够的表现力，临时改成了踹。

事实上负责把池迟踹进水里的人并不是男二，而是剧组的经验丰富的武术指导。

池迟站在水边，宋玉冰站在不远处抱着她的大衣看着她。

在这场戏里池迟要背对着池塘一脸恨恨地看着男二，嘴里咒骂着女主是狐狸精，然后就被暴怒中的男二踹下了水。

这也是池迟真正意义上的独角戏，毕竟这一条里面除了她之外只有一条腿出场而已。

"三，二，一，action！"

"南宫麟，你以为你是个什么东西，你居然敢骂我，我告诉你，早晚有一天，我会让那个狐狸精……啊……！"

女孩儿的脸上是毫不掩饰的惊恐和难以置信。

武术指导的脚力恰到好处，把她踹进了水里。

一米五多的水，池迟屁股向后跌落进去，还要冒出头来佯装挣扎。

随着水淹没了池迟的口鼻，她猛地睁开了眼睛。

【"哥哥！嫂子！你们在哪？你们别吓我！"

"你们看见我哥了吗？你们看见我嫂子了吗？"

滂沱的大雨依然在下，浑浊的水没过了房子和牛棚，树杈上有人在嚎哭，怀里的幼儿紧紧地搂着她的脖子，年轻的女人站在堤坝上，雨水遮掩了她的视野，洪水冲垮了她的故乡，她的家……

没了。】

在水中挣扎的女孩儿腿部猛地使力，让头部呈现勉强露在水面之上的状态。

"救命！你们快点下来救我！"她准确地找到了机位，对着镜头怒喊。

"南宫麟！你会后悔的，我发誓！"

"Cut！过！"

浑身湿淋淋的女孩儿站直了身体，水顺着她的头发和脸缓缓流下，剧组的人们开始准备下一条的拍摄，只有宋玉冰一脸担心地喊她快点上岸。

这一切和平日里并没有不同，只有她与上帝知道有什么东西突然变得不一样了。

"啊啊啊啊啊啊啊啊啊啊！"

池迟站在水里猛地发出了尖叫。

她不知道自己是谁，这巨大的哀痛却仿佛再次击穿了她的灵魂，她不知道她是谁，可她知道自己曾经被一场洪水夺走了几乎所有的亲人，也有什么东西，随着洪水一起被剥夺了。

　　一声尖叫打破了剧组冷漠繁忙的气氛。

　　一声尖叫，仿佛压抑了太过久远的时光。

　　导演猛地站起来："你要加词你怎么不早说！"

　　喊得这么过瘾也是白喊了！

第十四章

新　剧

"砰！"随着池迟额头上的血袋爆开，她仰面朝天重重地跌倒在了地上。

一架摄像机从她的身旁匆匆掠过，拍到了男二与女主（替身）在慌乱人群中登上客船的背影。

如果池迟演的不是女十一号，大概会被导演赏一个特写宣告死亡。

可惜她是。

所以一个摄影师匍匐在地，把她的脸做了模糊处理，作为两个主角背影的前景。

这也是她在这部戏里最后的存在。

"Cut！过！"

池迟在这个剧组里的戏份到此宣告结束。

就像她加入剧组的时候简单粗暴一样，她离开的时候也是干净利落的，小包一背，工资一结，挥挥手，没带走一片云彩。

只有宋玉冰踮着脚抱着她嘱咐了半天，要她一定记得跟自己打电话。

拍完这场戏，宋玉冰就要北上去跟另一个场子，在那里她争取到了一个有台词的配角，如果演得不错，也有机会签一家经纪公司。

别看演艺圈就这么大，拍一部戏又一部戏，赶一个场子又一个场子，哪怕是十八线小透明忙起来都是劳模级别的，此时离别容易，下次相见也许就是后会无期了。想到这些，宋玉冰更加舍不得，直到池迟许诺了无数次会跟她聊微信，才终于放开了她。

银行卡里多了小三万的钱，刨除给老邹的五千，还能剩两万多一点，加上她这大半年的积蓄，一共有四万多，把卡从ATM机里拽出来，池迟站在沪市的繁华街道上琢磨了半天，觉得自己在沪市没有什么可买的。

干脆又去吃了一顿蟹黄汤包，放开了食量吃得肚子溜圆，满足地拍一拍，她就打算坐上大巴晃回影视城去了。

离开了小半个月，她还真有点想念金大厨做的酸辣土豆丝。

说曹操曹操到。

想着土豆丝的池迟就接到了金大厨的电话。

"先别回来，去趟杭城，咱俩在杭城见，我给你找了个当主角的戏。"

金大厨的语气，很兴奋。

"鸡开锅再煮两分钟就能吃了。"店里的阿姨们头发盘得利索，活干得更利索，把锅里煮出来的浮沫一撇，留下一桌三个人面对着热气腾腾的鸡肉火锅。

"来来来，先喝汤。"坐在对面的男人殷勤地帮金大厨和池迟盛了汤，又把油豆腐扔进锅里煮。

池迟乖乖地低头，鲜美不腻的鸡汤在喉间打了个转儿，就妥妥帖帖地下了肚子。

"小姑娘哪里人啊？"中年男人笑容和蔼。

金大厨冷笑一声："你管不着。"

"小姑娘今年多大了？"中年男人的笑容依然和蔼。

金大厨把汤碗端起来一饮而尽，砰的一声放回桌子上："关你屁事。"

"小姑娘你喜欢演戏啦？"中年男人不为所动，一心一意地跟池迟说话。

"温新平你要脸吗？把小姑娘骗来说演戏，戏呢？"金大厨气得手都抖了，这个世界上最让人讨厌的事情就是给了人希望又把希望给破灭掉了，自己这个老伙计居然在自己身上使心眼，看见剧组介绍的时候，他是又羞又愧，觉得自己对不起池迟这个小丫头。

"戏在这里啊。"叫温新平的男人抖了一下放在手边凳子上的剧本,池迟瞥了一眼,瞅见了上面密密麻麻的手写字的更改痕迹。

"我说的是正正经经的戏,靠谱的戏!你呢?把我们大老远糊弄了过来,就给我们看这个烂本子?!制片人是你,出品人是你老婆,导演是你儿子,编剧是你儿子,摄像师是你,场务是你老婆,投资人里面还有你小姨子?!"

金大厨猛地站起来,一米九还有富余的身高对温新平造成了压迫性的震慑。

温新平往后缩了一下,没注意另一边的小女孩儿已经把剧本抽走了。

"我们一家子很正经啦,也很靠谱,我们认识这么多年你是知道我的,没有保证的事情我肯定不做的啊。"

说好的两分钟已经到了,池迟用汤勺把几块鸡腿放在金大厨碗里,自己啃起了鸡翅,一只手举着啃,另一只手翻着剧本仔细地看。

剧本原本是印刷的,又在上面进行了无数次的涂改,看起来有点吃力。

"她睁开眼睛,看着镜头,脸上是笑着的……"

"你知道小象的故事吗?从前有一只小象,它特别喜欢跳舞,可是它被一根绳子绑着,绳子的一头是它,另一头是扎根在地下的木桩,小象慢慢长大了,绳子依然勒着它的脖子,让它疼,让它跳不起来,它忘了自己是一头力大无比的象,只有在跳舞的时候,一边疼着,一边哭着。"

剧本的前几页看起来像是风花雪月小清新的校园剧,在池迟把油条下进锅里的时候,画风突变。

"她把书桌掀翻,把凳子踹倒在地上,用书和文具盒砸别人的脑袋,几片纸飞了起来,被风扇吹走了。"

"红色的血液从墙角流到地上,她匍匐着,任由黑影踢打着她的身体,她的眼睛盯着散乱的酒瓶……"

"我以为自己是一头能跳舞的象,结果,我是一条被嫌弃的土狗。"

金大厨还在跟温新平打着嘴皮子官司——除了身高之外,金大厨基本处于被吊打的状态。

"当初的事情我们都以为过去了，怎么都想不到对他的伤害会那么深。"排除掉胡子，温新平也称得上是一枚中年帅大叔，现在一脸忧郁的样子，对面如果坐着一个少女，大概也会心里小兔跳跳的。

然而他对面是金大厨。

"谁都有过不去的坎，可你们不能祸祸人啊，要什么没什么，把小池哄来当女主角还不想给钱，你们说得过去吗？"

金大厨一直希望池迟的起点能高一点，最好别再跑龙套，能当个小制作的电影电视配角甚至主角那是再好不过的了，为此他动用了自己积累多年的人脉。

——就遇到了顺杆儿爬的温新平。

说是有个小成本的靠谱校园电影正在找女主角，要求身高腿长颜值过关，最好身手利落的。

金大厨一听这就是给池迟量身打造的角色，头脑一热就叫着池迟来了杭城。

万万没想到，编剧和导演都是温潞宁，温新平的自闭症儿子。

再一看所谓的"资方"，金大厨瞬间悟了，这根本就是温新平两口子砸锅卖铁哄自己儿子玩的电影。

"你要是真土豪也就算了，自己不过是个摄像师还玩摄影，老婆是个会计，上数一辈是在安徽种水稻的，能有几个钱砸进电影这个无底洞里？"金大厨也算是劝自己的老友回头是岸别玩这档子没有回头钱的买卖。

"啪！"温新平把一个存折拍在了桌子上。

"我这有一百五十万，要是还不够我就把我家的房子也抵押了，保证片子能拍完。"

金大厨愣住了，认识了十几年，他还是第一次看见温新平被逼急了的样子。

"要是不把这个电影拍出来，我儿子他就完了，完了！"

温新平的嗓子眼里都要冒血了，为了凑钱，他这几天都没有踏踏实实地睡过觉，找演员这事儿更是难上加难，本来本子里的人物就不多，要是来了个只想应付了事的，那整个剧也就毁了，尤其是女主角，要符合"她"的形象，要能演出"她"的气质，简直是难如登天。

万幸他"拐"来了池迟，外形接近，气质出色，万幸中的不幸是他面前还有个护犊子的金四顺，根本油盐不进不听忽悠。

"算我求你，老金，咱们从《鹤舞》认识到现在，我从没求过你，这次算我求你了，小姑娘的演出费我肯定给，要是电影能卖到网播平台我分她百分之十，行不行？"

"咱们没有这么做事的，老温，别人也都是人生父母养的，小池跟韩萍那里住了大半年，又踏实又老实，演戏刻苦劲儿一点都不输当年的连初初，她现在好不容易不用跑龙套了，我不能让她现在最宝贵的时间精力耗在你这个坑里。你儿子的戏能带给她什么你想过吗？"

半只鸡下了肚，池迟开始烫虾丸，抬头看一眼两个中年男人你来我往，边吃边看她，她已经把剧本粗翻了一遍。

这个剧本并没有写结局。

故事在"她"打伤了人之后就戛然而止，留下了一片带着血红的惨白。

"这个剧的结局是什么？"咽掉嘴里的虾丸，池迟问温新平。

两个老男人之间的僵持被她打破了，金大厨瞪着池迟："小池，你可别犯傻！"

池迟给他捞了一颗虾丸放进碗里："你先吃，我跟他聊聊。"

"她死了。"

中年男人叹了一口气，重复了一遍。

"她……死了。"

这个剧本是有原型的，故事里用"她"代指的女孩儿，原型叫林秋，在四年之前跳楼自杀了。

她是温潞宁最好的朋友。

"林秋死了之后，我爱人把小宁所有的硬盘和记忆卡全砸碎了，我们以为他会睹物思人，以后会慢慢好起来，没想到他越来越不爱说话，越来越孤僻，除了这个剧本什么都不想了，去年干脆就从大学休学了。"

温潞宁从小的梦想是学摄影，拍了很多关于林秋的视频和照片，林秋死了，视频和照片也没了，温潞宁就把林秋的故事写成了剧本，写在纸上被撕掉就重写，写在电脑上被删掉就重写，被绑住手不能写，他就用嘴念。

在他父母绝望的眼神里，他指着自己的脑袋说："她就在这里，你们砸吧。"

温新平夫妻才终于妥协，最终有了这场在鸡肉火锅店的谈话。

"我能见见未来合作的导演兼编剧吗？"池迟微笑着说。

第十五章

湖 边

午后的阳光穿过春风洒在湖面上，成了碎落的金箔。

瘦削的年轻男子坐在桥边的矮凳上，双腿悬空，正对着幽幽湖水，他两只手的食指和拇指组成了一个长方形的框子，透过那个框子，他静静地看着近处的绿头鸭、远处的红画舫。

池迟在身边坐下，学着他把腿搬到桥栏外。

他不说话，她也不说话。

在成功地把池迟的记忆之墙敲开一条裂缝之后，湖水对她已经不再具备头疼效应。只有那份深刻的痛苦留下，在她的情感体验中留下了浓墨重彩的一笔。

女孩儿看着湖水，神思飘到了百里之外。

每个人都该有自己的过去，演员更应该有丰富的情感体验，情感体验的缺乏桎梏着池迟对人物的深度发掘和揣摩。这样一场撕心裂肺的痛楚之后，池迟在冥冥中觉得自己演戏会更有质感。

温潞宁的剧本就是在这个名为"痛苦"的地方打动了她。

那种无时无刻不经历着失去的巨大痛楚，连接着剧本里的每一个汉字。

尽管作为剧本它是稚嫩的，但是剧本中情感的饱满程度十分动人。

反正卡里还有钱，池迟并不在乎去拍一场赚不了钱的电影。

暖风熏得游人醉，尤其是刚刚吃饱的人，没过一会儿，女孩儿的头一点一点的，只露出了白皙纤细的颈项。

温潞宁慢慢转身，手依然摆成一个取景框的样子。

透过框子，少女柔软的发丝、小巧的下巴，都在他的框子里，像是一幅幅小小的精装油画。

远方的天是清澈明朗的蓝，低处的夕阳是热烈的金彩，这个少女的脸与发，是充满了生命力的白与黑的交际。

"那个剧本，我只想留个念想，并不想拍电影。"男人的声音有点嘶哑，慢慢传进池迟的耳朵里。

"可是不拍，他们会以为我没救了。"

年轻人向自己的斜后方眺望，刚好看见了人群后面趴在保险杆上的自己的父亲。

"我想，如果我不拍，大概他们也没救了……随便了……"

他的语气很正常，根本不像是一个自闭症患者，池迟抬起头看着他，心里大概明白什么叫作"有病的人眼里这个世界都是病态的"。

这样的态度，可不像是一个会认真严谨好好拍戏的导演。

难得自己想要突破的时候有这么一个剧本送到手边，女孩儿的手指紧了一下，她是绝不会允许这个机会莫名失去的。

"如果你不拍，大概我也没救了。"池迟笑着，看着远处一行水鸭在水面上逡巡，新柳乍翠，映在碧波荡漾的湖水上，鸭子们路过，把柳影碾碎，柳影又在它们的屁股后面悄悄重现。

"我很喜欢你的剧本，不能出演，我会遗憾很多年。"

温潞宁猛地回过头来看着身旁的女孩儿。

"那不是剧本，那是林秋。"

池迟毫不示弱地回视他。

"我是个演员，在我的眼里它就是剧本，没有演员来把它具象出来，它就是个薄薄的剧本。"

温潞宁冷笑。

"演员不都是要拿钱的吗？我根本没钱给你，我不要你拍，你走。"

池迟摊手，脸上笑容不变。

"你父母砸锅卖铁的那点钱，连演员的片酬都给不了，除了我之外你们也找不到能接戏的女演员了。"

温潞宁瞪着他，他生气了，呼吸都急促了起来。

"我像'她'吗?"女孩儿自顾自地站在了石凳上,修长的大腿包裹在黑色的运动裤下面,半长的马尾辫整整齐齐地束在头顶。

她居高临下看着温潞宁,辫子的发梢垂在她的耳旁。

"你知道小象的故事吗?从前有一只小象。"女孩儿直起身子,脚步轻盈地在石凳上转了个圈。

"它特别喜欢跳舞……"

长长的、带着诗朗诵意味的台词从女孩儿的嘴里念出来,一字不差。她的肢体自然又舒展,脸上有一点若有若无的笑,有思考,有漫不经心,在她的唇边,在她的眼角,在她的眉梢。

温潞宁的表情有片刻的呆滞。

他匆忙地用手组成取景框,在框子里,女孩儿的辫子在夕阳下飞扬。

"林秋……"

"你这个剧本好多地方太涩了,咱们边拍边改呗?"

那些触动温潞宁记忆的东西瞬间收敛得无影无踪,只剩下属于池迟的灿烂笑脸。

她和林秋一点都不像。

她和林秋……也许她真能成为林秋。

有那么一点点叫希望或者野心的东西,在这个沉默寡言的年轻人心里悄悄滋生。

一个优秀的导演能够激发一个演员的潜力,一个优秀的演员也能够激发导演的创作热情,也许,此时此刻,此等波光之上的他们还太过稚嫩年轻,称不上优秀,不过奇妙的化学反应总是发生在悄然无声处的,能产生的东西,也值得这个世界耐心期待。

一部电影的主演搞定,导演也算是搞定。

剩下的东西,基本全靠凑的。

温新平自己是摄像师,几十年下来全身最值钱的身家是那套拍摄器材,如果不是房价飙涨,那得比他家的房子还贵,所以他本色担任该电影的摄像师、灯光师和场务。

温新平的妻子陆女士担任剧组的财务主管,以及后勤大厨,还有可能的龙套。

陆女士的妹妹陆老师是一所高中的老师，她为剧组争取到了在周末学校休息的时候剧组可以进教室拍摄的机会，她还将顺便客串班主任的角色。

陆老师的儿子也就是温潞宁的表弟姜小波今年高二，他以撺掇他的同学们一起跑龙套为条件，争取到了一个校园混混的角色，有台词的。

整个故事在节奏明快的校园剧情之外，还有重要的部分是女主角的家庭。

在温潞宁的构想中，这一段剧情的表现应该是相对抽象的，并不需要女主角的父亲和母亲真正出场，他们只要有一个黑暗中黑色的人影和一个灰色的映在帘子上的影子就够了。

劝了池迟半天徒劳无功的金大厨就这么被抓了壮丁。

池迟这才知道，金大厨在十来年前也是给电影电视干过武术指导的人，只是后来掺和到了一些糟心事儿里，他索性退圈发展自己的第二兴趣了。

关于到底是什么事儿，温新平和金大厨都讳莫如深。

因为要照顾到如意餐馆的生意，金大厨不能离开太久，温潞宁连夜改好了一段剧情的剧本。

第二天，这个非常不靠谱的剧组的非常不靠谱的拍摄，就从温潞宁的家里开始了。

早上五点，温潞宁就爬起来开始收拾池迟住的房间——为了节约成本，池迟未来一段时间会住在温家的客房（杂物室）里。

整个房间不大，还要制造出更加逼仄的感觉，温新平贡献了自己偶尔拍照时用的木质白屏背景，充当一面墙。

在木架子上捆上一排挂衣架，电线从挂衣架上穿过，下面挂着打光用的光源灯。

旁边的衣柜上面也同样是用挂衣架挂了灯，如果抬头，能看见密密麻麻让人不忍直视的“吊灯晾晒”画面。

书桌原本想要搬温潞宁房间里的，温潞宁不满意它的样子，温新平和金大厨跑去废品回收站倒腾了一趟，在早上九点多的时候终于带回了一套桌面破损颜色也符合温潞宁要求的桌椅。

陆女士的小本本上记录了本部电影的第一笔支出："道具用废弃桌椅一套，价格五十二元人民币（下次买道具得我去，老温不会砍价）。"

把整个房子弄成暗房，只在一角开了一点橘黄色的光源，一个有点昏暗又有点破损的房间的氛围就出现了。

金大厨站在黑暗的角落里，池迟站在有光的一角。

"你打他。"温潞宁告诉金大厨。

"你挨打。"他也告诉了本戏的主演池迟，咳，也算是敬业。

"好了，开始。"

全场寂静。

人活到此三四十年，如意餐馆的大厨金四顺头一回觉得自己蠢兮兮的，他问温潞宁："我该怎么打？"

该剧的导演兼编剧一本正经地说："你看了剧本了，想怎么打就怎么打。"

金大厨走到光下，翻开剧本念了起来："黑色的人影无情地踢打着她，拳头和脚都是她无法挣脱的网。没了……你这叫人怎么打？"

五大三粗的金大厨跟个铁塔一样，衬着温潞宁就像个脱毛洗净就剩下锅的小鸡仔。

温潞宁完全没有感受到身体上的威慑力，很随意地说："我是导演，你得听我的。"

"行，我听你的，你是导演，你说了算，你说，怎么打？"

"想怎么打就怎么打。"

金大厨那个铁拳距离温潞宁的小脑壳就剩十公分距离的时候，被池迟拦了下来。

"你慢慢打就好了，凶狠的，阴狠的，各种各样的样子，都用来打我就好了。"

穿着温潞宁他表弟的学校的高中旧校服，池迟把金大厨重新推进了黑暗之中。

金大厨瞪了温潞宁一眼，对着池迟无奈地摇了摇头："你说你怎么就这么死倔，我就开始了啊！"

说着，他一拳挥了出去，竟是不用导演说开始了。

谁都没想到，这一打就是将近一个小时。

第十六章
挨 打

　　开始的几拳看起来气势汹汹，落在人的身上其实并不疼，这是金大厨对自己力道控制得好，其实在这种打人的拍摄要求下，更多的影视剧里喜欢让人去打沙包，主角的痛感表情集中于脸部特写，只要剪辑得当根本看不出他是在干号的。

　　像温潞宁的这种随便打的要求，在金大厨看来简直是胡闹。

　　池迟装作疼痛的样子，挣扎闪躲，坚持了五六分钟，都没有人喊停。

　　女孩儿用手势示意金大厨的拳头再实在一点。

　　力气一次次地加重。

　　痛感越来越清晰。

　　池迟的闪躲和挣扎也越来越真实。

　　包括金大厨在内的其他人脸上的纠结越来越重。

　　操控着摄像机的温新平好几次看向他的儿子，都只看见一张漠不关心的脸。

　　他一直没有喊停。

　　池迟自己叫了停。

　　她认真地对金大厨说："这段戏里，女主角的父亲并没有把女主角当人，你现在就顾着我的脸和手碰都不敢碰，这是不对的，一个习惯性家暴的人，越是看见对方的身上有伤口才会越兴奋，你的打法更像是教孩子而不是泄愤。"

　　金大厨看她的表情像是看个傻子："导演都不管你，你这是在自己找打啊！"

"来，继续。"

池迟没有说一个字的废话，她向着金大厨招招手。

"从你第一下把我打倒那里开始。"

……

五分钟后。

"不对，我感觉不到恐惧感，我直面你的时候没有恐惧，别人更不可能有。"

……

十分钟后。

"温叔叔，能不能帮我拿两瓶二锅头？没有二锅头别的高度酒也行。"

"金大厨，您喝点酒。"

……

又过了十分钟，现场的气氛已经变得越来越焦虑紧张，温潞宁一直不出声，除了池迟，所有人都越来越不知道他们该怎么做了。

金大厨连灌了半斤高粱酒原浆，打了个嗝，双目赤红地看着温潞宁。

"你给我等着，小子……我告诉你，这个电影拍不成，我……我非打断你的腿不可。"

"来来来，大厨，我还在排队等你打呢，来看我。"

已经挨了半天的揍，池迟在摄像机没有工作的时候，状态一直很稳定，如果不是她的稳定，这场拍摄早就进行不下去了。

温潞宁看起来就像是个盯着玩具自得其乐的孩子，任由别人一次一次地找感觉，而他仿佛沉浸在另一个世界里。

另一个世界里？

池迟翻找到目前的"完整"剧本，仔细看了几场打斗戏的描写。

在别的戏份里，温潞宁的描写更加具体，有人扑倒在院墙上，有人摔进了花丛被藤萝的刺扎伤，有人试图搬起垃圾箱却失败了，描写的细致度仿佛亲眼所见。

只有在家暴的戏份中，他的描写简单又抽象。

仿佛是他自己的臆想而已。

对，这就是温潞宁自己的臆想。

池迟突然想明白了，温潞宁是不可能直接看见林秋被家暴的，黑色的影子，灰色的影子，代表着家庭的直接暴力和冷暴力的存在，是他靠着自己的想象力把它们抽象地表现出来的。

那么这样挨打的、无助的林秋，也是温潞宁想出来的。

仿佛在千百块拼图碎片中终于找到了可以作为锚点的那一块。

池迟翻找着剧本，重新看着关于跳舞小象的那段独白。

"好了，再来。"池迟自己整理了一下辫子，把校服的拉链拉好。

既然是温潞宁自己想象出来的场景，那么林秋就是他想象中最美好的林秋，能把这样的林秋一点点毁掉的家庭暴力……

就要把毁掉的过程给他看。

女孩儿被打在腰腹上的一记重拳击倒在了地上，脸上原本自信的、骄傲的、有点不羁的神采在她的脸上渐渐地褪去。

她的挣扎，是沉默的，是消极的。

与温潞宁印象中的林秋相像，又不像。

一只在白天尽情舞蹈过的小象，夜晚被人重新束缚在了木桩上，在白天，她看见的是绿树和阳光，吃的是带着露水的鲜嫩水果；在夜晚……皮鞭是她的宵夜，痛苦伴她安眠。所以白天是带着痛的甜，所以夜晚是可以希冀光明的黑暗。

当有一天，她知道那些在光明中跳舞的日子将不复存在，还有什么能拥抱她，不过是彻底的绝望。

年轻的男人静静地看着她。

手指搭出了一个取景框。

金四顺本来酒量就很一般，白酒喝得多且狠，他的眼睛都已经失了焦距，动作也开始失控。

当他用手抓住池迟的头发把她的脑袋往墙角砸的时候，那声音回荡在简陋的摄影棚里，让所有人都不寒而栗。

那是真实的疼痛，不带一丝一毫的虚假。

池迟仰头倒在地上，她的辫子彻底散乱了下来，头发垂在她的脸上，几缕遮掩了她的眼睛。

整个房间最后的光明似乎都照进了她的眼中。

又是温潞宁记忆中属于林秋的模样。

……

池迟是被人扶出房间的。

温新平找了冰袋给池迟受创严重的后脑上冷敷。

金大厨还躺在那个狭小的摄影棚里，在温潞宁终于喊了 cut 之后他还没停手，完全是已经喝蒙圈之后机械化的状态了。

被池迟一脚踹翻在地，歪过头就睡着了。

鉴于他庞大的体型在场所有人都扶不起来，心大的温家父子找了一床被子给他盖上，也就放任不管了。

"头真的不晕吗？"温新平生怕池迟会脑震荡，看着她后脑勺的样子像是看着车祸现场。

中午下班回来帮他们做饭的陆女士看见池迟的样子差点疯掉。

"阿姨给你脱了衣服看看吧，你这样真的不行啊。"

陆女士把自家只知道问头晕不晕的老公拎起来，拽着他忙忙叨叨地给池迟找药。她不懂什么拍电影，也不知道什么叫演员敬业或者为艺术献身之类的，于情于理，小姑娘肯陪着他们全家瞎胡闹，他们全家就要记着这份人情，第一天来了就被打成这样，哎哟，别人家的孩子不是孩子啊？！

"要是小姑娘出了毛病，你们也不用捣鼓电影啦，钱都去赔人家当医药费啦！瞎搞！"气不过的她又拧了自己老公的耳朵一下。

池迟的脸上显出了好几块的青青紫紫，在昏暗的打光下看起来只是有点狰狞，青天白日里看，那就是惨烈了。

就这样，她还是脸上带着微笑的。

"阿姨您不用担心，这只是看着有点严重，为了拍电影好看嘛，我跑过不少打戏的龙套，自己的身体还是知道的。"

温新平把今天的拍摄成果拿给池迟看，看到最后十几分钟的部分，池迟的脸上露出了很满意的笑容。

仿佛只要能呈现出来那个眼神、那种状态，就可以让她忘记世界上一切的伤痛。

温潞宁搬了个凳子坐在池迟的跟前和她一起看。

离开摄像机，她真的跟林秋不一样。

可是在摄像机下面，她一点点地揣摩出了一个和他内心那么契合的林秋。是的，揣摩，他用自己的想象力去构建了一个场景，池迟也是用自己的想象力一点一点地去摸索他的思维。

她成功了。

想到刚刚看见的"林秋"，温潞宁的神思有点恍惚。

"我这几天拍不了打人的戏了，下午可以拍点文戏。"

池迟淡笑着对温潞宁说，把他的注意力吸引了过来。

温家夫妻对着池迟简直目瞪口呆，自家儿子是自闭症也就算了，这个姑娘被打成这样下午还要接着拍戏，这是偏执狂吗？

只有温潞宁不以为意，点点头："我们去公园。"

温家人离开了房间。

池迟吃力地从自己的书包里掏出了笔记本，右臂有点疼，左手的两根手指似乎有挫伤，她用手掌压着本子慢吞吞地写着笔记。

"林秋，热爱跳舞，从小饱受家庭暴力的影响，起初有轻度的暴力倾向，是校园暴力的施加者。整个电影的过程，也是她梦想破灭之后，从轻度暴力倾向发展为重度暴力倾向的故事。"

"如果将剧本的结构进行切割，需要从其中辨别出哪里是温潞宁亲眼所见的真实场景，哪里是他想象中的……"

中午陆女士的时间太紧，勉强做了个蒜泥蒸茄子，焖了三个鸡蛋，炒了一盘火候太大的香菇菜心，又让温新平去买了两个猪蹄，他们一家三口吃一个，给池迟单独吃一个。

陆女士的财务小本本上记下了这餐的花费，还在旁边特意标注了："小池太瘦太累，要多吃肉。"

"当演员真的是太苦了啊。"她对自己的老公说，一边说着一边给他的肩膀上揉着红花油，房间太小根本摆不下拍摄架，扛着摄像机连续拍摄了一个小时，温新平的手臂也酸痛得很。

温新平苦笑着摇摇头："能苦成她这样的可绝对不多，我是第一次见到拍第一场戏就被打到鼻青脸肿的小新人，看着吧，不说为了小宁，一个电影能找到池迟这样的演员，那是运气。"

此时，温潞宁就站在自己父母的房门外，他本来想要敲门的，听见自己爸爸的话，他在门口顿住了。

运气吗？

下午出门的时候，池迟戴了口罩，她白皙的脸庞上青紫越发明显了，还是别吓到人比较好。

他们一行三人坐着公交车摇摇晃晃地去往五站地之外的公园，走的时候，金大厨的呼噜还在那个小房间里打得震天响。

"春光正好"这四个字，仿佛正是用来形容此时的江南，碧空若洗，新绿生发，灰瓦白墙都在阳光下变得剔透了起来。

池迟微微眯着眼睛看着窗外，恰好车子行驶的路旁有几个不知为何溜出校门的中学生，三个高大一点的孩子围着一个矮小一点的不知道在做什么。

坐在池迟身后的温潞宁凑到她的耳边小声地说："站在中间那个，我小时候也是那样的。"

"哦。"池迟觉得有什么东西在自己的脑海里一闪而过。

此时，汽车在一站停靠。

池迟站起来快步走下了车。

温潞宁愣了一下就追了下去。

第十七章

兄 弟

就算是受伤的池迟，跑起来还是比常年缺乏运动的温潞宁要快的，等温潞宁气喘吁吁地跑过了两个街口看到池迟的时候，她已经和四个中学生正面打上了交道。

"他真是我弟弟，我是出来找他的。"身材最高大的男孩儿理直气壮地搂着矮小的少年，"你谁啊，瞎管闲事。"

戴着口罩披头散发的池迟双手抱臂，样子同样嚣张得很。对方还有一身校服可以压制一点痞气，让她看起来更像是一个坏人。

"你说你是他哥哥你就是啊？你有证据吗？"

听听，听听这话，不知道的还以为她捡了别人钱包不还呢，有个大妈路过，轻轻敲她的手背："小姑娘，有话好好说哦，不要欺负小孩子哦。"

池迟愣了一下，摘掉口罩露出一张打翻了颜料盘的脸，还没等挤出笑容来，就把老太太吓了一跳。一头鬈发的老太太拎着布兜小步加快就离开了现场。

几个人一起目送着串场的老奶奶翩然离去的样子，几个人之间紧绷的气氛也消散了些许。

大男孩儿的表情很是不屑："你跟我要证据，你管得着吗，我们都姓王，行了吧？"

温潞宁一点点走到池迟的身后七八米的地方站住不动了，从过去到现在，遇到这种事情他都是沉默的那一个。

遇到这种情况，就算有人帮忙又有什么用呢？

今天好心人拦住了一个向少年进行勒索的人，让他免于遭受暴力和不公，明天，这些人还会找上他，用比今天更恶劣的态度对待他。就像林秋替他把那些跟他要钱的人都打了，等到林秋不在的时候，他们还会来抢他的生活费，甚至把他摁在校园的墙角里打一顿一样。

当年，如此恶性的循环往复之下，林秋和那些人的架打得越来越大，出手越来越重，她竟然也跟那些人学会了抢劫同学。伴随着一次次考试发挥失常，林秋越来越频繁地出现在嘈杂的街头，慢慢地淡出了同学们的视线，直到林秋走上天台以非同寻常的方式回到地面……

如果当年林秋没有替他出头就好了，就算他被打劫一千次，至少林秋还活着。

在这几年里，温潞宁偶尔会想，是不是自己害死了林秋，如果自己不是那么弱总是被欺负，很多事情就不可能发生。他把这些话告诉了心理医生，心理医生说他有自毁倾向，吓得他的爸妈把家里能用来上吊的皮尺都剪成了一截一截的。

那之后，他就不想说什么了，自闭症好过抑郁症，就这样吧。

所以……

温潞宁的目光重新回到池迟的身上。

没有人会跟在别人屁股后面做好事，却有太多人跟着固定的人身后做坏事，由此可知幸福总是偶然的，而不幸，的确是横贯人生的必然。

与林秋相处的岁月，是他人生美好的偶然，永远地失去林秋，是他生命悲剧的必然。

被强大的人欺负是弱小者的必然，这个小姑娘怕是不懂这个道理啊。

站在几人中间越发显得矮小瘦弱的男孩儿此刻嘴唇抿得紧紧的，他低着头不说话，任由高大的少年一双大手把他拉来扯去。

"我不问别人，我问你，小帅哥，这人真是你哥哥吗？你大胆地说话，他要是欺负你，姐姐帮你揍他。"

"你这人有病吧？多管闲事！"

高大的少年一把推向池迟，池迟抬手格开了他的动作，刚好碰到了手臂上的伤处。

她轻轻皱了一下眉头，不知道是因为片刻的疼痛还是因为矮小少年的默不作声。

"小帅哥说句话啊。"她叫着十三四岁的少年小帅哥，完全忘了其实自己也才十七。

"你别管了。"仍然低着头的男孩儿瓮声瓮气地说。

池迟回头看向温璐宁，这个男孩儿的样子会不会让他想起自己？

如果说林秋是家庭暴力的受害人又是校园暴力的施暴者，温璐宁自己也曾经是校园暴力的受害人，在没有林秋保护的日子里，他就像是一个被人从壳子里拽出来的蜗牛，只能迟钝地消极地对待世界对他施与的种种不幸。

那些伤害还是给温潞宁留下了影响，让他畏惧与外界的接触，托庇于林秋的保护，当林秋死了之后，他只能用减少接触的方式来保护自己，这样充满了对世界不安、对人生悲观的人，他们的镜头语言总会有。

亮堂堂的柏油马路上，一辆白色的甲壳虫猛地停在路边，一个年轻的女人开门跳下车。

随之而来的还有一声大喊："王笑宇！你又逃学！"

"班主任！"

三个高壮男孩儿中不知道谁惊叫了一句，他们仨小子撒腿就要跑。

被池迟抬脚一次绊倒了两个。

其中一个就是刚刚说自己是别人哥哥的。

穿着淡黄色套装的女子有一头浓密的大波浪鬈发，随着小跑来的动作，长发在她的脑后摇曳。

事情很快就搞清楚了，王笑宇，也就是那个领头的大男孩儿确实是逃课出来不干好事儿的，他弟弟王笑宸在隔壁学校被欺负了，他把他弟叫出来要堵那个敢欺负他弟的人小黑巷。

没错，那个矮个子就是王笑宸，王笑宇真是他哥。

哥哥纠集了兄弟要为弟弟出头，弟弟反对以暴制暴，兄弟俩就这么在路上拉扯了起来，引来了奇奇怪怪的池迟。

王笑宇的班主任有点牙疼地看着这对别扭兄弟，还有王笑宇的两个死党。

"逞英雄啊，打来打去有用吗？这种事情你们应该先找老师和家长知道吗？可能在你们的眼里老师只会和稀泥，家长只知道让你们埋头学习，你们都觉得特厌，但是用暴力解决暴力只是解决你心里的不服气，根本不是在解决问题你们懂吗？！"

四个少年一字排开挨训，绿树红花下面一溜的蓝校服很是让人赏心悦目。

听着老师的话，温潞宁出了一会儿神儿，回过神来，就看见池迟正看着自己，戴着口罩的脸上只有一双眼睛带着明显的笑模样。

"看什么？"

"没啥，困境铸就艺术，生活的目的却是解决困境，挺有意思的，对吧？"

"呵……"

把两个少年掀翻了的池迟看没自己啥事儿了，摸摸鼻子拽着温潞宁转头往车站的方向走过去。

忙着训人的老师没注意到。

在不远处，那辆白色甲壳虫的车窗缓缓降下，一个温柔的女声从其中传出："找到孩子了就先回去吧，教育他们也不在这一时。"

"你们看，你们谨音老师顶着大太阳开车陪我来找你们，你们过意得去吗？"

此时的池迟早就拐到了另一条路上。

自然听不见身后那些孩子有点羞涩有点紧张地对着车子喊"池老师好"。

"我以为会是校园暴力，结果是校园暴力加兄弟情深。"站在公交站等车，池迟开始跟温潞宁交流刚刚的心得体会。

一场虎头蛇尾的"见义勇为"给了池迟新的思考。

看见三个高壮的少年围着一个小矮子，九成九的人都会认为那三个人是在欺负人，但是没人知道故事的结局是什么。

第一次当主角的池迟开始学着从整部电影的角度出发去看待电影中的每一个元素和事件，这种视角很广阔，也很容易让人发现自己曾经忽视了的问题。

整部电影，其实是有两个主角的，一个是没有名字的林秋，一个是镜头外的温潞宁，林秋总是对着镜头说话，其实就是对着温潞宁说话，而镜头外的温潞宁，控制着整部电影真正的情感走向。

林秋的想法池迟自信自己能慢慢揣摩到位，温潞宁的想法就牵扯到了整个电影的核心表达和基本视角。

如果温潞宁对于自己的情感把握不能达到一定的水平，那么整个电影就会混乱又苍白。

演员不过决定了电影的表达，导演和编剧才掌握着一个作品的内在——这是池迟第一次当龙套的时候就明白的道理。

当导演、编剧、主角三个身份都在温潞宁的身上的时候，他的情感就凌驾于这个电影本身之上，池迟想要做的，就是引导着温潞宁这个人，让他把自己的情感流畅又舒展地释放出来，排解掉过多的负面情绪，去纪念一个真正的林秋。

温潞宁一直没有说话，直到女孩儿问他："你把这个剧本修改了无数次，为什么不写结局呢？"

"……我写剧本，是为了问她一个问题，她不回答我，就没有结局。"

一直到他们坐上车抵达目的地又下了车，走到等在那里的温新平身边和他一起布置好了拍摄的现场，温潞宁才这样对着池迟说。

池迟笑了。

"好，那我们一起问。"

这是一个与林秋截然不同的笑容，配着阳光与清风，带给了温潞宁异样的迷晕。

第十八章

发 绳

池迟这个小姑娘真的是太了不得了。

这是这两天里，温新平最大的感想之一。

自己的儿子自己知道，在平常的时候，小宁就是一个尿包，关系到他自己剧本的时候，他又成了一个让人难以忍受的强迫症患者。

一个镜头不对，他会一遍又一遍地要求重拍，池迟也会一遍一遍地跟他磨。

说脚步的感觉不对，那就一遍两遍……十七遍十八遍地走；说台词的语气不对，那就通宵达旦地去揣摩，从来不会发脾气，从来不会使性子，永远笑呵呵地摒除整个剧组里所有的焦虑和浮躁。

这样的小姑娘，如果跟了一个靠谱的剧组在一个有经验有想法的导演手里打磨一下，假以时日必成大器。

现在温新平已经能理解为什么金四顺看见池迟接这部戏会那么痛心疾首，确实，在这个剧组，这个女孩儿被耽误了。

出于私心，他们夫妻不能停下这个已经开始的项目，只能咬咬牙又给这个深坑一样的项目多筹了十万块钱，如果拍摄经费不够那就用在拍摄上，如果拍摄经费够了，那就用来支付池迟的片酬。

不仅仅是良心上过不去，对于这样一个在圈内一定会有所作为的演员，他哪怕是出于自己将来工作的考虑，都不会去得罪。

甚至温新平还友情价找来了几个能帮忙的朋友，打光、场记、收音，顺便都还能做做道具之类的，又让温潞宁的小姨夫帮他们搞了一辆面包车，就算是构成了一个微型剧组的基本班底。

他的这些朋友跟温新平一样，都属于相对物美价廉并且经验丰富的，在很多拍摄的细节问题上他们都给出了成本低廉效果也不错的拍摄建议，池迟每天乐呵呵地跟他们混在一起，聊着聊着就成了忘年交。

小姑娘超乎年龄的智商与情商越发把他们的儿子衬得阴沉固执不讨喜，如果不是他儿子确实表现出了在拍摄上的卓越天赋的话，温新平大概早就在心里抽打自己的儿子了。

自己的儿子是个天才——这是温新平的另一个感想。

在温潞宁强人所难的一个又一个要求被满足之后所得到的画面，无论是结构还是配色，甚至是感情的刻画与表达，都带有他浓重的个人特色——背景浓丽中透出特有的清新，人物色彩浅淡又生动。穿着校服梳着马尾的池迟，在温潞宁的镜头里所展现的那种昂扬也迷惘的青春感让他们这些见过大风大浪的老男人都有心旌动摇的感觉。

灵气十足的笑容，随意又充满张力的画面，搭配着少女松弛有度的表演，很轻松地就能拨动他们自己记忆的弦，想起那些以为自己飞上天空的放肆岁月。

温潞宁小时候就喜欢拍照，那时候的温新平还只是一个摄像馆的摄影师，偶尔给别人的婚礼录个视频之类的，还没有像后来那样全国到处跑地忙工作。

爸爸总是希望儿子能继承自己的事业，他给自己的儿子买了一台小相机，让他自己咔嚓咔嚓地玩，一直玩到上了高中。胶卷公司都倒闭了，相机早就换成了数码的，父亲成了一个大忙人，四五年都没有再看过自己儿子眼中的世界。

如果当初林秋没有死，温新平绝对支持自家儿子去考一个摄影、摄像或者导演的专业，在林秋死后，他们一心一意地想让自己的儿子跟过去割裂，何尝不是一种浪费和扼杀呢？

夜半梦醒，温新平忍不住也对自己的妻子长吁短叹，一对中年夫妻，并排躺在床上，一个说自己不该忽略了儿子，一个说自己不该只关注儿子的学业而不管其他。在回忆与悔意里，他们度过了一个又一个的无眠之夜。

人来人往的马路上，女孩儿低着头往前走，书包垮垮地背着，步伐懒洋洋的。

她抬手泄愤一样地握住自己头上的马尾辫儿，脑袋左右一晃，长长的发就从她的手中挣脱了出来，一丝一丝，一点一点，流淌一般。

像是一把嫩芽初生的新柳，又像是初春冰凌融化后清冽的流水。

原来是她头上的发绳儿松开了，她索性彻底把发绳撸了下来，拿在手里，瞥了一眼。

镜头只拍到了女孩儿二分之一的侧面，随着头发的垂落，那二分之一也被黑发遮挡，可她整个人都随着这个动作生动了起来。

女孩儿的心情仿佛也跟发丝一样从原本的郁闷中解脱，回头，她斜眼看着屏幕。

这时镜头还在靠近她，带着细微的摇晃。

"别拍了，就知道拿着相机对我拍拍拍，那些打你的你怎么不拍啊？"

"打人不好？笨！他们打你的时候可没想过。"

"让你别拍了。"

"你再这么尿，我就不要你了……"

"算了，老师说可以推荐我去舞蹈学校，我心情好，不跟他们一般见识。"

并没有人与她真正地对话，她的表情却那么自然，就像是真的在跟一个总是被自己庇护的少年交谈，她甚至随手整理了一下自己校服里面那件衣服的领子，看看自己的校服袖子上沾到的钢笔水。

头发总是在她转头对着屏幕说话的时候阻碍她的视线，她蹲在地上用牙叼着头绳，用手指去整理自己的发辫，觉得差不多了就用发绳一点一点地捆好。

有一缕发丝被她遗落了，她摸到之后随意地往头绳上一缠，晃了晃脑袋，觉得挺满意。

整个过程女孩儿都旁若无人，仿佛这条路上只有她和温暖的阳光，顶多再加上身后跟着的小尿包。

她看着车，看着行人，看着路灯，其实什么都没有看，心里的雀跃，随着绑辫子时跳跃的手指、随着她唇角的笑容一点点地透露了出来，让所有看见的人都忍俊不禁。

这是整部电影中女主角心情最明媚的一段戏，对于她来说，一段崭新的人生即将开始了，她可以去舞蹈学校学习自己喜欢的舞蹈，可以离开那个家，可以摆脱现在让她讨厌的这一切。

台词说完，女孩儿蹲在站牌下面等车，这段戏就算是拍完了。

可是一直没有人喊 cut。

过了十几分钟，池迟忍不住看向镜头的方向。

温潞宁已经泪流满面。

"会哭就好，会哭就好。"温新平看着自己的儿子轻声说着，眼角也湿润了。

几个糙老爷们除了拍拍温新平的肩膀之外也不知道该说啥，他们可没遇到过导演哭得跟受气小姑娘一样的事儿。

池迟挠了挠头，跑去路对面的冷饮店给他们几个人一人买了一杯饮料。

"补补水，这条过了咱们就开始下一条。"

一张纸巾塞进温潞宁的手里，再次提醒了他，林秋已经死了，现在他面前的人是池迟。

可他自己知道，他越来越难分清她们了。

林秋是会跳舞的，池迟不会，八卦掌的套路她做得再怎么轻盈，都不可能伪装是现代舞蹈。

温潞宁要求池迟几天内去学会跳现代舞，全然不在乎这个要求是多么不合理。

他已经习惯了向池迟提出各种不合理的要求，反正池迟从来没有犯难过。

温新平差点找出棍子揍自己的儿子，他嘴皮子一碰让池尺去学跳舞，花点钱倒是小事了，整个剧组的人员都要干等，器械每天的租金也要开销，拍戏永远是时间大于金钱的，更何况周末他们还约好了要去温潞宁小姨工作的那个学校去取景拍摄，本来就是求着人才定下的，现在又耽误了时间，人情是那么好欠的吗？

池迟依然是那副什么都难不倒她的样子。

"这个我自己想办法就好，咱们别耽误拍摄进度啊！"

说了这句话之后，她每天晚上都会戴着耳机和随身听出门，直到夜深人静才回来。

陆女士跟过去看过一次，回来的时候表情特别复杂。

"她对着视频一遍一遍地练……"

温新平长叹了一口气。

"咱们这份人情，真是欠得太大了。"

"老温啊，咱们拍的这个电影，能看吗？"陆女士突然出声问他。

"怎么不能看，你看你儿子拍的，一帧一帧都跟油画一样，当然能看了。"

"那咱们为什么不把电影想办法上映呢？"

"啊？"

温新平没想到自己这个身为圈外人的老婆居然野心这么大。

"上映？送院线？你可真敢想。"

"对啊，你们辛辛苦苦拍的电影，质量又不差，为什么不能送去公映？咱们将近两百多万都花上了，本来就是为了圆儿子的梦，现在又有这么尽心尽力的小池迟，咱们还比别的电影差什么呀？"

差得可多了……差最多的是钱……这话在温新平的脑袋里过了一遍没说出口，他也忍不住开始评估这个片子上映的可行性了。

"你让我想想。"

中年男人慢慢躺下，他的妻子给他的思维打开了一个新的大门。

无论是身为导演的温潞宁还是身为主演的池迟，都没想到他们作品的命运可能发生巨大的变化，周末很快就到了。

他们即将开始拍摄校园内的戏份。

第十九章
离 开

"我是让你送外卖，你倒好，人还没回来，人家投诉的电话都打过来了。"韩萍站在餐馆的收款台后面做茶壶状，在她面前，刚刚雇来的临时工缩头缩脑地站着。

"这才几天？你要么就看别人拍戏耽误了送饭，要么就是粥洒了都不知道，我是雇你来干活的还是雇你来赔钱的？！"

揉了揉自己的额头，韩萍重重地吐了一口浊气，一抬眼，看见临时外卖员的尿样，她又气不打一处来了。

"还干站着！赶紧把剩下的单子都送了！不用你送剧组了，把后头公寓的单子都送了，快点！"

在厨房里忙乎完了的金大厨脖子上搭了一条毛巾跨出了厨房。

"你再生气下去，池迟回来肯定让你多喝绿豆水泻火。"

"哎呀！"韩萍一屁股跌坐在凳子上，"往年我也没觉得这么累啊，现在这些干活儿的小年青怎么都这么不靠谱啊！"

"我看你是被靠谱的惯坏了。"咕咚咕咚喝掉了大半缸子茶水，金大厨脸上带了点松快的模样，"有池迟在，你早上起来就有人把桌椅板凳摆好了，灶头的东西也理顺了。她外卖也能送，算账也能算，客人也能招待，晚上还能包云吞调包子馅儿，一个人顶好几个人用，你可不觉得省心了。"

不说池迟还好，一说到池迟，韩老板想打人："你给她弄的破片儿，这都拍了半个月了，哎哟，我都一个月没看见我家小池了！哎哟，这餐馆我可开不下去了！"

有一桌在埋头吃包子喝粥的小姑娘看见韩老板的样子都忍不住偷笑出了声。

金大厨面对她一脸耍赖的样子只觉得难以直视："一把年纪了，别学小姑娘撒娇。"

"又不是跟你撒，你管我！"

正说着呢，金大厨的手机响了。

是温新平来问金大厨，能不能找个人来扮演班主任的角色。

原定这个角色的扮演者是温新平的小姨子——现在她抱着池迟哭得不可开交，拒绝出演了。

金大厨："我这没有能演戏的中年女性，帮不上忙。"

在一边听着的韩萍眼睛亮了："怎么了？是池迟那边出事儿了吗？"

"原定的客串的演不了戏了。"

"什么角色啊？多少戏份啊？"

"演池迟的班主任，三五分钟的戏吧。"

"能跟池迟对戏啊？"女老板的眼睛亮得仿佛是探照灯了。

"是啊……老温那边半个多月折进去二三十万了，说是在杭城也找了一个专业演员来演池迟的妈，现在要是找不着这个演老师的，只能加钱让对方来分饰两个角色了。"

韩萍大老板拍案而起："谁说找不到人演？我不就是？我也是当过三四年群演的人！"

没听过一句话吗："在影视城里，所有的饭店老板都是有过一个明星梦的！"

当年的韩萍在影视城里当了三年半的龙套，那个时候抗战戏风头正盛，她穿着一身土棉袄从一个剧组窜到另一个剧组，放下红缨枪拿起了破包袱，就完成了从一个抗日群众到一个逃荒少妇的完美转变。顺便还在一次装尸体的时候她认识了她的老公。

开店，结婚，生孩子，烟火气重了，认识到自己确实没啥演技没啥天分没啥明星的命，那点星梦早就淡了，守着餐馆的收银台，她也过得有滋有味。

老公活着的时候，她兴致来了还会去搭个戏，和她老公两个人演一对逃难夫妻之类的都算是夫妻间的情趣，她老公死了之后，她忙着张罗店里，对拍戏这事儿是彻底地淡了下来。

金大厨太知道她的这点过往了，怎么也想不到韩萍这次还会主动请缨。

"就这么说定了，我去，谁也别拦我！哎呀，我得炖只鸡给池迟带过去，也不知道她瘦了没有……老金，你让你那个杀千刀的朋友把剧本发我。"

看着女老板一头钻进厨房，金大厨呆了，他身后那俩吃包子的小姑娘也呆了。

"影视城还真挺不一样的……"一个小姑娘说。

"人人都是好演员呀。"另一个小姑娘也有感而发。

"是我打的。"

女孩儿头发散乱着，脸上有着淤青，裸露的手臂上是淋漓的"鲜血"。她昂着头，眼神非常平静。

"你把他的耳朵打坏了你知道吗？医生说要一两个月才能恢复，马上就要高考了，你这样让我怎么跟他的父母交代？"

女孩儿没有说话，她脸部的线条收紧，透露出了一点点的紧张，手指钩住自己的校服裤子又松开，动作简洁又带了节奏。

"这就是你打伤人的态度吗？！我以为你会改掉自己的坏毛病才推荐你去舞蹈学校，你现在这个样子……"

穿着套装戴着眼镜的韩萍坐在桌前声色俱厉，那种恨铁不成钢的样子展露无遗，在那之前她给过女孩儿那么多的机会，女孩儿对她的回报却是打伤了人，这次，她是彻底失望了。

女孩儿昂首而立，那些话像是刀一样，慢慢地，把这个世界上她最后一份来自长者的关爱剥离。她的眼神，是一种深深的、带着绝望的冷。

这些，镜头其实都拍不到。

四月热烈的光从窗外洒进来，天空湛蓝，杨柳成荫。

她站在那样的光下，镜头却在她的影子里。

这是温潞宁想要的效果。

这是他印象中最后的林秋，身披阳光，永堕阴霾。

"学校这次可能会作出开除的决定，你知道别人怎么说你吗……"

女孩儿动了，或者说，她失控了。

挥落桌子上所有的物体，打烂一旁的玻璃茶几，一脚踹翻垃圾桶，在遍地狼藉里，她举起一把木凳，与她的老师对峙着。

镜头给了她一个特写。

她的双目赤红，眼睛里是疯狂，是暴戾，是绝望。

一滴眼泪，就从那样的一双眼里缓缓地滴了下来。

宛若灵魂最后的哀鸣。

"砰！"凳子在老师的尖叫声中砸在了她身后的墙上。

"好！过！"

温潞宁拍了一下手，所有人都长出了一口气。

韩萍抱着头依然趴在空荡荡的桌子上，一动不动。

池迟第一时间被在一边看他们拍摄的温潞宁的小姨拖走了，她的手上被刚刚崩起来的玻璃碴划了两道口。

陆老师一边给池迟包扎，一边叹气，这个内心柔软的女性在第一遍和池迟无道具对戏的时候就开始感情澎湃，在试戏的时候，两句台词都没说完她就被池迟绝望的眼神弄得崩溃大哭。

做了将近二十年的老师，她怎么都想不明白为什么会有老师任由自己的学生露出那样绝望的眼神。职业道德和良心直接导致了她从情绪上抵制这部戏，毕竟是自己一点演戏经验都没有的小姨子，温新平不能强逼对方，这才又找了外援。

可怜的"外援"韩萍感觉受到了极大的精神冲击，她趴在那里，谁叫都不肯起来。

"别动……让我缓缓……"

"起来了，还得把垃圾都扫了，快起来。"金大厨轻轻拍了拍她的肩膀。

"我缓缓，让池迟那个小丫头片子给我弄得脚软了。"

韩萍兴冲冲地来，失魂落魄地走，走之前抱着池迟跟她说："好好演，今天我也是过了一把大瘾了……"

池迟依旧笑容甜美，看得韩萍恍惚觉得刚刚跟自己对戏的是另外一个人。

日子一天一天地过，电影一天一天地拍，在池迟看起来颇为专业的舞步里，在池迟和温潞宁的表弟他们一边当起了朋友一边演打戏的嬉闹里，在杭城越来越高的温度里，在湖边差点把摄像机掉进水的惊惶里，在道旁有无数大妈愿意客串出演的苦笑里，在校园里学生们问题不断的聒噪里，在女孩儿永远稳定又充满感染力的表演里，他们的进度越来越喜人，温新平的脚步都哆嗦了起来。

所有人都在期待着温潞宁剧本的结局，拍完结局，就能结束他们为期五周的全部拍摄了。

就在这个时候，温潞宁提出了新的问题。

"我不知道结局该怎么写。"

他说这句话的时候看着池迟。

就像过去他提出的一次又一次的难题那样坦然。

"哦。"吃着虾仁鲜肉的小馄饨，池迟应了一声。

那天下午拍完结局前的最后一场戏，她背起自己的书包。

"我要走了。"

年轻的男人嘴唇轻动，不知道自己该说什么，这和池迟一贯的表现不一样，为了这个电影她可以耗尽心力费尽心思，为什么这次她竟然就这么容易地走了？

"我是一个演员，想要拍一个好剧本是我的目标，现在已经达成了。如何出一个完整的故事，那是编剧的问题，如何出一个好看的电影，那是导演的问题……总之，剩下的都是你的问题了，剧本搞定了再来找我。"

女孩儿脚步轻快地离开，就像她决定接拍的时候一样轻率又迅速。

温新平愣了一下，拿起车钥匙追了出去。

"池迟，我送你，外面下雨呢。"

温潞宁隔着雨帘看着池迟毫不留恋地坐车走人。

他又想起了林秋，也依然看着远去的池迟。

第二十章

好 啊

天儿是越来越热了，即使是身在江浙沪包邮区，明明在天气预报的时候也被归类于"东部沿海"地带，事实上，影视城这里很难感受到什么"海洋气候影响"。

热，就是白花花让人睁不开眼睛的热。

打着阳伞喝着冷饮的游客们觉得还能够接受，那些在摄影棚和场景拍摄地的演员要穿着戏服再被灯光照着映着，日子就越发辛苦了起来。

与之相对的，是如意餐馆百合绿豆水的生意越来越好了。

池迟骑着她刚买的二手电动车，每天都要给三四个剧组送去成桶的百合绿豆水。

宋玉冰跟她说过，现在的群演们在演员公会那里干等角色的都是落了下乘，网上有很多的剧组信息，要什么样的群演至少提前半个月就开始招人了，性别年纪外貌体征的要求一应俱全，写份简历配上照片投过去十分方便。

简历，池迟已经写好了，照片一直没搞，宋玉冰嘱咐过她，照片最好是剧照或者硬照，这样看起来亮眼一些。

拍过的两部戏剧照她手头上都没有，也懒得去照硬照，从杭城回来之后，她做什么都懒懒的，也不太想去接戏。

韩萍说她这是演戏的时候用劲儿用大发了，不拍戏休息几天自然会好。

到了十字路口，正好是个红灯，池迟停下车，单脚撑着地。大太阳就在头顶上，她这个二手车买的时候顶上还带着一个有点破的遮阳篷子，池迟花了点钱，把篷子换成了橘黄色的，在车子开动之后，篷子的飞边会在风中招摇——十分风骚，让很多订外卖的剧组工作人员，直接把这个黄篷子小电动车跟百合绿豆水画上了等号。

默默捂着胸口，感受年轻的心脏在自己的手掌底下有力地跳动着，池迟自己心里清楚，她现在的懒散是因为自己被林秋影响到了。

在温潞宁的剧本里，林秋是这个世界上最美好的女孩子，有一种带着生活气息的鲜活，也有热情和梦想，会为了朋友仗义出手，也会为路人打抱不平。

这种真实的生命力是池迟所欠缺的。

池迟总觉得自己仿佛走过了太过漫长的人生，从终点回到起点才再次成为一个女孩儿，支撑她的只有演戏这一件事，那除此之外的一切她都不在乎。

没有主演让她去演，那就演个配角，没有配角可以去当，那就跑个龙套，在这个影视城混不下去了就去另一个，如果都不行，她也不介意去个社区老年艺术团给老太太们演孙女，贫穷或者富足她都可以安然以对。说是有梦想，却没有对环境的追求，好像她的物质与精神从来富足，只是心中酝有太过长久的不甘。

与池迟恰恰相反，林秋的梦想与其说是跳舞，不如说是离开那个泥潭一样的家庭，她并没有见过这个世界的多少美好，只知道任何地方都不会比她自己的家更糟。所以，只要能离开，她可以做任何事，这让她的生命充满了紧绷感，焦虑和紧张隐藏在她的心底，成为打垮她精神的重锤。

让林秋崩溃的并不是她不能去上舞蹈学校，而是她完全没办法控制自己的暴力倾向——这也意味着她永远不能摆脱她父亲给她带来的影响，她也成了自己生活的那个泥潭的一部分。

池迟想得有点入神，红灯转成了绿灯，她毫无反应。

白色的高档保姆车从她身后开过去，看着窗外景象的顾惜被一片亮黄色闪了眼。

少女抚胸而立，身形窈窕，神色安宁，即使是在那个不合时宜的篷子下面电动车上面，也让人感觉到了特别的味道。

"那个送外卖的……是那个送外卖的吧？"

哪个送外卖的？今天跟着她的助理是拍戏时的生活助理，并不知道在那个大雪天里的事儿。

顾惜一看自己助理那个傻萌萌的眼神就知道对方根本不知道自己在说什么。

"这儿有个，叫……如意餐馆的，你查查她们家外卖有什么好吃的。"

生活助理立刻掏出手机开始看。

"热销美味：鲜肉包子、土豆饼、百合绿豆水、南瓜粥、解暑水果粥……满三十减五元，满五十减十元，买营养套餐送果盘，同时接受团购订单，优惠力度更大，欢迎致电18××××××××……顾姐，这家店都是五星好评啊。"

"给我点个水果粥。"女明星随口说道。

"顾姐，秦营养师说您最近要减重的话必须严格按照她安排的食谱来。"

顾惜妙目一横，虽说生活助理就是要选细心又单纯的，但是不代表她要忍受一个管东管西的老妈子。

看见顾惜的眼神，生活助理立刻安静了下来。

顾惜对待自己团队的人是出了名地大方，也是圈里出了名地不好伺候，如果一个眼神自己还没有领会意思，那距离被开可能就是她一个心情的事儿了。

"过半个小时再点，剧组那边你一会儿打个招呼，让她直接送进来。"

助理乖乖地答应了。

顾惜又转过头去看着窗外飞驰而过的绿树白墙，几秒钟之后才开口："她们餐馆的饭不错，不是有川贝炖雪梨吗，这几天你和小陈都有点咳嗽，一人要一个，再有什么想吃的也点了，一起报账。"

生活助理和开车的司机兼保镖都带着感激笑了。

顾大明星难伺候又怎么了？除了他们这些团队成员，谁还能被她关心一下是不是咳了几声？！蒂华的老板都没这个待遇。

池迟一次送完了两大桶的百合绿豆水，又接了一个外卖单。

这个剧组，池迟很陌生，显然是个平时封闭拍摄的大组，这样的剧组管理严格，就算是外卖都是送到拍摄地外围让演职人员自己拿的。

不知道为什么，剧组的人竟然让她拎着外卖包直接进来了。

上百号人忙忙碌碌的大剧组里，她一眼就看见了顾惜。

顾惜此时的心情并不像刚才想要点外卖调戏小姑娘的时候那么美好。

因为她面前站了一只胖蟑螂和一只母蚂蟥。

蟑螂，自然是前两个月惹了她的付诚文；蚂蟥，就是那个总想趴在她身上吸一口血的孙莹。

旧恨还没解决，这两个人又敢在她的面前蹦跶，呵呵……

顾惜戴上了墨镜，啜着手里的芦荟汁不说话。

"顾小姐，我听天池的李经理说您这次的项目是想拉着天池一起做，您看，我家孙莹马上就要宣布是天池新产品的代言人了，我觉得天池那边……"

在娱乐圈，很多公关部门的负责人多是女性，为了和这些在职场中折冲拼杀的女人打好关系，男人只有两条路可以走，要么在人格魅力上征服这些老油子，这一点太难了，要么，就成为她们"无话不谈"的闺蜜。

所以，男性经纪人说话的态度越来越柔和，语气越来越婉转，说白了，就是都有点娘炮。

付诚文就是圈内人戏称的三大娘炮之一，另外两个，一个是劣迹斑斑的项目制片人，这一两年已经泯然众人，一个是世纪星耀的王牌经纪人。

其实娱乐圈里做事不那么男人的多了去了，真正让他们三个脱颖而出名扬圈外的不是娘，是无耻。

付诚文的无耻之处在于哪怕他做了多么卑劣的事情，被人当面拆穿之后，只要还有利益可沾，他就会一直嬉皮笑脸地跟在别人的后面，像蟑螂一样杀之不绝。

就像现在，他舰着脸向顾惜推荐着孙莹，仿佛根本不知道孙莹跟天池的代言合作就是顾惜出手搅黄的一样。

孙莹的笑容也甜甜的："顾姐，我听说您这次的电影可是大手笔……"

顾惜懒懒地咬了一下吸管："我记得你是二十八吧？我才二十七，叫我姐是不是早了点？"

和顾惜一出道就迅速升格大制作主演话题度和知名度都历久弥新不同，孙莹大概八字带衰，不管怎么捧都一直不温不火，直到遇到了精通网络营销的付诚文，生生给她打造出了"励志女神"的形象，才算是在大众的眼中有了那么点存在感。

去年年尾，某个娱乐杂志把孙莹评为六朵小花之一，而顾惜已经高居四大知名女星榜整整四年。

再加上孙莹倒贴顾惜炒作的那点事儿，二十八岁的"小花"，二十七岁的"大花"，早就成了一些八卦论坛的笑话。

此时顾惜说破了孙莹的年龄，嘲讽的意味让旁边听八卦的工作人员都露出了意味不明的窃笑。

"顾小姐，要不我们先找个房间坐下慢慢谈？"顾惜的话锋一出，付诚文就意识到自己来错了。

本以为现在他和蒂华有潜在的合作，韩柯为了瑞欣也能压制住顾惜，他再拉着天池集团的大旗作虎皮，顾惜总该给自己几分面子。他今天虽然带着孙莹来，真实的目的却不是为了孙莹，他手下的两个艺人都得罪过顾惜，他带着孙莹来，为的是让顾惜出了气，他再谈把辛阳安排进顾惜电影里的事儿。

没想到顾惜的态度比他预期的要恶劣得多，连对着孙莹的怒气都感觉不到，她对他们是完全蔑视的。

"付先生，我们顾小姐今天的拍摄还是很紧张，要不您下次预约一个时间，我们再谈？"这次根本就不用顾惜亲自开口了，她旁边的生活助理可不是只会卖萌吃饭的，三两句话就想送客，还暗示付诚文不请自来十分失礼。

顾惜不说话，向后靠在椅子上，小助理捧着有加湿效果的小风扇给她吹风。

付诚文是可以为了利益向任何人低头，但是这些人里面，绝对不会包括一个在他看来除了有个金主之外一无是处的女花瓶的小助理。

"顾小姐，我来之前还见过韩先生……"他的语气低了一分，"您这次做了这么大的蛋糕，不给我们吃，也不给蒂华吃，会不会不太稳？天池和唐宋可都是门外汉，好多弯弯绕绕的，他们肯定没有圈里人明白。"

"不太稳？"

顾惜笑了一下："我自己当了女主角，找了柳亭心和安澜姐姐给我搭戏，三个影后，有什么不稳的？"

慢慢站起身，顾惜把手里的无糖饮料放回小桌上。

好久，她没有被人这么威胁过了。

小助理明白顾惜这是真的生气了，电风扇一关，她默默退到了两米外。

"我知道，你最近是听说我在找一个小角色的演员，要灵气，要身段，要漂亮……你看那边那个送外卖的都比你手下这个二十八岁的姐姐更贴角色。"

她的手指指向等着她助理来结账的池迟。

池迟有点愣。

"送外卖的，我让你演电影你干不干？"顾惜提高了音量对着看起来有点呆的女孩儿说。

所有人都看着池迟。

女孩儿脸上露出了笑："好啊。"

第二十一章

对 演

"年龄多大了？"

"十七。"

"真小。"

巨星大酒店是影视城周边最高档的酒店，名字简单粗暴，也简单粗暴地蹲在一座小山的顶上。站在它顶楼最豪华的套房里，能把明清朱墙、唐宋老街、秦汉旧宫统统收入眼底。

顾惜就坐在落地窗边，跟池迟有一搭没一搭地说着话。

"对哦，我还不知道你叫什么。"

池迟站在窗前，手里捧着小助理给她的饮料，在这里能看见的影视城，有繁华，也有破旧。散落于各处的建筑工地，也昭示着这里正在逐渐演变成一个以电影和旅游为支柱产业的现代化城市。

对于在这里生活的人们来说，衣香鬓影都是假的，只有实打实改善的生活才是真的。

刚刚顾惜与付诚文针锋相对的一幕，与这个城市芸芸众生讨生活现状相比是那么不真实，却又荒诞地真实存在着。

池迟转过头看着顾惜，阳光照在她的一半侧脸上。

"我叫池迟，池塘的池，迟到的迟。"

"这名字有意思，跟个短信似的，今天约池塘见面，你别迟到了，手一懒就写成池迟了……这回你知道我是谁了吧？"

顾大明星不是很愿意站起来，在她脱掉高跟鞋换上了棉拖鞋之后，她和池迟的身高差有点明显，所以她理直气壮地支使着池迟给她拿东拿西，池迟全程笑眯眯的，没有一点的不满。

"顾惜嘛，你比网上的照片美太多了。"池迟笑眯眯地说。

她开口说的恭维话别人都会说，但是别人不会像她这样语调柔和神情真诚，又或者说，别人是在夸一个明星或者一个金矿，而她夸你的时候，你就是你，因为美而被赞美，再无其他。

顾惜这次是确定了，这个叫池迟的小姑娘说话确实是让自己觉得格外舒坦。

她穿着拖鞋搭在脚踏的脚左右晃了晃。

既然舒坦了，她就不在乎让别人也舒坦一下，就像如果她不舒坦了，她就肯定让别人更不舒坦一样。

"会演戏吗？演过戏吗？"

"会啊，演过。"女孩儿很是笃定坦然地点头，仿佛自己穿的不是送外卖的可笑外套，仿佛自己脚上的鞋子不是只值区区四十七块钱，还是断码捡漏的，仿佛她是个经验丰富的演员。

"那你就表演一个吧……"顾惜换了个坐姿，芦荟汁喝多了嘴里有点涩，她用池迟刚刚端过来的清水漱了口才接着说，"就演个我吧。"

池迟的眉头轻轻一挑，她并没有对顾惜莫名的要求感到惊讶："演个什么样子的你呢？"

顾惜笑了："不是吧，你还真敢演？"

年轻女孩儿一脸无辜，顾惜能从她的脸上看出来"你说演我就演咯"的意思。

没有局促，没有紧张，底气十足的样子。

"行，你就演我演戏的样子。"顾惜自己站起身，从自己的包里抽出了几页剧本，"你要是演得好，我就让你在我的电影里出风头。"

出风头，意味着她会给池迟一个真正出彩的角色。

池迟低头看着剧本，这是一出谍战戏，顾惜在里面的戏份算是客串，薄薄的几页剧本之外，还有一张剧情梗概。

男主是个自带腥风血雨、逢凶化吉属性的移动式荷尔蒙发散器，他同时具有三重间谍身份，游走于不同的势力之间。

顾惜所扮演的就是他在一方的接头人，代号"夜莺"，在男主的行动中，她用电话一次次地帮他化险为夷，在这个过程中，他们两个人敌友关系混杂，互相帮助也互相陷害，暧昧的气氛渐渐滋生。

事实上，在整部剧中，"夜莺"只有一次出场。

就是在不夜城的舞会上。

这场舞会是整部电影的重头戏所在，男主角在舞会上完成了对一个反派头目的暗杀，也陷入到了反派对他的重重包围之中。

在逃避追捕的时候，他躲进了一个化妆间。

【化妆间里，穿着旗袍的女人正慢慢摘下自己的耳环】

池迟仔仔细细看了一遍剧本，默默脱掉了外套和脚上廉价的鞋子。

把衣服和鞋子规规矩矩地放好，她又解开了自己的发绳，长发垂在了她的肩膀上。

顾惜坐正了身子饶有兴趣地看着她。

池迟在房间里的一处量出了七步长七步宽的范围，在这个范围里刚好有办公桌的一角。

池迟斜靠在办公桌上，在外套下面她只穿了一件白色的运动款宽肩背心，纤细的腰线展露无遗，运动裤依然是黑色的，从细腰上开始，到白皙的脚踝为止，是一整片谈不上美感的黑色，又与她的长发交相辉映。

细腰宽肩长腿，光是靠着这个身段，这个小丫头能在圈里吃五六年的打女饭。

顾惜觉得自己今天是挖到了宝。

酝酿了一下情绪，池迟动了。

她的左手轻轻搭在办公桌上，支撑着上半身大半的重量。

右手抬起，穿过几缕不听话的黑发，去解那并不存在的耳环。

低眉垂目，又气场十足。

顾惜的心里一动，如果说这个世界上有谁最了解一个专业演员的表现方法，那就只有她自己了。

池迟明明只有十七岁，她垂下眉眼的瞬间却好像一下子到了二十六七岁，又比普通人的这个年纪，更有一点沧桑感。

这一点沧桑，又可以称作风情。

可堪入画的风情，却又被什么打破了。女子仿佛被什么声音惊动，眼睛抬起，看向顾惜的方向。

用着顾惜最熟悉的眼神，一分傲气，一分媚气，三分霸气，剩下的都是属于女人的温柔——虚假的温柔。

顾惜在那一瞬间以为自己是在看着镜子，在镜子里，她自己看着自己学习如何去笑最美，如何去吸引别人的眼光，如何去展示自己是顾惜。

这样的镜子她照了十几年，第一次发现竟然是如此让人心惊的熟悉。

"先生，这里是女士化妆间。"台词从池迟的嗓子眼里一个字儿一个字地往外蹦，腔调稳且准，毫无慌乱，只有从容。

顾惜站起身，拿起池迟放在一边的台词本。

"小姐，外面风太大了，我进来抽根烟就走。"

说着男主角的台词，顾惜慢慢走进了池迟横竖七步所划定的范围。

在这个过程中，池迟的脸上带着有几分轻佻的笑容，此时，她是酒国名花里最冶艳的那一朵，就像顾惜之于这个声色犬马的娱乐圈。

下颌微微抬起，她把手里的耳环轻轻扔回到了桌上的首饰盒里："既然来了，又怎么会只抽根烟就走呢？"

顾惜越走越近，终于站在了距离池迟只有一臂远的地方。

"抽一支烟的时间，已经足够我做很多事了。"她的脸上是玩世不恭的神情，就像一个旧时代的花花公子。

一只手指轻轻地抵在顾惜的嘴唇上。

随着这根手指的动作，顾惜感觉到池迟的气场扑面而来。

女人慢慢靠近顾惜，在距离她的脸不足五厘米的地方闭上眼睛慢慢地吸了一口气。

"樱桃牌的洋烟，正巧，我也喜欢。"

顾惜忍不住移开了目光，看见了她鸦羽一般的黑发，那黑发随着顾惜自己不再平静的呼吸轻颤。

纤长的手指从顾惜的嘴唇上慢慢移动到下巴上，再缓缓地被她的主人收回。

区区一根手指所产生的温柔缠绵，让顾惜在那个瞬间，产生了对这触感的眷恋。

女人脸上一直是淡淡的笑："这么好的烟，不介意跟我分享一下吧？"

【女人的手从男人的腰往下滑，一只手摸到了烟，一只手摸到了枪，它们都贴在男人的大腿上。】

池迟的手指在顾惜的腰间轻弹，正是顾惜常用的节奏。

当她的手掌贴在顾惜大腿上的时候，一直在一边装壁花的生活助理重重地喘了一口气，喘到一半，又被她生生地憋了回去。

【女人从男人的裤子口袋里拿出了烟，抽出来一根，放在鼻尖闻了闻。】

【房间外面传来追捕者说话的声音，房间里顿时变得十分安静。】

顾惜看着池迟，从她的眉间看到她的嘴唇。

那是男人居高临下的视线。

池迟看着顾惜，从她的嘴唇看到她的眉目。

那是女人寸寸点点把容颜用相思铭刻的目光，又带着一种特有的、属于"顾惜"的冷。

她们都带着漫不经心的笑容，仿佛这只是一场司空见惯的调情。

【追捕者们终究不敢打扰总长的太太，在反复询问过没有人来过之后，他们也离开了。】

"抽一支烟的时间，能做很多事呢。"池迟慢慢地重复着刚刚顾惜说过的话。

"那这支烟，我就在做事的时候……"她的手指轻抚着细细的香烟卷，就像刚刚轻弹她的大腿一样。

"慢慢抽了。"

说完，女人低下了眉眼，从顾惜的视线下方滑了过去，无论是那双明眸，还是那个谜一样的女人。

她明明穿着运动裤和背心，步态却像是穿着旗袍一样——这也是她为什么脱掉了运动鞋。

一

二

三

四

五

一步，又一步，像是走在别人的心尖儿上，有话想说又不能说，有事想做又不能做，怎一个欲语还休了得？

顾惜背对着她，也感觉有什么，跟着她走了。

在迈出第五步的时候，池迟转头，眼神看着顾惜，温柔得像是一个情人，却又渐渐冷漠得像是一个敌人。

【她已经知道，他的忠诚没有与自己的献祭在同一个祭坛，却还是忍不住帮了他，"只有一次"，她在心里对自己说着，从今以后，就是敌人。】

走完第五步，就刚好走出了池迟自己划定的范围，这表示她离开了房间，这一场戏属于她的部分结束。

留下顾惜站在桌子旁，手慢慢地从口袋里掏出了一个东西——逃跑的路线图。

第二十二章

尴 尬

一场戏演完了，年轻的女孩儿看看时间，说晚饭点儿到了，自己得干活了，穿上外套穿上鞋拍拍屁股走了。

留下顾惜一个人，好像被什么东西搔到了心尖儿上。

那叫一个痒啊！

"费导演那边说只要小姑娘能过了到时候安排的集体试镜，他对你的角色安排没有任何异议。"低哑的女声从蓝牙耳机里面传出，进了顾惜的耳朵。

"那这事儿就算行了……"顾惜深吸了一口气，继续在跑步机上小跑着。

与她通话的人正是顾惜的经纪人路楠，揣摩着顾惜的口气，她适当地表达自己对顾惜轻率决定的不满："我们本来不是说好了，四个主要女性角色里用祭司这个角色来跟世纪星耀或者恒星置换资源吗？你突然决定了一个空降的新人，有点打乱我们的步调。"

顾惜看着跑步机上缓慢跳动的数字，发出了一声人生无望的呻吟。

路楠听见了，笑着说："减肥计划进行得怎么样了？"

"不怎么样，我还要小心别出肌肉，现在连蛋白质都不能吃。资源置换的事儿，跟恒星说男主可以考虑他们家的宋羡文，跟世纪星耀也说一下我们在考虑邀请陈风。"

"一次遛两个一线中坚的男星，不太合适吧。"

宋羡文和陈风一样都是三十多岁，知名度高，作品过硬，宋羡文的电影作品更多一点，陈风拿过颇有重量的电影男配奖项，在成绩上算是旗鼓相当。但是这两个人也各有尴尬之处，宋羡文作品虽多，多是圈钱商业片，票房和口碑都一直不甚如意；陈风刚刚爆出来隐婚，孩子都三四岁了，正是急需一个有话题度的作品来弥补自己大众形象的时候。

顾惜满不在乎地哼了一声："宋羡文还好说，恒星现在青黄不接还指望着他，这次大制作的机会他肯定不想丢。陈风……你以为他的隐婚是怎么爆出来的，世纪星耀一口气签了四五个年轻小帅哥又跟程晓光的工作室勾勾搭搭，陈风在姚孟的眼里早就成了鸡肋，说不定不用咱们提，姚孟就会求咱们把男主角的机会置换成那帮小帅哥们的露脸。"

姚孟就是世纪星耀的王牌经纪人，他的翻脸无情和付诚文的有利就沾一样有名。

"这样也好。"路楠沉思了片刻，慢慢地说。

本来，她们是想着找一个腕儿更大的男明星来出演男主角，但是大部分超一线男星看了剧本之后都婉拒了——他们手上不缺大男主戏的本子，何苦那么想不开，跑到女人戏里给一帮女人当抬轿子的。

"我跟你说，这个叫池迟的小姑娘，绝对是我的超级影迷，你知道吗，她模仿我模仿得特别像，神态、动作……"

一说到池迟，顾惜忍不住地眉飞色舞起来，昨天的对戏真的是很过瘾，又过瘾，又舒服。

爽得顾惜恨不能立刻摁着小姑娘的爪子签了卖身契把她签到自己的工作室里。

如果不是想到了自己这两年筹谋的"大事"，说不定昨天池迟就成了她的人了。

顾惜现在的打算，是等着池迟这个丫头有了作品，就一步步筹划怎么包装她，反正一两年的光景都未必够一个新人在演艺圈里站稳脚跟，等池迟稳妥了，自己这里也就从蒂华独立出来了。

"今天早上韩董事长给我打电话了。"路楠声音哑哑地说道。

顾惜的表情瞬间冷了下来。

"怎么，他还成了付诚文养的哈巴狗了？有事儿就要替他主子叫两声？"

"不是，他没提付诚文，他问了我你下个月的工作安排，说想给你单独过一个生日，只有你和他两个人的生日。"路楠的声音一直稳稳的，仿佛没听见自己手下的艺人在骂自己名义上的老板。

"跟他说我没时间，下个月的时装周多给我安排点行程……以后我们谈工作的时候，就别提他的私人要求了。"

顾惜的意思路楠瞬间就明白了，从前两年开始，顾惜对待韩柯的种种私人要求都开始应付了事，随着顾惜这个名头越来越响，顾惜在面对他们这些铁打班底的时候，也越来越多地流露出对于自己与韩柯之间关系的厌恶。

以路楠对顾惜的性格上的了解，现在这种局面的出现，她一点都不意外，但是顾惜这么早就开始要跟韩柯断了关系，也是她没想到的。

"那个池迟，过几天去杭城的时候我带着她，你亲眼看看她是不是个好苗子。"

比起韩柯那个臭男人，顾惜现在的兴趣都集中在了池迟的身上。

像是一个幼儿园小丫头在摆弄自己刚刚到手的洋娃娃，也像是一个青春期少女对着一个男明星刚刚怦然心动之后忍不住地谈论。

此时的池迟，好吧，她依然在送外卖。

还恰巧遇到了两个熟人。

影视城这个地方是真的不大啊。

为什么你们这拨人都非要吃我们家的盖饭呢？

池迟也不是很懂这么低概率的事件到底是怎么发生的。

这两个人，一个是付诚文，一个是封烁。

他们发生争执的地方就在通往一处拍摄点的剧组通道里，剧组的几辆面包车阻碍了他们的视线，让他们没有发现池迟就与他们近在咫尺。

"封烁啊，你也不要怪我，毕竟瑞欣也让你吃了这么多年的干饭了，到了该你出力的时候你不做，那我也就只能卡着你的项目，也算不上是我卡着，毕竟杨菲儿现在是瑞欣一姐，怎么也不会有时间来演你的 MV 对吧？"

如果不是辛阳打听到了确切的消息，付诚文自己怎么也想不到，这个在他眼里连垃圾也不如的封烁居然还跟顾惜有过那么一段。

有这样的资源不用，在付诚文看来那简直是暴殄天物。

只是封烁，他不仅暴殄天物，还软硬不吃。

站在他对面的年轻男人一如既往地颀长且俊秀，更重要的是气质干净，让人难生恶感。

封烁这个样子却让付诚文更讨厌他，当年在老董事长的主持下，瑞欣大张旗鼓地签下了封烁，却拒绝签下辛阳，导致他只能自己和辛阳签下个人经纪约，后来公司推出了一连串大制作项目，付诚文都没有沾手的机会，更都没有辛阳的戏份，封烁却从一个三线万年男配空降成了连续几部电视剧的男主角。

如果不是老董事长突然死了，如果不是那些电视剧现在还没有播出，现在的瑞欣恐怕连他付诚文说话的地方都没有了。

封烁一只手插在兜里，任由付诚文一脸小人得志地说着，付诚文不仅要卡掉他的MV，还放言会把他雪藏到合约到期。

他的表情很漠然，仿佛对面站着的不过是个跳梁小丑。

其实他从老董事长去世之后就一直没有戏可以拍，整整一年的空窗期已经让他步履维艰，他和瑞欣的合约还剩半年，如果继续空档下去直到合约到期被扫地出门，对于一个年轻男演员来说，这简直是个毁灭性的打击。

他该哀求，还是该退步？

对小人的哀求不会让他心生恻隐，在底线上退步只会让自己变得更加可悲。

所以，封烁什么都没有说，什么都没有做。

池迟站在面包车后面被动地听了两分钟的壁脚，明明是她放电动车的时候这两个人走出来的，现在成了她尴尬在这里进退不能。

那个来接外卖的人一直没有出现。

听着一个年轻人事业如何被打压、前途如何被威胁，换成任何一个人在这里，他的心里都会非常不好受。

何况在听的是池迟，何况那年轻人是和她有几面之缘的封烁。

池迟掏出电话，拨打了订餐那人的号码，如果有人路过，相信付诚文说话就不会如此嚣张。

电话拨通。

封烁的电话响了。

池迟："……"

好像更尴尬了。

我就送个饭,为啥啊这是?!

池迟拎着外卖箱子从面包车后面走了出去,封烁脸上的表情没什么变化,付诚文的脸上那真是着实精彩了。

就算没记住池迟的脸,他也记得池迟的这身衣服,昨天,顾惜就是用这个送外卖的女孩儿来羞辱了孙莹也羞辱了他。

"哼,攀上了顾大明星,你怎么还送外卖啊?"付诚文的语气十分刻薄,不能为难顾惜,为难一个小姑娘他还是能做到的。

池迟丝毫不觉得付诚文的话让自己受到了冒犯,她笑眯眯地说:"我不就是靠送外卖才被顾小姐赏识的,人不能忘本啊。"

"忘本"两个字说得字正腔圆,让付诚文的眼皮忍不住一抖。

他冷笑了一下:"现在一个送外卖出身的都敢跟我呛了,我倒要看看,你们扒着顾惜的裙子能走多远。"

他放着狠话,池迟压根就没理他。

"葱炮羊肉盖饭不加葱,宫保鸡丁盖饭,卤豆腐一块,绿豆汤两份,一共四十一。"

封烁从口袋里掏出准备好的五十一块钱,池迟找还给他十块,两个人都十分默契地没抬头。

付诚文大口喘着气,他是知道了,这个不知道叫啥的送外卖的人就是天生跟自己犯冲的。

"你们给我记着,今天这账,我姓付的早晚得找回来。"

"不好意思,我记不住啊。"女孩儿慢悠悠笑嘻嘻地说,"你说记就记,我收你服务费了吗?"

封烁没绷住,一下就笑出声了。

第二十三章

应 酬

封烁和池迟一起歪着头看着付诚文上车走了，不约而同露出了笑容。

"你刚接了戏就得罪了这么个真小人，还是要小心点。"收敛了笑脸，封烁一只手揣进裤兜里对着池迟说。

女孩儿晃了一下脑袋，表现得很是无所谓："反正我被顾惜选中的时候就已经动了他的蛋糕，他这种人，触动他的利益比当面骂他十顿都更让他难受，不差这点了。"

虽然只见过两次面，池迟已经看透了付诚文是哪种人。

她这话倒是让封烁对她刮目相看了。

"年纪不大，知道得不少。"

他原本还担心这个女孩儿今天一时莽撞以后会后悔，没想到人家看得也很明白。

"你才该担心吧，他可是说了要封杀你。"

封烁微笑着摇摇头，白皙的脸庞在阳光下仿佛在发光，池迟看着他的脸，觉得书中所写的俊眉修目、芝兰玉树，也不过如此了。

"他要是有本事封杀我早就封杀了，现在不过是压着我的戏不让我拍而已，不能演戏那就唱歌，我又不会穷到讨饭吃。"

明明刚刚还被人把事业生涯放在脚底肆意践踏，现在的封烁依然是很乐观开朗的。

陷入困境也不怨天尤人，让池迟对封烁的印象越发地好了起来。

"我觉得你能红。"池迟很认真地说，"说不定，将来你红了他会抢着给你拎包都要巴着你不放呢。"

红？封烁觉得自己经过这一年在低谷中的磨砺，已经不再去想那么虚无缥缈的东西了。

"你今天帮了我，要不要我请你喝点饮料？"

他想起来自己手上就有吃的，下意识地提了一下自己手里的袋子，池迟笑着看着印着"如意"两个大字的塑料袋子说："请我喝绿豆水吗？这是我煮的，你请我喝？"

俊秀的年轻人哈哈一笑，终于露出了这个年纪该有的鲜活气息。

"下次有机会请你喝饮料，对了，我叫封烁，一封信的封，闪烁的烁。"

手机叮叮当当响了一阵，提醒池迟又有新的外卖单子到了。

女孩儿赶紧拎起外卖箱子往自己的电动车那走。

"我叫池迟，池塘的池，迟到的迟。"

小电动车嘀嘀嗒嗒，这个会打嘴炮的外卖少女来去如风。

留下封烁一个人站在原地，直到小车彻底消失在他的视线里。

"阿烁啊，你便当拿了好久哦。"皮肤有一点黑的俊朗年轻人从封烁身后的小门走了出来，很自然地揽着封烁的肩膀。

"去去去，你才拿便当，我们这里叫外卖好吗。"

封烁看了那年轻人一眼，脸上写满了嫌弃。

"没差啦，我的酱油羊肉饭有吗？"年轻人像是树懒一样挂在封烁的肩膀上，一只手去够封烁手里的外卖。明明挺成熟的一张脸，一笑起来跟个孩子一样。

"大概也就只有你会这么奇葩，葱炮羊肉不放葱，非说叫酱油羊肉饭。"

"没差啦，给我饭嘛！"

"先回去好吗？"

"好啦，给我饭嘛！我要吃饭啦！"

两个年轻人打打闹闹地往回走，刚刚在这个小道上发生的一切都彻底烟消云散了。

"嘀嘀嗒！你有新的订单到啦！"

下午两点多，池迟蹲在如意餐馆的厨房里帮着刷碗，外卖订单又来了。

一看订单的联系电话，池迟就忍不住揉了揉额头。

"五杯绿豆水加糖，蛋黄鲜肉小笼包一笼，一份粉青椒肉丝饭，一份红烧茄子不要放辣椒。"

金大厨正坐在门口喝水，天气太热，厨房里更像是个蒸笼，把厨师服一脱，他里面的背心跟水洗了的一样。

一听见又有订单得下厨房做饭，他吓得灌了一大口绿豆水。

"粉蒸排骨和茄子都有配好的，你自己蒸上烤上吧，我是热得不行了。"

他用毛巾擦着脖子上的汗，脸仍然泛着红。

"好……"池迟麻利地抓过挂在厨房门口的围裙系上。

金大厨做菜是标准的北方手艺，油和调味料，宁肯多，不能少，红烧茄子务必用滚油过了，青椒肉丝里还得加一勺郫县豆瓣酱。

池迟做饭就清淡了很多，先把滚刀块的茄子放在盐水里浸泡，再把青椒和肉都切成更细的丝，肉上打了一层干淀粉，下锅一滑就很嫩，青椒在恰当的火候里一炒就得，还带着鲜脆劲儿。

红烧茄子里不能放辣椒，为了颜色好看，池迟切了半个西红柿进去，随着汤汁变浓，她利落地把茄子也装进了打包盒。

"我下午可能赶不回来，晚饭点儿您就让崔哥多跑跑。"

崔哥就是韩萍找来的外卖员，今年二十二三岁，也是来影视城寻梦的，按照影视城讨生活的惯例，梦没寻成，钱花没了，只能每天给餐馆送个外卖来解决自己基本的温饱。

韩萍很是看不上他干活的样子，池迟回来之后本来想辞退他的，被金大厨劝说着打消了念头。

"行咧，你也多长个心眼儿，这次找你拍戏的人倒不至于糊弄你，但是你也别什么都听她的，知道吗？"

金大厨已经猜到池迟八成又得去顾惜那里。

从顾惜说要池迟演她的电影开始到现在才四天，每天顾惜都要找池迟过去，金大厨一边觉得池迟不至于被骗，一边又忍不住为她担心，在娱乐圈里混老了的男男女女，个个都不是省油的灯。

这个老，是心老。

池迟笑着答应了，拎着外卖箱出门上了自己的电动车。

骑着电动车熟门熟路地到了顾惜所在的剧组，顾惜的生活助理站在拍摄场地门口等着她。

"你们下次直接打电话就好了，还要从订餐平台绕一层，多麻烦。"

"打电话不方便点菜啦。"生活助理接过池迟递过来的外卖，这些天她一直假公济私着，顾惜想见池迟了，她就琢磨自己外卖点什么吃，顾惜现在在减肥，每天要一份剧组统一订的盒饭也不吃，啃根黄瓜就能催眠自己吃饱了，他们这些团队成员也不好意思在老板受苦受难的时候大吃大喝，只能跟着吃剧组的盒饭。

如意餐馆的小灶味道真的不错，比盒饭强多了，更不用说百合绿豆水熬得跟别家都不一样，让池迟来的时候顺便带一份，不仅为老板干了事儿，也能满足自己的口腹之欲。

每次吃饭的时候，他们都感谢池迟，真是救苦救难、大慈大悲、普度众生……希望她一炮而红，方不负每天给他们带小灶的行善积德。

池迟脱了外卖的外套，跟着生活助理进了拍摄场。

太阳伞底下，顾惜照例坐在自己固定的位子上，手上照例是芦荟汁。

看见池迟过来，她拍了拍自己身边早就摆好的凳子。

"我今天杀青了。"啜着芦荟汁，顾惜悠悠然地说。

"恭喜啊。"池迟真心实意地说，然后歪头继续看不远处的拍摄。

顾惜瞥了她一眼，自己明明说过让她演个出彩的角色，这都四天了，她对角色的事儿不闻不问，现在听到自己要走了也没什么反应。

这个小丫头是就这么毫无保留地相信自己，还是从一开始就没觉得自己会给她角色啊？

"晚上制片人请客，你跟我一起去吧。"

在剧组里，有头有脸的明星杀青了是一件大事儿，制片人请客吃个饭那是免不了的。

虽然顾惜只是进组客串了五天，但是作为蒂华一姐，在这个蒂华占了投资大头的剧组里她的地位可想而知。

池迟摇了摇头，认真地说："晚上有个剧组订了宵夜，金大厨今天有点中暑，我得去把外卖送了。"

顾惜瞪大了眼睛看她："我是带你去见人啊！见人你懂吗？带你去让导演制片认识一下你懂吗？"

"懂啊。"看着顾惜眼珠都要瞪出来的样子，池迟笑了。

"还笑！"顾惜拍了一下池迟的肩膀当泄愤。

"你要是想正经混进圈子里，就必须得跟导演和制片人打好关系你知道吗？等你自己当了小配角再去求着见这拨人，他们都懒得理你，现在我一条金大腿放在这里让你抱，你居然要去送外卖？！"

"反正我演什么戏都可以，大概也不会求着见他们，金大腿这么值钱，肯定得用在该用的地方给我撑腰嘛。"

池迟从助理的手里接过手持式榨汁机，把里面的芦荟拿出来重新用刀子把皮削干净，才放回去给顾惜榨了一杯芦荟汁。

"算了，你现在没有作品，见了他们，他们顶多当你是蒂华要签的新人。"

顾惜举着芦荟汁又权衡了一会儿，还是改了主意。

"那你明天和我一起走吧，见见咱们电影的导演，大概我还得去看看外景的拍摄地，你跟我一起去长长见识，这个行吧。"

"行啊。"

池迟转头看见一个场务很是吃力地倒腾几个花盆架的摆放，她几步走过去，帮她把东西放好。

顾惜看着女孩儿的发辫随着她的动作轻摇，无奈地叹了口气。

"这个丫头，也就是我脾气好，要是别人，早就不用她了！"

可惜这话她也只能跟自己的助理抱怨，等池迟走回来了，她又一脸高冷范儿地咬起了吸管。

很多年以后，那时候的顾惜和池迟，经历了背道而驰和惺惺相惜，重新走在了一条路上，那时候的她们一个依然爱咬吸管，另一个人依然不愿意去参加各种应酬。

顾惜想起了旧事，问池迟："你怎么就那么信任我呢？不怕我那部戏到最后不要你吗？"

池迟皱着眉头对着镜子看着穿着晚礼服的自己，相比处处紧绷的礼服，她还是更喜欢舒适的衬衣长裤。

其实，顾惜挑选的昂贵衣服包裹在她的身上，让她像是披着星光前行的月神。

"我才不是信任你。"

女人低眉一笑，当她不用再扮演少女之后，自然释放出的时光沉淀之美让她看起来无比夺目。

"我是相信我的演技，你看了之后，肯定就不想放手了。"

第二十四章
茶馆＆针锋＆试镜

再次离开影视城，池迟坐的是顾惜的保姆车，车子开到最近的机场，她们再坐飞机前往这个国家的首都。

此时的京城里，风还是有那么一点凉意的，从飞机上下来的时候，顾惜裹紧了身上的披肩。幸运的是，她们并没有遭遇传说中的雾霾，天气很好，疏阔辽远的蓝色，看起来和南方就有完全不同的气质。

来接顾惜的是她的经纪人路楠。

"这是池迟……"她拽着瘦高的女孩儿给自己的经纪人看，"被我拐出来了，一会儿带她去做造型。"

路楠对着池迟微微点头，作为日理万机的王牌经纪人，这个招呼已经是看在顾惜的面子上了。

女孩儿对着她笑了一下，仿佛就是一个朋友把她介绍给另一个朋友而已。

只看池迟一眼，路楠就知道顾惜为什么喜欢这个名字有点怪的小姑娘了，气质好，身段好，脸也长得颇有辨识度，如果有点演技，确实是个可堪造就的新人。

"费导演那边已经约好了下午三点，安姐也会过去。"她跟在顾惜的身后，一边走，一边跟顾惜说着现在的情况，即使声色喑哑也吐字清楚，展现了极强的专业性。

在她的身后，四个助理分成两排紧紧地跟随——这就是顾惜工作团队的冰山一角。

"安澜？"顾惜的脚步顿了一下，"一个新人试镜而已，她凑什么热闹？"

"安姐带了她工作室签的一个新人，她今天早上九点就到了京城了，那个时候你还在天上飞。"

能让路楠这么郑重其事地在机场就说起来，顾惜立刻明白了安澜的目的。

"那个新人也是为了玲珑这个角色？"

"也是为了祭司玲珑。"

路楠微微偏了一下头，看了眼落在后面的池迟，那个女孩儿正帮着生活助理推着顾惜的七八个大箱子。

"安姐带来的人叫方栖桐，今年二十一岁，京城电影学院大三在读，从十七岁开始演戏，跟陈风合作过电视剧，安澜去年年底签了她，给她安排了一个电视剧的女四号，就是世纪星耀今年的重点项目。"

一辆大商务车装下了所有去办正事儿的人，另有一辆车把顾惜的行李和生活助理一起送去她在京城的住所。

"你听见了吗？有人要从你的嘴里夺肉呢，学历高，起点高，背景硬，经验也比你丰富，怕不怕？"

顾惜扭头，语气戏谑地问池迟。

路楠的神情有细微的变化。

在面对池迟的时候，顾惜好像格外地放松？

池迟看着顾惜的眼睛很认真地说："怕。"

还没等顾惜说什么。

女孩儿接着说："我就不来了。"

那一本正经的样子，引得顾惜没忍住揉了揉她的头发。

乌黑的头发被打薄了一点，发型师重新给她分了发际线，然后用十分钟的时间为她扎成了一个看起来很普通的马尾辫。

鬓角下面的一点细毛都被清理掉了，让脸部的轮廓变得更加清晰。

眉形动得不多，造型师一边修掉散碎的眉毛一边夸奖池迟的眉毛长得好看，明明眼尾有点带桃花，偏偏能看出清贵气来，更重要的是，这是一双非常有辨识度的眼睛，明亮又带着琢磨不透的味道。

造型师也是在娱乐圈里打滚了许久的知名造型师，顾惜自己的梳化这次只带了三个来，忙顾惜一个人都时间紧张，顾惜就把池迟送到了造型师这里。

"就喜欢你们这种乖得像洋娃娃的小新人，拾掇起来特别有成就感，那些大明星啊，在我这跟妖精换皮似的，扒了一张再穿一张，穿来穿去都是妖精。"

"唉，前两天来了一个二十六的，我问她平时脸上擦什么，她说是只擦点强生，哎哟——我是长见识了，还有能把玻尿酸整到皮底下的强生呢……你两边的双眼皮不是很对称啊，要么就用双眼皮贴，要么就去做个小手术，微创的，两个小时搞定，最好去日本做，韩国的看起来都有泡菜味儿。"

说着说着，不知道想起了什么，造型师自己就娇羞地笑了起来。

池迟纹丝不动地坐着，在造型师需要听众反馈的时候就给他一个微笑，鼓励他自己继续玩单口二人转。

做面膜，做头发，化妆，挑衣服，满耳朵都是造型师和他的助理们提出的美容建议，他们甚至建议池迟去做个吸脂手术再打个瘦脸针彻底去掉脸上的婴儿肥，听到池迟说自己今年十七岁才作罢。

顾惜的车把池迟从会馆里接走的时候，她已经在里面被人折腾了将近四个小时。

上车的时候，造型师亲自把池迟送出了大门："小姑娘真健谈，有空再来找我唠唠啊，真是很少见这么讨人喜欢的小姑娘了。"

全程大概说了不到十句话的池迟微笑着跟他挥手告别。

顾惜看见的池迟似乎只是脸上化了一点淡妆，却跟平常的池迟已经完全不一样了。

女孩儿的十六七岁，被很多人称为最美的时候，其实她们都是美着，又尴尬着，像是初开的花朵，羞涩于春风，畏惧于细雨，模糊知道自己的美，又知道自己似乎在哪里比别人更加脆弱。

男人们是欣赏这种带着不安和困惑的美的，他们称之为"青春的诱惑"。池迟自己并不具备这种美。因为她仿佛完全没有困惑和不安，总在一点举手投足里显露出超越年龄的沉稳。

也许是和池迟对过戏的缘故，顾惜总是不自觉地把她当作自己的同龄人，虽然一口一个"小姑娘""小丫头"地叫着，她还是下意识地与她平等地交流。

池迟现在的这身装扮却彰显着她不同的青春——干净、昂扬、舒展。

仿佛在说即使没有迷茫不安，年轻依然是年轻，同样千金不换、一去不返。

女孩儿身上的衣服是简单的衬衣、牛仔裤和运动鞋，除了价格，哪里都很简单。

哪里又都不简单，当服饰减少了遮掩身材缺点的作用，那就说明，这个人的身材没有什么缺点。

"哎呀，这一双好腿！哎呀，这一把好腰！"

顾惜表情夸张地围着池迟转了一圈。

"有时间得带你去拍几张照片做卡片，也这么简简单单地穿着就行了。"

说着话，顾惜还是没忍住，在池迟的腰上摸了一把。

路楠低下头掏出眼镜戴上，假装自己没看见顾惜对着个小新人耍流氓。

约定的见面地点在京城一所老茶馆里，费导没事儿的时候总爱去那喝茶，地方很僻静，就是在一个胡同里头，门前不好停车。

这次说是试镜，其实也算是私人聚会的性质，安澜和费导都是顾惜的前辈，顾惜自然不会讲究出行的排场，只带了池迟一个人。

"这些人啊，在圈里混多了都给自己混出了一肚子的弯弯绕儿。"坐在车里遭遇二环路堵车的时候，顾惜还不忘跟池迟吐槽。

"谈生意不说谈生意，叫小聚；换资源不说换资源，叫聊聊；分猪肉不说分猪肉，叫盛典……拍戏的时候演给外人看，现在离开了戏还是都做给别人看的。"

车窗外，一辆同样被堵住的捷达车主打开车窗探身看路，明知道自己这个车的车窗从外面根本看不见车里，顾惜还是下意识地戴上了墨镜。

池迟怕把衬衣的后面压出褶子，在车里正襟危坐，看着顾惜的样子，她笑着说："一说就能说得惹恼，那也是因为你玩这一套也玩得溜啊。"

"这话倒是没错。"隔着墨镜，池迟也能看到顾惜挑了一下眉头。

"玩得不溜，我怎么红呢。"

下车要走五十米的青条石小路才能走到茶馆门口，就为这五十米路，顾惜戴上了墨镜又戴上了口罩，然后用一个宽檐大帽子把自己的脸再遮一层。

小路年久失修，坑坑洼洼的，池迟穿着运动鞋倒是无所谓，就是苦了穿着高跟鞋的顾惜了。

跟在顾惜的身后，女孩儿总觉得她左右遮拦着走路会一头撞在旁边的石墙上。

正担心着呢，顾大明星脚下踩着的细高跟就歪了一下。

一只手揽过顾惜的腰，另一只手扶住她的帽子，双手一起使劲，池迟借着身高腿长的优势一下子把顾惜遮挡得严严实实。

"喂！"顾惜惊叫了一声，一只手从她身后搂过来的感觉让她有点不安。

池迟安抚地拍了拍她的腰："你当明星当得都要撞墙了。"

"谁撞墙了！这路多难走你不知道吗？"

"我还真不知道。"

顾惜的小身板在一直保持高强度锻炼的池迟看来根本就不算啥，双手一夹一抬，最后的三十多米路上，顾惜就跟脚下踩着云似的轻飘飘地就走了过去，连自己到底踩没踩着地都没感觉。

茶馆的二楼，安澜当窗而坐，就看见了两个年轻女孩儿相携而来的情景。

对于年届五十的安澜来说，在娱乐圈里饱经了风浪的顾惜依然是年轻的。

"小顾带的这个新人，和她的感情不错啊。"

说完，她低下头慢慢地喝了一口茶。

坐在她对面的就是国内知名的商业片导演费泽，他的年纪比安澜还要小一点，听见这话笑呵呵地说："年轻的女孩儿嘛，在一起相处久了，感情看起来都不错……哈哈哈。"

安澜笑了笑，没再说话。

坐在他们下手位置的方栖桐眼观鼻鼻观心，安安静静地充当着两位前辈的背景。

费泽看了那个长相清纯可人的新人一眼，心里还是满意的。

再没人说话，茶室里只有茶香气四散流淌。

顾惜气势逼人地开门进来，池迟手里拿着她的帽子，跟在她身后。

"安姐，费导，好久不见。"

顾惜的笑容一如既往地谦逊，又带了新的掌控一切的气势。

毕竟这次的电影，她是制片人，是投资方，是牵线人，不再只是一个演员。

"每次看见小顾，都觉得你越来越漂亮了，跟一朵盛开的牡丹花一样，光芒四射。"

安澜笑着站起来，顾惜上前两步主动跟她拥抱了一下。

费泽对着顾惜摆摆手："最近血压不好，和你拥抱一下我估计得吃好几天的药。"

顾惜找了费泽旁边的位置坐下，费泽给她倒了一杯清茶。

"那我就把这个拥抱留到咱们电影票房过十亿的时候，反正到时候你的血压也得上去，两次的药合在一次吃。"

她神采飞扬，仿佛票房过十亿是必然的事情。

费泽笑着点头，在他心里，顾惜初当制片人正是意气风发的时候，多听她说点吉祥话又不用给钱，凑个趣罢了。

到了此时，房间里只有池迟和方栖桐两个新人还站着。

"这是我工作室里签的新人，叫方栖桐，我记得《女儿国》里需要一个清纯可人的女祭司，就把她带来了，总要给年轻人一些机会。"安澜面带微笑地指着方栖桐说道。

顾惜抬眼看方栖桐，仿佛到了这个时候才发现房间里还有第五个人存在，在看见她的瞬间，顾惜就明白了为什么安澜要说玲珑是一个"清纯可人"的祭司了。

方栖桐就是按照"清纯可人"的模板长的呀！

"长得真好，难得看见把清纯长在脸上的，多少人都是用手术刀糊上的。"

她说这话的时候视线已经从方栖桐转向了费泽，眉眼都带着自得其乐的笑意，仿佛只是在说一个无伤大雅的玩笑。

费泽自然不会为了个刚见面的新人就驳了她的面子，为了这个并不好笑的笑话，露出了那么点笑意。

这点就够了，至少让顾惜确认，此时的费泽并没有对方栖桐建立足够的好感。

安澜看看顾惜又看看费泽，双手从茶杯上拿起，放在了膝盖上。

"毕竟也是演员，长得怎么样不重要，适不适合咱们这部戏，才是最重要的。"

这句话说得在理。

老好人费大导演点了点头表示赞同。

顾惜自然不好再说什么，放下身段去欺负一个新人，她就算做得出来也不能当着未来合作伙伴的面去做。

可是她有点慌，就算她自己知道池迟是最好的，也怕池迟扛不住竞争对手"贴脸"。

贴脸，就是说一个演员能凭借外表的相似性、气质的相近性去饰演一个角色，比如几个经典款的小龙女，她们多气质清冷、身材瘦削，站在那不言不语就带了遗世独立的味道，这就叫贴脸。要是找个包子脸还有小酒窝的姑娘去演小龙女那就是怎么演怎么违和了，因为她跟这个角色的既定形象不相符，就算拿出奥斯卡影后的演技，也未必能比贴脸的演技一般的演员演得更贴合人们的想象。

顾惜在自己的封后电影《河魂》里面饰演的是一个貌美泼辣、敢爱敢恨的牧羊女，被评委们一致认为是"热情奔放、动人心魄"，她自己知道自己的演技能打多少分，之所以会让人感觉到"惊艳"，一个重要的原因就是她本身外貌和性格与这个角色的"贴合"。

占过贴脸的便宜，才知道这个便宜占了之后有多大收益。

在《女儿国》的剧本中，有四个主要的女性角色，顾惜扮演的女王高贵矜持，柳亭心扮演的将军忠诚鲁莽，安澜扮演的宰相老谋深算，剩下的祭司天真不谙世事，对外面的世界充满了好奇心，才被人利用成为故事发展的一条重要引线。

"人物还都在剧本里躺着呢，适合不适合，也不是看看长相就知道的。"顾惜笑着对安澜说，"安姐当年的《灯笼的故事》，在放映之前不也有很多人说安姐气质太好，不适合演村妇吗？"

安澜微微笑了一下，看向池迟："小姑娘长得不错，小顾你不介绍一下？"

"哦，这是池迟，也是个新人，我带来给费导演看看，要是觉得还行她就演玲珑了。"

什么合适不合适，什么贴脸不贴脸，在来之前顾惜还想让池迟通过演技把方栖桐给 KO 了，现在她只想充分行使自己制片人兼投资人的决定权。

方栖桐站在一旁，她的手背在身后，手指交握纠结，越来越用力。

刚刚短短的几句对话，她被人从外貌开始肆意点评，最后居然连跟另一个人比较一下的权利都没有吗？

什么叫觉得还行就演玲珑了？

那她呢？她算什么？

顾惜明明是在为池迟争取着角色，池迟自己却一直有点神游物外。

这里的每个人，好像每一句话都另有含义，每一个笑容都含有目的，相比较这些，池迟更想痛痛快快地去演一场戏。

费泽并不接顾惜的话茬，含笑看着池迟。

"池迟是艺名吗？"

"是本名，池塘的池，迟到的迟，今天我和顾小姐来晚了一步绝对不是因为我名字的关系。"女孩儿的语气里带着天生的亲昵和戏谑，仿佛她和费泽也是相识许久的旧交。

"那是因为什么呢？"费泽的两根手指拈着轻巧的茶杯，一口茶缓缓地送进嘴里。

女孩儿笑着，慢悠悠地说："因为今天是个难得的好天气，路上的司机们都抬头看天，我们也就只能陪着多看一会儿，幸好您和安澜女士都是体贴温文的长者，不介意我们在路上对心情小小的放纵。"

一段话缓缓说来，把刚刚顾惜与安澜之间似有似无的针锋相对洗刷得干干净净。

费泽调整了一下坐姿，与方栖桐的拘谨沉默相比，同样身为新人的池迟，这种舒缓的坦然明显更吸引他。

"你有过什么演戏的经验吗？"

"龙套，配角，一个不知道会不会上映的电影主角。"

女孩儿摊手，一脸的无奈："所有的好运气，大概都用在被顾小姐看中上了。"

如果不是还有别人在这里，顾惜大概会用眼神瞪死她，知道在这里的都是什么人吗？大牌影后、大牌导演，还有跟她竞争角色的对手，就在这里直接说抱她大腿好吗？！

虽然被池迟抱大腿的感觉确实挺爽的。

"一看就知道，顾小姐确实很欣赏你，但是欣赏归欣赏，演戏归演戏，我们在座的都是电影从业者，讨论问题还是要从电影本身出发。"他看了顾惜一眼，显然是在表达自己对她刚刚那种态度的不认同。

"你有信心演好祭司玲珑吗？"

"有。"池迟点了点头，脑后乌黑的马尾辫随着她的动作轻轻一甩。

"这里是剧本，你们两个人来试试分别演同一段剧情，为了公平起见，一个人演的时候，另一个人要出去等着，可以吗？"

池迟和方栖桐同时答应了。

顾惜看着池迟，觉得自己刚刚据理力争的做派像是个笑话，池迟根本就不领她的情。

池迟从费泽手里接过台词本，顺便给每个人的杯子里都添上了茶，又给茶壶里续上了水。

"麻烦各位在这里喝茶稍等。"

转身，她对着顾惜很自信地笑了一下，就率先开门走了出去。

顾惜脸上不露声色，其实心里的那点儿气已经被她一个笑容安抚下去了。

这个小丫头，自己真是上辈子欠她的。

这么想着，顾惜脸上挂着标准版的笑容，开始和费泽安澜讨论起了电影的投资问题。

对着台词本，方栖桐的脑袋里想的还是刚刚在茶室里的一幕幕，在池迟的衬托下，她像个木讷的傻瓜，被人随意地嘲笑还没有回击之力的傻瓜。

池迟低头默默地看剧本，偶尔闭上眼睛想着什么，看起来从容沉着不慌不忙。

方栖桐越看池迟，越觉得一股怒气冲击着自己的大脑，她强迫自己冷静下来，闭上眼睛想想自己曾经演过的那些角色。

想想自己被人追捧的大学生活，想想自己高分入学的傲人成绩，想想在剧组里那些人对自己的尊敬。

这些都能让她更快地恢复成平常的状态，可她依然紧张。

睁开眼睛，一只白皙的手占据着她的视野。

手上一小盒巧克力豆。

"快晚饭了，先补充一下体力？"

手的主人把巧克力收回去，倒出来几颗扔进了自己的嘴里，又递了过来。

"低糖的，吃几颗不至于会胖。"池迟想起顾惜对自己身材的重视，由顾惜想到方栖桐，以为她大概是怕胖，还特意嘱咐了一句。

在那一瞬间，方栖桐特想揍她。

你知不知道什么是紧张？！

你知不知道我们是竞争对手！

你知不知道我吃了你的巧克力再喊一句肚子疼我的老板安澜就能把你连同顾惜一起给削了！

你知不知道我特别特别讨厌你！

池迟什么都不知道，她的笑容很是慈爱。

"谢谢。"方栖桐说着，接过巧克力豆，鬼使神差地打开倒出了一颗放进了自己的嘴里。

女孩儿收回手，又转身去面壁看剧本了。

方栖桐低下头，嘴里的甜味一点点散开，奇异地让她慢慢地放松了下来。

过了十几分钟，方栖桐深吸了一口气，打开茶室的门走了进去。

池迟很自觉地又往远离茶室的地方走了几步，站在了窗前。

窗外是茶楼主人用心修缮的小院子，有绿竹松柏，假山矗立。她看着眼前的满目翠色，脑海里面已经是海天相接，鼓瑟喧嚣。

剧本的内容是祭司玲珑与大将珊瑚的一段对话。

珊瑚察觉到了玲珑最近的行动有异，怀疑玲珑私自利用了神庙的力量。作为玲珑的姐姐，她去提醒妹妹不要与所谓的"神子"交往过密，更不要受其蛊惑做出对不起女儿国的事情。

此时的玲珑早就已经对外来的男人"文宣"情根深种，不仅为了保住他的性命说他是神树降下的"神子"，更是为了帮助文宣回家就派遣神庙的人去打探"山外世界"的消息。

她对珊瑚虚与委蛇，谎称自己派人是为了寻找给女王的生辰礼物，珊瑚识破了她的谎言，两个人发生了争吵，最终珊瑚拂袖而去。

【玲珑站在回廊的尽头看着自己的姐姐。

"这个世上，你本该是最懂我的。"】

在池迟的脑海中，一场属于宫廷的盛大晚宴就在她的世界的边缘，在那个世界的中央，就是一段短短的回廊。

当她神游物外的时候，有人在她的身后踩着高跟鞋施施然走过，推开茶室的门走了进去。

池迟毫无所觉。

又过了十几分钟，池迟感觉自己终于准备好了，玲珑对珊瑚的复杂感情，她终于捕捉到了最符合她自己逻辑的表达方式。

茶室里多了一个人。

她神情冷冽，带着一种天生的傲慢，如果说顾惜的美貌是外放的性格开出了妖娆的花，安澜的优雅是丰富的经历过滤出了温润的水，那么她的高冷和明艳就是一根从灵魂深处长出来的刺。

刺上本就图腾繁丽美不胜收，却也让人意识到她的危险。

"我是柳亭心，你来跟我搭戏。"

她站在房间的中央，理所当然地吸引着别人的目光。

方栖桐神色黯然地站在安澜的身边，显然已经被惨虐了一遍了。

看见柳亭心，池迟也没忘记反手关上茶室的门。

女孩儿从房间的一角缓步走出，神情柔和，她一直都如此柔和，如此不沾人间烟火，因为她是神庙的祭司，从来享受万民的供奉。

她穿的是牛仔裤衬衣，还是曳地的礼服？这并不重要，重要的是她走在那里，就有着让人信服的魅力。

如果说她真的是如此圣洁，那怎么会有这样的一个故事呢？

所以她的眼神偶尔有点飘忽，仿佛心里有着她从未经历却倍加珍惜的秘密，为了这份秘密她不介意扔掉自己的圣洁。

费泽对池迟那一点飘忽的眼神很满意，因为这个点，她那独行的几步就不显得单调了，这就叫"带戏"的演法，在大屏幕上，因为这一点心事就让这张脸有了让人探究的欲望。这就是最简单直白又行之有效的抓人眼球。

柳亭心站在房间的中央，背对着池迟。

女孩儿从她身后悄悄走过，脚步就有了片刻的慌乱。

"你在躲着我？"

柳亭心转过身，抬起一只手拦住了女孩儿，她直视着对方的眼睛，轮廓分明的脸上没有什么表情，却让池迟感受到了强烈的压迫感。

她是谁？

她是站在千万海怪尸体之上的战神，她是保卫疆土的勇士，她是以敌血铸剑的女儿国大将——珊瑚。

面对着这样的珊瑚，池迟笑了，她轻启檀口，声音是带着一点缥缈的曼妙："我从不会躲避我的姐姐，只会在面对珊瑚将军的时候想要绕道，你是将军，还是我的姐姐呢？"

站在柳亭心面前的女孩儿也不再是池迟，她成了玲珑，看起来清纯圣洁，实际上内心有热流奔涌的祭司玲珑。

玲珑微微抬头看着珊瑚，嘴里说着不会躲避着自己的姐姐，却用信徒的眼神看着她。

因为她有心事，只能下意识用祭司的身份遮掩着内心。

"那你呢？你是我的妹妹，那个天真可爱不会隐瞒姐姐任何事的玲珑，还是……"

柳亭心的手指在池迟的衣领上摩挲了一下，剧本在这里有一个动作描写，祭司的脖子上应该挂着她祈福祝祷用的龟甲，那也是她身份的象征。

　　"擅用神庙力量的祭司？"

　　"你说我擅用了神庙的力量？"玲珑退后了一步，些微睁大的眼中有明显的难过，"你拦在这里就是为了指责我？明明我是祭司，就算我用了神庙的力量，那也是因为神庙是归我管辖，难道我要用还要经你这位将军同意吗？"

　　费泽注意到池迟的声线中还带着刚刚的缥缈，显然女孩儿在刻画玲珑的时候想过一个人从小养成的说话习惯是不可能因为惊讶而彻底抛弃的。

　　珊瑚直视着玲珑的双眼，手指从她的领子处往上，最终停留在玲珑的下颌。

　　她抬起了女孩儿的下巴，让女孩儿露出了纤细的颈项。

　　"你现在这副样子，跟你小时候偷吃了阿妈贮存的饴糖一模一样。"

　　她的目光细细地打量着少女的脸庞，仿佛能从她脸上的每一个毛孔里看出少女苦心隐藏的秘密。

　　说起年少的时光，玲珑的双眼中有一瞬间的迷茫。

　　属于她的那段时光太短，才五六岁的时候，她已经被自己的阿妈送进了神庙。

　　"姐姐还记得几块饴糖，我却只记得小时候在神庙独自学习的光阴。"

　　挟持着她下巴的女人猛然凑近，目光凝固在她的脸上，磅礴的压力顿时侵袭着她的全身。

　　柳亭心是故意的，她故意在这段属于玲珑的独白中增加自己的存在感，如果是在实景拍摄中，她的动作幅度和气势会更加吸引别人的眼球，就像现在，费泽等人看着她，恍惚就要忘了去听玲珑到底说了什么。

　　这时，女孩儿缓缓抬起手，她的双手洁白修长，拿过龟甲，抚过神树，焚过沉香，现在它们缓缓张开，包裹住了珊瑚的手。

随着她的动作，人们的注意力再次回到了玲珑的身上。

玲珑垂下了眼眸。

"神庙里的老师一年都不见得给我一块糖，就算给了，我也会偷偷奉献给树神，我想求树神让阿妈来看我……"

女孩儿的样子是那么地楚楚可怜，随着她的话语，人们仿佛能看见那个跪在树前用仅有的一块糖祈愿的小女孩儿。

"一年又一年，阿妈没有来，姐姐也没有来。"

她的声音带着仿佛具象化的哀戚，伴随着垂眸敛眉的神态，让人忍不住心生怜惜。

听着这些话，珊瑚的目光也不再那么犀利了。

这时，那让人忍不住同情的少女，试探式地抬眼，观察着珊瑚的神色。

珊瑚终于松开了玲珑的下巴，转过身去掩饰自己片刻的脆弱。

玲珑却在这个时候悄悄靠近她。

少女拥抱着自己的姐姐。

池迟拥抱着柳亭心。

"我只是为了给女王准备生辰的贺礼，毕竟是我成为祭司的第一年，刚刚没有跟你坦白……只是想跟姐姐多说几句话。"

女孩儿的语气悠悠然，似乎是真的在跟自己的姐姐窃窃私语。说是似乎，是因为她的眼神，很漂亮，很冷，很不像是一个妹妹对自己信赖的姐姐的眼神。

她们身高相近，同样体态修长，她们一个清贵出尘一个气势威严，拥抱在一起和而不同，却也同样熠熠生辉。

"我怎么也想不到……"在这样的静谧和谐中，珊瑚再一次出声了，她的声音和她的人一样华丽又冷淡，"我的妹妹，有一天会为了一个外人对我使心机。"

珊瑚推了玲珑的手臂，用比刚才更加慑人的目光逼视着她。

"你这点心机如何能骗得过我？你以为我不知道你已经被那个外来者迷得神魂颠倒。如果你还记得小时候对阿妈的那点孝心，就回去把那个男人杀了，女儿国就不该有男人！"

玲珑悄然后退了一步，珊瑚步步紧逼，那见惯了血腥杀戮的目光是那么地具有震慑力，女孩儿终于脚下不稳，跌坐在了地上。

猛然跌坐的女孩儿，像是从天上跌落凡间一样，那些圣洁与骄傲在一瞬间被打破了，她的神色却突然生动了起来，不再像是刚刚那个隔绝尘埃的祭司。

"我的阿妈……一心只想让我当祭司。"她的声音如泣。

"我的姐姐，对我的关心只是为了让我杀掉我爱的人。"她的声音如诉。

"我只想要那么一点点的温暖，我不在乎他是不是外来的男人，我也不在乎他想要做什么，我只想守着树神，坐在神庙里喝着他泡的茶听他讲有趣的故事，这样也碍着你的眼了吗？！"

祭司仰视着将军，眼神里充满了怨恨。

"尽忠职守的大、将、军？"

【珊瑚和玲珑对视了许久，终于转身离开。】

"你好自为之。"

看着珊瑚的背影渐渐远去，玲珑脸上的哀伤也好，怨愤也好，都消失无踪。

"这个世上，"她的声音轻柔得宛若叹息，"你本该是最懂我的。"

一室寂静。

池迟从地上站起来，乖乖地站在顾惜的旁边。

安澜轻轻拍了几下自己的手掌："很好，很精彩。"

费泽的眼神里也满含赞许，指着剧本说："能在这么短的时间里把每一点情绪转换都拿捏准确，确实难得。"

柳亭心的目光要复杂很多，她看看池迟，又看向顾惜。

池迟注意到顾惜有那么点不寻常，当柳亭心看向她的时候，她整个人都紧绷了起来，就像是一只被挑衅了美貌的公孔雀。

"你这次还算有眼光。"柳亭心这样对顾惜说道，语气很平常，就跟真的不是要故意惹顾惜生气似的。"小新人还不错。"

唔，池迟发誓，如果不是在座的还有费泽和安澜，顾惜能扑上去咬柳亭心一口。

在场的所有人都看得出来，这一场试镜里，池迟取得了碾压式的胜利，方栖桐的表演并没有她想象中的那么糟糕，进退有序，台词功底也不错，但是当她试图表现角色的复杂性的时候，就觉得稍微差了那么一点，模式化的情感表达不仅仅是她个人的问题，更是现在年轻演员普遍存在的大问题。

如果没有池迟，方栖桐算是过关的。毕竟柳亭心和顾惜不同，她从出道开始就走气势女王路线，与几位名导合作，他们都恨不得拿砂纸把柳亭心打磨得更加锋利，年轻演员与她搭戏几乎没有不被她的气势压垮的，能坚持到底，方栖桐已经很了不起了。

可惜有池迟这么一个异类，在影后的气场之下她依然熠熠生辉，她的清纯是稍有不足，却用演技诠释了一个更有说服力的祭司玲珑，对珊瑚的情感不是那种幼稚得如同小孩子，却又能让人体会到她情感中纯粹与复杂共存的激荡感。

想到《女儿国》电影的结局，作为导演的费泽更满意池迟。

"我晚上还约了人，既然事情也有了结果，那我就先走了。"安澜缓缓起身，"你们继续聊着，有什么好的想法，咱们下次再谈。"

语气自然得好像她就是来跟几个合作伙伴一起喝个茶一样。

剩下的两位影后、一位名导齐齐起身相送。

"小姑娘，你多大了？"走到门前，看了眼池迟，安澜突然问道。

"十七。"

"很好。"安澜的目光幽深，"下次再约的时候，你也一定要来。"

说完，根本不等池迟反应，安澜就带着方栖桐翩然离开了。

走出茶馆，和顾惜来的时候一样，安澜和方栖桐也要徒步走完五十几米的糟糕路段。

安澜仿佛全神贯注地盯着路面，方栖桐在她身后几次欲言又止，终于在路程还剩十米的时候鼓起了勇气。

"安老师，对不起。"

"有什么好对不起的？"安澜慢悠悠地说，"你该学学那个小姑娘的气度，她要是输了，可不会觉得自己对不起别人，不过是一个角色而已，你又不是丢了多重要的东西，争得来就是你的，争不来也不要让自己走偏了心性，记住了吗？"

方栖桐感受到了安澜在淡淡语气中的鼓励，脸上终于露出了微笑："是的，老师，我下次不会再输给池迟了。"

"这种事后的便宜话就不用说了。"

安澜的语气依旧恬淡。

"你和她本来就不是一路人，你就算运气再好，能当的也不过是顾惜，她啊……"

风姿绰约的一代影后在上车之前抬头看了看天。

"求得太大了。"

第二十五章

愤 怒

池迟出演玲珑的事情彻底敲定，顾惜松了一口气，这事儿定了，那她这次来的工作算是完成一半了，剩下的就是和费泽敲定一些拍摄细节，再就是和世纪星耀那边的人通气，试探宋羡文出演男主的意愿，以此来评估其中可以置换获得的利益——这些事情要在两天之内完成，接着她还要去见天池的老板谈一连串的合作计划。

顾惜和路楠忙到四脚朝天，池迟就闲散了下来，跟顾惜约好了下个礼拜一起去杭城看拍摄实景的事情，她就先行回到了杭城，有一些事情如果不能在进组前有点进展，那始终是个牵挂。

中间省略她想睡一晚上火车的硬卧第二天刚好到杭城被顾惜知道后直接订好机票打包扔上飞机的过程。

"你居然要去坐硬卧？！你能不能有点出息，你是马上要跟三个影后合作的人啊！你是要跟名导费泽合作的未来之星啊！你以后一出手就得十万八万的名牌好吗！你别这么丢人好吗！"顾惜简直要被池迟气死了。

"你闭眼想象一下，从北往南走，睡前还是北方，醒过来就是江南了，也挺舒服的。"翻着旅游画册，池迟一脸小清新地跟顾惜这样说。

顾惜闭眼，然后翻了个白眼："呸！"

许久不见，杭城的老城区依旧是绿意盈盈，池迟拖着行李箱（from顾惜）熟门熟路地走到了温家的门口。

此时正是午饭的时间，楼道里飘荡着浅浅的葱油香气，葱油里面应该是加了花椒和蒜瓣，让它的气味变得更有层次感。

"笃笃笃。"

池迟敲响了大门，温家的门铃依然是不好用的。

这还是有一次半夜拍戏的时候急需电池，温家的三个人绕着房子找了一圈儿，最后门铃里的几节电池就被温新平取了出来救急，刚刚女孩儿摁了一下，显然，电池骑鹤不复返，门铃一摁静幽幽。

"小宁！是不是有人敲门呀？你去开门看看呀，是不是快递把你订的书送来了？"池迟站在门外能听见陆女士的声音隐隐约约传来，过了一会儿，门开了。

明显比当初白胖了一点的温潞宁看着池迟，呆住了。

"我很快要去拍戏，至少一两个月不能离开，想来问问温导演结局想好了吗？"

女孩儿笑着，一如既往地笑着，温潞宁站在门边不知所措地看了看自己家贴着福字的大门，又转过头去看看正在摆饭的饭桌。

这是自己家，没错。

池迟是真回来了吗？

池迟是真的回来了！

"你、你等着！"年轻男人转头跑回了自己的房间，把池迟一头雾水地扔在了那里。

陆女士举着煮面条的长筷子走出厨房，就看见自家的大门打开着，那个许久不见的女孩儿站在门边笑着跟她打招呼。

"哎呀哎呀，小池呀，快进来吃葱油拌面，葱油都是新熬的呀！"

"隔着好远都能闻见香气，我来得真巧。"池迟笑着把行李箱放在一边，去洗手间洗了手再到厨房帮着陆女士一起摆桌子，熟练得好像她一直没有离开过一样。

几碗葱油拌面，一碟手撕酱鸡，一碟蚝油生菜。

拌面用的葱油是陆女士的独家方子，圆葱、大蒜、花椒、香叶先炸透了，再全部捞出改放小香葱细细地熬成红葱酥，按照温新平的话来说，他的妻子这辈子也就做葱油拌面能拿得出手了。

陆女士的葱油拌面也是池迟在杭城最爱吃的食物之一，除此以外，她在杭城最爱的还有三条街外那家国营餐馆的虾仁鲜肉小馄饨。

菜都摆好了，温潞宁还没从自己的房间里出来，陆女士并不放在心上，只顾着热情地招呼着池迟吃面。

"你要是不来，我和老温还想周末去老金那里找你。"陆女士慈爱地看着变得漂亮了许多的女孩儿，把酱鸡的两条鸡腿都放进了她的碗里。

"就算电影拍不成了，你也不能真的不要钱啊……"

从池迟在那个雨天离开了杭城，到现在也快一个月了，温新平几次三番地打电话给池迟要账号想给池迟片酬，钱数不多，也是他们夫妻俩现在能拿出的所有，却都被池迟以拍摄没有完成拒绝了。

"您放心，等电影拍完了，你给我钱，我一分都不少全拿走，电影没拍完，咱们小成本电影还是要以拍摄需要为主，对吧。"

咽下一口面条，池迟对着陆女士笑得很轻松。

陆女士赔笑了一下，内心其实一点都不轻松，面对这样的池迟，她很想叹气。

他们夫妻何尝不知道，池迟一直不肯拿钱就是抱着把电影拍完的念头。他们的儿子呢，虽然在这段时间里比以前好了太多，却也还是会一直盯着池迟拍过的那些镜头看，看的时候会笑，也会哭。

有时候，陆女士和她的丈夫也会纠结，现在的小宁能吃能喝能运动，还肯跟他们正常交谈了，就让他抱着这个未完成的片子一点点变得更好，是不是会好过让他完成这部电影，去看着"林秋"再死一次？

前者就好像长期服药，然而痊愈之期遥遥，后者就是一剂虎狼之药灌下去，从此是生是死听天由命。

当他们的儿子罹患绝症的时候，他们可以孤注一掷去拍这个电影；当他们的儿子看起来正常了，他们却又会踌躇和退缩。

大概天下为父母的"人"都有一副纠结的肚肠，为了儿女，千回百转。

"来，我给你看林秋！"

还没等陆女士说点什么，温潞宁突然冲出房门，他拽着池迟进了卧室。

温潞宁的卧室里拉着窗帘，也没有开灯，池迟捧着面碗纠结了一下，还是觉得轻微的脚臭味有点影响食欲。

她挣脱了温潞宁的手，先去拉开了窗帘，又打开了窗子，暖风融融，带走了房间里的异味。

池迟这才长出一口气，再次端起了葱油拌面。

在这个过程中，温潞宁连动也不敢动，生怕把池迟逼急了她又走了，直到池迟都忙完了，他才小心翼翼地把电脑屏幕扭到女孩儿所在的方向。

屏幕里，一个女孩儿笑靥如花——是温潞宁从素材中截取的图片，他用这个来当作电影目前的封面。

那就是林秋，池迟所饰演的林秋。

温潞宁已经把所有的素材剪辑成了一个长约七十分钟的电影，故事就从女孩儿在草丛里睁开眼睛开始。

每个人，都有一段属于十六岁的时光，在他们的时光里应该都有这样的一个女孩儿。

她明亮又热情，她像一朵带着朝露的花。

她是男孩子们青春期的向往。

她是女孩子们惶恐中的依靠。

她有很爽朗很可爱的笑容，有长长的马尾辫，有仿佛永远挥洒不完的精力。

这一切都让前十分钟的林秋鲜活动人。

池迟静静地吃了几口葱油拌面来掩饰内心的不平静。

借助于超强的想象力和空间记忆能力，池迟每次拍摄的时候都能在心中勾画出导演眼中所看见的东西。

这次却有了例外。

温潞宁拍摄出的画面，与池迟想象中的是有很大差别的，构图、角度甚至在外景中选取的光照角度都十分不同，在拍摄后一条一条看的时候，这种差别并不大，池迟可以将之归于温潞宁的经验不足或者温新平的拍摄风格。

现在剪辑在一起之后，那些与池迟想象中不同的画面连接在一起，构成了与她设想中差距很大的视觉效果。

"这些空镜是哪来的？"

池迟不记得自己有在杜鹃花海中拍摄过，电影中有一幕随着镜头的切换，好像她就站在花海边缘跳舞一样。

"我自己拍的。"温潞宁回答道，看着池迟诧异的目光，他露出了一个有点羞涩的笑容。

"我前几天自己去拍了很多……还去拍了林秋以前读过的小学，还有她家的巷子，都是我自己去的。"

温潞宁转过头去盯着屏幕："我要把属于她的东西都记录下来，她那么美好，应该被更多的人知道。"

"挺好的。"池迟拿起碗里的酱鸡腿啃了起来。

成片比池迟心中设想的美了太多，画面整体的色调明丽清新，把穿着校服的林秋拍出了一点国民初恋的味道。

然后"国民初恋"挥起了拳头。

电影里，林秋第一次打人是因为那些人在欺负镜头视角的"他"。

温潞宁看着镜头里的"林秋"，神情专注到了近乎狂热的地步。

"我觉得这里不对。"池迟却在这个时候开口，"这里的镜头应该重新编辑一下。"

温潞宁猛地转过头看她，眼神变得无比地犀利，刚刚的那点呆萌甜都消失不见了。

"你说什么？什么不对？"

"这里。"

池迟空出一只手拿过鼠标，让视频后退了十几秒。

"你把林秋打人的样子拍得太美了。我记得剧本上写着，她这次打人一方面是为了帮你，一方面也有考试成绩不好泄愤的原因，后面林秋自己也有提到她感觉自己打起人来的时候有点收不住手，也就说明她的暴力倾向在这里就是初期表现了，在这里你强调她打人时候的美感不合适。"

"没有不合适！这是我的电影，我记忆里的林秋就是这样的，我说了算！"

温潞宁的声调猛地提高，陆女士在外面听到了，有点担心地站在儿子的房门外。

215

女孩儿淡定地啃着鸡骨头里面的咸香味，抓过鸡骨头的爪子偶尔去动动鼠标。

"你看，这里，你居然还穿插了发丝飘动的样子？这是慢镜头特写，她打人的时候眼角从侧面看很好看，但是正面的情绪是有表现出情绪失控的，你这里全都剪掉了，感觉真的不对。你的这种处理让人感觉不到是校园暴力，成了仙女跳舞了。"

池迟一本正经地就事论事，却触动了温潞宁的心弦。

这是他的电影，他一手编剧、导演、剪辑，现在却有人说他的感觉不对。

温潞宁觉得自己呼吸困难，大口大口地喘着粗气说："她就是仙女，我是导演，在我的眼里她就是仙女！"

"哦。"池迟的眉头轻轻跳了一下，啃完的鸡骨头被她甩进了垃圾箱，"你的仙女，被自己的狂躁症逼死了，而你，在美化她初期发病的样子。"

一种陌生的情感体验席卷着她的全身，池迟自己知道，那是愤怒。

第二十六章
终　了

"砰！"

房门外的陆女士被吓了一跳。

那是温潞宁在用拳头砸电脑桌。

"你说什么？！"

池迟微微一笑，敢在乌漆墨黑的影视城里送宵夜，敢混在属性复杂的群演堆里等接戏，敢在没有记忆的情况下孤身一人讨生活。

她会怕一个看见朋友和别人打架自己都不敢动的怂货？！

"我说，林秋死了，她为了自己不再被暴力倾向支配，为了让自己别变成和她爸爸一样的人，她死了！而你，在这里缅怀的却是一个用拳头保护你的女神。"

池迟站了起来，小心地把手里的面碗放在一个比较安全的位置。感谢那双来自顾惜赞助的五厘米坡跟鞋，让现在的她比温潞宁高。

"我不仅说林秋已经死了，我还要说你怀念的根本不是活生生的林秋，你在缅怀你有人保护的青春，你不在乎保护你的人是不是痛苦，你也不在乎她到底有什么样的渴望，就算你写出了一个名为缅怀她的剧本，在你剪辑的时候，你还是下意识地把自己放在了林秋这个人前面！我说了，你想怎么样？"

"我……"温潞宁气得胸口不停地起伏，他想对池迟怒吼，想把什么东西打碎，结果却什么都说不出来，他从来什么都说不出来。

池迟抓过鼠标，按下去让视频迅速地后退，林秋挥出的拳头收回、她的舞蹈在杜鹃花里灿烂地绽放……最终，画面回到了电影的开头，林秋安详地闭着眼睛。

"你以为我为什么会在这里？我不在乎片酬，不在乎时间精力的花费，不在乎你这个导演加编剧是个巨型婴儿，我可以不在乎任何事，就是因为林秋这个人。"

女孩儿用手指着屏幕上自己的脸，那是一张属于池迟自己的脸，可是她的灵魂姓林名秋。

"林秋是我见过最善良最强大的女孩子，她可以在黑暗里被人打得遍体鳞伤，在阳光下她还是会保护你，这样的女孩儿她死了……"

那双明丽的、总是带着笑意的眼睛，此时泛着红。

第一次看到剧本的时候，池迟感觉到了一种巨大的绝望。

那是属于林秋的绝望。

对于十几岁的女孩子来说，来自父亲的毒打、来自母亲的漠视、来自同龄人的偏见都成了压垮她的稻草，她从小遭受家庭暴力，却还是长成了一个看起来独立又强大的女孩子，愿意去保护看起来弱小的温潞宁，即使四周一片黑暗，她还是愿意去抓住那些看起来光明的机会，所以当她拿到舞蹈学校的上学资格的时候，她下定了决心改变自己，以后变成一个"像舞蹈老师一样体面又高雅的人"。

结果所谓的舞蹈学校根本是一场不能实现的梦，父亲只会打她，母亲只对她说："你是你爸的孩子，你跟他要钱去。"她自己精神上出了问题，同学和老师都把她当成了会伤人的暴力狂。十几岁的林秋不知道自己该怎么救赎自己，但是做了在她看来唯一让自己不要变得跟父亲一样的事情

——死亡。

"她自己选择了去死，也是因为她善良、她强大，如果她不善良、不强大，她就可以放任自己被那些糟糕的东西支配，只要不再做'林秋'，变成那些别人眼里的'她'，她就能活下去……当初你没有拯救她，现在却潜意识希望她放弃自己生命中那些仅存的美好的东西来迎合你吗？"

温潞宁的手都在颤抖，有些话没有人对他说，有些事他没想过，可他此刻的心虚是真实的，他的惶恐是真实的，这也让他更加心虚和

惶恐。

"我没有！"

"别对着我说，你对她说。"池迟的手，依然指着那电脑，"你敢说你没有，我就向你道歉，再不对电影说一句话，你说啊！"

温潞宁张了张嘴，却发现自己说不出其他反驳的话来，一些东西在他的胸口翻滚，最终沉淀出的，是他可以无视掉的渣滓。

"你说啊！"女孩儿重重地拍了一下桌子，声音远比刚刚温潞宁的那下要响，气势也更壮。

温潞宁看着电脑屏幕上的"林秋"，慢慢地跌坐在了床上。

池迟深吸了一口气，她能感觉到自己的额角有血管在突突地跳，看着那个男人抱住自己的头不说话，她很想狠狠地揍他一顿。

如果不是因为林秋。

如果不是因为在这里她就是林秋，林秋就是她。

经历了林秋的短暂人生，池迟受到的影响比她想象中的要大，林秋不会为了宣泄此时的愤怒去揍温潞宁，她也不会。

太遗憾了。

池迟转身端起自己的葱油拌面，里面还剩了两口面和一只鸡腿，她把面条慢悠悠地吃完了，面对着温潞宁，只会让她胃口全无，实在是吃不下碗里味道还算不错的酱鸡腿。

两根手指拎着酱鸡腿，她深吸一口气对温潞宁说："林秋为了让自己不要变成被暴力倾向支配的人选择了去死，我不是赞美她对死亡的选择，如果可以，我希望世界上从来没有林秋这样的悲剧存在，但是我欣赏她坚强到近乎傲慢的灵魂。在今天以前，我以为我们的电影是在继承她短暂人生里那份让人战栗的美好，现在我发现，继承了这种想法的，只有我自己。"

温潞宁默不作声，他的裤子上有一点点深色的痕迹，那是他的眼泪滴了下来。

"好想打你一顿，怎么就尿成了这样。可惜呀，我是林秋，不会因为觉得你讨厌就打你的，放心吧。"

说完这句话，池迟转身就离开了他的房间。

这段话，是温潞宁剧本中的台词，也是他记忆中的对白。

那个时候的林秋，那个不会打自己朋友的林秋。

那个时候的林秋，那个保护自己的林秋。

那个时候的林秋……她能救了自己，在她挨打的时候，是不是也希望有人去救她。

坚强、善良，她那么坚强、那么善良，是不是只要一次，哪怕有一次，我能去保护她，她是不是就不会死？

男人在自己的房间里发出了痛苦的哀嚎，在电脑的屏幕上，女孩儿的睡颜是那么安详。

在房间外，他的母亲抹着眼泪、扶着门框看着他。

"哭吧，哭够了，知道疼了，也该长大了。"

池迟拖着行李箱啃着酱鸡腿就近住进了一家酒店式公寓。

坐在房间的飘窗上，她半天没有动弹。

有一些"小恶"琐碎到可能只会被很多人看作"不善"，然而积毁销骨，最终杀人。

就像温潞宁的这个电影，那一点点对林秋的美化在别人看来不算什么，却确确实实地玷污林秋这个人，甚至可以说背弃了林秋的灵魂。

针扎一样的痛感就在池迟的心上，她都不知道自己是在为谁而痛。

是林秋，还是一部本来应该更好的电影？

凌晨两点，她被电话声音吵醒了。

温潞宁的声音从电话里传来，带着一种奇妙的亢奋："池迟，我们去把电影结局拍了吧！"

"好。"池迟毫不犹豫地答应了。

结局的拍摄点，温潞宁就选在了自己家的楼顶。

"别穿校服了，有没有漂亮的裙子，来一件。"温潞宁在电话里对池迟嘱咐道。

池迟看看自己的行李箱，揉着眼睛说："有，不过咱们电影的片尾恐怕得加个赞助商的名字。"

漂亮的裙子是顾惜代言的国际大牌，价格大概够她吃几年的酱鸡腿。

天空漆黑一片，凌晨三点，传说中黎明前的黑暗。

温潞宁没有急着开始拍摄，对池迟提出了一个问题："被打是一种什么样的感觉？"

一次一次，他看着林秋为他去打架，仔细想想，他竟然从来没真正被打过。

这个问题实在很难回答，池迟短促地笑了一声："大概就是疼？"

"我知道……"温潞宁沉默了片刻，"这次的电影，我给你添了很多很多麻烦，还是要再麻烦你一次。"

男人四仰八叉地躺在了房顶，像是祭坛上的祭品。

"你打我一顿吧。"他慷慨就义一般地说。

池迟："……好。"

早就想动手了。

疼，真的很疼。

池迟下手很重，每一次打下去都是实打实的，务必要让自找苦吃的导演疼到爽才行，她对自己下得了狠手，对别人当然也不会心慈手软。

温潞宁抱住头在地上打滚，眼泪鼻涕一把一把地流。

刚刚池迟毫不客气地踢到了他的人中，直接逼出了他的泪水，他弓成了一个虾米，也拦不下那些打在自己身上的拳脚。

打了足足十几分钟，池迟停手了，她一会儿还要拍戏，必须保持体力。

男人狼狈地躺在地上足足半个小时，才慢慢地爬起来。

骨头疼、肉疼、浑身上下的疼痛甚至让他有片刻忘记了林秋，在这些疼痛里，这个一直被人宠爱和保护的男人这才明白，所有的懦弱和自以为是，真的都是因为自己没有实实在在地痛过。

"疼痛、绝望，善良、坚强，林秋拥有这四种东西，我自己现在总算有了一种……"

他低低地笑着，笑声渐歇，他直起了腰杆。

"我们……开拍吧。"温潞宁自己支撑着架起了摄像机。

小型发电机启动，几个打光灯依次亮起，他指着那些光汇聚的地方对池迟说："你开始跳舞吧，就在这里。"

池迟换上了红色的裙子，裙摆刚到她的膝盖，布料有点硬，很贴合她的身材。

刚起跳，就被温潞宁喊了 cut。

"不对，你的头发不行，太柔顺了，不应该是现在的这种状态，能不能发尾的部分乱一点？"

池迟二话不说找来了剪子，把她那头乌黑的长发剪成了狗啃的样子。

温潞宁沉默了片刻，示意池迟准备好再次拍摄。

林秋跳的是昂扬激烈的现代舞，她喜欢自己一个人戴着耳机听着音乐，在没有人的地方跳着自己的舞蹈。

池迟跳着，跳着，在离开杭城的日子里，她每天也都没有忘记练习舞蹈动作，现在她跳起舞来比她之前拍摄的时候要更加纯熟自然。

温潞宁扛着一个摄像机慢慢走近女孩儿，为她拍下特写。

专注。

是此刻唯一能够形容池迟的词语了。

耳机里传出的是热情奔放的音乐，她的身体随之舞动，整个天台像是一个巨大的舞台，黑色的舞台中央，她是唯一的光明。

辗转，腾挪，手和脚都努力去触及生命中永远不能得到却又魂牵梦萦的东西。

是林秋脱离自己污糟人生的渴望。

是池迟在一次次的演戏中自我满足的梦想。

跳吧，把所有的希望跳出来，把所有的绝望跳出来。

谁是林秋？谁又是池迟？

那些寂寞的痛苦的夜晚在呻吟的是谁？

那些嬉笑的热闹的白天在微笑的是谁？

是谁？

双手交握，慢慢打开，在腰腹的肌肉努力下，让自己的身体与地面形成美好的角度。

女孩儿已经跳得满头大汗，汗水打湿了她的头发，她却完全没有想过停止。

温潞宁一直看着、拍着，捕捉女孩儿偶尔望过来的眼神，那些眼神太美了，每一个都惊心动魄，每一个都像是在控诉或者在自我解脱。

拍着拍着，男人突然抱起一台摄像机跑了下去，留下女孩儿自己一个人在天台继续舞蹈。

天，渐渐亮了。

阳光刺破黑暗，露出了天空中灰色的云朵。

温潞宁扛着相机一遍一遍地从这栋楼某一层往天台上跑，一次，又一次。

当他的镜头在黑暗中晃动，谁会想到在黑暗的尽头会看到那样的一场惊艳舞蹈？

光明在大地上播撒，池迟的身后，太阳在升起，红色的光把块状的乌云都映成了厚重的金色。

这个舞台变成了金色的，这个舞台上的女孩儿，她也渐渐变成了金色的。

"我该消失于灿烂的光明，还是堕入永恒的黑暗？"

这是每个人都在思考的问题。

在林秋的心中，到了此时此刻，生即黑暗，死即光明。

"我该让她消失于灿烂的光明，还是堕入永恒的黑暗？"

这是温潞宁在思考的问题。

不……她早已自己做出了选择，我的痛苦，与她无关了。

再次冲上天台，摄像机忠实地录下了温潞宁自己的精疲力尽的喘息声。

今天是个难得的好天气，太阳即将跃出地平线，在那张扬的光明里，女孩儿跳舞的身影仿佛被光明吞噬了。

她疲惫怠地跌倒在地，镜头中，那纤细的身影仿佛已经拥抱了朝阳。

"林秋！"

温潞宁忘了自己的手里还抱着摄像机，他奔向池迟，喊着林秋的名字。

女孩儿气喘吁吁地趴在地上，一动也不能动了。

男人小心地用手去试探她的鼻息，引得池迟喘着粗气笑了起来。

"如果还不过，我大概要休息一天了。"

"过了。"说完，温潞宁也躺在了天台上，不去管那些还在开着的摄像机和灯光。

此时，已经是早上六点半。

这个城市已经醒来，并不知道昨晚，有两个年轻人在某个僻静的角落尽情地疯狂。

"我会消失在光明里，我是童话中跳舞的小象，你可以让我死在你的梦里，只别让我放弃自己的向往。"

第二十七章
告 别

《跳舞的小象》虽然是个极端简陋的剧组，也是能勉强凑出来一场"杀青宴"的。

被老婆一个电话从沪市叫回来的温新平远比累瘫在地的导演和主演都要激动得多，在回来的路上他就已经兴奋地给所有给予过这个电影帮助的人打电话，最终召集了九个人跑去了湖边一家性价比高的连锁餐厅大吃大喝了一顿。

吃饱喝足，温新平把一张合同拍在池迟的面前，按照合同所写《跳舞的小象》电影将来获得所有利润的百分之十五归池迟所有，除此之外她还有五万元的片酬。

"戏拍完了，我也仗着年纪让你叫一声伯伯，温伯伯知道跟你谈钱很俗，可是除了钱，我也不知道能拿什么来感谢你。"喝了几杯小酒的中年男人面色泛红，不知道是酒意上头，还是因为一直潜藏的羞愧与感激在此时难以压制。

池迟接过一式两份的合同，看都没看就直接在上面签了自己的名字。

"您不用在意一些乱七八糟的事情，能拍这样的一个剧本我很满足。"

女孩儿给温新平倒了一杯热茶，乱糟糟的头发随意地扎在她的脑后，笑容似乎比以往更加柔和包容。

此时的池迟除了真的很累很累之外心情是极好的，她正被一种奇异的满足感包围着。

这种满足感可能很多人一辈子都不会感受得到，你全心全意地去做一件自己想做的事情，不去计较付出和回报的比率，不去关心别人的看法，然后你做成了，成品摆在那里，能惊艳到自己。

哪还用管生前死后利益均分？哪还用在意洪水滔天飞短流长。

在灵魂的深处，有一种会让人疼痛的不甘心终于如潮水般退去，让人只想发出一声叹息就软软地瘫在床头。

这就是池迟最强烈的感受。

"池迟啊，我们一家子能遇到你真是我们的运气。"温新平自问自己再没见过像池迟这样的女孩儿，每当你发自内心觉得她很出色的时候，她还会在别的地方更加深刻地打动你。

"如果没有你，我们就是陪着我儿子玩命，有了你，很多事情就从虚幻的成了真的……"

"能被金大厨带来见您，也是我的运气。"

池迟说的是真情实意。

温新平定定地看了她几秒，终于以茶代酒，敬了她。

拖着两条累到半残的腿回到酒店公寓里，池迟洗了个热水澡闷头狠狠地睡了两天，睁开眼睛的时候她感觉自己已然再世为人了。

说来也巧，在池迟睡着的这两天，杭城一直淅淅沥沥地下着雨，她醒了，天也晴了。

湿润怡人的空气仍在，天空却变得干净剔透，打开房间的窗子，女孩儿深吸了一口气，迎来了一个一切都变得不一样的早晨。

顾惜还要两三天才能来杭城，池迟拿出了一天来逛市中心的天下明湖，一日三餐顿顿都跑一家店去吃虾仁鲜肉的小馄饨，第二天，她开始绕着绿树森森的公园慢跑、打拳，力图把自己身体的每个细胞都重新激活。

流水潺潺的小溪边上有一块褐色的大石头，池迟站在上面一遍一遍地打着八卦掌，水声在侧，鸟鸣声声，在"走马活携""腋下藏花"里，她跟林秋告别。

一所高中的学生们来公园写生，有个女孩儿东逛逛西看看，就发现了那个在溪边打拳的少女。

"池老师，我能在画里加上人物吗？"

女孩儿带着一点忐忑跑去问她的带队老师。

年轻温柔的女子转身笑着对她说："写生，就是描写那些在生活中存在的、生动的东西，不管是人还是景物都可以。"

老师对女孩儿想要画的人物颇有兴趣，本想去看一眼的，另一边的男孩子们想用小石子打树上的小鸟，她疾步走过去制止，就忘了那件微不足道的小事儿。

太阳西斜，学生们集体坐车回了学校，池迟依然站在溪边。

"你好林秋，我是池迟，很高兴遇见你，很高兴成为过你……"

"……再见。"

至此，池迟终于结束了与上一部作品的情感牵绊，她觉得自己已经可以全心全意地投入到《女儿国》的拍摄中了。

万万没想到，在进组之前，她要先想办法别让顾惜咬死她。

"你的头发是怎么回事！你是去屠宰场体验生活结果被人秃噜毛了吗？！"

池迟反手摸摸自己的头发，只能傻笑。

"拍摄需要。"

"我呸！我就没见过演个戏还有让女演员自己毁容的，又不能拿影后！"

顾惜给自己倒了一杯红酒灌下去用来压制自己内心的火气。

不知道为啥，自从上次池迟想要坐硬卧从京城到杭城之后，顾惜就觉得池迟有时候就是老天爷派来惩罚她的，不然为什么自己要为她瞎操心？！

"头发是女人的第四张脸你不知道吗？"

女孩儿的脸上写着三个大字："不知道。"

顾惜又想倒红酒，被她的生活助理英勇而果断地拦截了下来，用装着芦荟汁的果汁杯替换了酒杯。

"那我就教教你，女人的脸，第一张脸就是脸。"顾惜走近几步仔细端详着池迟的脸，"比我差点，胜在年轻。"

骄傲张扬如顾惜，是肯定不会说别的女人比自己好看的，就算她很嫉妒对方满脸的胶原蛋白。

在一边看起来很忙其实在偷听的路楠觉得顾惜大概对池迟是真爱，上次顾惜吐槽一个二十二岁被人们夸青春美好的年轻女明星，直接说她是逆龄女神——从八十八岁倒着往回长了二十二年，褶子看起来越来越少。

"第二张脸是手……"顾惜毫不客气地拎起池迟的爪子，"手指够长，关节稍微有点粗，有点发黄，一看就是风吹日晒出来的，一会儿让Lisa替你看看怎么保养一下。"

Lisa是顾惜的私人化妆师，能被挑剔又爱突发奇想的顾惜托付自己的那张金贵脸，Lisa那些颇有成效的美容小方法是一个重要的原因。

"第三张脸是胸。"

随着顾惜的话，池迟的目光扫了一下顾惜的，"你的四张脸都很美。"

"奉承我也没用，Lisa的按摩丰胸法你可以试试，早动手早起效。"

顾惜挺胸抬头对池迟说："你将来千万别想不开去做手术，手术风险是次要的，做完之后容易影响气息，在剧里头想说好台词基本就是不可能的，整牙和调整颌骨也一样，绝对会影响脸的表现力……我十三岁的时候胸就比你的大了。"

话题绕了一圈，还是随着顾大影后的视线一起回到了池迟身前稍显平淡的起伏上。

喝了一口芦荟汁，顾惜做了一个总结："最好看的是腿和腰，其次是脸，其余的全部不合格。"

"我觉得咱们可以讨论点别的了。"被人这样从头到尾地品评外貌着实是一种陌生的体验，池迟拿起顾惜放在沙发上的杂志打开，想用来遮挡自己的脸遮挡那些微尴尬。

眼睛一瞟，她顿了一下，又十分自然地把杂志放下了。

近距离直面一个穿丁字裤的欧式美男，池迟觉得自己想要静静。

顾惜围观了池迟出糗的全过程，平时总是笑呵呵很淡定的小丫头那副假装什么都没发生想把美男杂志放回去的样子实在太好玩了，她被嘴里的芦荟汁呛了一下，旁边七八个助理猛地围了上去，等到一切平静下来的时候，顾惜早忘了自己生气的事情。

真正在围观的路楠无奈微摇头："这也是卤水点豆腐了。"

"费导演的意思是让你尽快开始形体训练，你有点太瘦了，穿定制的礼服长袍需要你的形体有足够的气势，另外针对玲珑的剧情，费导演说他有了一点新的想法，会跟陈编剧再碰头看看，在不会改变剧本结构的前提下改一点玲珑的设定。"

咔嚓咔嚓……

"好，我没意见，形体训练在哪里进行？需要我准备什么？"

"没什么要准备的，就是会很累，你心里得有数，再苦再累别说给别人听，不管怎么样不怕苦不怕累的新人才是最招人喜欢的。一个礼拜之后你就先开始封闭训练吧，你训练两个月，安澜、柳亭心和我都是一个月，然后进组先拍绿幕，这边的实景搭建最少得四个月。"

咔嚓咔嚓……

"嗯，好。"

"你是要增肌，肯定会有很多牛肉、鱼肉吃，我还得继续减重……我说你能不能别吃了？！"

池迟举着梅干菜肉饼转头看顾惜。

"真的很好吃，你要不要尝尝？"

戴着墨镜的顾惜指着她们的前前后后："我们是在景区踩点，你一直吃吃吃，东西干不干净你都不知道你还吃吃吃！你到底叫池迟还是叫吃吃？"

一直没吭声跟在顾惜身后的景区工作人员立刻出声说："顾小姐，您放心，梅干菜肉饼是我们这里的特产，此外还有龙舟饼、笋丝青团、渍青梅……卫生检查非常严格，绝对都是干净卫生的好东西。"

顾惜随意地摆摆手："我不是对你们卖的特产有意见……"

池迟好奇地问导游："龙舟饼在哪里？"

隔着墨镜，顾惜瞪着池迟："我们是来勘景的你忘了吗？"

女孩儿默默地咽下嘴里最后的一口梅干菜肉饼。

"咱们这么大的投资搭建实景拍摄，一会儿景区那边肯定会请客吃顿好的，你现在吃饱了一会儿怎么办？"

身后有助理打着伞，前面是已经清掉了游客的道路，费导演早就坐着游览车直接去了他们想要搭建海港和皇宫的淡水浅滩。

顾惜的明星排场摆得十足，就是身边这个女孩儿总是格格不入。

别人是来工作的，她却像游客一样悠闲，顾惜才不会承认自己在羡慕嫉妒恨呢。

五分钟之后。

"龙舟饼原来也是梅干菜肉馅儿的，这个渍青梅很不错，你要不要尝尝？"

顾惜已经放弃了对池迟的治疗："不用，你自己吃吧。"

在看景之余，顾惜也会把目光投到那个高高兴兴吃吃吃的小姑娘身上。

几天不见，她身上的鲜活气儿似乎重了很多？

挺好，少年老成的女演员肯定没有活泼靓丽的女明星招人喜欢。

第二十八章

绝 技

这年头，没有知名度那就是赚钱难，很多人干什么事儿都为了个噱头，君不见一些原本名不见经传的景区就因为拍了个知名度高的电影、办了场有收视率的综艺节目，就一跃成为知名景点，从此游人如织，排队在名人吃喝拉撒过的地方合影留念，恨不能自己穿越时空，去贴贴名人的小脸蛋。

顾惜带着池迟来的这个景区自然也不会放过"《女儿国》拍摄场地"，"三个影后吃喝拉撒睡 balabala"之类的宣传噱头。

噱头是什么？是钱！钱啊！谁不喜欢？

于是从当地政府到园区工作人员都力图对整个剧组服务到位，务必留下这个未来的招财猫。

所以当顾惜觉得在园子里走有点累、太阳有点晒的时候，陪同人员立刻安排了她们乘船前往目的地。

仿古机动船徐徐前进，顾惜懒懒地靠在池迟的身上，在她们身后坐着的助理和保镖们有的看天，有的看水，就是不去看那个黏糊在小姑娘身上的大影后，导游原本有点尴尬的，后来一想也释然了，两个美女凑在一起怎么样都赏心悦目，比鲜花插在牛粪上强多了。

清风拂面，绿水微微，水边全是用竹篱圈起来的陆地，水被前行的船推开，水波轻柔地拍在竹篱上，不带一丝的尘世气。

偏偏坐在船上的人，在谈论着世上最俗气的东西。

"光打造这片实景就要花几千万，如果不是有搞房地产的土豪出手，我真是想都不敢想。"

顾惜依然戴着墨镜，明眸看向水面，手……不是很纯洁地放在池迟的细腰上，还带来回摸的。

池迟用小叉子插了一块西瓜："你要吃吗？"

"我在减重，除了营养师给我开的单子我什么都不能吃。"

顾惜眼巴巴地看着池迟毫不犹豫地把西瓜吃掉，本来觉得已经习惯了的临时瘦身，看着池迟这么吃吃吃了大半天，让她觉得已经被自己遗忘的食欲正在蠢蠢欲动。

"你怎么这么能吃啊？"

"我运动量大啊。"池迟从来觉得能吃是福气，也从来不浪费食物，在她看来保持体重的最好办法就是每天都保持足够的运动量，靠着节食减肥太残忍了。

费了老大劲儿学了个瑜伽后来都懒得做的顾惜心里顿时泪流成河。

"一会儿见土豪的时候，你装傻白甜就行知道吗？三十多岁还没有绯闻的男人，谁知道是不是有什么特殊的癖好。"清清白白的小丫头，千万别被一下子就拖进了泥沼里，就像当初的她一样。

池迟吃着瓜看着景，本来并不当回事儿，顾惜在她的腰上掐了一下，她就立刻点头答应了。

很快，她们就结束了自己看风景（吃小吃）的旅程。

离船上岸，隔着老远顾惜和池迟就看见了正对着广阔水面挥斥方遒的费泽。

"我们到时候在这里建一个圆顶的水寨，要大，用柱子支撑全部立在水面上。"

费大导演兴致勃勃，恨不能眼前立刻出现一个令人惊叹的木结构建筑，对着顾惜和池迟的到来他不过点点头示意一下，就继续沉浸在自己的畅想中了。

"通往河流的那边，我们做一个浮桥怎么样？立着大柱子那种，柱子上往下拉铁索……"

他随性地说着，语速越来越快，他的助手稀里糊涂地记着，随着费大导演越说越多，助手记录得也越来越乱。

顾惜有点无奈地转头看向池迟，想暗地里吐槽一下这些艺术家的癫狂，没想到池迟竟然在全神贯注地听着费泽说话。

"码头一定要有画面上的纵深感，虽然海战部分我们都是要靠特效完成，但是码头不能太小，也不能太大，在画面中要和王舰、巨型海怪形成视觉反差……"

"费导，按照您的说法，这个桥的高宽比例不会很好看。"

一旁有好听的女声打断了费泽的话语。

"啊？什么桥？"费泽面露不悦地扭头找说话的人，想象突然被打断，让他的心情不是很好。

池迟用手对着河口位置比划出了一个长方形。

"您刚刚想要的吊桥，对了，那是吊桥不是浮桥。如果要在河流两边立上柱子，桥下又要有船行驶，我们就必须要考虑到人们如何上桥，从行船需求的高度上来看，这个河流两岸的陆地面积不足以修建坡道，与别的建筑没有连接的桥会破坏整个建筑群的整体性……"

池迟形容了半天，抬眼只看见费泽和顾惜还有身后的人都是同样的呆蒙脸。

她直接拿过费泽助理手中的记事本，开始在上面画了起来。

河流、地面、山坡都被她寥寥几笔就等比例缩在了纸面上。

接着，她涂涂画画，在山坡上绘制出了一个吊桥，无论是费泽畅想中的立柱还是铁索都被她具象了出来，甚至坡下还有送物上桥的吊篮。

"这样建在山坡上，更节省建筑材料，不影响船的行驶，更重要的是我们可以根据地势修建石道把桥和别的建筑连起来。"女孩儿的解释速度飞快，旁人只觉得她的笔在纸上走得让人眼花缭乱。

画完了桥，池迟翻过一页，又在上面画出了宽阔的水面。

"矗立在水面上的圆顶水寨，从目前的水域面积来看大概可以建成这么大的，这里的土层承受能力要做测试，现在就画一个两层高的好了……"

随着她的笔在纸上继续飞速移动，一个圆形的双层水寨出现了，用肉眼就能从简练的线条中看出整个水寨都是竹制结构，有威武的斗檐、荆条的哨塔和在水面上四通八达的廊道。

"有点粗糙，你们勉强先看看吧。"

顾惜："……"

费泽："……"

再翻一页，这次池迟画了一个俯瞰图，刚刚费泽提到的码头、水寨、吊桥都跃然纸上，她在纸上的空白位置标注出了大概的长宽，对着已经目瞪口呆的两个人说："如果整个建筑都是以水寨为主题，那么我们可以在这里和这里再修建两个小型的水寨，用廊道衔接起来，如果还要建造其他大型的建筑，这个山坡和这里都可以利用起来。"

画得顺手了，池迟随手在图纸的右下角画了一个椭圆形的标志。

画完之后，她自己愣住了。

费泽接过本子来仔细地翻看，万分惊喜地说：

"对，我想要的就是这种感觉，当然这个房顶的样式还能再考虑……小池迟你这是身怀绝技啊！"

池迟呆立着没有动，仿佛有什么东西在她的脑海中一闪而过，那是属于她曾经的记忆。

然而，她捕捉不到。

"什么绝技？"

一个略低沉的男声在他们的身后响起。

人们转身，看见一个戴着墨镜、穿着黑色运动服的男人就站在不远处。

费泽献宝一样地迎上去："池大老板，快来看，我们剧组里卧虎藏龙啊，我一边说着这个小姑娘就能画出来……"

顾惜抢先一步拦下了乐颠颠的费导演。

"一点个人爱好而已，不值当在池董事长面前现眼。"

本子被她抽走，啪嗒合上了。

"天池集团人才济济，要什么样的牛人没有，在池董事长面前显摆是叫班门弄斧啊。"

一边换上顾影后标志性的笑脸，顾惜一边气势十足地走向来者——天池集团的董事长池谨文。

池谨文的眼睛扫过顾惜身后背对着她发呆的少女，又看向了眼前的顾惜。

"无论多牛的人，在顾小姐面前都要先矮三分，我们一个小公司又怎么敢称人才济济呢？"

男人身材高挑、气质清雅，第一次见面的人都不会将他与豪掷千金的房地产土豪联系在一起，倒是会觉得他更像个学者。

就像此刻他隔着墨镜看着别人，都让别人感觉到他态度上的诚挚。

和他打了不少交道的顾惜自然知道这位不到二十岁就掌管了天池房地产在其后的十几年里一步步把天池发展成为综合性巨无霸企业的男人有多么难缠。

无论是对利益，还是对人才，一旦看中就绝对不会放手。

她垂眸，又抬起，脸上绽放了一个格外温婉的笑涡。

"池董事长的奉承总是让人如沐春风，不如我们就在这春风里边走边谈？"说着话，她带人沿着岸边缓缓前行。

"在'女儿国'的搭建上，有任何设计的想法你们都可以向我们的设计师提出，他们都会尽最大努力满足，事实上我们正在考虑追加投资，把'女儿国'开发成一个永久性场景，在电影上映之后变成主题场馆，和景区共同经营。"

这对顾惜和费泽来说自然是一个莫大的惊喜，永久性场景不仅意味着在建造的时候天池方面会更加用心，想得更长远一点，为了让这部分额外投资获益，天池集团在电影后期的宣传上也会不遗余力，毕竟宣传了电影也就宣传了他们自己的实业投资项目。

"但是这样会不会影响项目建设的进度呢？我们可是最迟半年之后就要用到女儿国的实景了。"费泽基于电影导演的角度提出了一个很实际的问题。

"不会，只要设计图敲定，我们承诺会在三个月内完成全部建筑工作，这次项目全部用天池自己的团队。"池谨文温和的语气蕴含着强大的自信。

他的话也确实让费泽和顾惜满意了，毕竟天池自己的建造队已经成立了四十年，在池家前后三任领导者手中打磨过，在建筑行业里的地位那就相当于演艺圈儿里的影帝荆涛——他说他不行你都不敢信。

内心越发澎湃的人们簇拥着利益渐渐走远，只剩下顾惜的生活助理守着已经呆立了几分钟的池迟，丝毫不敢懈怠。

一个小小的 logo 被她随手画下来——三点水滴在侧上方，下面一个变形的"也"字，就像是水滴落在了一个池子里，正对应着"池"这个字。

与之相伴的是她记忆中一张又一张的图纸，高大的楼，精巧的内设，她甚至不需要实地勘察，只要给她一些数值和场地的视频，她就能设计一个又一个建筑，规划一栋又一栋高楼。

那是——

她过去坐在椅子上的日日夜夜，她的事业和曾经。

已经走出很远的池谨文下意识地回头，终是被众人簇拥遮挡了视线，看不见池迟的身影。

第二十九章
藏　拙

"以后就先别显露你的这些本事了，当个低调的小新人就好。"

池谨文和他们聊了一个多小时就匆匆走了，费泽晚上约了在杭城的老朋友聚会，顾惜自己也没了应酬别人的兴致，坐在返程的车上，她似睡非睡地眯了半天的眼睛，突然冒出了这句话。

在一边陪着她发呆的池迟露出了一个笑脸："我本来就是个低调的小新人啊。"

顾惜先吩咐小助理在车里多开几个加湿器，转头对着池迟说："低调，还会把付诚文给惹了？"

这个话音儿一露，池迟就知道是封烁到底还是担心自己不知深浅遭到付诚文的报复。

也许他是听付诚文说话知道了自己跟顾惜认识，自己前脚跟付诚文死磕完了，他后脚就跟顾惜通了气。

还真是体贴别人的好小伙儿。

"我像你这么大的时候，觉得自己就该张扬，女人都爱做梦，长得好看的女人不过是因为听多了赞美就比别人多了那么点行动力，更何况，我那个时候不仅漂亮，还年轻。"

池迟和顾惜之间被助理放了一个迷你的加湿器，水汽源源不断地冒出来。

顾惜深吸了一口气，神情变得更放松了一些："每次看见这些有钱有势的男人，我就心情不好，他们有钱有势，就理所应当地以为别人都该给他们跪下，跪得不好看的就要像驯养小猫小狗一样地给别人断粮断水，直到对方的骨头脆了断了；跪得好看了，他们才觉得你是守了本分……"

池迟抬眼，在水汽缭绕中，她看不清顾惜的神情。

"等咱成了大明星，成了大腕儿，你什么技能那都是给你的名头上镶金边的东西，你现在这样，别人真看上了你别的本事，挥挥手就能让你的戏路断了，懂吗？"

顾惜扭头看向那个被她发现的女孩儿，这是她随手点到的宝贝，任何阻止她发光发亮的可能，都会被顾惜视为威胁。

"我懂。"池迟很认真地点头，她的手从裤兜里一摸，一袋渍青梅就被她拿在了手上。

"这个你改天不用减肥了真的可以尝尝，真的不错。"

顾影后在意的可不是这个东西好不好吃，而是——"为什么你会把吃的放在裤子口袋里？你脏不脏啊？我告诉你，裤子口袋这种地方除了自己的手什么都不能放，会显得人胯宽腿短上镜难看知道吗！"

"塑料袋装着，很干净啊。"池迟把袋子放在手上颠倒往复看了好几次，确认了确实密封得很好，至于胯啊腿啊什么的，她根本不放在心上，她又不是活在画报里，哪有那么多的好看不好看。

顾惜翻了个大白眼："你除了吃能不能有点出息？你干脆改名叫吃吃出道算了！"

池迟在顾惜的调侃中把一枚青梅塞进了自己的嘴里，外面是一层淡淡的盐味，咬开果肉，是酸，是甜，是恰到好处的脆。

眯着眼睛，她好像在品尝着味道，其实是在平复自己的思绪。

池迟从没有像此刻这样迫不及待地想要去演戏，在那些能让她全心全意对待的角色中，她一定能忘记那些自己模糊想起的曾经。

哪怕它们很辉煌，哪怕它们很耀眼，池迟也已经感受到那是总有无奈和不甘在灼烧灵魂的人生，绝对比不上现在——她做着自己最爱做的事情，所以轻而易举地就满足和快乐。

……

从电梯里出来，池谨音看见了那个站在自己房门前的高大男人。

"你怎么来了？"

"正好来杭城办事，顺便看看你。"

这个男人就是刚刚跟顾惜她们谈完了合作的池谨文。

他也是池谨音的亲哥哥。

池谨音的脸上露出了一个绝对不是妹妹看见哥哥会有的笑容，我们可以称之为模式化的假笑。

"池董事长不是日理万机？还能顺便来看看我这个无足轻重的美术老师，真是太荣幸了。"

听见这句话，在顾惜面前颇有些不可一世的池谨文的脸上变得有些狼狈，也有点疲惫，摘掉眼镜，他露出了俊俏的眉眼，即便是已经奔着四十去了，他的面孔还是一种比年龄鲜嫩很多的精致，这种精致与他严谨沉默的性格形成了巨大的反差。

所以他从二十几岁就常年与墨镜为伴，还被自己的妹妹起外号叫"蛤蟆眼暴君"。

不过那都是过去的事情了，最近一年的时间，池谨文都没有和他妹妹说上几句话。

"音音，别这么跟哥哥说话好吗？找奶奶的事情，我们真的是都已经尽力了……"

池谨音的身材更像她那个早就离婚再嫁的妈妈，娇小玲珑、凹凸有致，搭配着池家人的长眉俊眼，在旁人的眼里那就是娇娇弱弱的一朵芍药花。

只有她的哥哥知道，在奶奶不见了之后，这朵芍药花是怎么在一夕之间长出尖刺，刺伤别人也刺伤自己的。

"尽力又怎么样，她在时我们都没有尽力，奶奶不见了，我们再怎么尽力也不过是求个自我安慰，你还要在这里跟我表功吗？"

如果我们过去对奶奶的关心也足以让我们现在说一句自己已经尽力了，是不是我们此刻就不会这么冷硬地彼此伤害着？

文青气质颇重的池谨音并不知道答案。

她怎么都忘不了那天她跑到奶奶那里，就像她曾经做的那样去抱怨哥哥对她的专制。

奶奶的头发全都白了，脸上却依然带有神采。

一盅冰糖芡实银耳羹在炖盅里氤氲出了甜香气——每次她回去看奶奶，老人总是用手操纵着电动轮椅给她忙这忙那，甜品是必需的，大餐是肯定有的，如果她能在奶奶家住上一夜，第二天还能喝到奶奶跟老广东们学煲的老汤。

池谨音抱怨的事情很简单，刚刚研究生毕业的她不想像哥哥那样进天池的设计院当设计师，更不想跟哥哥安排的男人相亲。

抱怨的话说着说着，就成了对自己哥哥的控诉大会。

池谨音刚出生没多久，她父母就离婚了，还没等她长到桌子那么高的时候，父亲就得急病去世了，那以后，她和十几岁的哥哥只剩下奶奶可以依靠。

年已耳顺的奶奶既要重新出山支撑天池偌大的家业，又要从头开始训练池谨文，还要照顾年幼的自己，在池谨音的心目中，奶奶就是这个世界上那个真正无所不能的人——哪怕她在别人眼里只是个走不动跳不了的残疾老太太。

那些年，他们兄妹都还太年轻，不知道那些年的劳累与白发人送黑发人的痛苦其实一直都是被奶奶自己苦苦压制着，当池谨文终于能够掌握全局，潜藏的问题终于爆发了出来，老太太的心脏就在那个时候出了毛病，只能在气候温润的海滨城市里疗养。

天池和池谨音一起都被转交给了池谨文。

对于池谨音来说，那就是过上了被牢头看管的日子，写生少了，补课多了，自由少了，规矩多了，现在池谨音到了人生选择的关头，更是觉得池谨文对自己人生的规划根本就是在扼杀自己的生命。

于是，池谨音就像过去一样颠儿颠儿跑来找奶奶主持公道了，只不过从前是小丫头从一个房间冲到另一个房间，现在是妙龄女郎坐飞机从一个城市冲到另一个城市。

已经七十六岁的老太太手一点也不抖，她拿惯了画笔也拿惯了菜刀，孙女在一旁抱怨着，她就戴着老花镜一点点地雕着苹果。

红红的苹果皮下是黄白色的果肉，一刀下去恰如红纸面上下了淡淡的一笔，老太太就在果皮上雕琢出了一个哭泣的小姑娘，那些黄白色的线条勾勒出了惟妙惟肖的池谨音。

"你呀，几岁的时候跑来我这里哭，我给你画幅画你就不哭了；十几岁的时候跑来我这里哭，我给你做顿好吃的你就不哭了；现在都是二十多岁的大姑娘了，我给你做了好吃的，又给你雕了个苹果画，你还不满足……小姑娘越来越不好伺候咯！"

老太太的手指在苹果的那点柄上一捻，整个苹果快速地转了起来，那张哭泣的池谨音的脸，终于逗笑了池谨音自己。

"奶奶！你要说我哥呀！他根本就把我当小孩子，不对，他是把我当他管理的臣民了，他就是个想要掌握一切的'暴君'。"

老太太指挥着电动轮椅去往冰箱里拿出了几个像是纸杯蛋糕的东西。

"'暴君'是什么？楼下有家咖啡厅的凯撒大帝我吃着也不错，我前天刚学做了北海道蛋糕啊，这些是今天做的，要不要尝尝？"老人笑得像是个显摆宝物的孩子。

在蛋糕的诱惑下，池谨音暂时忘记了那些对"暴君"的不快。

北海道蛋糕就是在纸杯戚风里面注入打发的奶油，放在冰箱里冷却之后，戚风蛋糕绵密的口感和上好的奶油混在一起让人有入口即化的感觉。

第二个蛋糕还没吃完，池谨文已经黑着脸出现在了祖孙俩的面前。

在外面威风八面的天池集团董事长还没来得及表现出自己对妹妹的不满，就被他奶奶塞了一口香甜的奶油蛋糕。

好像从来不会生气的老太太拽着他说："走，你去吃着蛋糕听奶奶给你讲道理，要是讲不明白呢，奶奶今天就不让你们走了，晚上奶奶就下炸酱面给你们吃。"

老人坐在电动轮椅上拖着自己的孙子，池谨音在后面看着只觉得白发飘飘的老太太颇有几分飞车党风驰电掣的架势。

至少她没见过有人能像奶奶这样把电动轮椅用得这么纯熟。

怎么也想不到，这也是她最后一次看见她奶奶的背影，也是最后一次吃到奶奶做的点心。

三个小时之后，池谨文从房间里慢慢走出来，顺便也打包带走了池谨音。

老人坐在房间里，一反常态地无声无息。

第二天家政上门打扫卫生的时候没找到老太太，还以为她跟往常一样去看表演或者逛菜市场去了。

当天晚上，她的手机被发现就在卧室里，整个房间只少了她的个人文件袋。

人们很快就通过轮椅上的定位在大厦的后面找到了轮椅，那之后就再没有老人的一丁点讯息。

她失踪了。

池谨音如愿成了一个中学的美术老师，却以这样诡异的方式失去了世上最疼爱的那个人。

更让她难以释怀的是，当他们清点奶奶的物品的时候，才发现奶奶的房间里那五十几本的笔记。

电影的分镜画面

电影的人物分析

电视剧的情节逻辑梳理

影视剧类型化人物分类

情感表现的方法总结

……

每个字都是老人亲自书写，每一幅图都是池谨音最熟悉的笔迹。

他们还找到了一张泛黄的话剧海报，即使被小心地保存依然无法摆脱时光带来的陈旧感。

《那些时光我们没错过》主演：池秀兰

"话剧还没公演，爸爸就去世了……"池谨文对着海报说，没有让自己的妹妹看自己的眼睛，"那以后……奶奶就没机会了……"

是的，没有机会了，一个不能过度劳累的、失去了一条腿的老人，垂垂老矣、身体无力，她演的话剧，又有谁会去看呢？

池谨音这才知道她那个永远乐观开朗无所不能的奶奶其实一直想当演员。

愧疚和心酸让她讨厌知道这一切却从不作声的哥哥，也让她更讨厌无视了这一切的自己。

从奶奶失踪到现在，他们兄妹两个连过年都没团聚。哥哥在她的心里，已经从"暴君"变成了一个冷血动物—— 一个一边找着亲人一边不忘全面压制消息的商人，池谨音即使在理智上明白哥哥做得对，在感情上也坚决无法接受他的行为。

"看完了就走吧，我现在一切都很好，至少一定比奶奶好。"

从回忆中挣脱，池谨音对自己哥哥一如既往地冷淡。

"你好好照顾自己，有不开心的事情，不想给我打电话，就联系我的秘书……"池谨文的嘴唇动了动，小声地对妹妹嘱咐着。

"一想到我现在至少是在做自己想做的事情，我就没什么不开心的了。"池谨音嘴角抽动了一下，像是个冷笑。

第三十章

训 练

"1、2、3、4……2、2、3、4……好，再来一遍……"

在舞蹈室里，池迟穿着运动背心和短裤，一遍遍地被要求练习同一个动作——"走"。

从开始训练到现在，教练说的"再来一遍"串在一起大概已经能绕赤道两圈，池迟深吸了一口气，又按照教练的要求开始"挺胸提气，收腹，重心稳定……"

随着一场暴雨，四月底的南方已经进入了夏天，临时改建的舞蹈教室空调平时就不怎么给力，今天干脆就坏掉了，酒店方面说午饭的时间来修，搬来了两个大风扇让池迟将就着。

风扇出的风再大也不是凉风，又是摆在了地上，负责教池迟动作的舞蹈教练在闷热的空气中不停地用肩上的毛巾给自己擦汗。

汗出得多，风扇就不敢多吹，这样矛盾的结果，就是两个风扇开着低挡位，从它们前面走过的时候，才能感觉到风让汗水加速蒸发的那点凉意。

池迟的双臂一直保持着端在胸前的姿势一动不动，一本书稳稳当当地顶在她的头上，汗水从她的额头沿着脸部轮廓流下，她连眼睛都不眨。

这副模样看在别人眼里都真的是大写的辛苦，教练看了眼时间，走去墙边拿起了两个水杯。

"休息会儿吧，你先喝点水。"

此时，女孩儿已经一步一步走到了房间的另一边，听见教练的命令才停了下来。

拿下来自己手上的书，再擦了一下额头的汗，教练把水给她送到手边的时候池迟也不忘了向教练道谢。

"剧组那边跟我提过，对你的训练要求是能穿着厚重的礼服举着手臂不动一直走十五分钟到半个小时，按照现在的训练，你很快就能达到要求了。"

"辛苦陈老师了。"女孩儿喝水喝到一半，放下水杯规规矩矩地道谢。

"没事儿，我就随便说说，你接着喝水吧。"

小姑娘汗水流得好像人都要化了一样，这样还完不成任务不是搞笑吗？她们只是拍摄前的训练，又不是铁人三项。

虽然教练觉得这个小姑娘的韧劲儿很像练铁人三项出身的。

"明天开始我们学点别的动作了。"看着小丫头乖乖地大口大口喝水，教练又忍不住没话找话。

教练也是没办法了，已经一个礼拜了，这个叫池迟的小姑娘训练的时候就跟没长嘴似的，倒把教练自己给闷住了，一上午一上午的沉默，教练要是不自己没话找话说那非要憋出毛病来不可。

作为一个舞蹈私教，陈教练那也是调教过不少大小明星的。大明星那种所谓"高冷"的居多，其实就是在娱乐圈里混久了，怕说错了话再被他们这些混迹娱乐圈的教练传出去而已，就算是这样，他们练习的时候感觉枯燥了还会要求放个音乐之类的，听相声练仪态也不是没有。

不是那么有名的腕儿就比较有特点了，要么很随和，一点架子也没有；要么脾气很大，无论男女都恨不能在左脸上贴着"老娘很红"，右脸上糊着"都是垃圾"。后面这种，基本上合作过一次就会被陈教练拉进黑名单。

那些小透明倒是更有趣一些，也是跟陈教练接触最多的服务对象，他们个个嘴甜话多，摆着姿势的时候嘴都不闲着，听说她给那谁谁谁当过私教，都恨不能从她嘴里把人家的祖宗八代婚丧嫁娶的往事给扒拉出来。

以上几类，池迟真的都不是。

"好的，老师，那以后就要更麻烦您了。"喝完水的池迟笑了一下，陈教练下意识也跟着笑了一下。

然后小姑娘就放下水杯，默默地面壁活动筋骨去了。

陈教练："……"

她看性子怎么也不是个高冷的呀，笑得也甜，训练也乖，就是不说话，就是跟个参禅的老尼姑一样不说话！她根本不在乎你有什么资历，你教过谁、跟谁有交情都跟她没关系，只单纯地把你当老师敬着，不卑不亢地当个乖巧的学生。

习惯了娱乐圈里的某种特有的"聒噪"，碰见了池迟这种，教练只能安慰自己是在"修身养性"了。

这就是池迟的"训练"生活的一部分。

自从住进这里，她每天早餐喝牛奶吃鸡蛋，上午练完一个半小时的走路再练习一个半小时的民族舞蹈基本动作，中午吃牛排或者鱼排加蔬菜，下午做增肌训练或者学习瑜伽，晚餐要喝蛋白粉，隔一两天晚上还有人专门辅导发音矫正台词里面的小问题。

她自己也给自己布置了功课，早起的慢跑和打拳，睡前还要再看看费泽、安澜、柳亭心或者顾惜早前的作品，做一下笔记。

整个酒店位于城市的郊外，《女儿国》剧组包下其中的一栋楼作为拍摄前的集训场地，池迟是整个剧组中最早开始集训的演员，这个时候剧组跟酒店的包楼协议还没开始，只有她和几位教练以及先期工作人员提前来包了几个房间住着。

跟以前离开影视城拍戏的时候一样，韩老板隔几天就会打电话过来问池迟过得咋样，衣食住行全部都是她关心的方面。现在池迟要联系的人又多了一个顾惜，和嘘寒问暖的韩萍不一样，顾惜打电话来根本就是为了吐槽加减压的。

开口骂投资方的要求多么脑残，闭口说剧组的筹备多么繁琐，第一次担当制片人的顾大影后在人前明明是满心满眼的踌躇满志，对着池迟她吐出来的全是大把大把的苦水。

"就几件衣服的事儿！还要我亲自去看！这都现代社会了啊，发个视频发个图片分分钟的事儿啊！我掏钱的都不担心，他们赚钱的还要跟我计较那么多啊！"说的是顾惜在戏里要穿的一套女王的大礼服，找了广东的几个老师傅手工制作了半年，现在要交货了，老师傅们坚决要求顾惜自己去试穿取货。

"那就去呗，不合适了再改，总好过那么多钱花了，那么多时间耗上了，结果要用的时候才发现不满意，手工的衣服最挑细节了。"

"好吧。"顾惜仿佛是答应割自己大腿肉一样地规划着自己的行程表说道，"挤出一天去看看，啊啊啊啊！又是坐飞机当天往返！我忙得晕头转向了，对了，你在干吗？"

池迟慢悠悠地说："喝牛奶，看电影，做笔记。"

顾惜羡慕嫉妒恨。

"等你红了，我天天给你搞一大堆通告，忙死你。"

"唔，还早着呢。"池迟动了一下鼠标，一阵男女缠绵的声音从笔记本电脑里传了出来。

顾惜突然有了不好的预感。

"你在看什么电影？"

"《爱是三百六十天的秘密》。"

顾惜："……不是吧？"

池迟用手扶了一下耳机，嘴角撩起了一抹笑。

"就是你的电影处女作啊，正好看到男主角抛弃你，你和男配在……"

"好看吗？"顾惜打断了池迟的话。

女孩儿顿了一下，一本正经地说："导演在拍摄的时候还是挺有想法的，故事的逻辑结构挺有趣，就是你这个人物跟男主在情感交流上差了一点，情感发展不够水到渠成……"

其实就是当时初涉电影的顾惜演戏只靠灵气，那位男主的演员表演的时候用力过猛，各演各的就导致他俩的感情戏看起来有点尴尬。池迟已经是在努力地找修饰词，想把这个电影形容得不是那么糟糕。

以情感为卖点的电影，如果不能让观众认可其中的情感，那基本上就会被人们定义为烂片。事实上这部片子的评分在顾惜饰演的所有作品中排名倒数第二，排倒数第一的是她客串的一部圈钱的低俗喜剧电影。要不是当年的女主角如今的顾惜正如日中天，这部题材恶俗的三角恋电影早就该像其他那些要口碑没有要票房没有要关注度也没有的烂片一样沉入电影的漫漫长河里淹死了。

"谁问你电影怎么样了？"穿着浴袍的顾惜站在酒店的落地窗前，她喜欢住在酒店的最高层俯瞰脚下的感觉，就像现在这样，看着窗外风景再和一个谈得来的小姑娘说几句睡前的闲话，是她一天中难得的悠闲时光。

她找出了一根烟，只放在唇边闻着。

"我是问你我的身材啊，那时候我腰围才一尺七啊，现在就算努力健身，腰围最细也才一尺九啊，你知道一尺九和一尺七的区别吗？对我来说，就是轻熟女跟少女的差别……我的戏路啊，就是这么越走越窄……"

池迟晃了晃手里的盒子，听见里面还有一小半牛奶，啜着吸管喝了两口："一尺七的腰肯定演不了女儿国的女王啊，太羸弱了，演蛇精还差不多。"

手扶着窗框，女人把手里的烟撇在了地上："那我就不拍《女儿国》了，我拍《蛇妖奇谭》，我演个妖艳动人的妖精。"

娇艳的脸庞倒映在玻璃上，顾惜五指张开抬起、嘴猛地咧开、在雪白的牙齿之间吐出一小点舌头，发出了"嘶嘶"的声音。

就像是一个深夜里要吃人的蛇精。

"那我演葫芦娃吗？"

蓝牙耳机里传来池迟带着笑意的声音，顾惜的脸猛地僵住了，玻璃上映着她的脸，定格成了一个有些滑稽的模样，让她瞬间想起了动画片里那锥子脸。

"谁说你演葫芦娃了！不对，谁说我要演动画片里的蛇精了？你、你、你……"

伶牙俐齿左右逢源长袖善舞气势逼人的影后"你"了半天，愣是啥也没说出来。

池迟还想学动画片里的声音喊几句"妖精你还我爷爷"，考虑到顾惜现在已经结巴了，还是好心地把那念头收了回来。

　　"哦，对了，还有个事儿……"终于缓过气来的顾惜总算想起来今晚她打电话不只是为了跟池迟臭贫的。

　　"电影的一首曲子已经写好了，我打算让封烁唱，我知道你们俩也算有交情，他也是我早年就认识的好朋友了，他唱歌还行，过几天我安排你几天假，你去京城和他一起拍一个 MV，算是资源置换，他唱首歌不要钱，咱们剧组就出个人帮他把麻烦解决了。"

　　"哦，好。"

　　呼噜——奶盒子被喝空了。

第三十一章

傀 儡

友谊的小船说翻就翻，大明星的无理要求说来就来，池迟都坐上飞机了，又被顾惜一个电话强塞了新的任务，或者说，顾惜展露了自己让池迟去拍 MV 的真实目的。

——"封烁对你印象很好，你能不能想办法让他别跟瑞欣续约了？我实话跟你说，瑞欣，也就是封烁现在打混的那家公司已经撑不了多久了，上次和你们发生不愉快的付诚文都给自己找好下家了，封烁如果再留在那里，到时候经纪约跟公司一起被人转手，怎么可能会被新的经纪公司重视？他跟瑞欣死了的上一任老板关系很好，说是知遇之恩都不为过，可是现在瑞欣这样，他再续约就是跟着一起死。"

"我觉得……你说的他都知道。"在池迟的眼里，封烁一直是个有节操有傲骨的好小伙儿，同时也是一个能承担得起自己人生选择的有担当的男人，这样的人一旦打定了主意，旁人的劝说肯定是没用的。

"我也知道他其实都明白，但是我总不能再眼睁睁看他蹉跎下去吧，这一年又一年，靠脸吃饭的好时候就这么短，浪费了是要后悔终身的。嗯——拜托啦吃吃——"

顾惜自己也坐在赶往飞机场的车上，她的目的地是沪市，一边看着预算报表，一边毫无廉耻地对着电话另一边撒娇，坐在她前面副驾驶座上的路楠默默地抖掉了身上的一层鸡皮疙瘩。

池迟的回答是"哦，飞机要起飞了"，然后挂掉电话，关机。

顾惜自己和封烁这么多年的交情都没办法的事情，她不过和他两面之缘而已，有什么可劝的？

在机场接到只背了一个书包晃晃悠悠从出口走出来的池迟，封烁差点没认出来，只是一个多月不见，女孩儿在外貌上发生了很大的变化，从他印象里的"年轻女外卖"变成了一个挺拔利落的姑娘——好吧，对于二十七的他来说是个"小姑娘"。

细腰长腿，长发飘飘，无论是身体还是脸庞的线条都更加清晰的小姑娘。

"仙侠题材也好，MV 也好，我都没有什么表演的经验，还是麻烦你跟我多对戏。"女孩儿一上车就说得很认真。

封烁对这种毫不客气的作风有点不适应，转念一想，他人生最难堪的场面都让她实况目睹过，跟池迟玩"好久不见、最近咋样、先喝杯咖啡"那一套还真的一点意义都没有。

"你这么一副严阵以待的样子，让我的压力有点大。"开着车上了高速，封烁透过后视镜对池迟露出了一个有点无奈的笑容，顾惜还在电话里让自己多照顾池迟，看小姑娘这副努力工作的样子，他觉得自己说不定还要被对方"照顾"呢。

池迟整理了一下自己脑后的辫子，看见封烁那张气质容貌并重的脸，觉得心情好了很多，看赏心悦目的美人确实是能让人轻松下来。

唔，她突然有点明白为什么顾惜总是摸她的腰了。

"我能问个问题吗？"

"你说。"

"你们 MV 用的打光师和你们自己电视剧的打光师是同一组吗？"说到打光，池迟瞬间想起了自己观摩的瑞欣出品偶像剧时的心情——那是被高强度打光所支配的恐惧。

高白打光几乎可以说是瑞欣偶像剧的特色，这种过度高光打在人的脸上是会让人显得皮肤细腻、五官俊美，尤其在展现女演员们的美貌上卓有成效，毕竟老话都说"一白遮百丑"。

很多和瑞欣合作过的女明星现在都会聘用私人打光师随她们进驻剧组，就是因为她们尝到了"美白光"的甜头。

在池迟看来，那些仿佛自带美图秀秀磨皮效果的光线固然能充分体现女明星个人五官的美貌，也会影响人的脸部表现力，如果打光水平太过于傻白甜，那是无法准确表现出眼睛中富含的情感的，毕竟对于表演来说眼神是用来倾诉的，肌肉是用来表达的，神情是用来感染别人的。

那些说好听叫白皙、说难听叫惨白的脸庞，那些瞳仁里永远有白光闪过的目光……池迟想学着宋玉冰那样嘤嘤嘤几声来表示内心的惧怕。

"没关系，你要是不想要那种打光咱们就直接换掉。"封烁说得很随意，"大概打光师们还乐得不干这份活儿。"

现在的封烁人人都知道是瑞欣的弃子，只等他合约到期就会被人扫地出门，这次的MV如果不是和《飞仙一剑》的电视剧宣传方早有协议，怕是早就被所有人都遗忘到脑后了。

即使是MV能拍，《飞仙一剑》的女主角杨菲儿也拒绝出演，其余瑞欣的女演员们自然也不愿意冒着得罪瑞欣一姐和瑞欣真正掌权人的风险来接拍这个MV。

封烁不想找那些刚进演艺圈懵懵懂懂的小姑娘，与付诚文的梁子摆在这里，他不想在别人一无所知的时候就把别人拖进这摊浑水里。

人们都知道付诚文是个彻头彻尾的小人，所以人们才怕他，因为小人做事是没有底线的，更不会有什么道德方面的考量。封烁在娱乐圈里算是个"君子"，还是一个落魄的"君子"，得罪他也不会遭到什么报复，承担的风险成本远低于得罪付诚文，利弊权衡之下，能对封烁"雪中送炭"的人屈指可数。

所谓"现实的娱乐圈"，就是这么现实和残酷。

MV的拍摄拖到封烁自己都心灰意冷了，还是顾惜打电话的时候主动提起："我给你提供一个MV女主角，你给我的新电影唱个歌，怎么样？"

封烁答应了，这才有了池迟被打包送来的现状。

到了拍摄现场，池迟对封烁说："听你的语气那么差，我还以为拍摄的条件很糟呢。"

封烁看着那些调试着器械的小猫七八只，觉得大概池迟心里的"糟"，标准线特别低。

他怎么都不会想到，在一个叫《跳舞的小象》电影的剧组，最多的时候也只有区区三架摄像机而已，光线基本靠等，转场基本靠抬，场记常由女主兼任，管财务的还要负责做饭……经历过这样的拍摄过程，在池迟的眼里，这个MV的拍摄剧组已经非常非常靠谱了。

MV的导演和编剧都是瑞欣经常合作的班底，吃技术饭的人对于演员们之间的恩恩怨怨并不是很关注，对他们来说，拍出一个能看的成品对得起自己的酬劳才是最重要的，当然，这只代表他们完成这个作品，不代表他们会对成品付出多高的精力。

池迟一边化妆，一边听着导演给自己讲剧情。

"你是个仙女，和男主人公不打不相识，后来你们相爱了，后来男主人公拯救世界了，挂了，你在等他……总之，他很帅，你很美，你们很相爱，over。"

池迟："……"

刚刚觉得这个剧组很靠谱，一定是我的错觉。

封烁的装扮就是他在《飞仙一剑》里面的造型，一身黑色劲装，头上顶着长发及腰的发套，留了一个三七分的刘海，很符合他被魔教教主收养的身份。

造型师自然不敢让池迟穿的跟杨菲儿戏里一模一样，却又想让她模仿杨菲儿的造型，给池迟找了一身嫩黄色的长裙，接近杨菲儿穿过的颜色。

绿色的流苏从她的肩膀上垂下来直到腰间，腰带也是渐变的绿色，上面有几枚玉环做点缀。

"腰好细啊。"

给池迟上腰带的时候，服装师没忍住摸了两下，接着化妆师也摸了两下，感叹："确实好细，一点赘肉都没有。"

女孩儿默不作声地乖乖任摸——她都快被摸习惯了。

精致上翘的眼尾被化妆师用白色的颜料画出了羽毛状的图腾，一直延伸到发际线。

化妆师端详了一会儿，又把图腾彻底地抹掉了。

"体现清纯的时候，杨菲儿的眼睛是需要加强的，你的眼睛……在周围做夸张的眼妆有点画蛇添足。"

化妆师对着自己的大彩妆盘纠结了很久，最终在池迟的额头正中的位置用金红两种颜色画了羽毛样的纹饰，像是一个华美的额饰。

就因为这一点妆容上的改变，她几乎把池迟脑袋上的发饰全换了，装嫩的刘海撤掉露出饱满的额头，女孩儿的头发变得更加干净简练，与她眉间的醒目金红形成了不小的反差。

"勉强就这样吧。"

化妆师彻底抛弃了预定的计划，服装师也开始觉得哪里不对，到最后池迟一开始的造型被彻底推翻，她改穿了一袭白纱裙，裙子的腰比较肥，服装师在衣服上别了很多的别针，又用腰带仔细地遮挡了起来。

"很漂亮。"看见这身和杨菲儿完全不同的装扮，封烁的夸奖情真意切。

真正的年轻和强装出来的年轻确实是不一样的，少女感这种东西也不是穿一身鲜嫩的衣服就能营造出来的。同样是鸟仙，杨菲儿是一只有点憔悴和献媚的黄鹂鸟，池迟就像是一只还未成年的仙鹤，天真着，又骄傲着。

"有水吗？"被折腾了三个小时的池迟连口水都没的喝，如果有个助理，当然可以让他替你跑东跑西、拿水还能给你插根吸管。

作为一部戏都没上映的新人，她当然没有助理，造型师们对着她的造型大改特改忙得不可开交，池迟一直忍着没有要水。

看看所有人，封烁这才发现了小姑娘的窘迫，他自己去拿来了一瓶矿泉水，打开之后还很贴心地替她插上了吸管——防止唇妆花掉。

真巧，作为一个空档了十个月的过气艺人，封烁在刚刚过去的上个月也没有了自己的助理。

"第一场，男主女主站位好了，action！"

池迟和封烁一起站在花丛中，都在假装封烁的手心上有一只蝴蝶，两个人一起看着蝴蝶，渐渐地变成了深情对望。

"好！女主更深情一点看男主的手，对，二号机推进特写男主，一号机推进……好，男主扬手表示蝴蝶飞走了，男主女主一起仰头看着天空……"

在没有剧本的情况下只能默默自己脑补三千字人设的池迟，于开拍的那一刻觉得自己来接拍这个MV就是一个错误。

"好！女演员，轻轻抬起你的手，男演员看女演员的眼睛，好，深情！再深情！"

这就是导演"没有剧本"的拍摄方式，他会提着喇叭站在你身后，不停地指挥着你，反正MV只要给出唯美的画面就好了，这个画面到底是如何拍摄出来的，没有人会关心。

演员就像提线木偶一样被操纵着，不需要去感悟，不需要去理解，只要照做就够了。

池迟能感觉到自己的身体就在导演喋喋不休的指挥中变得僵硬，因为她根本不是在做"人"的表演，而是在学着如何忘掉自己是个"人"，什么空间记忆和空间想象能力都仿佛被冻结了一样，只剩下如行尸走肉一般的她在随着别人的口令做着动作。

第一天拍摄完，池迟对着镜子重复自己白天蹩手蹩脚的样子，自我感觉拍摄效果之惨烈大概跟N流影楼中拍的写真差不多，毫无个人特点、毫无人性神采，把自己能漂亮的所有期望寄托于后期的PS效果上。

默默抬手揉着自己的额角，她已经不敢想自己拍出来的都是些什么东西了。

"这也叫拍摄？这也是表演？"小姑娘对着笔记本都不知道该怎么写自己这一天的总结，无法尽情表演的感觉开始转化成一种负面情绪，难以排解。

封烁察觉到了池迟情绪上的低落，还以为是小姑娘不太适应拍摄的节奏。

"MV和广告大多都是这么拍出来的，你以后习惯了就好了。"

这种东西有什么好习惯的？！

想到自己将来还要进行这种拍摄，池迟感觉自己受到了自有意识以来最大的惊吓。

第三十二章

新　闻

"好！很好！这个新人的表演很有灵性、很生动、大有前途啊！"
导演一边说着，一边让池迟把 pose 摆得再出尘绝艳一点点。

当了将近两天木偶的池迟，在这个让她痛不欲生的剧组里竟然得
到了有史以来别人对她演技的最高评价。

池迟不知道自己该哭还是该笑。

她自己觉得无比糟糕，包括封烁在内的别人却也是真的觉得她拍
得不错，女孩儿的表现力很好，导演说自己要什么感觉她能立刻给出
来，跟封烁之间的目光往来也让人感觉到惊艳。

所有人都不能理解她现在的痛苦，包括封烁，因为他们的目标是
要在两天内完成整个 MV，当然不会在乎一个临时被拉来顶包的 MV 女
演员有没有发挥出她的演技，演技这种东西对于 MV 来说，只要够用
就行。

池迟就这样沉默着，一场一场地过，一条一条地拍，一个动作一
个动作地被指挥着。

很快，就拍到了她的最后一幕戏，也是 MV 中"仙子"的最后一
幕戏。

封烁所扮演的剑客终于和魔王同归于尽，她就站在山巅望着他、
等着他，那个不会回来的他。

所谓山巅是个被涂成绿色的凳子。

池迟站在上面，鼓风机让她的长裙飘飘然若云中仙。

她要望着绿幕，像是望着自己的爱人。

"来来来，你想着他不会回来了，越来越哀伤，越来越可怜，想想以后再没有他了……很伤心就对了。"

本来想酝酿情绪的池迟现在只想学着顾惜翻个白眼。

哀伤有很多种，可怜也有很多种，怀念更是有很多种，到了这种导演这里，只要有一种就够了。

听话就够了。

她才是真的受够了！

封烁蹲坐在鼓风机旁边，手里还拿着一份鲜榨果汁，他不停跟工作人员说："这个风能不能再大一点啊？你看她那么高，风大也吹不走。"

脸上还带着刚刚"死去"时候的妆呢，嘴角的血迹都快被他自己舔完了，就像个孩子似的在那给池迟添乱。

这样的一个年轻人如果死了……

女孩儿看着封烁，想着他死了的样子，脸上渐渐带了一点哀伤。

所谓的仙女，对那个男人应该是怎样的感情？

在漫长的生命里，他之于自己只是尘世中的惊鸿一瞥，平凡的黑衣长剑，却意外地吸引了自己的注意。

就算外表再冷酷，内心也就是个单纯的孩子。

这样的年轻人，自己爱上他了，他却死了。

池迟的眼中仿佛瞬间点燃了一簇火焰，又瞬间熄灭了。

爱可以燃烧成为灰烬，也可以在上面开出崭新的、充满希望的花。

尤其，你爱的是这么一个可爱的人，他留下的温柔足以慰藉你的生命，他的笑容可以温暖你的时光，他希望你永远幸福、远离痛苦。

就在池迟思考的时候，导演喊了action。

在镜头下的女孩儿抬眸，缓缓看向远方（绿幕），山河苍翠、天地辽远，你可以为了它们死去，我也可以为了你，幸福地活下去。

"眼神！眼神要哀伤……"导演站在距离池迟只有不到两米的地方，还举着自己的喇叭，他喊得几乎要声嘶力竭。

说好的哀伤呢？

这种逐渐从悲伤中被演变出来，最后很有穿透力的温柔和坚毅是怎么回事？

"能不能听懂？我让你难过！难过你懂吗！你老公都死了，你TM能不能别跟个仙女一样？"

白衣仙子终于对耳边的聒噪不胜其烦，她转头看向那个嗡嗡作响的苍蝇。

眼神冷淡又高傲，不带一丝一毫的烟火气。

——愚蠢的凡人。

导演噎了一下，顿了几秒钟才喊了cut！

池迟站在绿凳子上观察着导演的表情，她的手指勾了一下又渐渐放松。

刚刚那种自己揣摩人物的感觉让她整个人都活过来了，当然，看导演的表情，他快气死了。

"你这个小姑娘怎么回事？让你怎么拍你就怎么拍，夸你两句不知道姓什么了是吧？你能不能好好演？最后一条了别浪费我们时间行不行？"

全场都悄然无声，所有人看着导演指着池迟的鼻子大骂。

按说，拍摄的时候有一条不过很正常，不正常的是刚刚池迟回眸看导演的眼神，如天才看庸人，如上帝看凡人，如同末日将近，神仙看着人类无所知觉的歌舞升平。

心高气傲的导演被这一个眼神激怒了。

池迟一动不动，她觉得自己没错，她的理解是对的，但是导演要求演员按照自己的思路走也没有错。

至于刚刚的眼神，显然是她憋屈了整整两天之后的产物。

"准备好，再来一遍。"导演面色不善地瞪了池迟一眼。

"就这样吧，也挺好的。"不知道什么时候跑到角落里打电话的封烁关掉电话走了出来，他到监视器前面瞄了一眼，就用不容拒绝的口气下了决定。

"我才是导演。"

作为习惯了在镜头前掌握一切的人，导演最讨厌的就是自作聪明的新人和自以为是的演员，在他的眼里，池迟明显已经被归类为第一种了，现在封烁光荣地成了第二种。

"我说好了就好了，你是被请来给我拍 MV，我说 OK 当然就 OK，出了问题我负责，池迟你的身份证在酒店还是随身带着？"他看向池迟，脸上的表情有些凝重。

"在身边。"已经做好准备和导演据理力争的池迟有点蒙。

"那就好，给你五分钟的时间换衣服，我现在就送你去机场。"

池迟几乎是被封烁从人群中拉出来拖进更衣室的，等她换好了衣服，封烁已经替她买好了三个小时后回南方的机票。

"出了什么事吗？"坐在车上，池迟有点担心地看着封烁。

"是我的问题，连累了你……"想起刚刚知道的消息，封烁一拳砸在汽车的方向盘上，伴随着一声低骂，"无耻！"

坐在后座上的女孩儿几乎秒懂，显然又是娱乐圈的血雨腥风。

掏出手机，搜封烁的名字，最近的新闻是在半个小时之前。

"当红小花旦杨菲儿接受采访，谈及即将播出的《飞仙一剑》面露难色，疑与男主演发生矛盾。"

"胸大有罪？杨菲儿疑因身材太好受到同剧组合作演员觊觎。"

"先窥女演员胸部，后交未成年女友，内部人员爆料某男演员私德败坏。"

"大制作电视剧热播在即，同名 MV 女主演竟然不是女主角？"

所有的娱乐新闻都没有提及封烁的名字，但是稍微了解演艺圈动向的人都知道，什么私德败坏、私生活不堪、目光猥亵女演员说的都是《飞仙一剑》的男主角封烁。

"未成年女友……是指我吗？"

池迟用手指了指自己，然后默默地用手机截屏了新闻页。

"你不用备份，顾惜那边东西肯定比你全，你安心回去继续训练，过几天就没事儿了。"

年轻的男人眼中全是深深的疲惫，还没忘了去安慰身后的小姑娘。

女孩儿却很认真地说："第一次出现在娱乐新闻里，我应该留一份做纪念。"

封烁："……"小姑娘也太心大了吧？

"是付诚文做的吗？"

"大概吧，顾惜说他现在和蒂华勾勾搭搭，可能还有……我以前的合作伙伴。"

池迟再看一眼那一堆花边新闻，锁定了杨菲儿这个名字。

"我每次看见你的时候，你总是在出状况。"

她摇头、叹气，仿佛在感叹眼前这个家伙流年不利、状况百出。

"是啊，我还记得第一次见面的时候，你说我会红，强卖了我一份红豆浆，第二次你帮我气走了付诚文，第三次我缺女主角你来帮我，结果我连累你一起被人泼了脏水。"

封烁苦笑了一下，接着说："其实是我最近比较背，大概和瑞欣解约之后再过个一年半载就好了。"

池迟察觉到了他语气中的消极，被人针对了这么久，封烁都能坦然以对，现在的情绪这么糟糕，显然是因为杨菲儿对他的插刀是真的伤到他了。

事业下滑，人气全无，混到助理都没有的过气男明星，现在又被同公司的合作伙伴败坏名声，啧，真惨。

看天，看地，看窗外，该怎么安慰一个失意的年轻男人呢？

想风，想霾，想顾惜……对了，顾惜！

她举起手机一本正经地问："我是不是该给顾惜打个电话报喜，说你决定和瑞欣解约了。"

"这也能算喜事啊？我真是搞不懂你们这些小姑娘。"

前面是红灯，封烁踩了刹车。

女孩儿笑了，眉间没来得及擦掉的图案依然是金红相应的华彩："当然算了，她一直坚信你离开瑞欣会更好。我也觉得，反正你也不会比现在更差了。"

"我离开瑞欣就回家开火锅店去……"

一阵白光闪过，封烁稍有松快的神情顿时再次绷紧了。

"后面有狗仔……"

刚刚那阵白光，是他们身后车里照相机闪光灯发出来的光。

第三十三章
狗　仔

恰好读秒结束，绿灯换掉了红灯。

封烁一踩油门，连过了两辆车冲到了车流前面。

后面那辆车跟得很紧，封烁的连续变换两次车道都没有甩开它。

京城的交通状况也容不得封烁连续超车，只能任由后头那车死死咬着，它甚至还试图与他们的车并行。一侧的车窗开着，一个狗仔捧着专业照相机对着他们的车子大喊："封烁，看这里！小美女，看这里！"

不仅明目张胆地跟车，更出言挑衅，态度恶劣，语气轻佻，不过是因为现在被跟踪的人根本拿他们没办法。

封烁抓着方向盘的两只手上都暴起了青筋。

池迟面无表情地看着车窗外，看着他们如鬣狗一般尾随，期待着封烁这只鹿或者羊能稍有疏忽，给他们扑上来撕咬的机会。

一个娱乐圈，跟个动物世界也差不了什么。

跟在顾惜身边的时候，池迟当然是看不到这种情况的，想要采访的记者在来了之后会先被塞上一笔"车马费"，走之前还有助理检查照片，甚至照片都不用拍，会有助理把处理好的照片发到他们的邮箱里，他们只要按照金钱的意愿去写通稿，就能过得很舒服。

因为顾惜是一只猎豹，记者们之于她不过是腐肉就能打发的乌鸦。

狗仔再次故意用车来倾轧封烁的车道，封烁深吸一口气，情绪绷得越来越紧。

一只与以前比白净了许多的手从后面伸过来拍拍他的肩膀。

"安安稳稳地开车吧，我可不想当戴安娜第二。"

那只手的手心很温暖，拍的节奏也很舒缓，像是安抚一个惊了梦的孩子。

封烁抬眼看后视镜，发现池迟居然笑得很慈爱？

"只要你的情绪不失控，交通法规还看着他们呢，京城这个地界儿，没人给他们搭台子，他们也唱不了大戏。"

池迟用手机给那位态度嚣张的狗仔也拍了照片。

"我也给我人生第一次被狗仔追留下个纪念。"

在刚刚那一刻，封烁是真的很愤怒，现在也是真的很想笑，后视镜里的池迟收回手之后就开始自言自语地给狗仔们前前后后拍照，倒像是看见了什么新鲜的玩意儿。

"别那么悠闲，小心被拍到。"

"拍到也无所谓啊。"池迟的脸上是很轻松的笑容，"还能多糟糕呢？小报儿说你送你'未成年'的小女友上飞机？只要你不生气，没有什么怒打记者之类的消息爆出去，也不会比现在更糟糕。"

看向窗外，女孩儿眯了一下眼睛。

"他们就是要激怒你而已，总想搞个大新闻，是他们的天性。"

就像狗渴望最新鲜的肉。

年轻的男人抬起一只手抚了一下自己的头发，才想起自己到现在还没卸装。

"我现在还顶着发套……"

"嗯，你这是井玄九要送我飞上天了。"

井玄九是封烁在《飞仙一剑》里面的名字，在 MV 里池迟扮演的鸟仙原本和他只有一面之缘，在她被魔教教主所伤不能飞回天上之后，才和井玄九有了一段短暂的甜蜜岁月。

"今天想要送你飞上天，首先我们要不堵车。"看着前面的"巨型停车场"封烁叹了一口气，转过头来对池迟非常歉疚地一笑，"我忘了现在是晚高峰了。"

"哦。"

封烁透过后视镜看着池迟。

池迟也透过后视镜看着封烁。

狗仔的车就在距离他们不到五米的地方，两个年轻人在车里突然笑得忘乎所以。

其实他们根本不知道到底有什么好笑的。

但是随着笑声，刚刚的紧绷、压抑和愤懑，就渐渐淡去了。

"我觉得吧，咱们还不至于赶不上飞机。"笑完之后，池迟看着车窗外的一处，慢悠悠地说道。

十分钟之后。

"你说的快捷方式就是坐地铁？"

"准确地说，通往机场的叫轻轨。"

顶着少侠头，封烁跟在池迟的后面刷票进站，跟在他们身后的狗仔匆匆地买票，还要把自己的包过安检。

池迟冲他们招了招手，转身拉着封烁就跑。

感谢这里是容纳了几千万人的京城吧，无论人们用多么奇怪的造型在地铁站狂奔，也不会引起人们的围观和慌乱。

封烁七八年都没有乘坐公共交通工具了，到了这种人潮如织的地方，明显就是池迟的主场，她过去大半个月的增肌训练产生了卓越的效果，封烁被池迟拖着跑的时候，感觉自己像是被一只母老虎拖回洞穴的小鹿，完全挣扎不得。

池迟拽着他的手臂，赶在车门关闭的前一刻和他一起挤上了车。

列车开动，两个扛着设备的狗仔记者才气喘吁吁地赶了过来，在人来人往的地铁站，他们彻底失去了目标人物的踪迹。

"坐两站之后换乘轻轨专线，大概四十分钟就到机场了，时间挺充裕。"研究完换乘路线，池迟笑眯眯地对封烁说。

男人喘了两口粗气，才有余力说话，张了张嘴，看着一脸笑容的小姑娘，他又不知道自己该说什么了。

"我突然想起以前一件特别傻的事儿。"

在短暂的沉默之后，封烁扶着正对车门的铁把手对池迟说。

"我那年参加选秀的时候还不到二十岁，很顺利就一路进了前十，那个时候就算是很红啦。有次沪市大堵车，我坐地铁赶去拍广告，居然能被人堵在车里下不去，还上了新闻。那时候我就想，完了，这辈子都坐不了公共交通工具了，这肯定是我这辈子最后一次坐地铁了……"

说着说着，他自己就笑了起来。

仿佛笑自己那个时候的傻，或者说是单纯。

池迟安安静静地看着他，看他笑完了都没说话。

"怎么了？不好笑吗？"

"不好笑。"女孩儿挑了下眉毛，"因为我也有种预感，你这是最后一次坐地铁。"

她的眼睛很亮，拥有着超越年纪的说服力。

"哈？我就算回老家开火锅店，我老家也是有地铁可以坐的。"

"不对。"

池迟摇头，还没等她说话，车渐渐慢了下来。

列车到站，一群人上上下下，池迟小心地帮忙扶住一个三四岁的小男孩儿，封烁帮男孩儿的母亲把行李箱放到了车座旁的空地上。

"封烁！"

一直在道谢的男孩儿妈妈一抬头就很惊喜地喊出了面前这个发型清奇的男人的名字。

他戴着古装的头套，脸上还有不明显的痕迹，这副样子站在地铁里着实很有些穿越感，让人觉得陌生又熟悉。

女人还是第一时间就认出了他，时间把他那种属于少年的清爽美好变成了属于男子汉的温文俊秀，笑容却是不变的，令人心动的明亮目光也是不变的。

"真的是你！前几年的'最强男生'你是第三名对不对？我那时候也是个'闪闪'，闪闪烁烁一生一世啊！还记得吗？"说着很多年前喊过的口号，她的眼睛都亮了。

封烁突然就笑了，笑容有点灿烂，也有点温暖，他没忘了跟池迟解释："我出道的时候参加选秀，那时候支持我的粉丝就叫'闪闪'。"

提起那个带着甜味的昵称，已经在娱乐圈里打滚了这么多年的男人竟然有点羞涩。

池迟发现他说话的音调都高了一度。

"他当年是最有人气的！唱得最好的！"

给这位已经当了妈妈的"闪闪"签名，又拍照留念，换乘站也到了。

明明已经为人妻母，看见当年的偶像，那个粉丝依然是激动溢于言表，她跳着挥舞着手臂跟封烁告别："你要加油啊！你一直是最棒的！"

车门已经关上了，她的声音仿佛还在耳边回荡。

封烁双手插兜，笑得有点自豪："怎么样，我的粉丝是不是很可爱？"

"可爱。"池迟很认真地说。

在影视城里她也见那些过去给明星探班的粉丝，二三十个人包一辆大巴车浩浩荡荡地来了，然后等着明星抽出一两个小时的时间和他们拍照、签名或者吃一顿饭，整个活动都是由×××粉丝团、×××后援会这种至少能联系上明星经纪人的团体组织的，那些人也热情，却不像这个"妈妈"一样激情澎湃。

"我以前一直觉得自己应该红，红了之后，又觉得自己应该一直红下去。后来我发现自己想错了，世界上没有那么多应该……"

封烁的语气里带着自嘲，短短的一天，他经历了MV即将完成的愉快，自己被炮制黑新闻的无奈，被合作演员插刀的苦涩不解，狗仔追逐挑衅的愤怒，人生跌宕沉浮的五味在一日里体验了个遍。

"你不是唯一有这种感觉的人。"

女孩儿走在他的前面，纤瘦的身体被包裹在简单的衬衣和牛仔裤里，额头上的羽毛在地铁站冷白的光线下格外显眼。

"我也觉得你应该大红大紫，第一次见到你的时候，我就有这种感觉了。"

"啊？我还记得你因为我要大红大紫所以卖给我红豆浆。"那杯甜甜的豆浆给了他温暖，所以他在第二次见到池迟的时候立刻就认出了她。

"那不是我们第一次见面。"

换乘的路很长，让人走得有点想叹气，在别人匆促的脚步中，两个外形有点诡异的家伙却渐渐放慢了脚步。

"就是拍那部《飞仙一剑》的时候，我在里面是个龙套，'保护村民大战魔龙'那场戏里你受伤了，我演的就是一个村民。"

听到池迟说起那场戏，封烁下意识地去摸自己的脖子。

伤口已经好了，伤疤也已经淡到看不出。

他自己都忘了这个伤口，却没想到时隔快一年了，竟然还有人记得。

"我那个时候吧……就在想，这个人长得又好，心地也好，怎么可能不红？"

她坦坦荡荡地看着封烁，发现男人的耳朵居然泛红了。

"送你红豆浆的时候我就觉得这个人必须要红啊，性格也好，气质也好，为人坦荡又真诚。"

地铁站里的换乘路在赶路的人心中是那么长。

在一些人的心里又是那么短。

"有句话怎么说来着？'你若不红，天理难容'？"

白光在上，长廊在前。

池迟说："你怎么可能不红？你整个人都在发光，是一种最特别最特别的光，人们会看见，会信赖，会向往。"

她一本正经，说着有点肉麻的话也毫不羞涩，那羞涩的，自然是别人了。

红着耳朵的封烁想说，说着这样的话的池迟也是在发光的。

换乘的路却已经走到了尽头。

第三十四章

安 澜

从京城回到封闭训练的酒店，池迟感觉到了浓重的紧张气氛。

三位影后要在这里住一个月，做准备工作的酒店工作人员步履轻盈到了随时可以起飞的地步。

陈教练手下又来了一批要接受训练的女孩子，清一色的清瘦水灵婀娜多姿，每天下午在健身房窗边做运动的时候，池迟都能看见她们穿过停车场去舞蹈教室上课。

一个比一个赏心悦目。

这些女孩子也注意到了池迟——接受舞蹈老师的私人训练、单独的食谱、可以不限时间地随意使用健身房，这些都显露出了这个女孩子在剧组中的特别。

"她看起来真不大啊……"

"我听工作人员说她演重要角色，跟四个主演都会搭戏。"

"命真好。"

这些女孩儿都来自几个舞蹈学校，在这里受训两三个月，就是为了在电影中跳两场舞而已，小小年纪就能在费泽导演的电影中和影后们有交集，这样的池迟在她们看来只能说是幸运值满点的人生赢家了。

并不是没有人说酸话，只是刚说过的当天，在下午训练的时候，陈老师板着脸对她们说她们目前的四十个人并不会全部留下，选拔的标准除了专业水平之外个人品德也很重要。

有脑子的人当即就明白她们的一言一行都有人在看着，自然也就没人敢胡说八道了。

这些事儿当然没有人会告诉池迟，她一个人吃饭一个人训练，那些跳舞的小姑娘不敢招惹她，她也就把她们当成了只能远观的美丽花朵。

每天都是重复着一样的吃饭、训练、学习、赏"花"，在剧组里，她却这样莫名其妙地"高冷"了起来。

出乎所有人预料，第一个进驻酒店开始闭关的影后是"咖位"最大的安澜。

她来的那天刚好下雨，水刷在窗子上像是在冲洗着玻璃，站在七楼朝下看，水帘像是天空射向大地的乱箭，偶尔一两朵花开在其中，也是柔弱可怜的姿态。

池迟当时正一个人在健身房里做器械，手边还泡了一杯山楂水——天天吃高蛋白的牛肉和鱼肉，她的胃能受得了，她的舌头也有点撑不住了，喝点山楂水开胃，能保证她午饭的时候面对牛肉还吃得下去。

听见了走廊上有人喊着去帮忙，池迟也从跑步机上下来了。

跑楼梯下到底层，她刚好看见安澜被人簇拥着走进楼内。

五六把黑色雨伞严严实实地将她护住，确保安澜下车后走那几步路的时候不会沾到雨水。

看见池迟，安澜显然很高兴，她把自己身上披着的外套递给助理，很热情地走过来和池迟握了握手。

"早说过要一起聚聚，没想到顾惜把你这块璞玉藏得严严实实，还好我们终究要合作的。"

她的声音一如既往地轻柔慈爱，说话吐字带着特有的韵律。

"能被您夸奖实在让我惶恐，作为一个新人，每天想到将要和您还有柳女士几位合作就坐立难安，早点进行封闭训练也能让我更自信一点。"

嘴上说着惶恐至极，女孩儿的脸上却也是温和的微笑。

安澜在握手之后很自然地揽着池迟走进电梯。

在走廊的另一头，跑出来看影后的姑娘们都惊呆了。

"安澜，是安澜先跟她握手啊！"

"她们还一起上去了。"

牛 A 与牛 C 之间的词汇顿时充斥在这群小姑娘内心的弹幕之中。

"本来想再过三五天，和亭心她们一起过来。没想到圈子里最近太安静了，区区一部电影的消息就让很多人望风而动，我这个人爱清净，想到提前进组至少还有你能作陪，我也就先来了。"

顶楼有三个顶级套房，安澜很自然地挑选了一个自己喜欢的就住了进去。

她拉着池迟的手坐在欧式沙发上聊天，自然有人替她忙里忙外把所有的行李都安放好。

池迟注意到了那些放置东西的人手上都戴着崭新的白色手套。

"多锻炼是有用的，线条果然漂亮了很多。"

仔细端详着池迟的脸庞，安澜笑着说。

女孩儿眉宇间的稚气淡了两分，更添了两分清俊，上挑的眼尾更加突出，也让她比从前更有气势了。

池迟任由她夸着，全程面带微笑，在房间收拾好了之后，她让安澜好好休息，自己就要离开房间。

"上个礼拜有朋友给我送来了今年新的金色大吉岭，香气很浓郁，明天一起喝下午茶吧。"

在她走之前，安澜发出了邀请。

"好啊，只是我们现在都被禁止吃甜点，这个酒店的后面有一家人种了很好吃的枇杷，虽然现在时间还有点早，每天还是会拿出一点成熟的来卖，您请我喝下午茶，那我请您吃枇杷好吗？"

"好啊。"安澜很惊喜地笑了，"我很喜欢枇杷，也很多年没吃了。"

女孩儿在道别后退身离开，安澜自己坐在沙发上，表情渐渐淡了下去。

《女儿国》的造势宣传已经开始，三大影后的噱头，全景打造女儿国的大手笔，对于媒体是让人振奋的新闻，对于她们来说不过是锦上添花的聒噪而已。

池迟不一样，作为纯粹的新人，这场造势很有可能是她在演艺圈中的第一次亮相。

她却真的毫不关心，即使自己提到了外面很热闹。

被顾惜关在这里训练了一个月没有采访、没有上镜，连安澜都想过是不是顾惜已经放弃为她打算了，她却依然不慌不忙、不骄不躁。

安澜自问，自己不到二十岁的时候是没有这份超脱之情的。

可见这个孩子是真的不慕繁华，胸有城府……顾惜这次没看走眼，却拉扯了一个注定会和她分道扬镳的厉害角色啊。

安澜看向窗外，雨渐渐小了，显露出了远处的山林青翠。

第二天下午，池迟准时赴约，带了个用柳条编制的小篮子，篮子里面装着十几个看起来圆润可爱的枇杷。

池迟拿出一小瓶果蔬净，当着安澜的面把枇杷挨个清洗干净了，笑着说这样再洗一遍自己才放心。

安澜亲手给她倒了一杯红茶，没给她糖，也没给她奶，池迟也没有开口要，两个人就安安静静地守着窗外的绿树晴空喝起了有点寡淡也别具风味的下午茶。

"四年前，我第一次和顾惜喝下午茶的时候，她只吃了一枚蛋糕上做点缀的樱桃。"

眼睛看着的是池迟，安澜却想起了当年的顾惜。

"那时候还是在法国……时间过得真快啊。"

女孩儿端着茶杯，仿佛观察着杯中荡漾的金波。

她不知道，四年前的法国，对顾惜来说意味着她被逼到了绝境，只能靠着蹭红毯的方式来告诉别人自己还混在这个娱乐圈里。

事实上，顾惜成功了，她的中国风主题礼服成了红毯上的焦点，甚至登上了欧洲几大著名杂志。

在路楠的潜心谋划和顾惜的孤注一掷之下，她们把火从法国烧回了华夏，才成就了现在的顾惜。

安澜提到那个时间、那个地点，因为顾惜当时连足以搭配礼服的首饰也没有，她只能拜托当时受邀而来的安澜替她向品牌借首饰。

对面坐着的女孩儿对顾惜过往的不为所动，让安澜在心里叹了一口气，看来顾惜对池迟颇为看重，池迟对顾惜却不甚关心啊。

不得不说这是一个巨大的误会，从不关心娱乐圈八卦的池迟，到现在连顾惜和蒂华的关系都没彻底整明白。

安澜却因为池迟的态度，终于下定了某个决心。

"我呢，现在开了个工作室，挂靠在世纪星耀，有一些年轻的演员刚刚踏入演艺圈，总需要人扶着走两步，上次那个方栖桐就是其中的一个，人不多，事也少，适合想要沉下心打磨演技的年轻人。等电影拍完了，你有时间可以去我工作室里坐坐，我的经纪人冲的咖啡很好喝。"

池迟喝了一口茶，仿佛没听明白安澜是在挖自己去她那里。

安澜脸上挂着浅笑，拈起一枚枇杷，这也是她今天吃的第四个了。

那之后，每隔一两天，安澜都会请池迟一起喝下午茶，池迟也会带一点新鲜的水果作为小礼物。

那个果园是她在每天晨跑的时候发现的，除了枇杷还种了杨梅之类的，可惜时间刚刚才六月初，杨梅还是青涩的小果子。

不得不说，安澜和池迟她们两个人的年龄差距虽然足足有三十岁，却是非常有共同话题，无论是炖汤还是小点心的制作，甚至侍弄花草，无论安澜聊多么家居的话题，池迟都能接得上来，并且颇有见地。

短短几天相处，安澜心中对池迟已经颇有相见恨晚之感了。

发生在酒店里的这些事儿自然瞒不住顾惜。

所以，那一天凌晨一点多，顾惜刚抵达酒店就直接冲去了池迟的房间。

一双涂着鲜红指甲的手捂住了池迟的鼻子，池迟迷迷糊糊地睁开眼，看见顾惜正一脸凶残地瞪着她。

"我也要吃枇杷！明天你也给我弄枇杷吃！你听见了没有！"

第三十五章

逗 猫

日上三竿，顾影后终于睡完了她最近第一个真正意义上的美容觉，这些天她忙到飞起，除了筹备电影的事情之外还要料理付诚文。

付诚文最疼爱的艺人辛阳现在已经被人爆料了他和另一个女艺人的"通宵过夜"关系，杨菲儿见势不妙立刻在接下来的活动中转口说是因为胸部丰满衣服不是很合身，偶尔尴尬的时候同组男演员们都非常绅士。

这点手段对顾惜来说都是毛毛雨，她的主要精力还是放在了给《女儿国》的宣传造势上。

玩营销玩炒作谁能玩得过生生把自己炒起来了的顾惜呢？

先是曝光三个剪影说影后聚集静待七夕，接着推广话题＃被影后包围的男人＃，随手拉出一长串的客串名单，个个都是在话剧、电影中颇有声望的大咖。

封烁的那点没有名字的糟心丑闻立刻被他可能演唱顾惜新电影中歌曲的事情给掩盖得无影无踪。顾惜顺便还让路楠跟瑞欣的老板李齐打了招呼，作为一家公司内部资源分配别人自然管不着，但是你们电视剧都要上映了，往男主角身上泼脏水可是会影响收视率的。学金融出身的李齐完全不懂娱乐圈里的这点弯弯绕绕才会一直被付诚文牵着鼻子走，但是既然顾惜点拨了，他也就明白了，只要还想指望着《飞仙一剑》能红，让他有机会从付诚文的手里夺回话语权，那封烁就必须干干净净的。

至于池迟，本就是个透明如空气的新人，那就继续充当空气好了。

付诚文所收买的两个追车狗仔捧着一堆"封烁下戏不卸装地铁站与女子牵手"的照片，却连发到网上的机会都没有。

顾惜自觉真是英明神武霸气侧漏，为了"吃吃"是劳心劳力，没想到一回头听到的却全是小丫头和安澜相处甚欢的消息。

我为你压新闻，你喝着大吉岭。

我为你删照片，你吃着鲜枇杷。

我为你玩博弈，你和安澜成知己？！

你怎么不上天呢？半夜被打起来都是活该的。

"我的枇杷呢？"顾惜想起来了，她昨天凌晨还去跟池迟要枇杷来着。

小助理指了指外卖，一盘鲜嫩的枇杷果然就在她桌子上等着她。

顾惜梳妆打扮换了身衣服就去找安澜，当然没忘了自己亲手拎着那几个小枇杷，找了个精致的银盘子装好，看起来立刻就高大上了很多。

"我们家吃吃啊一直跟我说这地儿的枇杷味道不错，昨晚上我才住进来，她今天一大早就送来让我吃，安姐要不要尝尝？"

把池迟叫作吃吃，还叫得理直气壮，顾惜端着银盘子恨不能在安澜的面前转出花来。

安澜正在慢条斯理地吃早餐，牛奶、用橄榄油拌的沙拉，两片粗粮饼，看见顾惜来了，她很自然地收好餐具，热情地招呼顾惜一起享用。

"池迟真的是太可爱了，她今天早上还帮我去厨房调整了油醋汁的配比，现在沙拉的味道果然更能让我想起爱琴海上吹来的风，你要不要也试试看？"

说起池迟，安澜脸上一贯温文高雅的笑容都多了几分的真心。

顾惜顿时觉得颠颠儿跑来显摆几个枇杷真是太傻了。可惜，她没机会再去跟池迟算这笔酸味冲天的"账"了。

——当天下午，柳亭心带着她多达二十个箱子的行李也浩浩荡荡地进组了。

看见柳亭心，顾惜就好像乎了毛的猫，全身上下都进入了备战状态，什么沙拉枇杷都被扔到了脑后。

三大主演聚齐，距离电影正式开拍也就不远了，开拍前的第一件大事就是"试装"。

作为核心主角的顾惜一共有八套礼服，三件常服，四十几个不同的形象概念设计，安澜和柳亭心各有六套衣服，池迟有四套。

在试装的前一天，池迟先做了接发，拍《跳舞的小象》大结局的时候，她用剪子把自己的头发给毁得不像样，修剪之后只堪堪到了肩膀，电影中玲珑的角色要求是长发到臀部，她就干脆做了接发，现在黑色的头发已经整齐地披散到了她臀部的位置。

坐在化妆间里看着化妆师摆出了满墙的配饰，池迟才知道那天自己和封烁一起拍MV的阵仗在很多人眼里确实是不值一提，区区三个小时的化妆算得了什么？这位化妆师恨不能自己长在椅子上变成木偶供她发挥狂热才叫可怕。

四件衣服有两件是礼服，第一套配有一个很大的披风，整体的布料是白色的，繁琐的蓝色和绿色刺绣纹饰彰显它确实很值钱。

"配这套衣服的妆应该有浓重的图腾崇拜的意味……"化妆师喃喃自语，找准了一张设计图，拿着颜料在池迟的脸上大抹特抹。

在全部四个人里面池迟是第一个搞定了礼服妆的，巨大的白色祭祀袍搭配着带点神秘色彩只是基本看不清脸的妆，唯独一双被显著加强、描绘着夸张蓝色眼线的眼睛，还能让人恍惚找到那点属于年轻小姑娘的神采。

穿上华美到让人惊叹的衣服，池迟的脑海里其实只有一个想法——难怪让她练习端着手臂走路，这个衣服确实很重，抬起手臂的时候，她有种自己在沼泽里挣扎的错觉。

定妆，拍照，一次搞定，她又被一群人连扶带拉推送回去接着换下一套装扮。

那位相当狂热的化妆师专门负责给几件定制的大礼服配妆，搞定了池迟的大礼服定妆照之后她就带着自己的助理们匆匆忙忙赶往柳亭心的化妆间。

来接盘的化妆师光是给池迟卸装就费尽了心力，女孩儿的白嫩脸蛋被揉搓得通红，那妆才彻底卸了个干净。

"呼……"化妆师长出了一口气。

全程坚持着一声不吭的池迟，也在心里暗暗舒了口气，幸好，在化妆之前她给自己倒了一杯水。

第二套是浅蓝色的常规曲裾式礼服，腰收得很紧，整件裁剪得简单流畅，依靠布料本身的华丽来彰显着不凡，妆容也是华丽漂亮的宫廷风。

第三套是普通的丝质白色上衣搭配蓝色的下裙，妆容也是走"你心里知道我肯定化了很多层妆，但是你一点也看不出来"的所谓裸妆风格。

与夸张华丽不走寻常路的衣着相比，池迟的发型一直比较简单，祭司服搭配的是披散的头发，造型有点粗犷的银色发箍戴上就行。曲裾礼服搭配一个小发髻用带有海鸟样式的玉冠固定在头顶，常服配的简单的发辫——头发在头顶中分，到脑后脖子以下的位置用发带束起来。

穿着蓝白常服的女孩儿被化妆师故意柔化了五官，显出了几分清纯俏丽，作为整部戏中玲珑的最主要戏份的形象，设计师在很多小细节上花了心思。

拍完第三套定妆照，池迟快步走出拍摄间，在换下一套衣服之前，她想上一趟厕所。

穿着一身金色铠甲的柳亭心正好迎面走来，带着如剑如刀的气势。

"小池迟？"肩宽腰细的柳大影后在气质上意外地适合这套铠甲，白色的披风更衬得她挺拔俊俏，威武不凡。

心心念念能解放自我的女孩儿跟她打了声招呼就想让开，她却抬起一只手猛地拍墙，刚好拦住了池迟的去路。

池迟看到了她的颌骨处刷了很重的阴影，突出了她眼神中特有的犀利和尖锐。

"别以为我不知道你的那些小心思、小秘密。"她的嘴唇慢慢靠近池迟的耳边，轻轻地说。

在柳亭心身后跟着的化妆师突然做西子捧心状，看着女将军气势逼人地壁咚一个清纯少女的画面，真是太有冲击力了。

"我的秘密？"被壁咚的女孩儿有那么一丝的慌乱，仿佛真的有什么在被窥探，这慌乱不过是瞬间，就变成了她故作的骄矜和冷淡。

"我的秘密，就是这个世界上所有人都不知道，我对树神是多么虔诚。"

她垂下眼帘，又抬起眼睛，和柳亭心直直地对视着，目光有点冷，也有点倔强。

"珊瑚，你的妹妹也已经成为我女儿国最出色的祭司了，你放心出海远征，别的就不用牵挂了。"

从一旁传来的女声有一点亢奋，有一点骄傲，又十分矜贵。

带着尘世中万人膜拜的气息，拥有权力与欲望交叠而生的灵魂。

顾惜——我们也可以叫她女王沉舟。

她身上穿着巨大的礼服，身后有三个人小心地抬着她的衣服下摆，金色与红色在她的身上交相辉映，层层叠叠的粉底让她的脸有细白瓷一般的质感，金色的眼影在彰显着她的霸气。

她生来便在山呼海啸中挣扎沉浮，她是女王，是整个国度的主宰。

女王缓缓走来，在珊瑚的臂弯里小心地揽过她年轻的祭司。

在顾惜身后举着鞋子的助理表情绝望。

顾姐，她们俩一个一米七三一个一米七二还在长个，脚上还一个穿着靴子一个穿着木屐，你一个一米六八的就不要穿着酒店的拖鞋凑过去了啊！

矮怎么了？身高一米六八气场两米八，女王气场早就被顾惜撑到了极致，她和柳亭心对峙着，仿佛在这个房间里瞬间召唤出一阵风暴。

让所有人都说不出话来。

池迟也有点说不出来……憋的。

场面形成了一个三角的站位，站在中间的就是池迟。

按照这段剧情来说，后面应该是池迟低头走位，离开画面的中心，让顾惜和柳亭心有一段对话。

但是现在……

柳亭心有力地抓住了池迟的手臂，顾惜就不甘示弱地抓住池迟的另一只手臂。

场面……僵住了。

费泽本来站在拍摄棚等着看顾惜的礼服试装，却听说柳亭心恰好也有一套装扮弄好了要先拍照，他心里不安走了出来，正好看见女王和将军正在争夺祭司。

"先拍照啦，还有二十多天你们随便磨合演戏啦，先把定妆照弄好，拜托拜托。"他拍了拍柳亭心的肩膀，又轻拉了一下顾惜的手。

导演的面子还是要给的，顾惜微微挑眉，柳亭心的唇角露出一丝冷笑，两个人同时松手，池迟终于解脱了出来。

走回化妆间的路上，池迟的化妆师貌似无意地说："池小姐和顾大官人跟柳爷关系都很好啊。"

顾大官人是网上对顾惜的称呼，柳爷自然也是对柳亭心的爱称。

池迟笑了笑，没说话。

关系好吗？

明明是个逗猫棒。

一根柳亭心用来挑弄顾惜神经的逗猫棒。

第三十六章

亭 心

　　一场在拍摄棚门口偶然发生的现场飙戏，让池迟下决心对自己所扮演的角色再度进行深入的挖掘。

　　刚刚那幕是她们三个人在电影接近尾声时的一场戏，三个人同样各怀心思，女王沉舟想着自己的计划必须成功，将军珊瑚想在将来的刀光剑影中保护自己的妹妹，相比较而言玲珑的感情应该是最复杂却也单纯的，如何让这种纯粹在其他两个人飙升的气场中有属于自己的独特气质，坐在坐便器上的时候她都在思考。

　　一个张扬又深沉，一个锋利也有隐藏的恼怒和担心……有点难啊。

　　池迟最后要试的一套衣服是一件看起来平平无奇的白袍，质地是亚麻的，看起来有点像酒店里的浴袍。

　　只是看起来平平无奇，当打开"浴袍"看见里面黑色的皮甲，池迟有点蒙。

　　"束身衣？"

　　服装师的助理说："因为您的身材，和年纪目前不太好走性感路线，所以我们设计得比较保守。"

　　身材后面那个可疑的停顿是怎么回事？

　　这种设计也叫保守吗？

　　胸前包一块皮子，屁股上包一块稍大一点的皮子。

　　穿上的时候，那位助理明显有点不满意："您的胸围比报给我们的尺寸小了一点，像这种紧身的衣服是很难改动的。"

　　热爱运动的未成年少女只能摸摸鼻子笑笑。

从早上五点一口气忙到下午六点，池迟终于结束了全部的定妆试镜，穿上属于自己的短袖 T 恤和运动长裤，她觉得自己松快得可以直接玩两个前空翻。

她轻松了，整个团队的节奏还是很紧张的，因为除了她之外，别人的试装定妆之路还遥遥无期，安澜试完了四套，柳亭心只搞定了三套，顾惜更惨，只有两套。

化妆师们在收拾东西，池迟踩着运动鞋出了房门。

先去健身房跑了半个小时，又打了一会儿拳，最后洗一个热水澡，心情很好的小姑娘神气活现地喝着牛奶溜达着看，所有的人依然都很忙。

好像只有她很闲。

"顾惜她们晚上吃饭了吗？"

站在顾惜的化妆间门外，池迟问顾惜的助理。

助理也是满脸的疲惫，整整一天了，顾惜大半时间都要在椅子上一动不动，她们三个就成了顾惜的手和嘴，陀螺打转一般忙里忙外。

被问起顾惜的晚饭，她摇了摇头："中午就没怎么吃，晚上提都不提吃饭的事儿，芦荟汁也没怎么喝了，说是怕想上厕所。"

顾惜身上的礼服每一件都比池迟的还要繁复华丽，穿着它们上厕所绝对是个大工程。

"今天晚上还要继续试吗？"

助理一脸苦大仇深地说："怕是得到一两点，明天还要继续。"

"你们吃了吗？"女孩儿接着问。

"剧组让酒店送的饭……"房间里电话又响了，助理叹了口气慷慨赴死一般地冲了回去。

站在原地想了一下，池迟晃晃悠悠地去了酒店的厨房。

八点多，厨房已经过了晚上最忙的时候，大部分厨师已经离开厨房坐在门口聊天，池迟跟他们打了招呼就熟门熟路地走向小灶——有一个灶台就是给他们这些剧组常驻的人自用的。

找出十几个新鲜的荸荠、一个柠檬和一小袋红枣，女孩儿低着头开始给荸荠削皮。

一群好端端的女孩子，谷物不能吃，肉也要少吃，蛋白质的摄取要控制，甚至蔬菜水果都有可能犯了忌讳，想给她们准备吃的，大概会难倒一大批专业的厨子。

池迟也是看见了荸荠才想到可以做一份红枣荸荠汤的。

荸荠去皮之后切成小粒，红枣去核之后切成细丝，荸荠粒下锅煮开，放两片新鲜的柠檬，再把红枣丝包进纱布放到锅里去小火慢煮，等到那些从纱布包里渗出来的黄褐色浸染了这一锅的清亮剔透，也就算是煮好了。

池迟站在锅边小心地把纱布提出来，小心地用筷子把里面的汁水压进锅里才把它扔掉。

柠檬片的残骸也被小心地挑出，整个锅里只剩了细小的荸荠粒。

找出一堆杯子，把汤水小心地分装好，再插上吸管，旁边摆上已经被她手工碾碎的冰糖碎。

把锅子洗干净放好，池迟坐在锅灶的旁边继续想自己的人物。

玲珑对珊瑚说了很多很多的假话，只有一句是真的，可惜那句话珊瑚完全不相信，一面是自己献上了全部忠诚的女王，一面是即将出征九死一生的姐姐……到底用一种怎样的诠释，才能让她在这场戏中表现得更丰富呢？

墙壁上的钟表嘀嘀嗒嗒地走，池迟在思考中终于等到了汤水温热不再烫手，这才用送餐车推着汤水到了化妆间所在的楼层。

人们还是跟她离开的时候一样忙碌。

顾惜透过镜子看见池迟端着杯子进来，问都不问是什么就让助理接了过来。

"我要是明天过秤的时候胖了……味道还不错……大枣味儿真浓，怎么一点枣皮的渣渣都没有。"

池迟没搭理她，在另一杯里倒了糖粉才递给顾惜那个忙晕头的助理："本来想分成两锅煮，后来想想也不知道多少人吃甜的多少人不吃，用糖粉的话味道稍微薄了一点，改天给你们煮加了片糖的，更好喝。"

助理想不到池迟忙了一天之后不仅跑去亲自煮糖水还分给自己一份，言语体贴得仿佛做这些事情都是理所当然。

却让她心里更熨帖了。

多少人做了点事儿就巴不得全世界知道，池迟这样的，在她们的圈子里实在是一朵奇葩。

这样想的人不止她一个。

安澜看到汤水的时候明显一愣。

她的助理按照池迟嘱咐的那样，轻声跟她保证了没有糖也没有添加淀粉，只是用了荸荠和红枣。

"味道很好。"安澜连着喝了两口，荸荠粒可以在齿间咀嚼，也可以顺着嗓子直接咽下去，温热的液体滑过食道，稍稍纾解了她久坐化妆的烦躁。

这个小姑娘确实是个爱花心思的。

"她送了几份过来？"

"装了满满一个小推车，还给我们的都加了糖。"

助理笑着收走了安澜手上的空杯子，没一会儿又端了一杯进来放在了她的手边。

安澜却再没碰过。

再好的东西，适度也就够了。

顾惜的挑剔和难伺候在她试妆的这段时间里得到了充分的发挥，时间一天一天地过去，她造型的全部确定之日却仿佛遥遥无期，人也越来越暴躁了。

池迟送自制汤水来的时候，助理们看她的目光越来越像是看救苦救难的活菩萨。

柳亭心来串门，对助理们来说就是灾星光顾。

"发型像个蛤蟆，你的品位越来越像大妈。"

"金色的，啧——"这是说腰带。

"顾惜你是不是有了？你的腰围现在至少两尺六吧？"

"蓝色的，啧——"这是说发簪。

"这么长？啧——"这是说衣服的下摆。

轻飘飘的一个尾音儿就能把顾惜气到一佛出世二佛升天，把一帮助理吓得胆战心惊。

柳亭心的助理怕自己的老板会把顾大官人气死。

顾惜的助理是怕自己的老板会在这里把柳爷掐死。

尤其是昨天柳亭心还拿走了顾惜没来得及喝的汤，这账顾惜还没算呢……

每天心跳加速的助理们都忍不住质问苍天，为什么，为什么你赐下池迟小天使之后还要附赠一个叫柳亭心的恶魔？！

偏偏所有人都拿柳亭心没办法。

包括顾惜。

"柳姐也在，我煮了百合绿豆水，你要不要尝尝？"

推着小餐车站在房间门口，穿着运动裤和背心的女孩儿长身玉立。

柳亭心转过头去看她，目光像是一把随时要刺向她的剑："你这一天天地推着小车，来演戏还是来送外卖的？"

池迟笑得很甜："我本来就是送外卖的，在影视城还挺有名，速度快、态度好，我们如意餐馆大厨手艺也不错。"

自带金戈铁马气场的一代影后柳亭心被噎了一下。

她转头看向顾惜："她以前还真是个送外卖的？"

顾惜正在弄头发，一动也不敢动，只能干巴巴地说："嗯，她家土豆饼挺好吃的。"

那双大眼睛透过镜子盯着柳亭心和池迟，生怕自己家小孩儿让柳亭心这个毒婆娘给欺负了。

柳爷没再搭理她，长腿一勾侧倚在了一边墙上，两臂抱在胸前，整个乱糟糟的化妆间顿时就被她衬成了杂志封面的拍摄现场。

"那你是怎么让顾惜给勾搭上的？"

她问池迟，脸上带着点似有似无的笑，笑意不达眼底，让人有种仿佛被猎豹窥伺的感觉。

曾有合作过的大导演这样形容柳亭心："成也在眉目，败也在眉目。没用过柳亭心的人都不敢用，用过柳亭心的人就看不上别人了。"

她的眉宇之间天生带着一股煞气，在戏中有夺人心魄之能，无论多么平平无奇的角色到了由她来表演都能成为电影中浓墨重彩的一笔。还干出过在某部片子中生生吓哭了对戏女演员的事儿，若干年后还有人念念不忘。这些是柳亭心的本事，也是她的尴尬处。有多少有"夺人心魄"需求的角色能让她去演呢，有多少演员愿意跟一个会让自己暗淡无光的人合作呢？再加上她颇有点牛心左性从不弯腰低头，如果没有大导钦点，想要找一个适合她演的角色甚至到了千难万难的地步。

顾惜曾经说过，柳亭心一度生活窘迫到开服装店维持生计的地步，就是因为找她拍戏的人实在太少。

"好在她前几年拿了一个影后，格调陡升，代言了几个国际品牌，即使没有什么角色出现在观众面前，也可以靠着时尚新闻博人眼球。"这话也是顾惜告诉池迟的，经历过挫折爬上高峰的柳亭心更加不在乎别人的目光，一双眼睛看谁都像是在看跳梁小丑。

现在，池迟不觉得自己像是跳梁小丑，倒更像一只想要逃命的羚羊。

池迟是羚羊吗？

如果有能手刃狮子的羚羊，那她就是吧。

第三十七章
开 机

"送外卖的时候顾姐冲我一指就选中我了。"

不畏惧，不瑟缩，也不生气，池迟依然笑眯眯的，调整了一下杯子的吸管，递给了柳亭心。

柳亭心看着她，整整看了三秒，才接过这个百合绿豆水。

"她是开了金手指，一点就点到你了？"

女孩儿看看顾惜，点点头："我开了金手指，让顾姐点到我了。"

柳亭心："……"

看见柳亭心又不知道该说啥了，顾惜有点激动，顺杆儿爬的事儿她最喜欢了。

"我和池迟是天生的缘分，她是我的资深影迷你知道吗？"

对着池迟柳亭心经常哑火，对顾惜她可还没输过。

"你确定，你的电影，还有迷？"

每一个逗号后面都是大写的质疑和蔑视。

顾惜又有点想要磨牙。

"吃吃，你自己说，你是不是我影迷？"

池迟依然笑眯眯："不是呀——"

……

全场寂静。

接着又乱成了一团，顾惜似乎想要站起来，结果扯到了头发……

正在隔壁和安澜闲聊的费泽听见那些嘈杂，无奈地笑道："年轻人凑在一起就是热闹。"

安澜的双手放在腿上，悠悠然地说："未必是因为都年轻，倒是性子合适，柳亭心和顾惜在一起总能擦出火花来，又来了一个小池迟在里面火上浇油，我倒是挺期待她们搭戏的样子。"

每天健身、开剧本讨论会、做功课、一群人围观柳亭心调戏顾惜，整个《女儿国》电影的开拍也近在眼前了。

六月六日，农历五月初八，在黄历上是个诸事皆宜的好日子。

一个蓝 V 认证的微博——电影女儿国官方微博发了它的第一条微博。

九张图排成九宫格，其中四角和中间共计五张图上各有一人。

左上角一人穿黑色，右上角是金色，左下角是灰色，右下角是蓝色。

从图片的布局来看，四个人都在对中间身穿红色华服的女人行礼。

宋羡文先转发了微博，他的粉丝们立刻认出左下角那个穿着灰色文士袍的男人就是他。

柳亭心转发的时候还带了一句话："此时的低头未必是永远的低头。"

她的微博下面顿时聚集了无数人对柳爷的告白。

安澜自己没有私人微博，她工作室的转发与柳亭心的微博内容交相呼应——"我们中出了叛徒［刀］。"

顾惜转发的时候没忘了池迟。

@顾惜：女儿国中谁人可交付信任？谁人可倾心相爱？吃吃你说呢？

一群粉丝立刻蜂拥而上说自己叫吃吃。

如此炒作一番，电影的微博转发数迅速突破了十万大关，三位影后和男主演宋羡文都是知名度颇高的人物，那个穿着蓝色曲裾躬身行礼的女孩儿就引起了人们的注意。

"左下角行的礼和别人都不一样。"

"年纪看起来不大啊。"

"不是说孙莹要演吗？人呢？"

"空降的新人？还直接出现在了五人组里？！"

"完全没见过的小透明，原来顾大官人的戏也兴带资进组。"

"现在这些人满脑子的阴谋论，我觉得挺好看的，气质、仪态没拉低平均值。"

"P妈不认的图还能看出仪态了……"

"呵呵，楼上孙莹的粉吧？你家说好的跟影后合作，炒了半天炒煳了吧？"

一身淡蓝的女孩儿就在网上有了那么点热度。

池迟不刷微博，也没人提过让她现在就开个微博，她跟着一堆人拜完了神，就开始了自己的第一场戏。

【从神树中掉下来的人自称叫文宣，看见他，玲珑才知道这个世界上真的有传说中的"男人"存在。】

神殿的内景是在摄影棚里搭建出来的，池迟与宋羡文的大半对手戏都要在这里拍摄完成。

木质的墙壁上有一颗颗的明珠，青铜色的底座上雕琢着浪花的纹饰。

少女站在床边，俯身看着床上的男人。

蓝色的裙子束在纤细的腰间，白色的纱衣下面能看见臂膀若有若无的线条。

她的脸庞的两边各有一缕长发垂下，让人像是隔着两枝嫩柳看着早春那盈盈可怜的玉兰花苞。

文宣睁开眼睛的时候，就有这样的感觉。

"你醒了？那就自己坐起来。"与娇嫩的脸蛋不同，女孩儿的声音矜傲空渺，在她开口的瞬间，惹人怜爱的玉兰成了天山上不可攀摘的雪莲。

直起身，她转过身去取桌案上的药碗。

"这里是哪里？"男人扶着头，有些茫然，"是姑娘救了我吗？"

"姑娘？那是什么？"

女孩儿的脸上有一点好奇，这一点好奇让她的神情生动了起来，她的人生是拒绝这份生动的，于是这一点眼波荡漾所带来的灵慧之气又迅速隐去了。

"姑娘啊……"男人轻轻晃了晃脑袋，一双天生多情的眼眸中带着些微兴味，"就是年轻漂亮如同娇花一般的女子。"

原本背对着男人的女孩儿猛地转身，蓝色的裙摆漾出了一圈姣美的裙花。

"Cut！过了！"

宋羡文立刻从床上坐起来。

"小宋啊，下一场你和小池的感情戏要有张力一点，感情的表现要有层次，刚刚你和她之间的感觉很对，继续保持。"

"好。"宋羡文点头，抬眸看向静静听着讲戏的池迟。

女孩儿的两缕头发用发夹小心地保护起来，更加清晰地露出了精致漂亮的下颌线。

二十九岁才红起来的宋羡文今年已经红了十几年，时间赋予了曾经的白面小生更丰富的魅力，那双似乎总是带着笑意的多情眉目是他最让女粉丝们迷恋的地方。

池迟注意到了他的目光，对他微微点头一笑，就转身去休息了。

现在的池迟也是个有助理的人了，路楠以剧组的名义给她聘用了一个临时工，工资由剧组这边出，算是剧组指派给池迟的。

助理的名字叫李霖，今年二十三岁，大学毕业已经一年了。

路楠从 HR 提供的二十几个应聘者里选中了她，看中的是她虽然看起来有点笨笨的，胜在为人朴实做事踏实。

"池迟要喝水吗？"时间已经进入了六月，摄影棚内的温度很可观，新任助理拿着扇子给池迟不停地扇着凉风。

"不用扇了，我包里有个手持的小电扇。"

李霖的脖子上都是汗水，看起来倒是比池迟还要辛苦。

"中午的时候想吃什么？马上要订餐了。"李霖掏出小本子等着记下池迟的需求。

想起自己"单调"的食谱，池迟叹了一口气："我想吃味道不是那么重的牛肉，其余的随意了。"

李霖一边记了个"淡牛"，一边叹气："天天吃牛肉，跟个健美小姐一样。"

一直都是在心里吐槽别人的池迟，就这么被人吐槽了，她看了自己的助理一眼："其实你是个工作助理，我自己的生活方面大部分可以自己处理的。"

"哦……可是路楠姐说你走到哪里我都要全天跟着，让你习惯有助理的存在。"

一不留神，这个老实的助理就把路楠交代的话透底了。

池迟没再说什么，开始研究接下来的剧本。

【在朝夕相处中，文宣不停地向玲珑讲述山外的生活，玲珑渐渐对文宣产生了仰慕之情。】

"我们一群人就在岸上喊：'快点，再快点！'龙舟就越来越快，越来越快，划龙舟的人动作整齐又漂亮，跟着鼓点用船桨带的水花飞溅。"

男人讲到兴起，猛地从榻上跳了下来，手舞足蹈地模仿着人们划龙舟的姿态，他的动作随意又潇洒，宽大的衣袖随着他的动作翻卷着，仿佛他描述中的那些水花。

女孩儿跪坐桌旁，正襟危坐的姿势早就变了，她一只手撑着自己的下巴，两只眼睛看着那个男人。

桌上有一盏夜明珠做的灯，却不及此刻女孩儿眼中的明亮，仿佛有人将外面的星光，洒进了她的眼眸。

男人跳着，舞着，看见女孩儿的样子，动作顿了顿，停了下来。

"你是在笑吗？"

玲珑低下头，用手遮住自己的半边脸颊，她的手指能摸到自己唇角的笑容，有点浅，有点甜。

女孩儿垂眸低思，脸旁的一缕发垂到她的胸前，黑发、白衣、如凝脂一般的颈项，还有那双时刻吸引人注意的手，都让男人心旌动摇神思不属。

"我……不该笑的。"她慢慢地垂下手，却依然不敢去看眼前的那个男人。

"山外的俗世，也是俗世，我不该的……"

她像是在告诫自己，又像是说给男人听，最后的四个字已经带出了别的意味。

不该做的事，就是已经发生的事。

不该动的心，就是已经动了的心。

不该生的情，就是已经在心神中浅浅环绕的情思。

男人一步一步地走近她，那双含情的眼睛里像是藏着一杯浓酒，让人一看就想迷醉其中。

"有什么该或者不该，这个世上只有想做或者不想做、想要或者不想要。"

他抬起手，想要去触碰女孩儿的头发。

女孩儿静默着，仿佛在回味着他话中的含义，这个触碰，于她就像是一个惊雷。

她站起来，脸上有震惊，有迷茫，唯独没有被人冒犯后的恼怒。

"我、我要去找树神，我、我破了律条。"

她慌乱了，何止是语气，更是情思流转的眼神，和那颗矛盾重重的心。

男人却猛地抓住她的手，像是猎人终于擒住了落网的天鹅。

她逃不掉了。

他知道。

"树神高高在上，有很多事都不知道。我知道的，比他多多了……"

男人用带着自己体温的怀抱猛地抱住了女孩儿。

那盏用夜明珠做成的灯被他碰倒，在桌上转了个圈儿，终于掉到了地上。

第三十八章

逻 辑

淡云缭绕，朝阳初起，鸟啼渐起，在酒店后面的盘山道上，一个女孩儿在匀速慢跑。

这就是池迟一天的开始，虽然对于更多的人来说，这个时间还是属于一夜安眠的小部分。

路旁野草侵道、虫鸣微微，红色的野杜鹃开得热闹，凉爽的风从身上轻轻擦过，让人说不出地舒爽。

她喜欢这样的清晨，喜欢用两条腿去丈量自己漫漫长路的感觉，呼吸之间都有让人说不出的愉悦。

嘴里默念着剧本，跑着跑着，迎面有一个穿着白色运动服戴着口罩的女人也慢慢地跑了过来，她身后还跟了两个高大的男人。

"顾惜？"池迟很惊讶，她抬头看了一眼太阳，暗想自己是不是今天起晚了看错了时间。

带着保镖闷头跑步的女人抬起头，也很惊讶："池迟？你怎么这么早起床？"

这话问的，就跟她自己其实一直都起这么早一样。

池迟干脆改了方向又和顾惜一起跑了起来。

"跑习惯了，你今天怎么了？"一大早起来跑步，热爱睡美容觉的顾影后是被什么奇怪的东西附体了吗？

顾惜突然指着道旁的红花说："看，那是什么？"

"杜鹃。"池迟瞥了一眼就直接给了她答案。

"哦……真红啊……"顾惜嘿嘿一笑，假装自己已经忘记了池迟刚刚的提问。

池迟很体贴地没有再追问，她觉得自己已经知道原因了——今天顾惜要和安澜搭戏。

一个是因为国事纷乱而心力交瘁的柔弱帝王，一个是老成谋国深受爱重的丞相，她们互相吐露心声又各有隐瞒，是一场真正的心机之战。

和安澜搭戏，竟然能让顾惜紧张到早上六点起床跑步？

池迟对自己和安澜的戏份无比期待。

太阳升起来了，顾惜的晨跑也就以"防晒霜涂得不够厚"为由匆匆结束了，送她回到酒店，池迟很自然地拍了拍她的肩膀，安慰的话脱口而出："别紧张，加油。"

"嗯，不对，谁紧张了，谁紧张了？！"

池迟很随意地冲她招了招手就进行自己另一半的晨跑去了。

"这个小丫头是越来越没大没小！哼！没大没小！"

被看出了紧张的顾惜色厉内荏、口是心非，可惜旁边没人接茬，她只能自己哼哼完了就算了。

两位影后的演技比拼何止让顾惜激动，整个剧组都激动了起来。一大早场景刚刚搭好，已经有百十号此时不需要出现在片场的人堵在摄影棚的门口等着围观。生生逼着好脾气的费导演下令清场，并且关上了摄影棚的大门。

混在人堆里的池迟在导演下令关门的一瞬间立刻变成了帮助工作人员推人关门的热心人士，然后她就堂而皇之地留在了摄影棚里。

【天灾人祸政令不通让女王开始怀疑自己到底能不能成为一个好的君王，在她迷茫的时候，丞相出现了。】

女儿国的王座是用粗藤打造的，上面镶嵌有贝母雕刻的花纹，还有价值连城的鲛珠，女王坐在王座下的台阶上，身上穿着简便的红色丝袍。

她的肩膀那么瘦削，此刻仿佛已经对那些压在她身上的事情无力支撑。

"陛下。"

黑暗的角落里突然传出了那两个字，带着特有的腔调和力量。

它温柔，它慈爱，它忠诚，它能给人以力量。

穿着一身黑色的官袍，丞相碧玺缓缓地走到光下。

"夜已经深了，您也该早点休息了。"

外面是无边的黑夜，身上是沉重的负担，沉舟在听见碧玺话语的那一瞬，眼眶就红了。

眉梢本是骄傲的，眼角本是高贵的，它们在那一刻泛起了微红，让高傲女王看起来像是个需要安慰的孩子。

"碧玺……"她叫着来者的名字，又仿佛是在叹息。

"我似乎并不适合当女儿国的国王。"

浓艳华丽的声音迅速吸引了所有人的注意力，而在那之前，人们的眼里只有那个黑色的丞相。

在人们看向女王的时候，丞相动了。

她抬脚，稳稳地往前走，两只手随意地笼在袖子里，就是极有存在感的姿态。

然后她笑了。

"我还记得，先王第一次让老臣见陛下的时候，您才这么高。"她用手在自己的腰间随意一划，轻松的样子就像是在跟自己的子侄聊天。

或许她的心里就是把沉舟当成了自己的子侄，因为她已经在这个国家待了很多年，送走了和自己如知己如伙伴的先王。

"现在的您，足以让先王骄傲。"她慈爱又真诚，能随时挑动别人记忆中的温情。

"我……"

年轻的女王微微抬头……

"Cut！"费泽突然出声打断了她们的表演。

"顾惜，你的感觉不对。"他的脸色很沉重。

顾惜没说话，长出了一口气，揉了揉额头。

"我再想想。"

悄悄围观的一群人都有些疑惑，他们不明白演得好好的，顾惜到底哪里不对了。

池迟双手抱在胸前，无声地摇了摇头。

逻辑，顾惜的表演逻辑被安澜带偏了。

在这段戏里，女王的颓唐是假的，丞相的安慰也是假的，她们都要努力表现得真诚，丞相表现得太真诚了，女王在接她的话的时候，表情和语言就有了敷衍的感觉。

其实顾惜并没有一丝一毫的敷衍，是她对女王自己内心的思想没有把握准确，女王是在试探丞相，而不是已经知道丞相有问题。受到了安澜情绪带动的影响，在她抬眼的那一瞬间丧失了女王自己的理智和判断力，只剩下"我早就知道她是假的，即使她再真诚我也不相信"的味道。

而不是追忆和思考，不是挣脱往昔回忆的理智决断。

演戏啊，就是两个人表演逻辑的碰撞，当一个人的逻辑失去了说服力，就说明她演得失败了。

顾惜、费泽和安澜凑到一起，两个演员一边补妆一边和导演交流。

池迟闭上眼睛，去思考自己这段戏里应该怎么去表演。

光暗交接的大殿里，她成了穿上红裙的女王……

"睡着了？"

一样浑水摸鱼在一边看现场拍摄的柳亭心从后面拍了一下女孩儿的肩膀。

让她意外的是，女孩儿并没有什么反应。

"哟，老僧入定了？"

柳大影后用手在池迟眼前挥来挥去，又用手指去捏女孩儿的脸。

小丫头的脸在顾惜的逼迫下保养得比以前还白嫩，柳亭心捏着捏着就捏上瘾了。

捏啊——揉啊——戳啊—— 一代影后柳亭心玩得不亦乐乎。

池迟睁开眼就看见她那张气势逼人的脸凑在自己的面前。

"醒了？"柳亭心并没做坏事被人发觉后的尴尬，即使对方睁开眼了也没耽误她继续左捏捏右捏捏，一边捏一边说，"别人演戏你打盹，够可以的啊。"

女孩儿笑笑，抬手推开了对方的揉脸狂爪。

"今天可能起早了。"她并不反驳自己"打盹"的事儿。

柳亭心把胳膊肘往池迟的肩膀上一搭，靠在她身上说："你说，顾惜能 NG 几次？"

池迟故作懵懂地转头看她。

"别装了。"她又捏了捏池迟的小脸，"我不信你看不出来，在安澜手下，顾惜不好过啊。"

"这几年她拍的戏都太水了，碰上安澜，心里头没有一口气儿那是要吃苦头的。"柳亭心借着姿势趴在她的耳边轻轻地说。

一个拥有健全人格的人是很难被别人深刻影响的，做人是这样，演戏也是这样，功夫没下到深处的人物不能在自己的心里活起来，靠着空中楼阁一样的所谓气场来演戏，被真正有段数的人一碰就知道都是虚的了。

这些年顾惜总接什么大制作、大热度的片子，演戏如同站台，只要能展示自己美美的就够了，能出五分力达成的效果绝对不出六分。

柳亭心见她就刺她，何尝不是气不过她"误入歧途"？

池迟看着在静坐思考的顾惜，不由得想到了自己的表演，她自认自己不算是偷懒的那一种人，但是至今为止没和真正有演技的人对过几场戏，也不知道自己的"一口气儿"到底足不足。

"我猜，她得 NG 八次。"柳亭心对着池迟的耳朵吹气儿一样地说着。

女孩儿抬手挠了一下自己的耳朵，过了半晌才说："十次以上吧。"

NG 到了第十一次，顾惜整个人都精疲力尽，安澜穿着比她更厚重的戏服，却在下戏之后都腰板笔直毫不懈怠。

所有人都在等着他们的女主角，等着她找出自己应有的状态，不是被动的，也不是虚伪的。

表演，必须真诚。

"再试一次。"

顾惜推开了要给她按摩颈椎的助理，就躺在戏里她要坐着的台阶上，上面是专业的打光灯，刺得人眼睛生疼。

她睁着眼睛看着，一会儿又闭上了。

过一会儿又睁开。

"我好了。"

她说。

"我觉得精疲力尽。"女王的声音空荡荡的，仿佛自己一个人游走在空荡的旷野中。

她看着丞相，又从丞相的身后看到了无数对她曾经殷殷期盼的人。

"虫灾、洪水、山崩……我一个都解决不了，我只能看着……"她看着碧玺，就像是一个小姑娘看着自己的亲人，委屈的、可怜巴巴的。

她一点点放下了自己作为王者的矜贵，戏假情真、万事萦上心头，让她想从眼前这个人的身上汲取一点温暖。

"我只能看着那些信任我的子民受苦，就像当初看着阿娘闭上眼睛一样。"

碧玺轻轻地坐在她的身旁，黑色宽大的袖子一展，像是张开了怀抱的黑夜，她抱住沉舟，轻轻地拍打她的肩膀。

"会有办法的，我会一直陪着你的。"女人的手指轻轻滑过年轻女王肩上的长发。

女王趴在她的膝头，表情渐渐变得安详。

"如果人没有办法，我们可以去问问树神，树神庇佑着女儿国，她会帮我们……"

"Cut！OK！"

"磨了十几次，她总算不像是顾惜了。"柳亭心哼了一声，从池迟的身边走开了。

第三十九章

礼 物

人多口杂，很快，全剧组的人都知道了安澜一场戏完虐了顾惜十几遍，在第二天，安澜要和池迟以及宋羡文搭戏了。

就连池迟的临时助理都忍不住想让池迟早饭的时候"多吃点，吃好点"……"好上路"这句她当然不敢说出口。

早上八点，池迟已经化好妆坐在了摄影棚里，依旧是白衣蓝裙长辫子，就是头发上多了一串嫩黄色的鲜花发饰。

八点四十，所有人就位，准备开拍。

安澜今天穿的是一件黑色的曲裾，一层有灰色繁复刺绣花纹的黑色布料下面缀了一层深绿色的丝绸，黑绿相映，从她的腰际垂到地上。

从背影看安澜，永远都是只有二十多岁的样子。可是当她将手藏入广袖，双肩垮下，脊背微弯，就是一个四五十岁身材清瘦心事满腹的女人。

【玲珑与文宣隐秘的甜蜜生活并没有延续多久，碧玺发现了玲珑的异常之处，她带人到了神庙。】

文宣斜躺在榻上，玲珑乖乖地坐在他的旁边，男人抬手抚摸着耳后那一小串黄色的小花，目光里充满了柔情。

少女的手被男人抓着放在榻上，她有些娇羞、有些青涩，那双本来冷静淡漠的眼中此时像是藏着蜜，透着让人沉醉的甜美。

突然，门打开，碧玺双手笼在袖子里缓缓地从门外走了进来，她一眼就看见了正你侬我侬的两个人。

"玲珑！你让我失望了。"

她的眼中有浓浓的疼惜和失望，就像看着自己的女儿。

"丞相。"

回过头看见碧玺，女孩儿有点无措地站了起来。

"身为祭司，你不会不知道，所有进入女儿国的男人，都要审问然后用木舟放逐到海上。"

她看也不看那个此时躺在床上不敢动的男人，只盯着面前的女孩儿。

碧玺的身后，两队孔武有力的士兵手持长矛走了进来，她们从床上抓起文宣，羁押在了地上。

文宣一声不吭，只用他多情的双眸看着那个爱着他的少女。

情势紧急，玲珑反而冷静了下来，她昂首站在碧玺的面前，不去看身后可怜的爱人。

"他，不是闯入女儿国的男人，他是从神树掉下来的神子。"

这是玲珑早就想到的，让文宣在女儿国生活下来的理由。

"神子？好，我问问我们的祭司大人，你让神子抓着你的手是在做什么，你让神子摸着你的头发又是在做什么？"

一甩衣袖，碧玺气势全开，她逼视着玲珑，一挥手，让士兵们带着文宣退了出去。

"你动了世俗之心也就罢了，你还破了女儿国的律条，你记不记得，女儿国要和男人在一起的子民必须被驱逐？你还记不记得你在老祭司的床前答应过你要为了树神奉上一生？你在做什么？你在做什么啊？！"

碧玺的语气从开始带着怒气的激昂慢慢地变成了痛心，在她的心里，一向待玲珑和沉舟一样都是自己的孩子，现在孩子做错了事，她就算再生气，也还是会心疼的。

在她的目光里，女孩儿一直保持着身为祭司的高傲，稍显稚嫩的脸上有愧疚、有难过，唯独没有后悔。

随着怒斥的余声渐渐消散，房间里只剩下了两个人的呼吸。

女孩儿缓缓地、缓缓地跪了下去，蓝色的裙摆铺到地上，白色袂角也沾染了尘埃，她的腰，还是笔直地挺着。

"我错了，可我不后悔。"

她说得毅然决然，每一个字里，都有着义无反顾的执拗。

"我想和他在一起，付出任何代价……"女孩儿双眼微合又睁开，像是灵魂燃烧的光，从那眸中透了出来，"都在所不惜。"

每个字都很沉，每个字都很稳，每个字都砸在了在场所有人的心上。

一向智珠在握的老丞相后退了一步，脸上显露出了无力的颓唐，仿佛是在眼睁睁地看着自己心爱的孩子走上不归路。

她背过身去沉默了很久，终于叹了一口气。

"三天后的祭祀，你带他去见女王，就说是神树上掉下来的神子，我会提前为你安排好的……"

"丞相大人。"女孩儿的声音带着一点难以置信，她的神情渐渐转为欣喜又热切。

碧玺转过身去，扶着她的肩膀，就在这短短的时间里，她好像真切地老了好几岁。

"我只帮你……这一次……"

嘴里说着心狠的话，那双眼里依然是满满的慈爱。

女孩儿看着她，看着那些真实存在的情感，心里所有的感情并不是喜悦。

【你一直是这样看着我的，我也真的把你当作了自己的另一个母亲，为什么，为什么会是你？

会是你，把那个男人送到我的眼前，还想借我的手送给沉舟？

会是你，在觊觎着神树，迫不及待让一个男人获得神子的称谓？

会是你，想要颠覆这个我们生活的国度，将过往的情意全然不顾？】

女孩儿的眼眶红了，她垂下眼睑，湿气在其中笼罩着，终于聚成了眼泪。

她不想再看见那张属于长者的脸，在不短的一段时光里，她真的曾把她当作阿娘。可是她不能不看，心再疼、再酸，这场戏终究要睁着眼睛演下去。

祭司玲珑把眼睛睁开，看着对着她微笑的碧玺，那滴泪缓缓地流了下来。

流到了她终于"欣喜"翘起的唇角。

女人慈祥地轻抚她的脸庞，将那滴泪拭去。

"傻孩子。"她说。

【她不知道她擦掉的，是累积了十几年的孺慕之情。】

"Cut！过！"

在一旁看戏的柳亭心轻拍了几下手掌，对坐在她旁边的顾惜说："十一遍 NG 啊，你简直废物，还不如你找来的这个小送外卖的。"

顾惜没搭理她，咬着芦荟汁的吸管，不说话。

"你现在还跟韩柯在那拖着呢，我先把池迟介绍到屏光怎么样？"

屏光影视经纪公司是个老牌的经纪人公司，很多戏少格调高的老演员老艺术家都挂靠在那里，其中也包括很多的话剧演员，如果签在那，池迟一开始的日子可能会过得辛苦一点，但是后续会有上好电影的机会。

柳亭心看起来是在问顾惜，其实就是告诉顾惜这个小丫头是个实打实的演技派，跟顾惜走的一边演戏一边捞钱的路子根本不一样。

"我不发话，你问问她能去哪儿？怎么，发现我手里这块肉香了？我告诉你，你们闻着再香都没用，是我的，就是我的。"

"啧，就是讨厌你这副自己走了歪门邪道还自以为了不起的样子。"柳亭心撇了撇嘴，两条大长腿换了个姿势，"别把好好的孩子带坏了。"

"我歪门邪道？我往哪歪了？你当我辛辛苦苦做个明星容易啊，我一年能赚两个亿，两个亿！"顾影后特幼稚地伸出两根手指头摇啊摇。

她身边的人半晌没说话。

"有时候想想咱们年轻的时候，那个时候真的不知道，未来的自己会变成现在这样。"柳亭心不知道想起了什么，突然冒出了这么一句。

顾惜不想听柳亭心追忆过去，她从不想过去，也不考虑未来，她只在乎现在。

"得了吧你，还年轻的时候，我一直年轻着呢。"

柳亭心斜眼看着她："少报了年龄的垃——圾——"

两个影后又在摄影棚掐起来了！

好吧，现在这都不是什么值得一看的热闹了。

晚上回到宾馆，池迟收到了一份大大的惊喜。

"记得马上是你的生日了，把片子的成品发给你作为礼物，电影已经过审，我爸在想办法联系院线。"

邮件来自温潞宁。

附件打开，就是高清版的电影——《跳舞的小象》。

一个女孩儿，她淘气、桀骜、打架、欺负同学，在班上唯一的好友就是那个电影屏幕外的"他"，老师对她感到头疼，同学们躲避着她，这些都不会让女孩儿不开心，因为她的心里有一只跳舞的小象。

没有人知道，这只小象的脖子上套着绳索。

顾惜带着助理们端着蛋糕悄无声息走进来的时候，刚好看见了池迟的电脑屏幕。

昏暗的光线下面，那个黑影带着酒醉的蹒跚，一下一下地抽打在女孩儿的身上。

这个画面瞬间吸引了顾惜的目光，她站在池迟的身后和她一起看着这个电影，看着女孩儿在卫生间自己用毛巾擦着手臂上的青紫，看着她对着镜子露出了和往常一样对什么都不屑一顾的表情。

女孩儿的老师对女孩儿说，我帮你争取到了上舞蹈学校的名额，那一刻顾惜和这个女孩儿一起露出了笑容。

看到那个笑容，顾惜猛地倒吸了一口气，她到现在才发现电影里的女孩儿竟然是池迟演的。

"这是你演的电影？！"

她难以置信地看着池迟，一贯温和的少女与电影中的人物五官相同，气质和性格上实在差异巨大。

"啊？"

池迟按下了电脑屏幕上的暂停键，转头看着顾惜。

"嗯，我演的。"

"是电影？不是微电影？"

"不是微电影，就是一个片长九十分钟的电影，你看，龙标都有了，技术审查也过了。”

把电影调到开头，熟悉的胶卷化龙画面重现，顾惜关注的却是后面的那个出品公司。

“长青电影？这是什么野鸡公司？”

长青当然不是什么野鸡公司，因为它连野鸡公司都不如。

温新平在影视圈混了二三十年，当然知道一个电影从有想法到上映，拍摄制作只是其中的一个主要部分，并不是全部，他从一开始就规规矩矩地走流程，把项目挂在了有资质出品电影的“长青电影”（法人是温新平的表哥），虽然这个电影公司出的都是小成本家长里短片子，根本也不在院线上映，只图用来给老爷子老太太们看个乐，但是程序都是熟练的。过审的时候其实不是很顺利，说是暴力场面太多，没等温新平跟自己的儿子商量，温潞宁自己就默不作声地把片子进行了重新的剪辑和编排，这才成功过审。

顾惜完全忘了给池迟过生日这回事儿，拽着池迟把电影一口气看完了。

时间一晃而过，几十分钟之后，电影就结束在了那片光辉和灿烂中的崩塌里。

捂着胸口，顾惜做了好几个深呼吸，随手扯出一张纸巾擦了擦自己的眼角。

然后看看池迟，再看看电脑屏幕，再看看池迟……她的脑海中突然有一个想法冒了出来。

“走，带着你的电脑跟我去找姓柳的，咱们让她想办法给你这个电影撸奖去，老外最好这一口了！”

柳亭心当天晚上看完了电影，隔了两天，趁着没有她的戏，她请假回了一趟京城，带着池迟的这个电影。

那以后的事情就是温新平这个制片人要操心的了。

池迟轻轻松松地继续当她的祭司玲珑去，把事情抛到了脑后。

第四十章

贵 人

"好，准备，一、二、三！开始！"

"要么你杀了他。"珊瑚双眼里是深沉的杀气，奔腾翻涌有如实质。

玲珑丝毫不为那眼神所动，仿佛她看着的不是自己一样，只为她的威胁言辞而愤怒。

"要么……"

长剑被珊瑚那双结实有力的手从剑鞘中抽了出来，高高举起。

"我杀了你！"

"好啊，你杀我啊！你这种冷心冷肺的人当然不在乎手刃自己的亲妹妹！"

女孩儿目光中猛然爆发出的尖锐与珊瑚针锋相对，两个人的脸贴得极近，截然不同的肤色和那一瞬间相同又不同的气质在诉说着她们的血缘。

握着剑的手指依次张开又抓了回去，闭上眼睛长出一口气又慢慢睁开，珊瑚终于笑了。

"呵，我在乎，但是你为了个男人来伤我，你在乎过我吗？"她退后一步，没有拿剑的那只手指了指自己的胸膛。

那颗心在疼，为自己也为玲珑，谁能想到，自己虽然不亲密但也曾相伴长大的妹妹竟然是个背国叛神抛弃血亲的货色？

她的声音和表情俱是难以言喻的失望和惨痛。

"Cut！好！过了。"

费泽满意地拍拍手。

池迟一把扶住柳亭心，让她从踏板上下来。

刚刚这段是补拍的特写，为了表现画面中的对峙感和她们"姐妹"两个人的身高差，导演在柳亭心的脚下放了一个踏板，柳亭心退后的那一步，刚好踩在了踏板的边缘。

"呼……"靠着池迟，柳亭心拎了一下池迟戏服的衣领，"演小姑娘的戏份就是好，穿得少还轻便，像我们都快被折腾死了。"

她自己身上算上铠甲、披风、剑，还有头顶的那一堆，加起来二三十斤都有了。

池迟和柳亭心的助理一起把她扶回了化妆间，今天一天柳亭心拍完了四场戏，都穿着这同一身衣服，全程还有大动作和激烈的情绪表达，换成别人抱着二十斤的东西站这么久肯定都受不了，更何况还要演戏，到最后柳亭心是全靠自己的精气神儿在撑着了。

池迟给柳亭心灌水扇风的时候，摄影场地外面的开阔地上，导演用喇叭在跟大家交代明天转场的事儿。

从明天开始剧组的大部分人都要赶往杭城郊外的景区，那里的"女儿国实景"已经搭建完毕。

接下来《女儿国》里几个大场面的戏都要在那里完成集中拍摄。

池迟暂时不用过去，因为她要进行舞蹈训练，整个电影中最考验她身体素质的部分就是她穿着那身厚重的礼服在祭坛上跳舞。

戏还没有拍过瘾，池迟又成了舞蹈教室里的小可怜。

好在这次有人陪她——柳亭心也要为海战戏份做准备，练习打斗动作。

……有人陪总是好的，对吧？

池迟和柳亭心都是这样想着。

……

"左右左……右，左下，右上。"

"砰！"

"呼——"柳亭心手里拿着木剑大口大口地喘气，缓了半天才说："这次是你动作错了，还是我错了？"

她对面的女孩儿执剑而立，一手撩开甩到自己身前的长辫子，脸上带着笑，并不说话。

"好吧，我错了。"柳亭心一脸沮丧地说。

在旁边监督的武术指导都要忍不住笑了。

池迟的身体素质极好，舞蹈学得又快又稳，一直教着她的陈教练十分满意。

在这种对比之下，就显得柳亭心的打戏训练不是那么刻苦了。

刚好武术指导的手受伤了（被柳影后甩飞的剑划的），池迟就被柳亭心强拉过来当陪练。

然后呢？从来孤高桀骜的柳亭心"吃过的米还没我吃的盐多，我就让你看看到底有多厉害"的幼稚想法并没有变成现实，相反，她深深感受到了这个世界对"学渣"的恶意。

她学了整整三天的课程，池迟花了一上午的时间就弄明白了，那以后这个凡事认真的少女就开始了在练习过程中对她的全方位碾压。

"再来。"

深吸一口气，柳亭心双手执剑，将剑平放到胸前。

"左右左……"

池迟的动作轻盈又利落，没有一点废招，一下一下将手里的木剑砍向应该砍过去的地方。

柳亭心全神贯注地挥动着手里的剑，被池迟带出了正确的节奏。

一边挥剑，柳影后还撩骚："你是累了还是没吃饭啊，可别跟顾惜哭鼻子说我欺负你。"

"砰！"

两个木剑撞在一起，柳亭心觉得手心一麻。

"我是在尊老。"汗水从额际流下，女孩儿的脸上露出一丝挑衅的笑容。

不知道为什么，柳亭心突然心里一慌，她握紧了剑柄，迎接着一次比一次更有冲击性的攻击。

此时，她突然发现，短短两个月的时间里，池迟跟她一开始印象里那个温顺谦逊的小姑娘形象差距越来越大了。

在角落里，池迟的临时助理悄无声息地开启了手机的录像功能，把女孩儿漂亮的武打动作用图像的形式记录了下来。

远在杭城的顾惜让人剪取了其中打斗最精彩的部分，交给了电影官博的管理员。

@电影女儿国官方微博V：今天我们每个人都是很努力的呢！姐妹对打［心］［心］［心］@柳亭心挥剑的样子帅裂苍穹［亲亲］#电影女儿国##大将珊瑚柳亭心##柳亭心舞剑#

下面放的是一段三十秒的视频。

在视频里，人们看见的是穿着黑色运动背心的柳亭心和一个穿着白色运动背心的女孩儿在对打。

她们两个人都身材修长，穿着黑色的运动裤，光着脚踩在地板上，柳亭心是齐耳短发，那个女孩儿的头发即使扎成了高高的马尾也垂到了腰际。

随着她们两个人剑招开始，观看者都忍不住兴奋了起来。

你来我往，互相劈砍抵挡，动作又快又准，闪躲进攻的步伐更是你来我往。柳亭心的动作中充满了她从前很少体现出的力量感，女孩儿的动作就更加潇洒随意一些。

小视频的高潮部分是女孩儿回旋了三百六十度砍向柳亭心，长长的马尾辫在空中甩出了极美的弧度。

戛然而止。

留下人们挠心挠肺、惊叹不已。

很快，"柳亭心舞剑"上了微博热搜，并且排名越来越高。

人们转发讨论的话题也渐渐发散了出去。

从"我家柳爷好帅！感觉自己又被掰弯了一百次！""想想柳爷都三十多岁了还这么拼，再看看我的水桶腰……""柳爷请收下我的膝盖！"

渐渐扩展到了"那个小姑娘是谁？最后一下绝对是专业的！""腿长腰细，气质好好啊！""武术指导要是长成这样我能全年三百六十五天刻苦努力成为武术高手"

当然，一开始提到池迟的绝大多数都是顾惜请来的水军，但是因为池迟的表现实在亮眼，越来越多的路人也都注意到了她。

"是柳爷的妹妹吗？没听说柳爷有妹妹啊……"

在这些人中，只要十个人有两个人关注到了池迟，顾惜的目的就算是达到了，毕竟这只是一个开始。

又过了两天，女儿国的电影官博放出了一张剧照。

@电影女儿国官方微博V：大将珊瑚@柳亭心祭司玲珑，本是同根生，相煎何太急。

剧照正是转场去杭城之前最后那场戏的特写，在图片里煞气十足的将军俯视着比她娇小的少女，两个人一个瘦弱一个矫健，形成了鲜明的对比，柳亭心的脸上故意打了黑粉，两张脸一黑一白却又有同样能讲述故事的质感，再加上她们眼神中复杂又激烈的情感，让整张图都充满了一触即发的张力。

前几天的对剑视频热度还没消退，这个微博的文字和图片都巧妙地解释了与柳亭心对打的那个人的身份——祭司玲珑的扮演者。

玲珑这个角色和她至今查不出身份的扮演者，就在一拨一拨水军和路人的推动下越来越有存在感。

柳亭心和池迟的那段视频比顾惜预计的传播幅度还要广得多，毕竟借着柳亭心的名气，很多不关心娱乐圈八卦的人也很好奇影后练习舞剑的样子，他们点开后又发现视频里打得确实精彩，就自动自发地成了所谓的"自来水"。

所以某人在微信朋友圈里也看见了这个视频。

与别人不同的是，光看那个背影他就认出了池迟，毕竟这么多年，池迟是他见过的年青一代中身体资质最好的一个，不仅仅是身段，也是身体素质和自身气质。这个精彩打斗的视频很好地唤起了他的记忆，那个性格不错不作妖还颇有演技天赋的小姑娘……

哦，是老师会喜欢的类型啊。

把手机放回到茶几上，男人端起茶杯喝了一口浓茶，又放下。

他拿起手机又看了一遍视频，手指在茶几上点了又点，手机再次被轻轻放下。

身后的时钟，秒表嘀嗒嘀嗒地往前走，男人坐了许久，突然拍了一下自己的脑袋。

"成不成都不知道……我在这瞎琢磨什么呢？"

拿起手机，男人拨通了电话。

"喂——阿京啊，怎么想起来给我打电话了？"

"老师，我朋友圈里转了个对剑的视频，那个小姑娘我接触过，演戏也挺有天分的，您要不要看看？"

"怎么？阿京，还有人托关系托到你那里去了？"电话对面那人的声音带了笑意，男人却知道这绝不是自己老师高兴的意思。

"您又不是不知道我，找我托关系有什么用，我是出了名地爱钱，那些人给我钱就行，不过，就算给我再多我也做做样子都答应了，回头都借着您的名儿推了，反正钱进了我兜里我是不会交出来的。"

"哈哈哈……好，我记住了，等下就看，唉，我现在也就只敢接你的电话咯！"

一个颇有名望的导演想要出手筹拍一个电影，想在其中掺一脚的人，能沿着中国海岸线站成篱笆墙。在一个人情社会里，处处是人情，时时是关系，哪怕是已经足以载入电影史册的名导演。

半小时以后，男人接到了自己老师的电话，电话响起的一瞬间，他笑了。

得了，总有人命好，自己这也是当了一回"贵人"？

第四十一章

不　去

"大——乐——齐——响——神——佑——八——荒……"

"咚！"

大鼓被敲，声响震天。

绿色的长毯之上，身着红色华服的沉舟迤逦而来，在她身后，是同样衣着繁丽的珊瑚和碧玺。

在道的两侧是无数女武士，和她们身后虔诚跪地的万民。

神庙之外的祭神道长达三十三丈，在路的尽头，身穿大祭司服的女孩儿跳起了祭神之舞。

折腰、振臂、抬手、广袖舒展、衣摆翻飞。

黑色的祭坛高高在上，在天与人相交际的地方，就是她的舞蹈，上可通神明，下可扶人心。

"两边节奏对得怎么样？"费泽通过通讯器问执行导演。

"祭司这边的节奏是对的，女王那边快了，每一步多顿一秒还能补救。"

"Cut！"费泽拿起话筒对着里面喊。

绿毯上的人们立刻停下了步伐，在祭坛上的女孩儿也立刻有人冲过去扶住——万一摔倒了，礼服受损就麻烦了。

"顾惜你那边快了，找准节奏咱们再来一遍。"

"导演，太热了，要不要让他们喝点水？"导演助理看一眼热辣辣的太阳，表情很是担忧。

八月份正是一年中最热的时候，今天的气温都高达三十四摄氏度，这幸好是在湿地景区内，湿润空气能缓解热度，就这样，穿着大礼服的几个主演也都是吃尽了苦头。

"不行。"

一向老好人好说话的费泽断然拒绝了这个人性化的要求。

"主演喝水，让二百多群演等着？如果群演也喝水再排好队，这么长的时间，天就更热了，十点之前拍不完，咱们这一天就浪费了。"

这个大场面的拍摄投资一天就有几百万在里面，几百万为了喝个水就扔了，谁不得哭？

明天又是周末，景区人肯定多，拍摄场地这么大封锁都封锁不住。

"好了，准备……三，二，一，开始！"

幸好这个大礼服的料子不吸汗，从外面看不出汗渍，池迟自己能感觉到大量的汗水从她的脊背处流下，很痒，却动也不能动。

抬腿、下腰……耳朵里戴着的内嵌耳机突然传来费泽的声音。

"池迟，顾惜她们这次走得有点慢了，你最后的舞蹈结束动作拖得长一点。"

女孩儿猛地转头，长发在空中划过动人的弧线。

穿着厚重的礼服，她的动作看起来沉稳又轻盈，带着祭司应有的神秘气质，其中的辛苦，也只有自己知道。

摄像机透过她舞动的身影拍摄着绿毯上前行的人们，也从绿毯直接拍到祭坛，将女王等人前行的背影与祭司的舞姿一同纳入画面。

天空蔚蓝，航拍机周转在全场。

女王她们越走越近，祭坛上祭司的舞蹈也越来越昂扬。

终于，双臂举过头顶，在清脆的掌声之后，玲珑手臂姿势不动，整个身体缓缓地匍匐在了地上。

一身正红的女王缓缓走上了祭坛，刚好接受了祭司的虔诚跪拜。

"树神庇佑，福泽无疆。"祭司如是说。

"树神庇佑，福泽无疆。"百官、军士、黎民，如是说。

"Cut！过！"费泽导演如是说。

"扑通。"不知道多少人在这一刻一屁股就坐在了地上。

几个主演都被旁边的人搀住了。

除了池迟，她趴在地上起不来了。

"让我缓五分钟，别碰我。"

站在一边的几个人都笑了起来，看着小姑娘自己像个小乌龟一样在地上慢慢悠悠左摇右摆。

"今天拍完了，池迟就可以吃猪肉了，也不用天天吃鸡蛋和牛肉了吧？"安澜说道，为了这一场戏做了几个月的准备，才十几岁的小姑娘也确实太辛苦了。

说起鸡蛋和牛肉，累瘫热瘫了的池迟简直欲哭无泪。

"不行，还有九天，九天后那场打戏拍完了，我就可以不吃了。"

三个助理举着风扇给柳亭心扇着风，坐在塑料凳上的柳影后喝了一口凉水，长出了一口气。斜眼看池迟这个样子，她表面上不动声色，内心简直是大感快慰。

哈哈哈哈，天天在武术课上欺负我的你也有今天？！

"敢情你进组就是来吃蛋白质的，吃完了都快杀青了。"算一算池迟的戏份，再过个十几天她就要杀青离组了。

"我大概是来长肉的。"池迟终于站了起来，助理和服装师过来解开她身上的披风，再撩开她的衣摆，能看见她脚下站着的地方都被汗打湿了。

"三个月体重涨了十斤……"女孩儿想捏一捏自己的手臂，结果手根本抬不起来。

"拍戏都是这样的，体重、发型、身材、肤色，演员在进组的时候要把自己当成一个半成品，具体怎么加工都要为剧情和人设服务。你只是看起来结实了一点，其实还是很瘦的。"

安澜温言安慰着小姑娘，让助理把自己准备的凉茶给池迟也送过去一瓶，要知道，这可是柳亭心和顾惜都没有的待遇。

一拍完戏顾惜就急着给路楠打电话沟通生意上的事儿，挂上电话看看那边聊得开心的三个人，她的心情并不像她们那么愉快。

顾惜很清楚自己要的是什么，是名、是利、是摆脱韩柯堂堂正正地活着，现在她面前的三个人却都是走"演员"的路子。

当年她也是被人称赞演戏有灵性的，可是事实打醒了她，她的灵性比不上韩柯的一通电话，她想成为演员的想法在金钱面前一文不值。

娱乐圈从来是个让资本在其中兴风作浪的地方，再好的演技、再漂亮的容颜，如果没有资本去投资你、去捧你、去炒作你，你就是不值钱的。就像现在的她在普通人眼中不过还是和从前一样的炒作明星顾惜，可是在娱乐圈她的地位已经陡然提高，因为她能独立筹备拍出《女儿国》，能拉到合计三亿的投资，她成了资本方，就成了话语权的拥有者。

随着这些天以来的了解，她真心希望池迟也能走这样的路，这个女孩儿聪明、沉稳、有耐性，自己有信心把她打造成比自己还要耀眼的明星。

成为一个造星者——这个想法让顾惜越来越兴奋。

柳亭心看看两眼放光的顾惜，再看看跟安澜相谈甚欢的池迟，在心里默默地摇头。

道不同也，安能与谋焉？

《女儿国》电影的拍摄都很顺利，在网上的热度推广也是非常喜人的，祭司玲珑无论是角色本身还是到现在都不知道名字的演员都吸引了很多人的注意，甚至一度成为微博热搜榜的前五，当然，这里面顾惜是花了不少钱的。

剧照按照吉时吉日隔三岔五地往外发，红衣女王、金甲将军、黑衣丞相、白袍祭司，还有后续的各种常服礼服造型，每一张都让舔颜党一本满足。

"一想到柳顾同框我就只想啊啊啊啊啊啊了。"

"楼上，你注意点，什么柳顾，明明是顾柳！"

"我安皇在这，什么顾、什么柳都是受！"

"有没有人跟我一起站碧玲的！碧玺×玲珑的抱紧我！"

"你不是一个人！我站all玲珑！！！不拆不逆！圣洁的祭司被撕开袍子啊啊啊啊！"

封烁开着微博的小号在《女儿国》电影官博下面看见这些评论，脸上毫不自知地带了笑意。

明眼人都看得出来顾惜为池迟是有打算的，现在这样让池迟有点存在感怎么也不是坏事。

给几个对祭司大人表白的微博都点了赞，他又点开大图，保存了祭司跳祭天舞的高清抓拍。

在照片里，女孩儿做着舞蹈的动作，双眼微合，神情冷淡又虔诚，她的脸上是迷幻的油彩，也遮不住那扑面而来的高贵圣洁之气。

"阿烁，该上场喽。"邓子宸操着那口不怎么流畅的普通话来叫他。

《飞仙一剑》即将开播，他们的前期宣传工作也拉开了序幕，杨菲儿借口拍戏忙并不参与其中，只有他们几个人串场一样地参加各种路演和综艺，宣传他们的电视剧。

封烁关掉手机的屏幕，起身整了一下白色的衬衣，跟着自己的好友一起走向前台。

灿烂可爱或者彬彬有礼的笑容几乎瞬间出现在几个演员的脸上，没有人能看得出来他们昨天晚上都只睡了三个小时。

同一时间，顾惜在闪光灯的包围下，挂着同样标志性的笑。

"这次的电影我们所有的人都很辛苦，但是也都非常享受其中的过程，无论是安老师，还是亭心，或者是刚刚接触电影的新人，我们都是痛并快乐着的。"

"最近网上关于玲珑的扮演者有很多讯息，很多人都想知道玲珑的扮演者是不是真的像宣传视频里那么可爱，我们也都知道她是个新人，您怎么评价她呢？"

"她……"顾惜的眼神晃了一下，笑容更加灿烂了几分。

"是个非常非常可爱的姑娘，也是个非常敬业的演员，才十几岁，出演这种大制作的电影还表现得让人很满意，我们整个剧组都非常喜欢她。"

顾惜的眼神飘向自己的助理。

助理摇了摇头。

她神色不变，继续笑着回答记者们的问题。

在健身房里，池迟的临时助理看着手机上催促的信息都快哭了。

"池迟，东西都准备好了，您给顾姐送过去就行了。"

房门外放着一辆小巧的送餐车，车里摆着一点糕点和饮料。

池迟只要换上顾惜准备的衣服再化个淡妆，推着小餐车"误入"一下，明天就会有"《女儿国》摄影组玲珑演员亲自给顾惜做点心，两人亲如姐妹"之类的稿子推送全网。借着顾惜的热度，池迟的知名度还会再次提升，个人形象也会从"玲珑"这个角色中有所超脱。

只要她简简单单地推着车走进去就可以了。

女孩儿双手抓着吊环，用上臂的力量把自己整个人拉起来，一直到手肘与胸部齐平，再慢慢松下力道让身体回落。

她不去看那个助理，也不去看外面的推车。

脸上没有任何表情，只是让人觉得平日那个温顺可爱的女孩儿从来不存在一样。

"我不去。"她慢慢地说。

第四十二章
面 具

　　在小助理的战战兢兢里，那些记者一窝蜂地来，又一窝蜂地走。他们走了之后一直到晚上，顾惜都没有再找池迟，仿佛这个事情都没有发生过。

　　晚上九点多，有人来想把池迟的助理叫走，被池迟拦下了，那以后就连来找池迟的助理的人都没有了。

　　才二十多岁的女助理又要哭了，这次是吓的。

　　池迟这样摆明了不听顾惜的话，倒霉的肯定还是她。

　　她实在是想不明白池迟是不是吃错了药，平时那么好说话的小姑娘一下子就成了个怎么劝都不听的倔脾气，居然连着两次不给顾惜面子。那是顾惜啊！刨去咖位不说，她还是整个剧组里说话最管用的人，得罪了她能落得什么好？！

　　池迟照常做运动、做功课，晚上还给韩老板打了个电话，说自己快要杀青了。

　　第二天的戏是玲珑和碧玺对决的文戏部分。

　　也是整场剧中，玲珑唯一不再戴着面具面对碧玺的一场戏。

　　【沉舟当着碧玺的面下令封锁了珊瑚在海上战死的消息。碧玺拿到了文宣给她的第二个神树信物，要毁掉神树，首先要进入神庙的密道。】

　　神庙的大殿里空空荡荡，只有一身白色麻衣的玲珑跪坐在神坛旁。

　　碧玺从门外一步一步地走进来。

　　看见玲珑那身装扮的时候，碧玺就明白，她已经知道了珊瑚的消息。

"你还是知道了。"她长叹了一口气，双手在袖中交握。

"沉舟她也是怕你伤心，也可能……是觉得无法面对你。"

神坛上放着干瘪的树叶，这些树叶来自神树，女儿国的人们服下神树的果子就能怀孕生子，也相信如果死后有神树的叶子陪葬，那她们的灵魂就会回到神树上。

"四千九百三十五，四千九百三十六……"玲珑一片一片地数着，嘴轻轻开合，像是在诵读着不知名的经文。

随着珊瑚出征的战士共计五千人，她们全都葬身鱼腹，尸骨无存。

五千零一片神树的叶子焚成灰烬撒入海中，能不能带回那些在海里无处安身的游魂？

身为祭司的玲珑，自己也不知道答案。

在她的身后，碧玺越走越近，阳光从她背后的大门照进来，她就像从光明中带来了一片黑暗。

也或许，她一直就是游走在女儿国中的那片阴影。

玲珑没有面对她，都能感觉到一种无形的压力从背后袭来。

女孩儿的神色有些憔悴，目光里散乱空寂，她数着叶子，声音越来越小。

"四千九百八十八，四千九百八十九……"

碧玺看着这样的玲珑，脸上依然充满着一贯的慈爱。"虽然没有了文宣，也没有了珊瑚，可怜的孩子……"她的手轻轻搭在玲珑的肩膀上，"我会好好照顾你的。"

"五千零一，五千零二，五千零三。"数到嘴唇发干，玲珑终于停下了。

碧玺没有注意到，她多数了两片叶子。

"没有了……文宣……"玲珑转过身，无论是声音还是神情都带着失去了一切的迷茫和悲痛，"也没有了……珊瑚……"

"是啊。"

碧玺的唇角微微勾起，一双手在女孩儿的脊背上缓缓地摩挲，声音轻柔喑哑："你的文宣被沉舟夺走了，你的珊瑚……也被沉舟害死了。"

最后几个字，她附在女孩儿的耳边慢慢地说。

一滴泪，两滴泪……沿着女孩儿的脸庞缓缓流下，什么高贵优雅，什么不惹凡尘，都在失去至亲的痛苦里被抛却了。

她跪坐在碧玺的腿边，就是个无所依靠的孩子，手中不知何时多了一片神树的叶子，在指缝间慢慢地碾碎，碎屑落在地上，和尘埃没什么两样。

"为什么，要害死珊瑚？"谁也不知道她在向谁提问，谁也不知道她的眼中在看着什么。

碧玺蹲下，揽着她的肩膀，眼神变得太慈爱、太温柔，终于透出了一点的虚伪，这一点微妙的感情变化，竟然让她的脸生动了起来，仿佛直到此刻她才是摆脱了什么面罩一样。

"因为她反对文宣进宫。"

这个答案让女孩儿无法接受，她缩着肩膀、咬住下唇、闭上眼睛，抵御着来自身体深处那种让她无力承受的痛。

"沉舟明明已经得到了文宣，为什么不肯放过珊瑚？"

"因为珊瑚是将军，她掌握着军队……"想起珊瑚，碧玺的眼中流露出了复杂的情绪，"军队啊。"

女人的手指从女孩儿的长发中穿过。

"军队就是权力，为了权力，一个女王也可以变成刽子手，就像为了爱情，她可以变成你的敌人一样。"

"权力？"女孩儿嘲讽地一笑，不知道是在嘲讽权力，还是嘲讽那个觊觎着权力的人，"权力面前，没有人会在乎我。"

那一刻她的目光里深沉复杂，与原本单纯的女孩儿截然相反。

像是一朵洁白的花突然绽放了芬芳，却不是人们设想的那样。

她是有毒的。

玲珑缓缓地从地上站了起来。

与此同时，碧玺的表情陡然变化，她的腹部被插入了一根钢刺。

"权力也能让你背弃女儿国？也能让你下手害死珊瑚？"

玲珑的表情终于激动了起来："她是我姐姐，你看着她长大的，你……"

"Cut！"

费泽杵着自己的下巴看着监视器，想了半天，终于对池迟说："你的感情表达有点软，前期很好，在这个时候，你对碧玺不应该还是这种爱恨交加的感觉，珊瑚比碧玺对你来说重要得太多，你要更激昂，更放开一点……"

池迟盯着剧本，默默点了点头。

安澜所饰演的碧玺实在是太温柔、太慈爱、太睿智，让她忍不住在设计自己情感逻辑的时候向她的一方倾斜，大概这就是所谓的"被带戏"了，不是一场戏被带偏了，而是累积下来的这些对戏，让身为玲珑的人实在忍不住在心中对碧玺充满感情。

看着女孩儿蹙眉思索的样子，安澜坐在一边不紧不慢地说："感情是相对的，你能感受到碧玺的慈爱，是因为碧玺确实对玲珑倾注了更多的感情，也就是说我也觉得玲珑真的是个让人心疼的晚辈。"

和池迟的每一场戏，安澜都忍不住放大了对她的情感释放，因为她们两个人之间确实有真切的感情存在，说玲珑表现得对碧玺感情太深，碧玺对玲珑当然也是如此。

"演戏啊，就是看谁能玩得更开。"费泽拍了拍她的肩膀，"找好感觉，咱们就从你插入钢刺的地方再开始。"

女孩儿抬头看他一眼，不知道为什么，她觉得刚刚的话有点耳熟。

站起来的玲珑慢慢转身看向碧玺，她衣袖擦了一下刚刚被碧玺触碰过的地方。

"权力也能让你背弃女儿国？！也能让你下手害死珊瑚？！"她的脸凑近碧玺，仿佛想要看清在这副熟悉的皮囊下面到底有怎样的心肠。

"她是我姐姐，你看着她长大的，你以为所有人都要在你的掌握之中，所有阻碍你的人都要去死吗？"

玲珑的眼中杀气凛然，她看着碧玺的眼神再不复曾经的亲近孺慕。

很多东西，从来是因为失去了所以珍贵，碧玺在接触到玲珑眼神的刹那，感觉到了心中一阵酸涩。

"你想要女儿国，珊瑚就要死，沉舟就要死，外面千千万万的人都要死，你全不放在心上。"

看一眼女人腹部狰狞的钢刺，玲珑的眼神里有大仇得报的快慰，有刻骨铭心的恨意，也有不知从何而起的悲哀。

"我，只能让你先死了。"

说着这句话，她笑了，眼眶微红，神情惨淡。

"原来，你早就什么都知道。"

碧玺的手从腹部慢慢地把钢刺抽出来，她盯着玲珑，眼神渐渐变得淡漠阴冷。

玲珑看着她的眼睛，缓缓后退了两步。

碧玺一点一点站了起来，竟显得比平时高大得多。

"可惜啊，你不知道……"她的声音变得低沉危险，抓着钢刺的手轻轻抬起，手一松，钢刺就掉到了地上，不沾丝毫血迹，"我是鲛人。"

女孩儿的瞳孔微缩，那是对危险来临的预感。

从上面依次掉下来几个画满了红点绿色的布包，在后期特效处理之后，布包会变成静态的鱼头人身怪物。

"该——送你——去见你姐姐了。"

碧玺说着，轻轻挥了下手。

她转过身，长吸了一口气，仿佛这样就能压抑自己心中隐隐约约的痛。

看着几个怪物，玲珑的嘴角流露出冷笑，白袍一扯，黑色的皮甲紧紧地裹在她纤细又充满力量感的白皙身体上。

"Cut！过！池迟补拍扒衣服扔衣服的部分，多拍几遍，刚刚衣服飞得不好看。"

"哦。"池迟点头。

扒

扔

扒

扔

一遍又一遍，安澜和柳亭心坐在椅子里懒洋洋地看着，举着手里的水轻轻碰杯。

"今天风景不错。"

"呵呵，确实。"

第四十三章

诀　别

池迟下了戏已经是下午五点，戏份比她重的安澜还要继续去拍两条文戏，按照她的话说是要去为池迟"料理后事"。

工作人员在小心地拾捡着"神坛"周围堆叠的树叶，这些看起来干了之后也异常碧绿清透的"叶子"，一片的成本就在三块钱，作为道具，它们在后续的一些情节要继续使用，现在就得先收起来。那些后续情节里就包括玲珑死掉的那场戏。

"我打听了，今天顾大官人在房间休息没出去也没采访，你要不要去看看她？"跟在池迟的旁边，她的助理小声地问。

也是奇怪，自从那天池迟不肯去见记者又不让别人把她自己叫走，这个助理就觉得自己开始有点怕池迟，她自己都说不出来为什么，大概是居移气养移体，跟着影后混久了连刚十八岁的小姑娘都带了影后的气场？

呵呵，这个理由任谁都会觉得扯。

"唉，我们先吃饭吧。"这是池迟的回答。

说起吃饭，小姑娘的表情有那么点生无可恋，高蛋白低脂肪的日子过得太久了，现在想到吃的，她的眼前就是各种蛋白质。

各种蛋白质！各种蛋白质！她已经忘了猪肉是什么味了。

吃饭的时候，临时的小助理一直盯着手机，看见一条弹出来的微信，脸瞬间垮了。

"顾大官人不在房间了。"

"哦，那我一会儿还是去做运动。"

池迟很淡定地喝着蛋白粉。

她的助理又想哭了。

晚上八点多，池迟从健身房出来，正好看见柳亭心站在健身房的门口。

"有事吗？"女孩儿看看柳亭心空空荡荡的身后，奇怪怎么这位居然会来堵自己的门。

柳亭心挑了挑眉毛："来找你对剧本啊。"

明天的通告单已经出来了，和预计的一样，是水边送行珊瑚的情节，旁边一大堆的群演，多排练几遍防止 NG 也能省钱。

池迟看看她的手，笑了笑说："来对戏，剧本都没拿？"

"早背过台词了，还拿什么剧本，你当我是顾惜那个水货？"柳亭心每说三句话里面一定有踩顾惜的内容。

"哦……"池迟低下头揉了揉鼻子。

柳爷手贱地去摸摸她的耳朵："哦什么？"

"没什么，在哪里对词？这里吗？"抬起头，池迟接着问她，"这是一场三人戏，没有顾惜怎么对？"

"你不是跟顾惜吵架了？"撩了撩头发，柳爷直截了当地反问道，"那我肯定不能叫她来啊。"

池迟把脖子上的毛巾抽下来拿到手里，想了想才说："不是吵架……是我拒绝了她的一份好意，在她看来是好意，在我看来是善意却无用的。"

"善意却无用的？"柳亭心低低地笑了两声，"你干脆点，直接说她让你去玩她那套作秀炒作你不想去嘛。"

"我确实不想去。"就算是天大的好意也没用，在池迟的眼里，娱乐圈就是个是非圈，其中的人也都是是非人，一身的是非怎么可能好好地去演戏呢？

没有了演戏，她的人生还剩下什么呢？

下意识地，池迟不想跟麻烦有所牵扯，她只想演戏，只想一直演下去。

所以哪怕是驳了顾惜的面子，池迟也不肯去，当然这导致了顾惜到现在也不肯跟她说话——就像小孩子耍脾气一样。

"没什么，等她有时间，我去找她道歉就好了。"

柳亭心抬头看着池迟，发现她好像真的没把和顾惜产生矛盾这事儿放在心上。

"你确定她还会理你？她的心眼儿比针尖儿还小。"

抬起一只手，大拇指与小指的指甲一掐，掐出了小小的一个点，柳亭心手指在池迟的面前一弹，象征着顾惜的那点心胸。

"在她眼里，指不定和你的插科打诨就是个消遣，现在她肯提携你你还不给她面子，人家凭什么理你啊。"

池迟抽了抽鼻子，仿佛被柳亭心逗笑了："因为我根本想不出她不理我的理由啊。"

"那她还有什么理由理你？"柳亭心很好奇。

"她喜欢我。"池迟笑得眼睛都弯了。

柳亭心："……"这叫什么理由？不对，这是什么意思？！信息量有点大！

"你也喜欢我，所以你来提醒我别惹她生气。"女孩儿接着说，把柳亭心在自己面前比划的那只手默默地压了回去。

柳影后的眉头一蹙，仿佛重新认识了眼前的这个小丫头："我怎么才发现你这么……不要脸呢？谁喜欢你了？"

"你呀，还有顾惜啊，还有安姐呀，你们都对我很好，不是喜欢我是什么？"

女孩儿笑得露出了洁白的牙齿，在她身上这是很少发生的事情。

她总是笑的，却极少笑得这么灿烂，好像别人的喜欢对她来说那么宝贵，所以说起来的时候都让她无比开心。

"我还知道你喜欢顾惜，顾惜也喜欢你，虽然表现形式特别了一点，但是你们互相关心，也会互相帮忙。"

柳亭心："……"小丫头你还什么都敢说哈？怎么这话让你说出来就这么肉麻呢？

还肉麻得很服帖？

呸！谁服帖了！谁喜欢顾惜那个大水货了！

趁着柳亭心不知道该说什么的工夫，池迟猛地往前两步，一把拉开了健身房对面的房间门。

坐在门边偷听的顾惜差点随着门一起扑倒在地上。

"你们好歹也是影后，能不能别这么幼稚？"成功捕获顾惜，池迟无奈地在柳爷和顾大官人之间飞来飞去，就跟在看贪玩的孩子一样。

柳亭心摸了摸鼻子，假装池迟说的只是顾惜没有她那份。

把顾惜从地上拉起来，池迟帮她清理着衣服上不知道何时沾到的灰尘。

"两个人加起来都快六十岁了，还跑这里逗我这个刚成年的小姑娘玩，有意思吗？"

柳亭心倚着墙抱着胸站着，大长腿与墙壁形成了一个漂亮的夹角。

"你啊，我还真不觉得你刚成年，怎么猜到顾惜藏在里面的？"

池迟嗅了嗅空气中的气味说："香水啊。"

柳亭心："……"

顾惜："……"

"这货出的馊主意。"顾惜指着柳亭心说，"她非说让我不理你想看你着急！"

顾惜在一秒之内就把柳亭心给卖了。

"我怎么舍得生我家吃吃的气呢，吃吃你别听姓柳的这个不要脸的挑拨离间。"说着，她钻进了池迟的怀里，去摩挲她很久没有光顾的小腰。

柳亭心都不知道该说什么了，只能瞪着顾惜说："你这是真不要脸，我好心当个和事佬，你说我馊主意！"

"呸！你当个和事佬还跟我要了两瓶拉菲呢，知道我躲门后你还说我坏话！吃吃咱们不理她。"

顾惜换了个姿势接着搂池迟的小腰。

"哎哟——想死我了你这个磨人的小腰精，你说你怎么就一直也不找我呢。"

她这么一副没皮没脸的样子，谁能跟她真的计较呢？

池迟和柳亭心交流了一个同病相怜的眼神，只能拖着顾惜找个地方对戏去。

对戏对了一个多小时，中间穿插柳亭心和顾惜的各种互相攻击，从言语对决到池迟房间里的枕头大战，等顾惜一个人走回房间的时候，已经是晚上十点。

"喂……"

顾惜掏出手机拨了个号码打过去。

"怎么样，我的大影后摆平那个小姑娘了？"

电话的另一头传来的是路楠有些沙哑的声音。

"摆平了，网上的推广接着做，采访就不安排了，她毕竟年纪还小，满脑子艺术人生呢，拍完了《女儿国》放她出去撞个墙，她知道疼了我再教她。"

"你就不怕她疼惨了以后回不来了？"路楠提醒顾惜，这个圈子里多少人别说撞墙了，看见墙就跑了。

顾惜往后一跳躺倒在床上："我这点看人的本事还是有的。"

池迟的身上有大红大紫的潜质，除了外形和演技，还有性格。

"对了，我查了一下池迟，她的身世背景挺有趣的。"

"嗯？"

"比尤丁的建筑学学士，考上之后接受的是网络教学，成绩全优，去年毕业之后回国，真正的天才少女。要是真在娱乐圈里混不下去了，当个设计师也能过得挺爽，另外她家里好像是没什么人了。"

"……那她为什么跑去当个送外卖的？"顾惜突然对池迟毫无逻辑的人生产生了巨大的费解。

"为了演戏吧？她大半年中在十一二个剧组里当过龙套，基本是不露脸的那种。"

她那个资质，想演戏哪里需要当龙套？打扮得漂漂亮亮地拍几张照片发到各个经纪公司，肯定有人会想签下来，到时候演个广告、串几个戏刷刷存在感，那资本慢慢就有了。

"自讨苦吃的丫头。"

路楠并不在乎池迟是个怎样的人，她只担心顾惜会做出错误的决策。

"能吃得了这份苦，她的性子恐怕跟你以为的还是不一样，反正……你做事也别太想当然。"

路楠告诫着顾惜，识人不清这种事情，顾惜这辈子做一次就够了。

池迟和柳亭心站在码头上，她们要拍的就是当初在化妆间门口的那场戏——玲珑忍痛送别珊瑚，沉舟怕两姐妹中有人破坏了计划匆匆赶来。

玲珑高冷的神情有疲惫和憔悴，珊瑚怒意勃发的神色中也难掩心疼，两个人说着和当初一样的台词，却有着完全不同味道的姐妹情深。

她们各自以为隐瞒着对方是对姐姐（妹妹）好，却怎么也想不到在这场色厉内荏的作秀里，是她们此生最后的相见。

沉舟就在这时出场，先声夺人……然后，然后裙子绊了一下 NG 了。

那天和安澜演完决裂的戏码之后，池迟重新梳理了玲珑这个人的感情重心，祭司的责任、对女儿国的热爱该在第一，无可争议；对珊瑚的感情虽然冷淡，但是那是女孩子的小别扭，排在第二也没有问题。

沉舟与碧玺之间，看起来就有些难以决断了。

池迟梳理了很久。

玲珑接受的是老国王的托付去找到在女儿国中兴风作浪的那个人，她发现了那个人是碧玺就去告诉了沉舟，沉舟制订了一系列计划才保住了女儿国的安宁。

在这个过程中，是看不出她和沉舟有什么更好的私人交情的。

从另一个角度来说，这一部名为《女儿国》的电影，讲述的就是女王沉舟如何在风雨飘摇中保护住了自己的国家，从整个大纲来看，她唯一可以交付信任的人只有珊瑚。

无论是玲珑对沉舟，还是沉舟对玲珑，都更像是合作的关系。既然没有多么深厚的感情，玲珑自然不会在沉舟的面前展现弱势的一面。

她忠诚于树神，而非某个君王。

在昨天对戏的时候，她终于找出了这场三人对决里她应有的存在感，她的理智告诉她应该照着沉舟的话去做，她的情感却让她担心着珊瑚的安危，她是这种矛盾的集中载体。

"玲珑是女儿国的祭司，享受着万千臣民的供奉，珊瑚你不需要为她牵挂。"

一身艳红的女王试图从将军的臂弯里拉出她的祭司。

她嘴里说着看似是安抚珊瑚的话语，实则是在提醒玲珑不要忘了她祭司的身份。

玲珑穿着蓝色的曲裾，在沉舟对她伸出手的时候，她闪躲了一下。

"陛下，我希望您能记住您的承诺。"珊瑚神情凝重地盯着沉舟，她这一去九死一生，只能把玲珑托付给她。

"我会的……"女王笑了笑又看向玲珑，"她毕竟还小。所以我不会把她拖进漩涡里。"

这是谎言。

玲珑明明一直身处漩涡的中心，她们姐妹两个人，一个是自己的暗棋，一个是自己的明枪，在珊瑚出征假死之后，两个人就会交换作用，一个成了自己的明枪，一个成了自己的暗棋，是动于兵刃还是缓缓筹谋，都在自己的掌控之中。

莫名地，沉舟深吸了一口气，在这对姐妹的身上，她恍然感受到了掌握一切的气息。

因为她是女王，她拥有这个国家。

此时的玲珑已经站在了珊瑚的另一侧，她还记得自己和沉舟之间有那么一场"情敌之争"。

对，在珊瑚的眼中，此刻的自己应该是为了文宣吃醋所以滥用权势的卑劣之人。

"哪怕我是别人眼中高高在上的祭司。"她仰头看向沉舟，如同看着仇敌，这个女人夺走了文宣，让人如何不去恨，"又如何能比得上您，掌握着所有人命运的陛下。"

"所有人"这三个字她几乎是咬着牙说出来的。

"够了。"国难当前，却还为了一个男人争风吃醋，玲珑对沉舟的态度让珊瑚十分不满，心中的那点温情暂时被她压下。

缓缓地，一身金甲的将军单膝跪地："愿树神庇佑，我们必定凯旋。"

她看不见，她的身后，妹妹的表情那么温柔。

那么不祥的温柔。

"Cut！过！"

第四十四章
选 择

"我还记得刚进组的时候，你和我还是喝着大吉岭吃着枇杷，现在已经喝着碧螺春改吃荔枝了。"

安澜斜靠在椅背上，带着她一贯的腔调慢悠悠地说着。

她对面坐着的人用纤细白皙的手指轻巧地剥开一枚外壳红中带绿的荔枝，白生生的果肉刚好落在桌子上的小瓷碟里。

"从枇杷到荔枝，我们刚好完成了一个故事。"剥着荔枝的人这样说，声音清亮动人。

安澜看着她，颇为赞许地点了点头："这句话我喜欢，从枇杷到荔枝，是一个故事，从你到我，是一段人生……从顾惜到柳亭心……唉，大概是一段孽缘。"

在她们的不远处，"孽缘们"正在拍戏。

刚刚的一次 NG，让她俩的嘴皮子里都蹦出了各种跟"影后"头衔毫无关系的词汇。

"孽缘也算不上。"拈着一枚荔枝，池迟用手指在壳上轻轻捏了一圈，一剥，又露出了洁白的果肉。

"就像这荔枝，有人爱吃桂味，有人爱吃妃子笑，有人爱吃糯米糍……糯米糍嫌弃妃子笑酸，她们也都是荔枝，都是'世间珍果更无加，玉雪肌肤罩绛纱'。"

安澜慢慢坐正了身体看着她："那如果让你选一个呢，你喜欢妃子笑，还是糯米糍？"她用叉子扎了一枚去壳的荔枝放进嘴里，有些狰狞的蓝色手指上镶嵌着长长的假指甲——这是鲛人变身后的样子。

轻轻咽下果肉，慢慢吐掉果核，她接着说："一个微酸多汁，一个有甜糯可口，你选哪个？"

前行之路你想选哪一条呢？一条可能有荆棘荣耀，但是也寂寞常伴；一条看起来星光漫漫，但是你可能要付出超出想象之外的代价。就像柳亭心和顾惜两个人，当年同时出道，名气也相差无几，后来一个人成了业内公认的演技派，传说中的大导演收集者，经历的却是一段过于沉寂和坎坷的人生；另一个人看起来风光无限，国内最"红"的女演员，一举一动都能占据娱乐版的头条，背后的心酸拿出来却也远超所有人想象之外。

最初的原因，不过是刚开始的选择不一样。

"荔枝啊，只要好吃的我都喜欢。"池迟剥开一个荔枝，自己分两口吃了。

"可是荔枝并不喜欢你这么博爱，两颗荔枝在一起，你只能二选一，妃子笑，还是糯米糍？"

安澜今天反常地穷根究底。

她那双从来让人无法看清内涵的眼睛直直地看着池迟，想要从这个女孩儿的明眸里，把她内心的真实给挖掘出来。

"您放心。"被盯着的小姑娘喝了一口茶水，恰到好处地冲淡了嘴里的甜味，"吃穿住行我都没有多少偏好，所有的偏执都在这里了……"她左手的食指从额头中间往外划去，好像指出了一条笔直的道路。

"我只有这一条路，从来不想选择。"

这一条路是什么？

那就是演下去，演下去，把自己的时间、精力、人生、悲喜，都只放在表演这一件事情上，在这之外，荆棘荣耀也好，星光漫漫也好，都不能让她动摇。

让自己能不挑任何角色，无论什么剧本都可以驾驭，也让自己不要分心于外物，诱惑再多，也不忘初衷。

"很好。"

安澜敛起了笑容，端着茶杯正襟危坐。

"你下一步打算怎么办？"

"在网上找了几个感兴趣的剧组投了简历，如果没有合适的戏来演，就先去京城找个影视培训学校上课去。"

《跳舞的小象》和《女儿国》就像是两个不同的世界，她在其中来回穿梭了一会儿，仿佛经历了一场脱离了命运的穿越，可她知道自己还是要回归现实。

马上就能回到啃排骨、吃烤鸭、半夜跑厨房里煮汤圆的现实生活。

要自己去找剧组拍戏的现实，可能要继续当默默无闻小配角的现实，等待着这两部电影能给自己的回报。

话说回来，不知道是不是因为最近每天吃鸡蛋和牛肉吃到想吐，池迟现在对美食的兴趣大增，她在投简历的时候还注意到了几个与美食相关的剧组，印象最深刻的一个叫《凤厨》，已经整整筹拍了三年，却一直在招女主角，池迟只管扔了一份简历，因为剧组那句一看就知道是在吹牛的宣传词"包罗美食万象、总览厨艺奇景"实在是不知道触动了她的哪根心弦。

嗯，回去一定要让金大厨帮她做份炸排骨。

"《女儿国》上映之后会有不少人认识你，不想拍个广告、站站台，捞点轻松钱，再签个经纪公司？"安澜闲聊一般地问她。

"广告……还是都算了吧。"池迟想起了《飞仙一剑》的MV，那种毫无创造力的感觉到现在还让她浑身难受。

"和我演戏的时候过瘾吗？"安澜给池迟添了一杯茶，又吃了一个女孩儿给她剥好的荔枝。

池迟很认真地点头："很棒，真的受益匪浅。"

"那你知不知道，如果没有顾惜，你想要跟我合作，可能要三年五年的积累，可能更久，十年，二十年……"安澜的语气猛地严厉了起来，她欣赏这个在演技上前途无量的孩子，正因为欣赏，她要给她泼点凉水。

"我知道。"

"你现在有一个很好的起点，你应该去把握它，认真规划一下自己的道路。你很出色，坚忍是一个很好的品质，低调也是一种很好的品性，但是这些不足以让你来到我的面前。只有幸运，认识顾惜是你的幸运，我希望你记住。如果你忘了这一点，无论你将来走得多高多远，都会有跌下来的那一天。"

"我不会忘的，顾惜就是对我帮助很大，没有她可能我现在还在送外卖当龙套，这些我都知道。"池迟知道安澜说的是对的，就像她对柳亭心说的那样，被顾惜选中，是她的金手指。

女孩儿的表情很冷静，没有觉得丝毫的冒犯。

到这个份上，安澜觉得自己该说的都说了，以后顾惜会怎么样，池迟会怎么样，都有她们自己的运道在里面。

女孩儿继续给她剥着荔枝，她慢慢地吃着，手上做好的特型指甲没有沾到一点的甜腻汁水。

玲珑最终死在了祭坛上，她碾碎的那片神树叶子，到头来成了她对自己的送葬。

作为扮演者的池迟并不会感受到什么悲伤和痛苦——因为她全方位多角度地整整"死"了两个小时。

补拍了一些镜头，池迟在《女儿国》剧组的拍摄工作就结束了。

当然，按照合约，她要在十二月后参与到电影的路演和推广活动里。

她杀青了，顾惜她们却还要继续工作一个多月，毕竟祭司玲珑的故事，只是整个《女儿国》世界里的小小一部分。

@电影女儿国官方微博V：

祭司玲珑今日杀青，来日再会！[撒花][撒花][撒花]

配图是一个穿着白色上衣蓝色下裙的女孩儿站在花丛中和一群孩子嬉笑。

这原本是很正常的，不正常的是，顾惜、柳亭心和安澜工作室都转发了这条微博。

@顾惜：期待你带给所有人的惊喜哦小吃吃！

@柳亭心：姐妹情缘戏中断，戏外续，好好休息啊妹妹。

@安澜工作室：合作极其愉快，期待下次再见。

有好事者专门去找了宋羡文杀青时这三位大拿的微博转发，都只是中规中矩地转发而已。跟祭司玲珑的扮演者相比，那就是亲妈和后妈的区别。

因为官博并没有厚此薄彼，宋羡文的粉丝也不能跑去人家微博下面问为什么你们对我们文宝没有这么好，很是受了别家粉丝的一通奚落。

临走的时候，顾惜送给了池迟一份小礼物，她给池迟置办的衣服买的箱包，从来都是"拿着玩""拿着用"，唯独这次，顾惜说的是"礼物"。

"混这个圈子的，这个是最好用的东西了，离不了身的。"顾大影后说得一脸神秘。

池迟打开，看见里面是一副墨镜。

坐着公交车晃晃荡荡地回到影视城，顶着热辣辣的太阳，池迟这才惊觉，自己已经离开这里将近半年了。

无论是韩老板还是金大厨，那个态度都是前所未有地热情。

"池迟啊，咱们今天不在店里吃，后面那条街新开了一家潮汕牛肉馆，咱们去吃牛肉咧？都说味道特别好！"

韩萍美滋滋地提出了早就想好的接风计划，让金四顺这个家伙做饭太没有创造性了，还不如出去吃点别的。

听见"牛肉"两个字，池迟的脸有点泛绿。

抬抬自己手上的袋子，她一脸渴望地看着金大厨："大厨，我自己买了肋排，你帮我炸炸吧，不用腌得很入味，能吃到油最好。"

这话说的，那叫一个让人闻者伤心见者流泪。

韩萍的眼泪差点流出来："我的小池迟啊，你是在外头受了大委屈了，快让我摸摸，你肯定瘦了……"她的那双手在池迟的肩膀上捏来捏去，那明显壮实了的身板是无论如何也没法说出她是瘦了的。

"你说我喂了你大半年你都没胖，怎么出去拍个戏胖了还这么惨兮兮的呢？"

"池迟这是做了大量增肌训练，可是受了苦了，盐分都控制着，天天补充蛋白质，牛肉、鸡蛋，还有蛋白粉，能吃的东西不多。"

金大厨一边很专业地说着增肌训练的可怕之处，一边从池迟的手里接过排骨，把袋子扯开往里头看。

"你这个排骨上面也没有多少油水啊，炸了也不够香，我后厨现成的五花肉，给你煎熟了放点酱、烫点青菜豆芽拌米饭吃，行不行？"

小姑娘一脸热切地看着他，口水都要流下来了。

"别这么看我，我又不是炸排骨，人家出去拍个戏回来大包小包带东西，你倒好，到了家门口还去菜市场买排骨。"

旁边几个帮厨啊小工啊都跟着嘻嘻哈哈地笑，小半年没见，池迟还是这个样子，说是去拍电影当明星了，回来还是就知道跟金大厨要吃的。

没过十分钟，一大盆香喷喷的烤肉杂酱拌饭就摆在了池迟的面前，韩萍坐在她对面，看着她埋头苦吃。

"慢慢吃，今天早上金厨子就去早市买了个西瓜泡在冷水里了，一会儿你吃完了饭咱们再吃个西瓜，好不好？"

女孩儿点点头，五花肉和米饭把嘴塞得满满的根本说不出话来。

"这几天啊一直有个人打咱们的订餐电话找你，问他有什么事儿他也不说，只说等你回来，一会儿你给他去个电话。"

第四十五章
有 戏

冯宇京导演最近很是尴尬，他心血来潮跟自己的老师推荐了一个新人女演员，老师对演员的自身条件很满意，不满意的地方是这个演员被费泽给用过了。

"费泽这个家伙最喜欢表现那种空洞的华丽和没有多少感染力的大场面，看起来漂亮得很，全是唬人的空架子，演了他的戏，这个演员就未必能沉下心来在我这玩了。"

对，在杜安老先生的眼里，演员拍戏那就是玩儿，好演员，那就是要玩得开的。

冯宇京很想跟自己老师说这个新人在自己的烂片里玩得都挺愉快，又怕自己提起那些圈钱片会引起老师不快。

对于他拍那些东西，杜老爷子一直是睁一只眼闭一只眼，只要没在他眼前冒头儿他就假装看不见，如果看见了，一定会踹冯宇京两脚才能消气。

"唉，算了，这么多年阿京你也就给我推荐了这么一个人，让我也看看你的眼光是不是跟你的导演技术一样烂。"

"……"明明是见猎心喜，居然又能歪到自己的烂技术上，冯导演只觉得自己都不知道有这么个老师，自己到底是欠了谁的。

"下周我回国，你带她来让我亲自看看，一定要保密，知道吗？保密！"

搞定了老师这边，冯宇京猛地一拍脑门，他觉得自己已经傻了。

对着老头儿说得再天花乱坠有什么用？自己连那个小姑娘的电话

都不知道，当初那个剧组的演员导演早不知道溜达到哪个旮旯里去了，要是追着问过去，能不能问到先不说，那传言就肯定先多了起来。

圈里是非多，隔着不熟的人找演员那是蠢。

冯导不蠢，他想到了一个好主意，搜着影视城的外卖软件，找到如意的订餐电话天天打，就问池迟现在出组了没有。

终于让他等到了。

"小池啊，我是……呃……"

就是这么尴尬！

这么几个月过去了，导演把自己执导过的片子名儿都忘了！

一听他的声音，池迟就知道他是谁了。

"我知道，您是导演，当初我拍掉下水的那场戏您还让人给我准备姜茶来着。"

虽然她也不知道导演叫什么，但是这话一出来，瞬间就显得他们俩的关系其实不错。

啊？有过落水的戏？有过姜茶？

依然不记得。

"对、对、对，就是我，自我介绍一下，我叫冯宇京，现在呢，我这边有个试镜的机会……你好好锻炼身体，保持体形，下个礼拜三之前你到京城，我带你去见个导演，要是不放心的话，你可以让你爸爸妈妈带着你来……"

池迟在笔记本上迅速地记下了时间地点。

"好的，我一定去。"

关于片子本身到底是个什么样子的，冯宇京只说了是武侠电影，别的一概没说，池迟也没多问，顺着他的逻辑一溜儿地回答"是的，好的"，爽爽快快地答应了去试镜。

扣上电话，池迟打了个嗝，金大厨正在厨房里仔仔细细地洗排骨，准备晚上和茄子一起包在锡纸里抹点辣酱烤着吃。

"行啊，又有新片子可以演那是最好，今天晚上吃烤排骨，再给你做一碗面条，明天……明天你就多吃蛋白质和蔬菜吧。"

从温馨体贴到冷酷无情，金大厨的话锋转得就是这么快。

"正经当了演员了，必须控制体形，你增肌了这么多，再一胖可就麻烦了。"

"可是拍武侠片又不能吃猪肉了。"池迟的表情很是惆怅，猪肉与戏不可兼得，舍肉而取戏也。

"武侠片？"金大厨抬头看看池迟的身形，"哟，还真练出打女的型儿了，挺好，这几年还真缺你这样的，就是太辛苦了，咱出了名就转文戏知道吗？"

那语气轻松的，好像池迟说出名就能出名似的。

池迟也神情很轻松地答应了。

"啧，知道的你们两个这是在我这小破店厨房里胡唠，不知道的还以为你们在颁奖晚会上呢。"

韩萍在厨房门口嗑着瓜子看着厨房里俩人不知道天高地厚地瞎扯。

"老金，上次那个电影后来怎么就没信儿了？把小池迟弄得那么惨，现在连个泡泡都没有。"

金大厨洗干净了手从水盆里把西瓜抱了出来，放在干净的案板上徒手一劈，西瓜就乖乖地裂成了两半。

"哪有那么快？我光知道老温那边搭线了什么电影节，可能十月要去参展，能混出点名头来最好，电影多卖点钱。"

他随手用了个小不锈钢盆装了小半个西瓜扔给池迟，上面还插了一把金属勺子。

"这半小的你拿着勺子挖着吃。"

另一半被他砰砰哐哐用刀切开，自己拿了一块，给了韩萍一块，剩下的那几个臭小子要吃自己进来拿。

池迟接住西瓜盆，觉得这是自己在如意餐厅接受过的最高级别待遇。

"快吃吧，也就今天能吃了。"金大厨毫不客气地告诉她这个残忍的事实。

韩萍看着池迟那张瞬间没有表情的小脸儿，都想替她哭一哭了。

池迟在影视城的清闲日子才过了两天，又有人找她。

这次找她有事的人是封烁，他跟瑞欣的合同即将到期，《飞仙一剑》主题曲MV的点播分成要另拟合同，因为其中池迟的出演部分算是跟顾惜的资源置换，顾惜就说那点小钱直接给池迟好了。

"可能也就几万块的事儿，真不好意思还要你再来一趟京城。"封烁一边打着电话，一边把玩着手里的钢笔，笔在他的指缝里转过来转过去，转个不停。

"没事儿，我本来也要去的，提前几天顺便看看有没有合适的影视培训班。"如果这次的试镜不是很顺利，另外几家她投放了简历的剧组也没有回应，她就可以趁着自己现在有存款了赶紧去上个课混个"专业培训"的资历。

池迟说话从来都是这样的，不会让别人感到她有丝毫的不情愿。

封烁笑着挂了电话，把手机扔到一边，两只手一起抓了抓自己的头发。

《飞仙一剑》定档在了深夜，连个冠名商都没有，越来越多的人对收视率不抱希望。知道他要被瑞欣扫地出门，也有几家经纪公司联系他，条件谈不上多么优越，也绝对不差，毕竟他有过一些演戏的经验，卖相也还不错。不管怎样，似乎比他留在这里继续没着没落好了太多太多。

可他还是舍不得瑞欣。

上一任李老板是个很好的人，几乎是手把手地教给他怎么在娱乐圈里忍受寂寞等待辉煌，也一心一意地为他铺路，在电视剧里用一些讨喜的人设刷脸也好，在剧集之外帮他安排一些适合他的综艺也好，没有丝毫对不起他的地方。

现在接手的李齐，与其说是蠢，不如说是还没摸着头绪，被付诚文坑了一次又一次，打压得抬不起头来。

李齐也没真的昏了头，还知道让封烁续签，可是合同条款甚至远不如几年之前的，如果真有诚意，又怎么会有这样的合同出现呢？

这样的瑞欣……

让封烁爱恨两难。

上次被狗仔追拍的事情，是顾惜出头帮他摆平的，那个当年被他从酒席上强拽出来的醉酒女孩儿，现在成了一个会动的媒体头条，比他强势，也比他更有决断性。

就连被她看好的池迟，也时刻散发着磅礴的、有感染性的生命力。

他已经不年轻了，青春在爆红后的黯淡里被掩埋了太久，就算始终相信自己是金子总会发光，也会在夜深人静的时候忍不住去想当块普通的石头会不会更开心一点。

回家开个火锅店，也许也不错。

突然，封烁又想起了那句话："你身上有特别的光，人们会看见，会向往……"

一种特别的温暖，从他的心口处渐渐扩散到了全身。

知道池迟明天又要走，韩萍的内心基本是崩溃的。

"你说你还从杭城大老远地坐公交回来干啥？你就从杭城老老实实飞京城呗，这一趟折腾的，明天还得坐两个小时车去机场。"

小丫头继续吃着炖鸡蛋，表情跟吃毒药一样，她身上只穿了短袖T恤加短裤，露出了极为美好的身体线条。

尤其是两条长腿，从桌子底下伸出去一截，纤长笔直又健康，堪称完美。

"哪怕回来只待一天我也要回来啊，总得回个家报平安嘛。"把鸡蛋吞掉之后，她这么说。

韩萍恶狠狠地揉了揉她的一头长发，不知道该拿这个小姑娘怎么办才好。

行李箱才刚刚打开，明天又要拎着走，池迟花了十几分钟就整理好了自己简单的行囊。

这种拎起东西就走的日子，她似乎也开始习惯了啊。

晚上无事可做，她帮着韩萍把餐厅收拾了一下，抢过外卖包就去送外卖了。

车仍是那辆带着篷子的小车，几个月的风吹雨打，打眼的橘黄色都褪成了米色，路仍旧是那条路，影视城在大搞基建，白天尘土飞扬的工地，晚上也都安静了下来。

物是人非总是发生在不经意之间的，这是时间最可爱也最可恨之处。

短短几个月，池迟自己也变了，她似乎知道，又似乎并不知道。

顺着剧组专用的车行道把车骑进景区里，隔着花墙能看见不远处的池塘里荷花开得正旺。

光线不好，花不像是粉色，但是那种很恣意的盛开，还是能让人感受得到的。

风吹在人的脸上很舒服，池迟深吸了一口气，拎着外卖包下车。

"十二杯百合绿豆水，两份醪糟蛋花汤，一份凉拌猪耳丝、一份油炸花生米、两瓶啤酒。"

她送完了外卖，长发飘飘地走了，留下收外卖的几个群演面面相觑。

"长这样？送外卖？那咱还混什么？"

"混什么，赶紧把东西送进去吧，今天还得拍大夜呢。"

第四十六章

一　夜

封烁在北京的住处是他自己买的一套房子，因为买的时间早了点，所以价格还算靠谱，就在北五环的边上。

从他这里开车去瑞欣的公司大概要半个小时，池迟干脆就在他家周围找了一家酒店住下了。

前两次都有顾惜安排着住宿，档次稍高，这次是池迟自己掏钱，她货比三家，找了个一晚上四百多的酒店，订了八天的房间。

毕竟是封烁一个电话把她叫来的，如果自己住的条件在他的眼里"寒酸"了一点，封烁心里也会过意不去。

晚饭时间，封烁请池迟一起去了一家他偏爱的日料店。

"这家的厚切牛舌和咖喱饭都不错，最棒的是炙三文鱼腩寿司。"

蓝色的布帘把小包间隔成了一个清静之地，封烁给池迟倒了一杯果汁，自己添了一小杯的清酒。

男人的修眉长目在灯光下越发显得亲和可爱："先祝贺你圆满拍完《女儿国》，上次那么累还来帮我拍 MV，我还没好好谢过你。"

"你太客气了，工作上的事情有什么值得谢来谢去的？"

果汁杯和小酒盅轻轻一撞。

封烁把酒喝干，低头一笑。

"其实真正该谢你的是狗仔那件事，如果不是你，我都不知道后来会发生什么，下车打人也不是做不出来的。"

池迟的目光溜过他宽阔的肩膀和在 T 恤下面也能看见肌肉隆起的手臂。

"你才不会动手呢，如果是那种会动手的人，别人说什么都没有用。"

女孩儿是实话实说，当初在影视城的小巷里，付诚文欠抽成那样封烁都没有动手，那天不过是几个受人指使的狗仔，他更不会用自己的名誉去碰撞别人的手中刀。自珍自重的人是不会任由愤怒让自己变得狰狞难看的，他们首先认可的是自我的价值。封烁在池迟见到的这些人中，恰恰居于人品最贵重的那一列。

看起来很好说话，其实骨子里比谁都执拗又骄傲。

封烁看着对面明眸善睐的少女，脸上带着自我调侃的笑容："说不定我就是个绿巨人，生气之后会一下子就发狂了，自己都控制不了自己。"

他冲女孩儿做了个鬼脸，笑得像是个少年。

绿巨人？那是什么？

池迟不懂这个梗，只能顺着他的逻辑往下说。

"就算不发狂，你要是一打二肯定不会输。"

封烁做鬼脸，她就假做花痴状，双手捧脸看着封烁。

"嗯，我也这么觉得。"男人捏了捏自己的手臂，煞有介事地点点头。

刚巧服务生送餐进来，他们俩才勉强忍住了没有大笑出声。

"炭烧厚切牛舌，炙三文鱼腩寿司，刺身五拼，生牛肉沙拉……请慢用。"

餐具是日料一贯的朴拙又精致，寿司摆在长长的木盘上，个个玲珑诱人，刺身码放于冰盘，颜色清新也丰富。

两分钟之后，池迟只剩了一个想法。

这家的厚切牛舌真的是太好吃了！

火候恰好，调味恰好，最好的是肉质，柔韧清甜，别有一格。

封烁笑着看她闷头吃肉，那副双颊微动、两眼放光的样子，让他自己都觉得嘴里的寿司比以前要美味很多。

不知不觉间……他自己吃的也超出了自己给自己定下的每日热量摄取。

两个人光是厚切牛舌就加单了三次，吃了四盘，封烁自己一份寿司吃得意犹未尽，愉快地加了一份炭烧牛胸肉。

增肌也好，减肥也罢，在美味面前，都暂时被抛到了脑后。

时间到了晚上十点，封烁的手不自觉地摸向自己的手机，他顿了一下，又放开了。

听天由命吧。

封烁和池迟在外面吃得开心，有人就不那么愉快了。

今天是《飞仙一剑》的首播日，瑞欣的现任董事长李齐死死地盯着电脑屏幕里的收视率变化数据，不知道自己是该开心地笑还是该激动地哭。他对于《飞仙一剑》抱以厚望，倒不是因为这也算自己父亲的"遗作"，而是因为他手里已经没有牌可以打。

说起现在的瑞欣，人们想起的是付诚文，不是他这个半道出家的董事长李齐，没有话语权的董事长，日子着实难过。

电脑屏幕上《飞仙一剑》收视率正在缓慢攀升，早已成了同时段收视率最高的电视节目，涨势还没有停止。

按照李齐的了解，至少说明这个电视剧的成绩很好，明天他可以扬眉吐气地走在公司里，后续的二轮播放权、网络的平台播放权，甚至周边产品都可以考虑了，这些都是实打实的利益。

利益就是话语权，就是一切。

别的，他暂时没想到。

同样关注着收视率的顾惜可不像李齐那么"单蠢"，看见那个会让业内震惊的收视率，她立刻打电话给了路楠。

"现在就联系营销公司，观察今天晚上出现的《飞仙一剑》相关内容，原创也好，转发也好，明天中午之前把电视剧的数据操作到《女儿国》一样的高度。"

所谓营销公司特指网络营销，水军、段子手、网络大V都是他们的牟利工具。

"就一个晚上？"路楠很惊讶，《女儿国》的网上热度一直保持在一个较高的水平，水军在数据里面发挥的作用大约占比百分之三十到百分之四十，想要在一夜之间把《飞仙一剑》提高到那个水平，那数据中的水分……

顾惜有些激动地在房间里来回走动，一边走，一边想着下一步的计划。

"水分不会有你想象中那么大的，干炒容易煳的道理我清楚着呢，现在《飞仙一剑》的热度很不错，只要适当施力就能让它上天。"

"好。"对于顾惜的决定，路楠总是一如既往地支持。

"总之，明天早上，我要让整个网络里，没看过的都想看，看过的都有话题可说。话题……最好集中在男主角身上，不管是他和谁，必须要有话题度。"

女主角现在还没有出现，故事还集中在男主身处魔教，身边只有一个好友可以相互扶持的阶段，还有一个生性残忍却在男主面前佯装慈爱的养父。

这个"和谁"，就不言而喻了。

顾惜在房间里昂首阔步，宛若一个掌控一切的女王。

"同名主题曲的MV也是今晚上线，那个也要大火炒起来，炒男主顺便炒女主……最后，这次的账单格外备份一份，总有人要把这笔钱付了。"

如果封烁真的一炮而红，那他是否离开瑞欣反而不重要了，只要李齐没疯，他就会想尽一切办法留住封烁，付一大笔网络营销费对他来说根本不算什么。

"你放心，这波儿，咱怎么也亏不了。"顾惜笑得胸有成竹。

对于很多人来说，这是一个癫狂的不眠夜，成批的账号，精准的数据分析和采集，关键词抓取，写段子，联系营销号……在这个一夜之间就能"造星"成功的时代里，他们做着和平常同样的事情，却不知自己造出来的，到底是一颗怎样的星。

这一切，都跟那两个吃饱喝足慢悠悠走在路上的人毫无关系。

"难得我是一身轻松，你也是在休息，要不要明天找个景区看看风景？"一边转着手里的车钥匙，封烁一边问走在旁边的小姑娘。

"风景？"

池迟背着手一步一挪，说话都慢了下来："现在是暑假啊，哪儿都人多……我倒想去几个影视学校看看。"

"影视学校？好啊。"

几天不见，池迟似乎又长高了一点。

封烁往下瞄了一眼，看见她穿了一双带点跟的凉鞋。

一定是鞋的问题，他在心里暗暗地想，如果池迟一直长个子，那国内一大票的男艺人都没办法和她搭戏了。

"我认识几个在影视学校学过的朋友，明天帮你问问。你要是在京城上课，是不是还要在这里住下？有想过找什么样的房子吗？"

池迟转过身对他做了个摊手的动作："没想过那么长远，下周三如果新剧的面试没通过，我再考虑租房子的事儿吧。"

"也对，干演员这一行，除非签了合同，不然都不知道自己明天会是个什么样。"

说起合同，封烁又想起了瑞欣的那摊糟心事。

"你有没有想过签个经纪公司？帮你接戏啊，安排助理啊，处理生活琐事啊。"

女孩儿摇摇头："想过，后来一想会要求我参加商演、站台、拍广告，我就没什么兴趣了。"

封烁看着池迟像是看着一个天真的孩子，笑得包容又无奈："不商演、不拍广告，那你想做什么？"

多少人出名之后就想接广告动动嘴皮子就来钱？别说演艺圈里从一线到一百零八线的艺人了，就连网上写段子的不也是为了出名之后接广告接到手软，享受着躺着也能赚钱的小日子？

"演戏，我只想演戏……"池迟抬头看天，在灯光的遮掩下她看不见天上的星星。

封烁想要说她幼稚，却又说不出口。

每个人都曾经从幼稚走向成熟，因为"幼稚"不能让他们获得自己想要的东西，可是很多年之后，人们回头历数往事，却发现那点"幼稚"可能是自己人生中最闪耀的东西。

"那好。"封烁笑着快走两步，和池迟并肩而行，"你以后当个特别厉害的演技派，出了名地不接广告，我呢，当个大明星，天天在电视上刷脸。到时候有人说你没有商业价值，我没有艺术格调，咱俩就合作拍个电视剧，电视剧里你狂飙演技，中间插播的全是我代言的广告……"

"咦？为什么我和你合拍电视剧，人们只在中间的广告里看见你啊？"池迟对封烁的逻辑不是很懂。

"因为剧里面你的存在感太强啊，别人只看得见你，只会在看广告的时候想起，哦，还有那个封烁啊……"

封烁模仿着想象中那些人说话的样子，一会儿语气低沉，一会儿又做恍然大悟状，最后自己都忍不住哈哈笑了起来。

池迟摇摇头，觉得他才像是一个真正的大孩子。

第四十七章

电　话

早上八点半，封烁苦闷地坐在马桶上给池迟发文字的微信："你早饭想吃点什么？京城有名的豆汁焦圈要不要试试？"

一大早已经沿着马路慢跑了五公里的池迟刚刚洗完热水澡，看见微信的内容，她很努力地想象了一下豆汁的味道，坚定地选择了拒绝。

"随便找个早餐店买煮鸡蛋就好了，你想吃点什么？"

健身少女的人生就是由鸡蛋和牛肉填满的。

看着短信上的"吃"，封烁生无可恋地默默运气，昨天真的吃撑了，今天早上七点就开始拉肚子。

"我也吃煮鸡蛋吧，那我一会儿找你吃饭去。"

这个"一会儿"就让池迟等了半个小时。

终于，她没等到人，等来了封烁的微信："抱歉抱歉，你先一个人去吃早饭吧，我有点不太舒服。"

上午十点，拎着止泻药和米粥以及白煮蛋的池迟敲响了封烁家的房门。

封烁开门的时候一脸菜色，表情还有点小尴尬，如果不是因为今天他有要长在马桶上的趋势，他也不会让一个小姑娘送药上门。

"我肠胃一直不太好，昨天大概是太贪嘴了。"演员这种高强度的工作总会落下一些毛病，封烁就只有这点肠胃虚弱的小问题，相较大多数人那都是微乎其微的。

"你这是地道的一饱口福，然后……嗯……一泻千里？"池迟进了封烁家，规规矩矩地弯腰换上了客用拖鞋。

"一泻千里"四个字落在封烁的耳朵里，让他觉得自己某个地方猛然一紧。

整个房间有一点男孩子独居的凌乱，封烁趁着池迟换鞋的时候环顾四周，光速把自己扔在沙发上的脏球衣飞速卷走，还没忘记挂在空调下面的一条短裤。

"你先吃点东西然后吃药吧。"池迟把东西送到了厨房。

她体贴地给了封烁充分的时间，去把他的房间进行"微调"。

几分钟之后，池迟坐在厨房里，手边是封烁给她的一包牛奶。

"既然你不舒服，那我们下午再去瑞欣公司吧。"

间歇性地和马桶相亲相爱了三个小时，池迟自己脑补了一下，深深地觉得封烁此时没有杀身成仁已经是生性顽强了。

"吃了药很快就能好，我这是常犯的小毛病，来得快去得也快。"封烁敲开鸡蛋壳，把白水煮的鸡蛋泡在了米粥里，"我打电话给瑞欣的人，也不知道怎么了，他们手机都占线或者关机，可能在开会吧。"

热粥滚下肚子，封烁听见了自己胃里传来了咕噜咕噜的声音。

瑞欣几个工作人员的电话当然是打不通的，以李齐为首的一拨人现在都聚集在会议室里，面前是数不清的电话，每一个都在声嘶力竭地发出响声。

那是娱乐圈对于热点不死不休的追逐。

仅仅一夜之间，《飞仙一剑》的话题阅读量就超过了一亿，与话题相关的微博数达到了十万条，到了白天，这两个数字依然在飙升，人们在讨论井玄九，讨论他的义父无量尊者，讨论他的好友赤字七，讨论他们三个人之间的关系。

讨论之热烈，就好像如果不知道这部电视剧你就不是生活在这片土地上的人一样。

在娱乐圈里，每年都会有几部电视剧脱颖而出成为人们茶余饭后讨论的焦点，但是即使前几年大红的经典剧，也没哪部片子有能力在一夜之间就红遍了整个网络，《飞仙一剑》红了，扮演井玄九的封烁红了，扮演赤字七的邓子宸红了，扮演无量尊者的演员现在也是全民都喊"坏得好苏"。

说实话，李齐到现在都还没弄明白到底发生了什么，那些打来电话要求采访的记者，那些堵在瑞欣门口要见井玄九和赤字七的女观众和媒体人，都让这个半道出家的董事长无所适从。

"所有的电话都是要采访封烁的，外面的人也都是来看封烁的，来的还都是年轻的女孩儿，我们也没法子强制驱赶。"

三四十号大姑娘堵在门口，保安能让她们现在都没有冲进公司已经是尽心尽力了。

"那封烁呢？"李齐问道，"封烁现在在哪里？"

所有人面面相觑。

对哦，忙了一早上了，正主儿还没见到呢。

"封烁，这几天说是要来改签合同……"封烁现在连助理都没有，和他对接改签合同的是公司的版权负责人。

李齐皱眉："改签什么合同？"

"他马上合约期满了……"

"砰！"李齐一巴掌拍在了桌子上，"他没续约？"

"没有啊。"旁边的人都在心里腹诽，你爹把人请进来是要捧成明星的，你接手之后就给了人家一个新人条款，人家能续签才有鬼。

"给封烁打电话，让他现在就来公司……不对……"

李齐挠了挠自己的脑袋，恨不能拿墙撞头把当初脑子不清楚的自己给活活撞死。

"尽快联系上他，别让他来公司，晚上，晚上我带着合同去他家，不对，给我准备车，我现在就带着合同去他家。"

"准备什么级别的合同？"在一边的秘书很尽责地问自己的上司。

李齐瞪着她，仿佛在看着一个智障："你还问我要什么级别的合同？什么级别都没有！给我一份空白合同！条件随便封烁自己填，你懂吗？！"

骂完了自己脑残的秘书，李齐仿佛也骂爽了那个脑残的自己。透过窗子，他看向楼下，在八月热辣辣的太阳底下，小姑娘们整齐地喊着井玄九和赤字七的名字，也有人喊着要见封烁和邓子宸。

人数还在变多。

那些人拥挤在一起，举着横幅，拿着喇叭……光线过于刺眼，仿佛一切都变成了幻象，她们在李齐的眼里已经不再是人，而是钱。

在这一刻，李董事长终于明白了想要在娱乐圈里玩得好到底靠的是什么。

是人。

是粉丝，也是艺人，只要给一个艺人的身后绑上十万二十万……成百上千万愿意为他花钱的粉丝，就足以让他们的公司躺着赚钱。

十万二十万人喜欢一家饭店，足够让一家饭店开成有名的连锁。调动粉丝们的心思，吸引他们的目光，让他们用心去喜欢一个人，为那个人实打实地摇旗呐喊，兢兢业业。

就好像一家公司有十万二十万勤勤恳恳的员工，还是不需要支付工资的，只要让那个明星帅帅地笑一笑就能抵过世界上所有有形的报酬。

真正的一本万利！

现在就有这样一个能让整家公司疯狂赚钱的人摆在他们的面前，如果失去了，那就是跟钱有断子绝孙之仇！

李齐闭上眼睛，狠狠地吸了一口气。

只要能把封烁留在公司里，让他哭也好，让他跪也好，让他抱着自己亲爹的遗像去卖惨也好，他都会毫不犹豫。

地铁在咣当咣当地前行，戴着口罩和帽子的封烁低头看着手机，一边看一边跟旁边什么伪装都没有的小姑娘说话。

"这条线我最近经常坐，好像挖得太深了，联通的信号一直都不太好。"

"还好吧……"池迟没有总是看手机的习惯，在一群低着头的人里显得有点鹤立鸡群。她掏出自己的移动手机看了一眼，发现这条地铁线大概专黑联通。

"把合同签完了咱们去喝个小吊梨汤？它们家的茄子面也不错，可惜我们都要远离能让人发胖的东西。"

一听到封烁说起吃，池迟的脸都有点苦，早上她又吃了六个白水煮鸡蛋。

"既然知道不能吃就别惦记了。"

"好吧。"封烁点点头，收起了没有信号的手机。

没有手机可以看，封烁的眼睛左瞟一下、右瞟一下，大写的无聊，最后定格在了池迟的脸上。

"我昨天就想说，你真是变漂亮了好多啊。"

在剧组里每天卸装之后都会被强制要求保养，池迟脸上的一些干燥的小问题早就解决了，更何况，不是还有句老话叫"女大十八变"吗，五官渐渐长开的女孩儿露出了特有的明媚之美。

"我还记得你上次说你好多年没坐地铁了，现在看你适应得也不错。"想起来那些被摁在床上一层层糊保养品的日子，池迟有些不寒而栗，立刻转移了话题。

"还好吧。"封烁轻笑了，"可能我也是在做准备……准备着回归普通人的生活。"

地铁站外面就是瑞欣所在的大楼。

坐扶手电梯出站的时候，池迟和封烁的电话同时响了。

"我【哔……】韩柯这个傻【哔……】，池迟，你现在在封烁那儿吗？你让封烁先找个酒店住下，出门包严实点，别去瑞欣，路楠下午三点到京城……"

顾惜语速极快，仿佛在和什么人生气，池迟有点反应不过来。

"什么？"

在她前面几步远的地方，封烁摘了口罩也是一头雾水地跟人讲电话。

在某个地方突然爆出了一声惊天的尖叫："封烁！看那个是封烁！"

堵在瑞欣门口的年轻姑娘们瞬间激动了起来。

年轻的男人抬起头，露出那张俊美又不失英气的脸庞。

"啊！封烁！"

一群姑娘冲着他扑了过来，犹如饿虎扑食。

守在大楼门口的媒体记者们也迅速反应了过来，扛着"长枪短炮"冲着封烁杀了过来。

这时，一辆早就停在路边的黑色面包车突然开了过来，车门打开，露出了邓子宸的那张娃娃脸。

他对着冲过来的粉丝和媒体记者们一笑，就把封烁拽上了车。

黑色面包车调转车头扬长而去。

连封烁的头发丝儿都没碰到，姑娘们的尖叫声却比刚才还要热烈。

"啊啊啊啊！赤字七把井玄九拖走了！！拖走了！！好萌！"

和封烁只隔了十米的池迟蒙头蒙脑地看着发生在眼前的一切。

"封烁到瑞欣门口了，又被抢走了……大概没事儿，我知道了。"

她对着电话里的顾惜如实汇报情况。

粉丝们纷纷上车去追赶那辆黑色的面包车，看见呆立的池迟，姑娘们很热情地喊："快上车，一起去看封烁和邓子宸啊！"

池迟眨眨眼，果断跳上了这辆白色的商务车。

第四十八章

粉　丝

车里统共坐了七八个年轻女孩儿，最大的看起来也不过二十三四岁的样子，上了车她们激动又兴奋，完全没有自己是坐上了陌生人车子的自觉。

开车的女孩儿斗志昂扬地对坐在车里的小伙伴们高声说："上了我的车你们就是上对了，尽管放心，在京城这个地界儿想让我跟丢车那是门儿都没有。"

在那一瞬间，池迟对这个开车姑娘所从事的职业产生了巨大的怀疑。

"啊！我看见封烁本人了，我还看见邓子宸了！我看见赤字七把井玄九救走了！跟电视里一样！"

"赤字七笑起来好萌好可爱！"

"井玄九呆呆站着的时候简直让我亲妈心爆棚！啊啊啊，我说来看他我同学还说我看不见，这回肯定后悔死了！"

"你们谁拍照了？快快快，互通有无！"

几个拿着单反和高清摄像手机的姑娘立刻头碰头凑到了一起，互相点评比较着那些抓拍的照片。

池迟看看她们，默默地往座位上一缩，努力减少自己的存在感。

为什么脑袋一热就上车了？她自己都不知道怎么回事，大概是因为这些小姑娘的热情太有煽动性了吧。

所谓，你站在桥上看风景，看风景的人在楼上看你。池迟悄无声息地坐在那里，还悄悄关注着女孩子们的举动，她这么个年轻漂亮有气质的女孩子，在人堆里都是个发光体，何况身处这个小小的车厢？

在最初见到偶像的惊喜过后，女孩儿们开始注意到了这个画风不太一样的"同伴"。

"我是烁烁家的唯粉，你呢？"这是第一个向池迟伸出了友谊之手的可爱女孩儿。

唯粉是什么意思？

池迟眨眨眼，在想怎么把话头接过去。

"你是烁烁的唯粉啊，我也是啊！"

没等池迟想出对策，就有一个女孩儿惊喜地"认亲"了，她们俩在两秒之内达成了"相见恨晚""莫逆之交"的成就，亲亲密密地坐在了一起。

"哈哈，我也是唯粉，不过我是小太阳，两个闪闪你们好呀！"开车的姑娘抬起一只手臂挥了挥，跟刚刚两个小女孩儿打招呼。

闪闪是封烁的粉丝，这个池迟是知道的，那小太阳是什么？

池迟觉得自己来到了火星，完全听不懂她们黑道切口一样的对话。

"我也是小太阳！"

"我是闪闪。"

"我是小太阳，哎呀，我一眼就爱上我家子宸了，他怎么那么可爱！"

哦，原来小太阳是邓子宸的粉丝，又搞懂了一个问题。

那唯粉是什么？

心里疑惑的泡泡一个接着一个，池迟保持沉默。

池迟对面坐着的小姑娘也保持着死一样的沉默。

结束了认亲的女孩儿们看着仅剩两个没有"自报家门"的女孩儿，表情有点犹疑。

"我……我是七九 CP 粉……我是角色的 CP 粉，不上升真人，我保证！"被一群人盯着看，池迟对面的小姑娘先坚持不住了，她战战兢兢地"坦白从宽"。

池迟注意到她的手偷偷攥紧了车窗上的把手，生怕别人把她扔下去一样。

难道这群可爱的小姑娘还有什么吓人的地方吗？初次来到火星的

地球人池迟对这个外星生物的紧张很费解。

七是赤字七，九是井玄九，CP 粉就是……把他俩凑成一对一起萌的那些人。

在粉圈里，两家的粉丝可能因为种种摩擦就发生冲突，但是无论怎样的摩擦都有一样是不会改变的，就是两家会一起鄙视那些把她们两家的明星扯到一起的所谓"CP 粉"，所谓"有朝一日剑在手，杀尽天下 CP 狗"说的就是对 CP 粉这种生物的存在，让只喜欢一个明星的"唯粉"们恨不能将之赶尽杀绝、挫骨扬灰。

毕竟喜欢明星也是一种"喜欢"，喜欢是一种具有独占性和求同性的情感，在这种情感里，偶像有女朋友都会有人难以接受，粉丝们也自然讨厌那些"哎呀××和××在一起好萌"的人，看见她们就想糊她们一脸"你们是不是瞎""抱走我宝宝""宝宝是我的"……

这也就能解释为什么刚刚那个小姑娘在自报家门的时候装死不敢说话了。

"没事没事，我们闪闪（小太阳）都很有爱的，真的，不上升真人我们就当没看见了。"

小姑娘们在安静了几秒之后都表现出了对"CP 狗"的善意，她们毕竟都是刚刚才萌上了自己家的偶像，没有经历过粉丝内部的各种乱斗，也不会像网络上隐藏在 ID 后面的那些人一样喊打喊杀。

一辆车里，三个闪闪，三个小太阳，一个七九 CP 粉，剩下同样沉默的池迟被自动归类到了 CP 粉的行列。

闪闪们和小太阳们各自扎堆萌自己的，那个 CP 粉小姑娘就凑到了池迟的面前。

"昨天晚上就有大神剪了个 MV，可香了！"小姑娘很自来熟地掏出手机给池迟看已经下载下来的视频。

池迟看着小小的屏幕里面，穿着黑色古装的封烁气质干净，和另一个穿着红色古装的男人……

男人？

男人！

眉来眼去？眉目传情？奸情四溢？

！！！

"就是只播了两集，素材还是太少……"小姑娘咂咂嘴表示自己意犹未尽。

池迟仔细端详了一会儿，才发现这个视频是通过剪辑的手法拼凑在一起的，在表情逻辑上说东拼西凑也不为过。靡丽的配乐、如梦似幻的调色，还有似假还真的台词与剧情碰撞，让短短的视频都带着一种暧昧的气氛，在气氛的渲染之下，一句简单的"阿九"都能让人听出不一样的缠绵悱恻。

"是不是特别萌？特别香？我跟你说哦，我跟这个大神是一起从别圈爬过来的，大神可牛，还会……嘿嘿嘿！"

嘿嘿嘿又是什么？

池迟看着姑娘笑得见牙不见眼的样子，直觉自己不该在这个问题上寻根究底。

"还有这个！也是出了名的快手大大，你看这个萌不萌？"

女孩儿很愉快地向自己的"小伙伴"卖着安利。

殊不知，自己给她看的东西，正在缓缓地对她打开新世界的大门。

"哎哎，你们看没看《飞仙一剑》的 MV？我家烁烁在里面超级帅啊！里面那个女的不是杨菲儿啊，我觉得她比杨菲儿漂亮多了。"

一个"闪闪"也开始对所有人卖起了自家烁烁 MV 的安利。

视频里，白衣女子恍似云中仙，动起来有种翩若惊鸿矫若游龙之美。

还有点眼熟。

这个闪闪有点愣，她直直地扭过头去看着那沉默的漂亮女孩儿。

那个漂亮的……在吃着七九 CP 安利的……女孩儿……

又僵硬地转回来，盯着屏幕上那张看起来只化了淡妆的脸庞。

她的动作带动了其他人看看屏幕再看看池迟。

"那个，那个……"你是不是拍了这个 MV？

再次看向池迟的时候，小姑娘吞了下口水，她的表情绷得紧紧的，话到了嘴边却怎么也问不出口。

刚好在这个时候，池迟的手机响了。

"封烁"两个字出现在她的手机屏幕上。

"喂，池迟，我朋友找我有点事儿就急着把我带上车了，你现在还在瑞欣门口吗？"

"不……"池迟看向前面，那辆黑色的面包车依然能够被她看见。

开车的女孩儿那技术确实相当不错。

"我就在你后面的车里。"

猛然间，整辆车都安静了下来，恰似一个真正的氢弹刚刚引爆完毕，进入了一种万物湮灭的寂静。

挂掉电话，池迟特别窘迫地笑了笑，用手揉了一下额头，就好像是要擦掉摁在自己脑门上的大写"尴尬"一样。

"我确实参演了这个MV，今天就是去瑞欣改签分成协议的……"

涉及商业的事情也不能说得多具体，面对影后名导都坦然自若的池迟再次卡壳。

"啊啊啊啊！！！"分享MV的小姑娘尖叫了起来。

池迟立刻下意识地举起双手投降，你盘问也好责问也好，你别随便放声波武器啊！

"我也很喜欢你啊！！！！！你演得好好啊啊啊啊！！！好仙！！！我超爱你MV最后那个表情！！"

小姑娘扔掉自己的手机掏出笔让她签名。

池迟呆呆地在上面用行书写了"池迟"两个字。

"池迟，哎呀这个名字也好有气质啊！"那个闪闪把名字摁在胸口，表情十分陶醉。

池迟："……"

十五分钟之后，头昏脑涨的池迟坐到了邓子宸的车上。

在车子的后面，一群小姑娘对着他们挥手。

"烁烁你们要加油啊！"

"子宸子宸，我们爱你！"

"池迟，池迟你好棒！"

封烁和邓子宸分别从窗外探出身去对她们挥手，这才让邓子宸的助理开车离开。

"Hi！美女！我叫邓子宸，幸会幸会！"

娃娃脸的年轻人对着池迟笑容灿烂，操着不是那么标准的普通话和她打招呼。

池迟回应了之后，向封烁转达了顾惜的话，就默默萎在了一边。

"怎么了？刚刚那群女孩子对你做了什么？"看着她的样子，封烁忍不住想笑。

小姑娘目光呆滞地看着前方，那群粉丝的问题之多、思维之复杂、逻辑之缜密、想象力之天马行空真的是让她无力招架。

"没做什么，外星旅行结束，我只想静静。"

她无力地揉了揉自己的脑袋，拒绝再说话。

邓子宸看看池迟，再看看封烁的表情，明白这个小姑娘大概也是可以信任的，继续和封烁聊起了刚刚的话题。

"那我们就商定了，不管瑞欣那边怎么安排，我公司这边安排我上综艺都带着你咯，一直到年底哦。不是说下午有人来帮你，那你拿着《联合营销》的合同给她看看再签咯。"在邓子宸的心里，封烁一直是他的好兄弟，好兄弟是不能坑的。

"好。"

封烁点点头。

一加一大于二的事情，没有人会拒绝。

就像现在，"赤字七勇救井玄九，戏内兄弟戏外亦好友"的新闻已经登上了各大门户网站娱乐版的头条。

男人看向窗外，一切好像和昨天没有什么不一样。

但是他的人生已经不一样，这次，一定要一直不一样下去。

"对了……"在一边一直闭目小憩的池迟突然开口，"你记得一会儿吃完饭要吃药。"

再红的明星，也不能一下子就治好爱拉肚子的毛病。

第四十九章

解 捆

"这份合同就是个垃圾，蛋糕还没做大呢就光想着怎么切，短视。"

下午五点多，封烁终于在他暂住的酒店里见到了风尘仆仆的路楠。

旅途的辛劳和无数的电话让路楠的声音更沙哑了，但是这没有影响她光速投入工作的热情。

"一个是配角一个是主角，就算短时间内曝光度上差不多，将来的前景还是有区别的，让主角的演员去迎合配角的宣传，摆明是欺负你现在没有经纪人。"

一部戏的配角演好了，下部戏当主角就是进步。一部戏的主角当好了，下一部合作的班底稍差就会被人当成是"过气"，既然是有不同的目标，那就肯定有分道的一天，分道的时间点，不能掌握在别人的手中。

路楠把合同直接扔进了垃圾桶里。

"就算要捆绑，也不是这种你去迎合他们的捆绑，表现亲密一点在电视剧播出的时候制造话题还行，时刻的捆绑会让人更关注你们的关系，将来只要在资源上稍有竞争你们就必然得一拍两散，到时候朋友都没的做。从长远来看，捆绑久了对你们两个人都有害无益。"

封烁扶着下巴，许久没有说话。

他必须承认，路楠说的是对的，但是正因为路楠的正确，让他意识到了自己的短板——他没有一个能全心全意为他考虑的经纪人。

"考虑好下一步该怎么办了吗？"

封烁实话实说："没有。"

"没有才对，要是你什么都想好了，还要我们这帮经纪人干什么。"

坐在封烁对面的椅子上，路楠掏出了一支烟，没抽，只是放在鼻子下面闻了闻。

"池迟人呢？"

"买晚餐去了。"

"买晚餐？是让咱们两个单独说话她顺便望风吧？在别人的事儿上都挺机灵，到了自己头上就偏得跟驴一样。"想起池迟拒绝让顾惜帮忙炒作的事儿，路楠还是很无奈。

封烁："呵呵。"

短短一天，整个世界就天翻地覆，想来想去，仿佛只有那个小姑娘没有一点的变化，依旧是凡事从容、吃喝为大。

刚刚池迟走的时候还提醒他不要喝茶水，防止再拉肚子。

"池迟的事情以后再说，现在最重要的是你，你的电话可以开机了，让李齐就去酒店楼下的那家咖啡厅，我需要你签一份临时委托协议，由我去跟瑞欣扯皮。"

路楠抬眼观察了一下封烁的神色，确认他并没有对自己的态度和语气产生反感，又接着往下说。

"我们先看看瑞欣的条件你再决定是走是留。在那之前我必须告诉你，昨天一晚上顾惜为你花了几百万，今天早上又为你跟韩柯吵了一架，她为你付出那么多不是为了让你给瑞欣当圣父的，所有合约的条款我会帮你卡得很严，别说他抬出他死去的爹，他抬出他祖宗十八代我都不会让步。"

路楠的话让封烁沉默了片刻，他修长的手指敲着沙发的扶手，过了一会儿才终于说："我懂。"

"你懂就好。"

路楠喝了口水，开始帮封烁规划起他的班底。

"我帮你物色了一个新的经纪人，如果她愿意接手你，后面的事情就简单多了。"

晚上六点半，路楠口中所说的经纪人给了回话。

晚上七点半，路楠和李齐在小小的咖啡厅里开始了长达四个半小时的谈判，在凌晨十二点之前，敲定了所有的条款。

第二天早上十点，瑞欣召开紧急董事会，李齐用了三个小时的时间获得了足够的票数，通过了和路楠的全部协定。

在《飞仙一剑》播出第二周的周一，瑞欣对外宣布聘用前世纪星耀的知名经纪人窦宝佳为公司的执行副总，关于封烁的一切商业事务由她全权负责，同时瑞欣的股权发生变动，封烁和窦宝佳都成了瑞欣影视娱乐公司的新任股东。

此时，封烁"井玄九"的形象已经深入人心，真正实现了"一夜爆红"的造星神话。

于旁边全程默默围观的池迟在为试镜准备的时候又接到了顾惜的电话。

"怎么样，看着封烁一夜红透全国的感觉很爽吧？"

顾惜体会到了一把"造星"的滋味，还是非常有成就感的。

池迟的脑海里却只是瞬间浮现那辆从火星开来的汽车，那种奇妙的氛围和淡淡的尴尬感，实在让她记忆深刻。

"还好，厚积薄发，终有回报。"

在池迟看来，世界上根本不存在所谓"一夜爆红"的幸运儿，没有底蕴和沉淀，被呼啦啦吹起来的是气球，被针扎了是要破掉的。

"哟，还转文。"

隔着电话听着顾惜的语气，池迟都能想象到她撇嘴的样子。

"封烁这事儿还没完呢，窦宝佳想要在瑞欣站稳脚跟就必须把付诚文给撅了，到时候又是一场大戏。"

瑞欣能够提供的资源说多不多，说少也不少，让自己手下的演员都有戏拍，让自己出的戏都能上星那是不难的，但是想要捧出一个李齐承诺的"全民偶像"，就必须整合公司内部的全部资源优先为封烁服务。

资源倾斜到这个地步，就算付诚文能忍，他手下心肝宝贝一样的艺人辛阳也不能忍。

付诚文忍不了的时候，就是窦宝佳一击即中把他们那一撮人赶出瑞欣的时候。

"你呢？"池迟柔声问顾惜，她还记得顾惜上次爆粗的语气，怕是和别人闹了什么不愉快，"最近还好吗？"

"挺好啊，电影拍摄得挺顺利，后期做得也很顺利，资方愿意砸钱我这就没问题。"

顾惜的语气轻快，满满是对未来美好"钱景"的展望。

"我是问你自己好不好，不是问电影，也不是问其他的。"捧着手机，池迟语气很坚定地说，不允许有半点的敷衍。

顷刻间，顾惜沉默了下来。

"还行吧。"顾惜的嗓子有点涩，"蒂华的老板想抹黑封烁打击瑞欣，被我拦下来了，在娱乐圈里这都不是什么大事儿，就是……让我觉得很不开心。"

是的，很不开心。

多少年前自己爱上了一个人渣，这已经是段不堪回首的黑历史了，然后她自己却又为了利益为了往上爬继续和这个人渣虚与委蛇，一次次，一年年。

像是一个人知道自己掉进了粪坑，却又不得不与粪坑打交道一样，哪怕里面能刨出黄金，骨子里的一些东西还是觉得恶心。

这次知道了蒂华打算针对封烁的事情，顾惜打了电话给韩柯，在那之前顾惜酝酿了好久，《女儿国》的项目自己不能松手，但是从帮韩柯最近比较看重的艺人牵线大品牌还是没有问题的，蒂华明年要出一个捧人的电影，自己去客串也没有问题。

让她没想到的是，韩柯没有提封烁，也没有提顾惜打算拿来做利益交换的东西。

他说让顾惜陪他参加他家老爷子的八十大寿。

"要是天晚了就在主宅住下，我们也好久没有独处过了。"

男人的声音低沉深情，似是情人的低语，顾惜听到了耳朵里只觉得恶心。

她想吐。

不只是觉得韩柯恶心，更是觉得自己恶心。自己当年竟然就喜欢上了这么一个人，自己竟然和这么一个人相处了八年。

你把他当爱人的时候，对他一心一意的时候，他当你是个用身体换利益的婊子。

你把他当合作对象的时候，每年给他赚几个亿的时候，他认为用利益能换来你的身体，依然当你是婊子。

顾惜声音甜甜软软地答应了，面对韩柯的时候她演技比在摄像机前还要好，欲拒还迎，言语切切，艳丽的脸上却挂着真真切切的冷笑。

九年前的自己是个智障，五年前的自己是个白痴，现在的自己就算付出再多的代价，也要从韩柯那里把自己彻底地剥离。

不管什么代价！

"看来是有了不开心又不好说的事啊……我要是不开心，吃点东西就好了，可惜你连好吃的都没的吃。杀青之后就不用保持那么瘦了，有机会我给你做好吃的。"每个人都有各自的无奈之处，外表强大如顾惜，实在让人无从安慰，哪怕施与安慰的是池迟。

"你还想进厨房呢？不要你那张宝贝脸蛋了？"一听见"厨房"两个字，顾惜条件反射性地想起了那些损伤皮肤的油烟。

随即，她明白池迟是在安慰她。

"没事了，真的，不过是让我更确定了自己想要做的事而已。"让思绪从回忆中剥除，顾惜调整了一下嗓音对池迟说，"你要是担心我，不如回来看看我？顺便参加个媒体探班？"

池迟想了想自己的时间表，对顾惜说："等我去试镜完了就去看你好不好，媒体探班就算了，我已经杀青了就别露面了……这边的水蜜桃很好吃，我到时候给安澜老师带几个过去。"

"你是来看我！还给安澜带东西？小没良心的，你忘了谁对你最好了？！"

听见顾惜还有力气吼她，池迟终于放心了。

"乖啦，等我去看你，你要好好照顾自己。"

"嗯。"戴着蓝牙耳机躺在床上，顾惜总算是真心实意地笑了。

第五十章
有　因

一个人跑步、锻炼、吃饭、看片子，空闲的时候就去京城的几个影视学校"考察"，池迟把自己的生活过得井井有条，让没有什么时间能关心她的封烁和顾惜都比较放心。

很快，就到了池迟和冯宇京约定的那天，早上九点，池迟在一家酒店的大厅等到了那个蓄上了小胡子的导演，灰色的衬衣土黄色的宽脚裤，这位导演打扮得像是个渔夫。

"长话短说，前一阵你那个练剑的视频不是挺红吗，正好我老师剧组需要好几个打女，我就跟他推荐了你，喀喀，我老师呢，叫杜安。"

冯宇京有点小期待地看着池迟的表情，最好能激个动啊、尖个叫啊、晕个倒啊，哎——那就能满足他一直隐瞒到现在的恶趣味了。

池迟："哦，杜安、杜导演，最有名的作品是《迭关》《天涯行者》《五大高手》……我最喜欢《天涯行者》里面的琴翁剑叟……"

这些片子池迟在拍《女儿国》的时候挑了几部看过，前几天在专注准备武侠电影的时候又看了一些，确实都是经典的武打作品，男男女女武中有情、情中有义、义中含悲喜。

琴翁剑叟二人只是《天涯行者》中的配角，却被刻画得入木三分，在所谓正与邪的较量中苦苦挣扎，求浪迹江湖不能，求生亦不能，最终做了同年同月同日死的毕生知己。

冯导演很无奈："你是要去试镜杜安大导演的片子啊，你能不能激动一下啊？"

女孩儿看着他，语气很认真地问："激动的话能在试镜中加分吗？"

冯宇京："不能……"说完了他就觉得自己是个白痴。

"好啊，你这个小丫头半年不见脑子还变灵了？"

杜安安排秘密试镜的地方是他在京城的某个别墅，今天上午安排试镜的只有池迟一个人，这是杜安对自己不争气助手的优待。

也可以说，杜安本来就是想见见自己以前的助手，给池迟一个试镜的机会不过是顺带的。

带着池迟下了车穿过庭院往里走，冯宇京还问她："你真的不紧张啊？"

池迟摇摇头，有什么好紧张的，面试不通过就去上学，反正学校也物色得差不多了。

冯导演对这个小丫头的心理素质简直佩服得五体投地了，当初是觉得她演技好，没想到这才半年的工夫，竟然已经修炼得道了。

"行！算你牛！你不紧张我都替你紧张，你要是真能在我老师的电影里当了配角，我就回来给我老师当摄像师！专门拍你！"

他算是对这个没心没肺的小姑娘服气了。

房间里有个头发花白的老人正等着他们。

"阿京啊，快来尝尝我自己种的葡萄，今年是第一次结果实，被小鸟吃了不少。"

冯宇京赶紧快走两步上前，从杜安的手里把装着葡萄的盘子接了下来。

"你看看你，对我这么小心，我是六十五岁，又不是八十五岁。"

说着，老者转身看着池迟，笑眯眯地问："这位小姐就是你推荐的池小姐吧？真是年少有为，风流倜傥。"

年少有为还好说，"风流倜傥"四个字……

冯宇京使劲儿瞅瞅池迟，他是怎么都没看出来。

池迟规规矩矩地站着，只说了一句"杜老先生您好"。没轮到她说话的时候，她一句话都没说。

"别以为风流只能说男人，也能说女人，也能说如花似玉的女孩子。才华横溢，言行不拘，即所谓风流倜傥，与人的面容、性别都毫无瓜葛。对吗，池小姐？"

杜安看向冯宇京，仿佛是在给自己的学生解惑，最后话锋却又转向了池迟。

身板笔直的池迟微微欠身，脸上带着微笑："风流倜傥本就不在性别而在气度，在您的面前，没人敢自称配得上这个词。"

杜安呵呵一笑："小小年纪就有一身本领，见人说人话，见鬼说鬼话，你要是对阿京也这么说话，他肯定不会带你过来，因为他呀，听不懂。"

一旁吃着葡萄的冯宇京依稀觉得自己又中了自己老师捅来的刀，算了，老师捅的刀，哭着也要挨着。

"好了，话不多说，你先试戏，试完了我们一起吃葡萄。"

杜安踱回了木椅，安安稳稳地坐下。

"打一段给我看看吧。"

女孩儿站着没动，过了几秒钟，她对杜安神色恭谨地说："您，能不能给我一个打的理由？"

"打咯，还需要理由？"杜安依然是笑眯眯地看着她，"我要你打，你当然要打了，你是在试戏啊。"

"我的意思是，我是为什么要去打呢？为亲？为友？为公道正义？为个人私利？"

四个"为"字，每一个，池迟都说得掷地有声，在说的时候，她的整张脸都亮了起来。

拍《女儿国》期间，池迟就对打戏产生了浓厚的兴趣，柳亭心和安澜都没拍过武打的电影，顾惜早年套着武打壳子的小言剧不提也罢，费泽导演只要求她打得好看死得凄美就好，池迟在武打戏"逻辑"上的钻研全靠自己瞎想。

能让杜安给自己点拨一二，她自认这一趟就来值了。

"你详细说说？"老人坐正了身子，双目炯炯地看着她。

"水浒里面，武松三场打杀戏最有名，第一场杀虎，是为命；第二场杀西门庆，是为亲；第三场醉打蒋门神，是为友，所以第一场打得智勇双全酣畅淋漓，第二场打得怒恨交加心如刀割，第三场打得轻松戏谑肆意妄行。"

冯宇京看着池迟娓娓道来的样子，仿佛就明白为什么老师说她是"风流倜傥"。

能在传奇名导杜安面前如此神采飞扬，当然称得上风流倜傥。

"三种打法的不同归根结底是'原因'的不同，所以您给我一个'原因'，我才能找个合适的打法打下去。"

"那我要是让你哭呢？"

"也得给我一个哭的理由。"

"我要是让你笑呢？"

"也是要笑的理由。"

"我没有理由，只要你大笑。"

"那我的大笑，只能笑您要求的荒诞，这恰好也是一个理由。"

两个人之间你来我往，都是面带微笑地说话，冯宇京细品其中的味道，却仿佛窥到了刀光剑影。

"好。"杜安猛地从椅子上站了起来。

"我现在给你六个选择，你可以为命打，为亲打，为情打，为公道正义打，为家国天下打，还是自己根本不知道原因只是去打，你选哪个？"

池迟瞬间明白了杜安的意思。

六个"为"其实就是六个不同的角色。

前五个都是人，第六个……

"我选最后一个。"

在短暂的思索之后，女孩儿给出了答案。

"你这个小姑娘，刚刚不是说必须要有原因去打吗？怎么现在又说要选最后一个没有原因的了？"

"最后一个多好，我可以去找原因。"

"那如果找不到呢？"

"就打到能找到为止。"

冯宇京听着他们的对话，越来越觉得自己和他们是两个世界的人，明明每个字都能听懂，组合在一起，却如长风呼啸巨声灌耳，使人懵懵然不知其所以，但见风沙漫天萧瑟遍地，刀光隐隐。

尤其是最后女孩儿的那句话，竟然让他想到了一个成语

——图穷匕见。

"唉——"

杜安长出了一口气，没再说什么，就好像池迟拿出了一把匕首，他只把它看作鲜花，那些藏在暗处的交锋戛然而止，只留下了大片的留白，抓挠着旁观者的心思。

坐回到椅子上，老人喝了口水，看了半天的天花板，直直地看着，好像上面有故事一样。

然后他看向窗外，又足足看了三分钟，房间里只听见大座钟在嘀嗒作响。

冯宇京有些不安地吃了几枚葡萄，他真的不知道自己到底为什么感到不安。

女孩儿一直站着不动，不看天花板，也不看窗外。

又长出了一口气，老人才笑眯眯地对池迟说："我年纪大了，眼神也不太好，你去外头帮我剪几枝蔷薇花回来，什么颜色的都要，花剪和手套就在门口。"

池迟眨眨眼睛，她看看老爷子笑嘻嘻的样子，也没问为什么，就乖乖地去了。

杜安保持着微笑，看着女孩儿出门，戴着手套拿着剪子去了蔷薇架边上，姣好的身影与蔷薇相映……他猛地转头对冯宇京说："快点打电话给阿兴，女主角已经定下了，下午那批试镜的谁只想当女主角就别来了。"

冯宇京差点被葡萄皮呛死。

"老师，您……您就定了那个小丫头？"咳掉嘴里的葡萄，他指着窗外那个纤细的背影，话都说不囫囵了。

杜安笑着说："这么久没见过如此合我胃口的了，当然要赶紧定下了，让阿兴打完电话之后就带着合同过来，午饭之前，我们要先把俗事定好了。"

不！老师！你学生我只是个俗人！咱们说点俗事吧，你和小丫头刚刚说来说去我一点都没懂啊！

冯宇京的内心在嘶吼。

"她还没试戏呢！"

"有什么好试的，她的打戏你不是给我看过了？"老人笑得一脸慈爱。

"不是……老师，她演技怎么样您也不知道……"

"费泽敢用的新人，演技也差不到哪里去。再说了，演技不好那也要怪你，是你给我推荐的。"老人依然笑得一脸慈爱。

冯宇京竟然不知道自己该再说什么了。

"莫啰嗦，快去快去。"

说完，老人转头继续去看那个剪花少女，窗子在他眼里早已不是窗子，而是摄影机的监视器，天然的打光，天然的背景，女孩儿的身上也有着天然的、独特的美。

这一切都让他很满意。

更让他满意的，是女孩儿身上自有的质感，和他想象中的"申九"是相通的。

"找到了这样的一个申九，再找个什么样的来当闻人令呢？"

老爷子摸了摸下巴，脑子里把娱乐圈里现在有点名气的男明星都扒拉个遍。

既然刺客申九找了个新人，那书生闻人令就要有话题有存在感了。

第五十一章

假 期

老爷子在那优哉游哉掰着指头数人玩儿，冯宇京和他嘴里说的阿兴就忙了。

听说杜安新电影里面要用一批二十五岁以下的女演员，蒂华、世纪星耀几家大公司都在想方设法地往里面塞自己家要捧的小花骨朵们，荆涛、安澜等影帝影后的工作室也不闲着，最后能让老爷子面试的人选都是由几家分猪肉一样地划出了份额。

这个当口说女主角已经被定下了，还是个新人，就自然有很多自以为自己很红的女演员不愿意当配角给新人抬轿子，和名导演合作意味着格调的提升，但是没当上主角，这个提升就打了折扣的。

当家的小花旦不想来，公司自然也不会把吃进嘴的名额吐出去，拿下一个就一定要再塞上一个，最好我少了一个女主的份额，能不能多推荐几个女配备选过来……电话线上就这么开起了菜市场，讨价还价，来往不绝。

杜安才不会理会这些，池迟捧着蔷薇回来，他就开始跟她闲聊，从兴趣开始，一直聊到了生活习惯。

一边聊，他还一边用笔记下一些觉得有意思的点。

记着记着，老爷子停住了，上下打量着池迟，笑着说："除了演戏就是锻炼和吃，你的生活里就什么都没有了？"

"拍《女儿国》的时候会和别人一起喝下午茶。"池迟很努力地回想了一下自己的生活，"前几天刚来京城的时候也和朋友一起散步，要是以前除了送外卖就是拍戏做功课。"

女孩儿回答得很诚实，老爷子放下笔，仔仔细细地看她，突然就很畅快地笑了。

"好，你就是申九了。"

这个小姑娘明明就是个活在现代的申九，生而就有执念。

对，执念。

《申九》是电影的名字，也曾有个名字叫《猴杀手》，因为和谐春风满地，杜安老爷子就从善如流地改掉了。

剧本讲的是很多年前的某朝，整个朝廷已经步入了末年，宦海中钩心斗角、党争不绝，江湖上也兴起了不少的刺客组织，刺客们拿钱办事、罔顾人命，搅得江湖朝堂都不得安生。

刺客申九是公认的天下第一杀手，人们只知道她的名字，因为见过他的人都死了。她是所有心怀魍魉的人心目中那柄最利的剑，人们都希望用她去斩杀自己的敌人。

人们都忘了越是锋利的剑越容易伤到自己的主人，一夜大火，申九的主人——杀手的头目殒命其中，天下第一的申九自此失去了踪迹。

闻人令是个师出名门的书生，守着老师的遗言，终日游荡在山野。

一天，闻人令夜访狐仙，在山上遇到了倒挂在树上休息的申九。

一个是信奉"杀人不收钱，阎王收你命"的无情杀手。

一个是相信天下自有公平正义的文弱书生。

两个人的命运因为一系列巧合纠缠在了一起，却又一起滚入了末代王朝的命运之中。

看完剧本，池迟明白为什么杜安导演说她像申九了，申九骨子里的执拗和天真，会让她去做一些在别人看来不可理喻的事情，她自己恰好也是这样的人。

如果要举个例子的话，去数数有多少人骂池迟倔得像头驴，就已经很有说服力了。

发自内心的，池迟喜欢这个角色，单纯又复杂，要在其中拿捏得恰到好处，是一件非常有挑战性的事情。

《申九》剧组给出的片酬比池迟现在的总身价高多了，杜安导演也没有对池迟提什么过分的要求，只是说她要提前一个月进组，和饰演各种武林人士的配角们一起学习武术。

电影的发布会时间就定在了九月中旬，发布会之后，池迟就要进入到另一个人的人生中去了。

池迟自己掐指一算，自己还有二十天的松快日子可过，去探班一下顾惜，再回影视城混吃混喝几天养精蓄锐，想起来就觉得舒服得不得了。

万万没想到，当天晚上，她这个软乎乎的小畅想就破灭了。

松快？日子？呵呵！

封烁、顾惜、路楠十二道金牌砸进她的微信里，让她第二天早上就去化妆，准备参加一个跟她有关的庆功酒会。

先有封烁和池迟在一起拍的MV网络点击量上了千万，后是《飞仙一剑》的收视率节节飙升，破了全国网二十年来的同时段电视剧收视纪录，为了给封烁造势，也是为了表示对《飞仙一剑》的重视，瑞欣决定开一场网络直播的庆功会，在这种庆功会上自然少不了记者们的锦上添花。

池迟作为MV的女主角，必须要参加，毕竟在她签下的合同里有配合宣传的条款。

与池迟进行细节沟通的人是路楠的助理，顾惜和路楠现在都已经忙翻了天，连池迟的试戏结果都没空关心。

顾惜虽然人不在京城，还是安排好了池迟的全套服化，这也意味着池迟要在自己去过的那个造型工作室待七八个小时。

按照那位助理转达的话来说，如果池迟对她的这场"娱乐圈首秀"应付了事，那顾惜会做出什么事儿来，谁都不知道。

只要别让她花费心思去炒什么作、当什么木偶，池迟对于这种娱乐圈里自有的生态系统还是没什么抵触心理的。

造型设计室那位聒噪的造型师还记得池迟，一看见她就笑得很热情："我是真爱你的这张脸哟，半年没见，皮肤还是这么好，我真稀罕——前两天有人也跟我约今天的造型，一听说要给你化妆我就把她给推了，哎哟，有现成新鲜娇嫩的小面皮儿不用，谁去伺候那堆玻尿酸啊，也不嫌硌手。"

池迟很想和上次一样假装自己是个不开口的河蚌，可惜不行，上次的时候她还是个完全的小透明，被顾惜扔在这里就任人鱼肉了，这次顾惜让她自己配合设计师做造型，必须有自己的选择在里面。

三十几件礼服一字排开，都是顾惜大费周章为池迟弄来的，有一些甚至是在一个半小时之前才下飞机。

"这些是外国大牌，经典款比较多，穿上不容易出错。"

"这些呢，是国内知名设计师的出品，他们的衣服穿着会很出位。"

"这些是年轻品牌的各种款式，更适合你的年纪。"

"这么多……是让我挑吗？"池迟皱了下眉头，"好看舒服就行，您帮我决定好了。"

"NO！"造型师很夸张地摇了摇手，"不是让你挑，是让你试穿，全部试穿。"

池迟惊呆了。

"好的衣服是有灵魂的，它们和你的气质搭不搭，你只有穿上才知道，这些衣服哦，那些新人可能借来一两件都很难，也只有顾大官人能这么大手笔为您准备，她对您是真好啊池小姐。"

是啊，真好，完全是霸道总裁追求灰姑娘的路子。

池迟深吸了一口气，认命地拎起一套别人配好的礼服走进了更衣室。

更衣室里还有胸贴和防走光内裤，都是全新的。

小姑娘懊恼地拍了一下自己的脑门，十分后悔自己那个答应来做造型设计的决定。

黑色的传统小礼服背后有个俏皮的粉色蝴蝶结，露出了池迟纤细的小腿和精巧的脚踝，蝴蝶骨更是漂亮得让人惊叹。

淡黄色的小碎花旗袍式礼服勾勒了池迟盈盈一握的腰线。

兰花手工刺绣在宽大的蝙蝠衫上，透过米色的纱，能看见女孩儿近乎完美的脊背线条。

黑色低胸礼服……pass，没有事业线的人穿这个简直自取其辱。

银色小礼服外面搭艳红色硬质短披肩，池迟的肩膀宽平，这种造型把她身材上的优点生生弄成了缺点。

前面看起来很正常其实后面镂空的渐变色衬衣，和池迟的气质不搭。

改良军装式样的无袖连体衣，搭配宝石腰带，露出了池迟修长的手臂，修饰了精练的细腰，又增加了大长腿的存在感，好看是好看，池迟十年之后再穿也不晚。

整个造型工作室闲着的人都跑来看池迟给他们做免费时装展，如果不是有规定，她们真想把素颜就已经很漂亮的池迟拍下来发到网上。

看看这身材！看看这气质！保准掰弯一个是一个……好像哪里不太对？

三十多套衣服全部试完，最终剩下了五件备选。

池迟又把这五件挨个试穿了一遍。

这五件里的每一件在池迟身上都有十分精彩的地方，实在让人难以抉择。

"选了这件吧……总觉得不甘心，选了那件吧，哎呀我舍不得遮住你的大长腿。"

造型师翘着兰花指点来点去，半天也没有个头绪。

池迟自己觉得哪件都可以，造型师就完全无视了她那些根本算不上"意见"的意见。

"选那条带着闪光刺绣的白裙子。"

人堆里突然穿来了一个女人果断的声音。

"为什么？这条蓝色短裙也很好看啊！"造型师转头想要跟那人理论一番。

"因为封烁穿的是黑色的西装配红色衬衣，刚好搭配他在剧中的造型，池迟小姐在 MV 里面不就是穿着白色纱裙吗，今天依然穿白色裙子就好了。"

那个女人说完，池迟赞同地点了点头。

"那就穿白的好了。"

正主终于做了决定，剩下的就是造型师们的全力配合，撤掉衣服，准备做头发，造型师和他的助理们呼啦啦地离开了房间。

只剩下池迟和刚刚建议她穿白裙子的女人。

一个不是很像别人定义的"女人"的女人——白衬衣，黑色西装裤，金边眼镜，利落的短发，双手插在裤兜里，她带着利落的帅气。

"久仰久仰，池小姐，鄙人窦宝佳。"

她昂首挺胸只说自己是窦宝佳，仿佛所有人生来该知道窦宝佳这个名字是怎样的一个精彩人物一样。

池迟主动伸出手："您好，窦总。"

窦宝佳，新任瑞欣副总，当红人气小生封烁的经纪人。

"这几天我努力适应着'窦总'这个职位，池小姐给我的这声称呼是让我最舒服的。"

窦宝佳的手从裤兜里抽出来，和池迟的手轻轻握了一下。

池迟注意到，她握自己手的时候只握手指部分。

第五十二章

红　毯

"好了，废话不多说，我来找池小姐，是想请您帮忙的。"

窦宝佳拿出了一个文件袋，从里面掏出了几张纸："这是一会儿记者采访的时候一定会问的问题，你参考着重点把怎么回答想清楚。"

池迟接过来一看，第一个问题就是："顶替了杨菲儿出演 MV 女主，你觉得你表现得比她更好吗？"

答案是："年轻总是有更多的可能的，就算现在还差点，我也会努力弥补。"

……

这不是在骂杨菲儿老女人吗？

第二个问题："你怎么看你和封烁之间的关系呢？"

答案是："最好的友情关系。"

第三个……

池迟快速把几页纸翻完，已经明白窦宝佳想让自己干什么了。

"你跟杨菲儿有仇？"字字句句都针对杨菲儿，从年龄到身材明里暗里地贬低她。

窦宝佳冷笑："现在谁跟封烁的形象过不去就是跟我的钱过不去，跟我的钱过不去，当然是跟我有仇……"

她抬手正了一下眼镜，狭长的眉目很有压迫感。

"你放心，一个心直口快的小姑娘就应该有点'作'劲儿，才够接地气儿，这样将来观众们就会觉得'当年她还那么稚嫩，现在都已经成熟了'，让他们产生这种共情，对你只有好处没有坏处。"

池迟想了想，慢慢摇了摇头："我可能做不来。"

"也不只有长远的好处……"窦宝佳从文件袋里又掏出了几张纸，脸上是安抚性的微笑，她对面前的小姑娘说，"瑞欣马上要给封烁开一个古装剧，九月就可以进组，已经定下了最好的平台、最好的时间段，寒假就能播出……你演封烁的妹妹，女二号，三百多场戏，人物无论是年龄还是性格对你来说都很好驾驭，设定也很讨喜。"

能在一个月的时间内完成一部电视剧的筹拍，窦宝佳完全是踩着瑞欣其他人的血和泪达成的目的，她现在递给池迟的合同，还充盈着那些人的怨念。

"你误会了。"池迟抬眸，脸上时时挂着的笑都淡了几分，"我说我做不来，不是说这个事情在操作上对我有什么难度，导致我需要你这些'好处'的激励，是我做不来有预谋地针对一个陌生人。"

"陌生人？我记得上次那只奶牛污蔑封烁，还导致你和封烁一起被狗仔追，躲进了地铁里，怎么，你忘性这么大，她这么快就成了陌生人？"

女孩看着她的眼睛并没有回答她的问题，在挨个试完了礼服之后，她现在穿着的是一件白色的浴袍，透过领口，能让人看见白皙修长的颈项和微微扬起的下巴。

突然，先后收到的这几张纸被她一卷，塞回了窦宝佳的怀里。

"我很好奇你来找我这件事……封烁知道不知道？"

"你什么意思？"女孩儿提起封烁，让窦宝佳目光阴沉，她的语气里顿时透出了威胁的意味。

"就是字面上的意思，以我对封烁的了解，你要是想要好好当他的经纪人，最起码的，是别利用他的朋友和粉丝，顾惜或者路楠不会没有告诉你吧？"

窦宝佳没说话，池迟歪头仔细打量了她一番，又笑了："你说有人跟封烁的形象过不去，就是跟钱过不去，封烁的形象最核心的部分是他自己的人格魅力，不是你的手段和钱，你跟他最迷人的本心过不去，也是跟他的形象过不去、跟你自己的钱过不去。"

恰巧此时化妆师的助理告诉池迟该去做头发了，她低头说了一句

"失陪"就快步离开了更衣室。

留下窦宝佳一个人站在更衣室，看看手里的这些东西，再看看已经关上的大门，慢慢用手把文件撕得粉碎。

踱到门边，她站在金属垃圾桶旁边把碎纸屑都扔了下去。保持着姿势站了一会儿，她点燃一根烟，没抽，扔进了垃圾桶里，等着烟把那些碎屑点燃，她最后把桌上人们喝剩下的水都倒进了垃圾桶里。

火瞬间就被浇灭，黑白驳杂的碎屑漂在水里，很快就浸成了烂泥一样。

做完这一切，她才掏出手机打了一个号码。

"真跟你说的一样，软硬不吃，还反过来教训我不要自作聪明毁了封烁的形象。"

手机里传出一个沙哑的女声："如果不是这样，顾惜也不至于念念不忘，她确实是让人头疼。"

窦宝佳反而笑得很得意："就要这样才好玩，要是你们年底工作室办不起来，我就要想办法把她签到我手里了。"

"呵呵，她根本不会理你那套的，不做广告，不上通告，不参加综艺节目……你的本事对她一点用都没有。"

"是吗？"

扣掉电话，窦宝佳扶了扶眼镜，像是在思考着什么。

池迟拒绝了窦宝佳的要求这件事，在她们两个人离开了那个更衣室之后就好像完全没有发生过一样。

窦宝佳兴致勃勃地安排池迟和封烁一起走瑞欣准备的那一小截红毯，池迟也一如既往安安静静地任凭化妆师折腾，就算窦宝佳在她身后整整站了一个小时，她也没觉得哪里局促或者不安。

窦宝佳递给她水的时候，她还很自然地道谢。

在《女儿国》剧组里接好的长发这次又被全部取下，池迟自己的头发被彻底拉直，又整个扎起了辫子。

造型师在她的脑门上敲了一下，对着镜子里的少女说："脑门这么好看，露出来就行。"

看起来很特别也很简单的马尾辫其实是由十六条小辫子组成的，

每一条的位置和形状都仔细设计过，整个辫子梳完，池迟的脖子已经僵了。

早上十点坐地铁到了工作室，要离开的时候已经是夕阳西下。

"一会儿会很吵，你耳朵里要不要戴个隐形耳塞？"明明已经两手空空的窦宝佳不知道又从哪里变出了一对耳塞，递给了池迟。

"谢谢。"

"不客气，你现在这个发型，耳塞被发现的概率是百分之六十，自己考虑吧。"

池迟很自然地把耳塞放到了车座前面的小格子里，再也没拿出来。

汽车行到距离酒店还有两公里的时候，池迟换乘了一辆黑色的豪车。

窦宝佳拉下车窗对她说了一句"祝你好运"就扬长而去。

红毯这种东西，从来是走给外人看的，从准备到走上去，对于经历的人来说都是痛苦的。

开着豪车的司机一直在通过手机对别人说着时间和位置的安排，过了很久，他突然转过头来对池迟说："五分钟之后就到你了。"

"好的，谢谢。"池迟对司机的提醒表示了感谢。

司机透过后视镜看了她一眼，没再说话。

没补妆，也没照镜子，真是少见哈。

前一辆从红毯上开走，池迟所在的车子缓缓地开到了红毯的起点。

女孩儿抓着自己的裙摆下车，一片闪光灯闪耀，让她瞬间有了失明的感觉。

白色的柔纱从指间滑落，像是被惊动的月光。

《飞仙一剑》收视率和话题度双爆，一众演员全部都有"当红炸仔鸡"的派头，只要出来一个长相周正的，不管是谁，那些娱记都会啪啪啪啪地去拍几张。

拍完了之后发现这人根本不认识再咔嚓删掉，那就是后话了。

虽然有点眼花，池迟还记得窦宝佳的安排，昂首挺胸，把脚步放慢了走，从容优雅，她的长裙刚好到脚踝，胸前的一点淡粉色装饰渐变到腰腹部位就融入了灿烂的白色之中，她与月光同行，就不在乎那俗世里的灯光和目光。

一张陌生的面孔却走在红毯最后几个的位置上，已经有人在猜测这个不招手、不停留、只微笑、只前行的女孩儿是不是李齐的女儿了。

"李齐要是能生出这样的女儿，他老婆得漂亮成王母娘娘。"听见那些猜测，一个资深娱记是这么吐槽的。

"哎！她是那个MV，MV的女主角！"

在白裙子的加持下，终于有人认出了池迟，不过，短短几秒之后，他们就顾不上那张新鲜又年轻的面孔了。

池迟听见自己的身后传来了山呼海啸一般的欢呼，在女孩子们的尖叫声里，她知道是封烁闪亮出场了。

希望他耍个帅戴上墨镜吧，不然大概眼前会蒙很久，这么想着，她继续慢吞吞地往前走。

池迟身后的尖叫声像浪潮一样离她越来越近……让她开始忍不住想念那对被她丢在了车里的耳塞。

在系上西装扣子的短暂亮相之后，封烁快步追上了池迟。

两侧的闪光灯亮成了一片银河，粉丝们高声叫着封烁的名字。

男人很自然地抬起手臂，风度翩翩地对女孩儿轻轻点头。

女孩儿面带微笑，挽住了他的手臂。

黑色的西装、红色的衬衣，配上身边那片带着光辉的白色。

粉丝们的尖叫带了别样的意味。

"你应该冲着两边招招手，给他们一个能拍照的角度。"封烁小声地对池迟说。

女孩配合着他的脚步转身微笑，同样小声地说："晃眼。"

封烁差点绷不住笑场。

黑白相配，宛若璧人，封烁照顾着池迟的眼睛，没有再过多地停留。

走到了红毯的尽头，封烁和主持人打了声招呼，又折返回去等待《飞仙一剑》的导演和瑞欣的老板李齐。

"池小姐，您好您好。"主持人拿着话筒跟池迟套着近乎，"封烁早就跟我们打招呼说会陪走两次红毯，一次是陪MV，一次是陪电视剧，就是我们怎么也没想到竟然能把您这位从来神龙见首不见尾的《飞仙一剑》MV 的女主角请来了现场。实在是太惊喜了。您先介绍一下自己吧。"

短短几句话就解释清楚了池迟的身份，填埋了外面那些记者正在开凿的脑洞。

池迟把双手交叠在身前放好，脸上带着淡淡的微笑，怎么看都不像是第一次走红毯的新人。

"大家好，我是池迟，池塘的池，迟到的迟，身份是演员，很荣幸能参与到《飞仙一剑》的 MV 摄制中来，也很荣幸今晚能来这里和大家一起庆祝《飞仙一剑》的电视剧和同名 MV 所取得的优异成绩。"

第五十三章

初 名

在灯光照不到的阴暗处，窦宝佳一直看着池迟，越看越觉得满意。

曾经干过时尚杂志编辑的窦宝佳，在踏进经纪人这个圈子的时候就是有野心的。

她一直想亲手捧出一个真正的偶像明星，就像那些娱乐产业更发达的国家一样，这个偶像可以唱歌、可以演戏，也可以当主持人，但是有一条，他走到哪里都必须是所有人目光的焦点，是时尚圈追捧的对象，从头发到脚趾都要用心呵护，没有糟糕的负面消息，更不会有low爆了的各种愚蠢行为，那样的明星对她而言，就是被亲手打造出来的艺术品。

知道她这点小心思的路楠在她离职游荡了两年之后，向她推荐了资质上乘的封烁，她对封烁很满意，却也没想到自己居然又看好了池迟。

这个女孩儿有一种奇怪的气场，像是一滴晶莹脆弱的晨露，因为奇迹而经历了漫长的时光，剔透着又沧桑着，骄傲着也亲和着，她的身上折射着太多的东西，让人感到炫目，自己却毫不在意。

窦宝佳能确定，如果能让自己去亲手挖掘这个女孩儿的另一面，她能得到一个传奇一般的时尚人物。

和主持人客套完，池迟转身走进了大门，金碧辉煌的大厅里人来人往，认识她的人只有邓子宸，可惜他现在也被一群人包围着，只能遥遥地对她点头示意。

池迟挑了个清净的角落坐下，离自助餐台近，离人群远，想去卫生间也比较方便，堪称完美。

她在这暗搓搓地研究着怎么舒服地度过未来两个小时，另一边，封烁被一群人簇拥着，就像是一块太阳底下的鲜肉，被端到哪里都有苍蝇嗡嗡地跟随。

先是李齐致辞，然后是一群主演一起上台合影，然后是导演说话，再就是封烁压轴。

对着话筒，封烁的眼神在整个大厅里飘了一圈，终于找到了看见他上台就站起来捧场的池迟。

"……有人说瑞欣成功了，我说不对，与瑞欣未来远大的前景相比，我们现在所获得的成绩，不过是迈出了小小的一步。也有人说我成功了，我也说不对，一辈子何其漫长，我不知道在终点我是不是成功的……但是我会记得此时和大家一起分享的喜悦……我们应该记住那些在你落魄时和你患难与共的人，他们是你的财富；我们也应该记住那些在你光鲜时祝福你的人，他们是你的朋友……"

说完这段脱稿的演讲，封烁举起手里的酒杯，向着池迟所在的地方举起，他的目光看着全场，没有人知道在这整片歌舞升平的繁华里，只有一个人让他觉得应该与她分享自己的喜悦。

致辞结束，就成了受邀记者们采访的时间，有几个记者眼尖地发现了池迟。

"池小姐您好，我想问一下您是怎么一个机缘巧合出演了封烁的MV的，和杨菲儿同时饰演一个角色，您觉得压力大吗？"

女孩儿看着这些记者，把想要喝的鲜榨果汁小心地放在了一旁。

"出演MV，因为封烁觉得我的形象和气质合适吧，其余的事情我就不知道了，有MV让我演，我觉得很新鲜我就演了。"

"那你觉得你和杨菲儿谁演得好呢？"

问出这个问题的记者，俨然是唯恐天下不乱。

池迟对着他露出了一个甜美笑容："你觉得谁演得好呢？"

记者顿了一下想要说什么，池迟却并没有给他反驳和追问的机会："一千个人眼中有一千个哈姆雷特，说明人们的眼光是多样化的，只要有一个人觉得我演得不错，我就觉得很开心了。"

"我能问一下你和封烁是什么关系吗？"

"可以约饭，也可以送药的朋友。"池迟想了一下，做出了这样的回答。

"约饭我明白，送药是送什么药呢？"

"前几天你们不是采访到封烁在拍《飞仙一剑》的时候折腾坏了肠胃吗？我们要是约饭的话，他第二天可能肠胃不适，他请我吃了饭，我就送个药当回礼。"

池迟的语气轻松且幽默，好几个记者的脸上都带出了笑意。

随着几次暗藏的机锋都被池迟消弭于无形，她身边的气氛越来越松弛。

另一边，封烁和他身后浩浩荡荡跟着的人群也艰难地移动到了池迟所在的角落。

"刚刚有记者朋友问我为什么要找一个纯粹的新人来出演MV，我来解释一下，池迟并不是什么'纯粹的新人'，她给我拍MV是在封闭训练过程中请假出来的，当时她在拍摄的电影就是费泽导演执导的《女儿国》，她在里面扮演的是名叫玲珑的白衣祭司。前一阵网上特别红的那段舞剑，和柳亭心老师对打的就是她。"

笔直地站在池迟的身边，封烁介绍她的时候带着与有荣焉的骄傲。

"另外，她还出演了那部报纸上很有名的独立电影《跳舞的小象》，那个电影已经在欧洲多个知名电影节入围参展，安澜和荆涛两位老师都十分看好她的作品……我在这里也拜托记者朋友们多帮她打打广告，她这个人太懒散，连推销自己都不会，让我们这些朋友都操碎了心。"

作为今天绝对主角的封烁都能过来为池迟实力站台，很多记者也不会再提出什么刁难新人的问题。

何况刚刚他抖出来的料还是很有干货的，祭司玲珑和《跳舞的小象》也都算是最近娱乐圈的热门话题，能挖到与之相关的料，一些记者已经很满意了。

"封烁，刚刚池迟说她和你是约饭送药的好朋友，你怎么看？"

"哦……"封烁的表情不像刚刚在台上那么官方，也不像刚刚介绍池迟的时候那么隐隐激动，好像有点害羞一样，他的左手扶了一下右手的袖扣。

"不只是约饭送药，她还给我送炭……雪中送炭。"

池迟看了封烁一眼，"雪中送炭"四个字，大概是他到现在为止唯一对自己过去岁月的总结，这个不爱煽情的家伙，连那段被打压的经历都要用这种开玩笑一样的口吻说出。

也是难为他了。

"封烁，作为井玄九你搭档了两个灵羽仙子，你能不能说一下两个灵羽现在让你选，你选哪个呢？"

"这个问题我也挺好奇。"穿着嫩黄色小礼服的女人走过来，站在封烁的另一边，她就是《飞仙一剑》的女主角杨菲儿。

"封烁啊，我和这个小姑娘，你更喜欢谁？"

记者说的明明是两个"灵羽"的角色，到了杨菲儿的嘴里却瞬间变成了两个女人的比较。

"呃……"封烁努力思考了一下，"灵羽是井玄九喜欢的类型，我个人更喜欢能陪我看球赛的。"

"池迟，你会陪你的男朋友看球赛吗？"

有记者立刻对着池迟发问。

"我还没成年……"女孩儿甜甜地憨憨地一笑，带着少女对爱情似懂非懂的憧憬，"将来和男朋友怎么相处，这种问题考虑得有点早。"

"对啊，你还没成年，那你拍《跳舞的小象》万一拿奖了，岂不是未成年什么什么影后？"

封烁立刻接过话头，把话题扯回到了池迟自己的作品上。

"拿奖这种事情，我想都不敢想，能完整地出演一个片子我已经足够开心了。"池迟接话的时候带着一点学生气，怎么看都只是个小孩子的样子，让人完全无法联想出和封烁的任何绯闻消息。

封烁拿过一个记者手里的话筒，假装自己是个记者。

"我今天还没时间问你，你这个未成年今天自己跑去试镜，成功了吗？"

"算是……成功……吧。"

女孩儿很配合地笑得有点兴奋也有点羞涩……两个人像是朋友闲

聊一样胡侃了起来，又过一会儿，邓子宸也加入到了他们两个的聊天之中，吃吃喝喝、健身运动，一边聊一边互相吐槽。

他们并不是故意去无视了别人，只是那种好友间的气氛一起来，别人就很难插足其中了。

在一边站着的杨菲儿自己回答了几个问题之后就离开了，神情僵硬的程度，按照后来网友们对着照片的吐槽那是"玻尿酸都凹出棱角了"。

网络上，一群小姑娘一边看着视频一边在群里聊天。

当然，在一片"啊啊啊啊"里，真正有内容的其实不多。

"［视频截图］我烁今天是个发光体！巨帅！"

"那个女的是谁啊？烁烁陪她走红毯！嘤嘤嘤！"

"她挽着烁烁 QAQ"

"烁烁对她好好！然而她到底是谁？"

"哦，是 MV 里的灵羽啊，知道她不是和烁烁有一腿，我突然觉得她好漂亮了。"

"+1，比杨菲儿那张整容脸好看太多。"

"+2，为什么不是她演电视剧版的灵羽，看起来和烁烁好搭。"

"+3，看起来好小。"

封烁在台上说话的时候，她们都在"啊啊啊"；封烁被记者采访的时候，她们也在"啊啊啊"。

当封烁走到池迟身边介绍她的时候，闪闪们终于又想起了"啊啊啊啊""好帅好帅"之外的事儿。

"雪中送炭是什么意思？"

"今天开心，不说不开心的事儿和人。专注花痴！"

"这个池迟是电影咖？那什么小象是什么鬼？"

"是个独立电影，前一阵在国内开了看片会，好多业内力捧。"

"只有我现在很激动吗？我很喜欢那个白衣祭司啊，你们感受一下［照片］［照片］［照片］"

"漂亮得很有质感啊！"

"［秒拍连接］看这段打戏，她身材好好嘤嘤嘤……"

基于"烁烁的好友我们都要爱护"的原则，闪闪们对池迟的态度非常亲和，甚至有人把她收成了"墙头"，在网上扒拉了一下仅有的几张剧照和视频之后，掰着手指算起了她两部电影上映的日子。

　　从闪光灯下终于脱身，瘫坐在车里一动不想动的女孩儿长出了一口气，只有她自己知道这一天过得是多么精疲力尽。

　　不求愉快假期，但求赶紧进组！

第五十四章

荒　漠

大漠，孤烟，不怎么直，长河，落日，真 TM 圆。

晒死人了！

这是在场所有人的心声。

一百多号剧组工作人员打扮得都可以直接去银行抢劫还不会被拍到脸，帽子下面套着纱巾，纱巾里头戴着口罩，口罩下面……还有另一个口罩。

拍摄所用的各种器材被塑料纸层层叠叠地包裹着，也是为了防止沙尘进入到关键部位，每一次大风吹起了扬沙，都是摄影师们的心在滴血。

"这是走了第几遍了？"穿得跟外星人一样的副导演问旁边的助理。

"九十几了吧……"助理不是很确定地说。

隔着口罩纱巾防风帽，副导演无奈地摇摇头。

"老爷子这是在玩命啊！"

助理转头看看那一"团"坐在监视器前面老神在在的导演，没看出他有要玩命的迹象。

"杜导挺好的啊。"

"废话，那个老狐狸是在玩女主的命。"

在被"玩"的人就是池迟。

太阳从东方到了西方对她的脸进行了全方位多角度的炙烤，她在同一段路上已经走了整整两天。

这段戏的要求很简单，申九杀了自己的主人，逼退了原本要围杀她的四大杀手，独自一个人走在荒漠里。

是的，剧本只有一句话："独自一个人走在荒漠里。"

她就走啊，走啊……来回往复，不见尽头。

"Cut！"

杜导演挥了挥手，几个工作人员立刻去把池迟拽回来，几个化妆师飞扑上去给她补妆……更重要的是擦掉她脸上的沙子。

"走得很好。"杜导演笑眯眯地说。

池迟并没有因为这句话多么惊喜，毕竟这句夸奖她已经听了几十遍了。

不过她还是笑着，就是笑容已经不那么明显——她脸上的皮肤有点干裂，笑的时候会有点疼。

"再走一遍吧。"杜安依然笑眯眯的。

"好。"池迟也笑眯眯的。

旁边的工作人员不知道为什么，都觉得周身一阵恶寒。

一条路走了九十几遍，人类想象得到的能走的花样儿几乎都走完了，工作人员很贴心地在路上放了几颗小石头，因为这条路上的石子儿都被池迟踢没了。

池迟乖乖站在原地看着，旁边的化妆师姐姐们在擦着她耳朵眼里的沙子。

"放根树枝吧。"她对着那些人提出了一点小小的要求。

一小截带着枯叶的树枝就出现在了她的必经之路上。

准备工作结束，女孩儿又站在了摄像机前，身上穿着黑色的劲装，手臂上有金属制成的护臂，腰上挂着黑色的鞭子，还要拎着作为道具的黑色长剑。

她的背影是黑色的，唯有红色的发带在风中招摇着不同的色彩。

申九走得很慢，步伐却很轻快，飞起一脚踢走面前的石子，她的步伐更轻快了。

走到一截枯枝的旁边，她弯下腰把树枝捡起来叼在嘴里，黑色的长剑往身后一背，头随意地扭了扭，仿佛下一步就能迈出一个海阔天空的新世界。

"你觉得她……走得怎么样啊？"杜安慢悠悠地问站在自己前面的一个摄像师。

那个摄影师打扮得像个"沙漠劫匪"，一条破布包裹了整个脑袋，只有眼上戴着的黑色墨镜露在外面，他就是当初自己嘴欠说如果池迟被选中自己就来当当摄像师的冯宇京。

"越来越松弛自在了。"冯宇京闷闷地说，整整两天磨一个动作，池迟每一遍走得都和前一次很不一样，这种不一样只是表面上的，如果拿池迟昨天早上走的第一遍和现在走的这遍去比较，就能发现这个小姑娘不急不躁一遍遍走下来，真的是磨掉了自己身上所有表演的痕迹。

她就是在很纯然地放轻松，还会看看两边风景，就能让人感觉到这是一个心中有什么在变化的申九。

"嗯，自在，自在最好。"

杜安点点头，又喊了cut。

这次他依然笑眯眯地让池迟再走一遍。

池迟也依然笑眯眯地答应了。

就这样，她刚刚在这条路上走完了一百遍。

杜安没说让她再走一遍，也没说 OK 了。

他站起来，脱掉自己的一堆防护罩走到了太阳底下。

太阳即将落山，整个荒漠都带出了一种璀璨的金红色，天上偶有被风梳理过的疏云，红艳似火。

杜安自己沿着池迟走过整整一百遍的路走了一遍，转回身，走到了池迟的面前。

"你就用你现在这种状态，去走第三十六遍的那种感觉。"

旁边立刻有人挑出了第三十六遍池迟走的样子给她看，池迟看了看，想了想，点点头，表示明白。

恰好一阵风吹过，她抬起袖子帮着杜老头儿挡住了会吹打到脸上的细沙。

"准备好了吧？"杜导演这次没笑。

池迟一如既往笑眯眯地说："准备好了。"

申九走在空荡荡的荒漠上，背后是金光璀璨的夕阳，把黄沙照得像是黄金一样耀眼。

那些金光也把她整个人都进行了细细的装裱，从某些角度上看，就像是整个人在燃烧。

这些都没有引起申九的注意。

她在面无表情地思考，却不知道自己该思考什么，就像她杀了头儿，却不知道自己杀了头儿之后该干点什么。

一阵风吹来，把沙子吹到了她的嘴上。她嘟起嘴吹气，想把那些扰人的沙子吹掉。

她的嘴里发出了一阵气音，在这个寂静的沙漠里，成了唯一带有人气儿的声响。

这个声音让刺客申九突然想到了一件好玩的事情。

她一边往前走，一边试着用嘴吹口哨，她看见很多人吹过，那些人中的很多人都死在了她的剑下。

吹口哨这件事儿本身是很有趣的，至少申九是这么觉得。

她调整着自己的嘴唇，努力地往前吹气，一阵气儿，又一阵气儿。

后来干脆停下了前行脚步，只为了揣摩如何让自己的嘴发出想要的声音。

一次，又一次。

夕阳温柔地看着那个努力想要吹出口哨的女孩儿，渐渐西下。

一阵清亮的声音突然从申九的嘴里发出，她那张被风沙摧残到僵硬的脸上，慢慢地露出了一个似有似无的笑容。

申九的脚步突然更加轻快了起来，她继续往前走，一边走，一边寻找着刚刚吹起口哨的感觉。

黑色的长剑被她随意地搭在肩膀上，风一吹，红色的发带拍打在黑色的剑柄上。

"Cut！OK啦。"

所有人在知道这一条终于拍完了之后全都是一脸难以置信的表情，经过两天的折磨，他们都已经对这个镜头不抱任何希望了。

居然就这么过了。

剧组所住的酒店距离拍摄地有两个小时车程，地处祖国的大西北，虽然看起来太阳还没完全落山，时间已经接近晚上八点。

返程的路上，池迟卸着装就睡着了，化妆师们怜惜地看着她被太阳晒红的脸颊，都不忍心打扰她。

坐在前面的车里，杜安老神在在地喝茶，一边喝茶，一边回想着刚刚池迟的那段表演，摇头晃脑，像是资深戏迷在听名旦清唱。

"老师，既然第三十几遍就不错，您让她一直走那一种就行了，何苦让她再走到一百遍呢？"

一百遍这个数字说起来轻松，真的走起来，不足百米的距离乘以一百那也是近万米，在旁边看着的人都觉得又累又晒又憋屈。

杜老爷子闭着眼喝了一口茶水，吐出了一个字："呆。"

"我怎么就呆了？"冯宇京很是费解。

"跟一个演员合作，我当然要知道她的表现力极限在哪里。"杜安心情很好，还愿意给冯宇京解释一下，"一个动作反复地走，也是让她想想申九这个人的一言一行该怎么去揣摩，这是教她拍戏你知道吗？"

冯宇京自己对电视剧导演这行就是个空架子，知道怎么能把片子捣鼓出来就行，杜安的这一套他不想学，也不想懂。

但是架不住现在他的好奇心重啊。

"那您是试出来她的表现力极限了？"

杜安又喝了一口水，还咂咂嘴。

闭目养神了一分钟才说。

"没有。"

从理论上来说，人的表现力与人的想象力是相通的，而人的想象力是可以无远弗届的，但是人的表现力……很难做到这一点。

因为人会被自己的固有思维所限制，无论是自我肯定还是自我否定，都会扼制他自身的想象力发展。

池迟这个小姑娘，她从不觉得自己演得好或者演得不好，只是尽力地去想如何能表达出东西，甚至这个东西与前一个是否一样都不重要。

这是一种非常特殊的心态，别说走一百次，就算是走一千次一万次，她都能走出不一样的东西，因为她只专注于表演本身。

这样的人，你只能从她的思想上摸索着她的极限。

这样的人，也让杜安忍不住去期待她的每一次表演。

东方的古老国度夜幕笼罩，在地球的另一边，热闹才刚刚开始。

SD独立电影节已经开幕，来自东方的电影《跳舞的小象》入围最佳故事片、最佳电影女主角、最具社会性、最具独立精神、最佳摄影等六个奖项，成了电影节上的最大黑马。

温新平站在一群老外的人堆里，看着人们坐进电影放映室看着自己儿子拍出的电影，手都有点抖。

因为紧张。

"他们就这么进去看了……"

陪着他的中年人笑呵呵地说："这些人都是有投票权的，他们看了之后要是能鼓掌，说不定咱还真有戏。"

温新平和中年男人一起走进放映厅，坐在了最前面的一排。

《跳舞的小象》他已经看了很多遍，每一遍都让他有新的感觉，这一次就算心中无比紧张，他还是忍不住为电影里的女孩儿心动着。

很快，电影放映结束。

黑暗的尽头，那个纤细的人影在光辉中缓缓跌落，屏幕轻晃，有人在镜头外依稀喊着林秋的名字。

放映厅里短暂的黑暗也走到了尽头，鸦雀无声。

温新平惊觉身后的那些人都没有鼓掌。

"完了……"他喃喃地说，"早知道……"

"啪、啪、啪……"

一个人开始鼓掌，继而是几个人，然后是一群人，最终是整个放映厅都被掌声淹没。

两个神色不那么淡定的中年男人回头，看见有人一边擦着眼泪一边对他们的电影报以热烈的掌声。

温新平的手在抖，那是激动的。

或许，或许他们可以期待一场超出他们预料的成功？

他不会想到，这些不过是他们整个电影刷奖之路的开始。

第五十五章

影　后

　　"我用自己的全部热情来向大家推荐这部电影，它有着清新得仿佛城市宣传纪录片一样的画面和简单的故事，却能在某个地方触动到人物的心灵，整个故事都围绕着一个天使一样的女孩儿进行，她热情美丽富有正义感……"

　　第一篇关于《跳舞的小象》的评论是在第一场电影结束放映十五分钟之后出现在电影论坛中的，发影评的人在论坛里颇有名气，他的口味一向清新淡雅，品评的电影也大多是这种类型。

　　可是这次不一样，他用热情洋溢的笔触去向人们介绍了一个充满了灰暗色彩的故事。

　　"……我们反对暴力，却从来不知道生活中的暴力能够毁灭什么，这部电影真实地告诉了你，那些在被我们漠视的角落里，暴力正在扼杀着可能的美好。"

　　"在那个女孩儿对着老师举起凳子却掉眼泪的时候，我发誓我十五岁之后就再没有哭得如此悲惨。那一刻我好像真的看见了一只可爱的小象，它活泼动人却被脖子上的绳索折磨得鲜血淋漓，它在用它的眼泪喊着'救命'。被求救的人们却只害怕她手里那个可笑的木凳子。"

　　——这是另一位电影评论人，在发完这段简短的评论之后她再次坐回了放映室开始看第二遍《跳舞的小象》。

　　"当女孩儿的妈妈对她说'你是你爸爸的孩子'的时候，我和她一起崩溃了。有什么能彻底摧毁一个骑士的内心呢？告诉她，她是恶魔的孩子，她注定也是个恶魔。"

"在开场十五分钟之前，我决定去这个电影拍摄的城市看看，风景太美了！开场十五分钟之后我想知道这个世界上是不是真的有一个叫Autumn的女孩儿，她的善和恶都太真实和富有感染力，让我忍不住想要爱上她。"

　　"也许世界上真的有黑头发黄皮肤的天使？不，我不是种族歧视……好吧，我以前确实以为金发碧眼的天使才是标准的。"

　　深夜，坐在电脑前面的丹尼斯·费迪南德在看完了所有的评论之后调整了呼吸，开始写属于自己的影评。

　　从中午到晚上他一共看了两遍半的电影，为此他到现在连晚饭都没有吃。当然，现在他精神上的丰足远比他已经丧失了饥饿感的肠胃重要，一种想要倾诉的冲动迫使他现在就要写点什么出来。

　　"一场好的电影，就是精神的狂欢，不得不说今天我们的狂欢来得太突然，兴奋到了现在我都没弄明白，为什么会有人把简单的故事表现得如此动人。

　　"来自东亚的独立电影总给我们一个和他们那些人一样的刻板印象，他们热衷于表现他们国家与欧洲、美洲世界的不同，离奇的社会关系和扭曲的价值观是他们诉说故事的核心。那些故事能够满足我们的猎奇和一时的震撼，事实上很难让我们产生'共情'的情绪……《跳舞的小象》与前面提到的是完全不同的，它选取了最简单的社会环境——家庭和学校，它把其中人与人之间最直白糟糕的一面展示给你看，那上面承载的精神不再是属于一个国家，而是属于世界上的所有人。它激发了人们去思考'我们为什么要反对暴力？'……电影的主人公是个复杂的人物形象，她的善良和她的小邪恶一样让人印象深刻……女主角的父亲殴打她的那场戏让我觉得惊心动魄，甚至能感觉到真实的疼痛，当然我知道那只是我的幻觉，并不是这个电影被神秘的东方巫术诅咒过……整个电影的悲剧是螺旋形的，解开了其中的任何单独一环都不能让女主从她的悲剧命运中解脱出来……"

　　"剧本本身是很精彩的，人物关系之间的转换充满了学院派的考究却缺乏想象力。感谢他们遇到了那样的一个演员，女演员的表演让我怀疑她自己就是角色本人，所以能把那些情绪的转折和痛苦表现得那么真实……如果她就是那个角色本人，该多好。"

"暴力倾向的父亲，漠视女儿的母亲，要考虑更多学生安全的老师和学校，觉得女主角是疯子的同学们，每一个都是压死女孩儿的稻草，可怕的是我们中的每一个人可能都在生活中扮演着这些角色中的一个。"

人们从各个角度分析着这个电影，想从中品味出到底为什么一个简简单单不到一个半小时的故事会让自己觉得震撼。

第二天开始，《跳舞的小象》放映厅场场爆满，展览方临时把放映地点从小厅移到了能容纳二百六十多人的中号放映厅。

几天之后，结果揭晓，《跳舞的小象》荣获最佳女主角、最具社会性电影两个奖项，成为本届电影节的最大黑马。

代替池迟上台领奖并发言的人是以制片人身份参加电影节的温新平，面对着镜头和无数的闪光灯，他慢腾腾地掏出了一张纸。

"感谢电影节组委会，感谢参与投票的几千名观众，感谢各位来宾，更加感谢所有在电影拍摄中支持和帮助过我的人，谢谢你们给了这个电影一个机会，也给了我一个机会……

"在拍摄这个电影之前，我把表演当成是自己的梦想，梦想嘛，从来是一件很私人的事情。在拍摄了《跳舞的小象》之后，我发现表演这件事情是一件很有意义的事情，如果一个林秋的出现，能让世界上少一个林秋，那么我所获得的巨大满足感远远超过我追逐的电影的本身。

"再次谢谢大家，谢谢……温叔，如果没有获奖麻烦把演讲稿烧掉，怎么想都觉得写得太羞耻了……"

温新平一口气照着往下念，居然把池迟写的备注都念了出来，站在颁奖台一边角落位置的同声传译也如实地翻译了他的话。

观众们有点蒙。

温新平在念完之后才发觉自己都念了什么，他在台上呆住了，也许是被自己的"傻"吓到了。

池迟终于拿到了自己该拿的东西，自己却把她人生的第一场颁奖礼毁掉了？

"很、很抱歉，我……我好像搞砸了池迟人生中的第一个颁奖礼，她是个非常出色的演员，也是个非常出色的女孩子，在遇到她之前，作为一个电影从业者的我不知道拍摄一个电影能改变人的一生，现在我知道了，我们一家人，都被她改变了。感谢她的付出和坚持，她付出的东西远比在座各位想象中要多得多，我很遗憾她今天不能亲自来领奖……"

台下很安静，男人的表情有点仓皇，他已经不知道自己在说些什么了。

观众席上渐渐传来了人们的掌声，人们面带微笑地看着那个不知道该说什么也不知道该做什么的中年男人，对于他犯下的小错误毫不在意。

掌声送给那个没有时间来亲自领奖的十七岁女孩儿，也给这群努力想把电影拍好的普通人。

此时，远在大陆另一端的池迟正看着自己的合作伙伴被杜安"折腾"。

她的"合作伙伴"叫唐未远，今年三十四岁，是当红的一线男演员。

杜安想要找个合适的男演员来拍戏自然有人打破头也要往上挤，所以重点不在于谁来当这个男演员，而是杜安居然选择了唐未远——他一个月前刚刚跟自己的女朋友分手，原因是他女朋友跟他的娱乐圈内"好友"在一起了。

整个事件仿佛一场大戏，闹闹哄哄半个月才结束，女方先发制人在记者面前斥责唐未远不珍惜不爱护她，然后是他的"好友"发长微博诉说自己对女方的感情和对唐未远的愧疚，再就是女方的经纪人暗示唐未远对自己的女友有暴力倾向……

明明唐未远才是事实上的受害者，在舆论讨伐的声浪下，他差点身败名裂。

最终，男人只在微博上留了一句："一别两宽，各自安生。"然后挂牌出手自己在京城的两套豪宅。

到了那个时候人们才发现，哭喊着唐未远不爱她的那个前女友居然还住在唐未远的房子里。

大部分媒体和键盘侠立刻缄默了。

杜安就是看中了唐未远那张看起来就是温润好人的脸，以及他的话题度。

现在拍的这场戏是"书生闻人令"看鬼怪志异的杂书看到走火入魔，孤身一人提着灯笼跑到荒山野庙找"狐仙"，刚巧申九倒挂在树枝上睡觉，闻人令被申九吓到，慌不择路地奔向山顶。

就是这段"奔"，唐未远已经跑了七遍了。

他要跑得充满恐惧感，也要搭配自己的台词跑得很搞笑，毕竟闻人令作为全戏的"逗哏"要承担绝大多数的搞笑戏份。

就像他这段跑的时候要说三段台词。

"子不语，子不语怪力乱神，我看不见……我看不见……我听不见！我听不见！"

"南无阿弥陀佛，南无阿弥陀佛……"

"三清圣人在上，弟子以后再也不看《西游记》了嘤嘤嘤……"

"嘤嘤嘤"的三个字必须用嘴说出来，还要说得尤为传神。

唐未远也是个能对自己下狠手的演员，刚刚跑的那一遍他实打实地摔了两次，腿还磕到了石头上，就这样还是把台词按照杜安的要求完完整整地说完了。

杜安没说满意，也没说不满意。

在这段戏里池迟也是有台词的，她说了好几个"别跑了"，因为闻人令跑的方向是通向山崖的，在杜安的计划里，池迟的这几句台词会在拍她吊着威亚追闻人令的时候说，然后通过后期剪辑做出追逐的场面。

唐未远顾不上自己腿上的伤，微微瘸着腿跑来听杜安的评价。

"你要跑得更干净一点。"想了半天，杜安这么跟他说。

那一瞬间，很多人看到唐未远白净的脸上写着"抓狂"两个字。

在旁边蹲着啃黄瓜的池迟很快就明白了杜安的意思。

唐未远的这段跑戏就像她自己的那段走戏一样，是奠定了整个片子人物形象的一段白描，这段白描必须抓住整个人物形象的核心。

申九的核心是骨子里的洒脱。

闻人令的核心是灵魂深处的高傲，这种高傲让他显出了一种少沾凡俗的"干净"。

就算在泥里打十个滚也让人觉得清绝出尘的"干净"。

女孩儿咬了一下自己的手指，举着黄瓜畅想着如果是自己会怎么表现闻人令。

前几天的那场"行百遍"算是彻底毁了池迟那张被顾惜大力保养的白嫩小脸，脸颊上的黑红色渐渐显露出来，差点把化妆师们气死。现在，只要她没上戏就会被人糊一脸的面膜，就算没有面膜也会有黄瓜片。

外用不如内服，借着这个歪理她没事儿就吃根黄瓜，也算是给自己解暑了。

女孩儿蹲在角落里，她手上的手机振个不停。感谢她当初选了一个双卡双待998的国货，自从那天瑞欣的庆功宴之后，她的电话就一直响个不停，知道的她是参加了一个庆功宴，不知道的还以为她从传销窝点刚逃出来呢。

池迟索性又办了一张电话卡，号码只告诉了她原本通讯录里有的人。

此时，手机恰好响了起来。

振动的是被打烂的旧号，有响声是她鲜少有人联系的新号。

池迟咬着黄瓜低头一看，是个短信，温新平发的。

上面只有简单的两个字和一个标点符号：

影后！

第五十六章

通 话

在网络世界，已经铺天盖地都是池迟拿了 SD 独立电影节影后的消息。

"史上最年轻国际影后，新人池迟凭借第一部主演的电影《跳舞的小象》获得 SD 独立电影节最佳女主角，同时入围大高卢电影节最佳女主角……另一部由她出演的电影《女儿国》将于十二月十八日上映。"

"影后魔法？新人池迟获得 SD 独立电影节最佳女主角，电影《女儿国》四位女主演四位影后，全影后阵容令人期待。"

"独立电影的春天？漫谈《跳舞的小象》和 SD 电影节。"

"代读获奖感言闹乌龙，《跳舞的小象》制片人尴尬在 SD。"

虽然大多数一看就知道是电影《女儿国》片方发的通稿，但是池迟和《跳舞的小象》知名度也算是打出去了。

在这之前很多人连什么是独立电影都不知道，现在突然发现多了一个奇怪的电影类别，也会下意识地关注一下。

其实所谓的独立电影在广义上来说就是"资金"的独立，整个电影的筹拍不是由那些精于运作的电影制作公司完成，而是电影人自筹资金、自组团队，拍摄出独立于资本要求之外的电影，就是独立电影。

《女儿国》电影的官方微博也不失时机地发了一条微博：

热烈庆祝祭司玲珑的扮演者池迟获得 SD 独立电影节影后的桂冠，四后同框绝无仅有，只在十二月十八日《女儿国》震撼上映！

配图是身着白衣的玲珑拱手站在祭坛之上，阳光照亮了她的脸庞，像是金冠的光芒。

费泽、顾惜、柳亭心、安澜、宋羡文、封烁、邓子宸、方栖桐……从巨星大咖到颇有存在感的新人，从实力派影后到偶像派领军人物，都转发了这条微博。

这些转发宣传在大多数人眼中不过是瞟一眼就可以的八卦，一些娱乐圈粉丝聚集的论坛却为这个影后的头衔和其后发生的事情彻底喧闹了起来。

"谁能告诉我这个空降的吃吃是什么背景？顾大官人捧她，封星星也捧他……合作过的都转发了！"

"这个 SD 独立电影节不是野鸡奖吗？我还以为是顾大官人强迫症给唯一的非影后主演买了个奖。"

"顾大炒炒要是真能买这个奖早给自己买了好吗？ SD 的金色螺旋比她家里的那只金凤奖杯含金量高多了，好多国际巨星和名导都拿过这个奖。"

"顾大官人盖章全片最水？"

"除了宋羡文那个小白脸确实是五大主演里面最水的 23333"

"别人转发也就算了，封烁为什么转啊？他们俩什么关系？"

"雪中送炭好基友，封烁自己认证的（附《飞仙一剑》庆功酒会采访视频链接）"

"欢迎吃货们加入吃货大本营！群号 9304275，加群暗号爱生活爱吃吃。"

"吃货是什么鬼？粉丝的昵称起得这么随便真的大丈夫吗？ 23333 3333"

"我记得顾大官人叫池迟是吃吃，理性讨论，她俩什么关系？"

"柳爷那么高冷，女儿国的微博有吃吃就转，理性讨论，她俩是什么关系？"

"楼上的主语换成安王依然成立，理性讨论，她俩是什么关系？"

"……我觉得我好像推开了新世界的大门（⊙。⊙）"

拿到一个颇有影响力的独立电影节影后，池迟很开心，虽然她开心得并不是很明显，不明显到工作人员都没察觉到她有任何的异样。

《跳舞的小象》这个电影的拍摄，她付出良多，更多的是收获，现在她一部用心付出的作品能被人喜欢和认可，这值得她庆祝一下。

庆祝的方式，就是她晚上一下戏立马窝进了酒店的厨房里，打算自己给自己做顿肉吃。

猪肉！必须是猪肉！两个月没吃到猪肉了，猪肉长啥样都要忘了好吗！

心里想的是热气腾腾炖肘子，真到了厨房里，池迟到底还是只能对着那些少肥多瘦的小排骨磨刀霍霍。

上好的肋排剁成小块用葱姜料酒酱油腌渍，分类洗好的蘑菇都用刀切成了大小相近的块。

目前的拍摄地点位于祖国的大西南，菌类确实是非常好的，在洗和切的时候，都能闻到它们特有的香气。

其实蘑菇中的大部分品种池迟都不认识，当然这并不耽误小姑娘豪迈地把它们当成自己这个"排骨野菌煲"的一部分。

排骨冷锅下水，在大火的催轰下慢慢变色，水滚之后出现了一点泡沫，池迟撇去泡沫，在锅里加了一点料酒、大块去皮的姜，还有打成结的小葱。

把炉灶转成小火慢慢炖着排骨，池迟这才想起自己的手机，吊了一下午的威亚，她根本就顾不上自己的双卡双待998。

旧卡上面有一百六十几个未接电话，新卡上面也有十几个。

无视旧卡上那些陌生的号码，池迟先打电话给柳亭心和安澜，她们接起来了都会第一时间恭喜她获奖。

柳亭心提醒她小心那些记者，成为热点人物之后记者们会热衷于从她的身上吸血；安澜则告诉她这次的奖项只是个开始，如果没有意外，她在欧洲至少还有一个大奖有机会接触，原因很简单，今年的好电影中男性角色比女性角色要出彩太多，影帝竞争激烈，影后就不尽如人意了一些。

"你这也是个有获奖运的，今年的各大电影节都是英雄的男人、苦情的女人，林秋这种角色相对比较特别，一举得奖的概率本来就高啊。"

拿奖也是要看运气的，一样质量的片子，若是在平常年份一定能拿奖，但是如果撞上《乱世佳人》那种百年级别的经典，就只能饮恨退场了。

这样的例子在整个电影史上并不鲜见。

安澜真心觉得小姑娘的运气不错。

池迟跟安澜说定，下次见面的时候要请她吃自己亲手做的点心，算一下时间，下次见面应该是《女儿国》的首映礼。

宋羡文的电话一直占线，池迟看到他给自己发了短信表示祝贺，也就回了一条短信表示感谢，浮于表面的人情往来，只能算是聊胜于无。

打给封烁，接电话的人是窦宝佳，封烁正在录制综艺节目。

"知道今天网上怎么说你吗？'横空出世的天才女演员''下一个安澜''下一个柳亭心''独立电影的未来和希望'……现在的媒体人比我还不要脸。"

池迟笑了笑，她知道窦宝佳接起自己的电话绝对不是为了给自己读新闻的。

"你下面还有金鸽奖、金椰子奖、圣罗丹奖的提名，拿大高卢的概率很高……国内十几年没有这种横扫提名的情况了，肯定会有很多的采访啊。这么多事儿……今天有很多很多很多电话找你吧？这还只是个开始，知道你电话的人还是少数，等到以后……"

"不用以后了。"池迟苦笑，"这些天电话太多了，除了一个都不接之外我是一点办法都没有。"

"哦……"窦宝佳对着手机无声地咧嘴，池迟的电话没有那么难查，也不是什么人都能找到的，能每天有这么多的人找她，是因为号码就是窦宝佳让人透露给媒体的。

一夜成名之后你可以不在乎繁华名利，有本事你手机关机一个人也不联系啊——名利这种东西，就算诱惑不了人，也能烦死人。

顾惜用名利诱惑池迟行不通，窦宝佳想做的就是让池迟为了能安心拍戏而妥协。

"我打电话就是想问你，需要一个临时的经纪人吗？"

另一边举着电话盯着排骨锅，池迟在五分钟之内和窦宝佳敲定了初步的意向，一个半年的经纪人约，窦宝佳只要商业活动抽成，唯二的要求就是池迟接受她安排的助理，再参加至少两个商业活动，合同表面看起来她完全是在给池迟学雷锋做好事。

半年不会被电话追杀的日子，和两三天为商业活动的忙碌放在一起比较，池迟果断地选择了前者。

窦宝佳挂掉电话，心满意足。

池迟再打电话给韩萍，笑嘻嘻地报喜，然后收获了一堆对身体的问候。

温潞宁很激动，激动到接电话的人是他妈妈。

"哭了一天了，明天他正常了我让他给你打电话，小池迟啊，真的，我……唉……"陆女士也哭了起来。

池迟："……"我就是回个电话，你们这么情真意切，竟然让我无言以对。

最后一个电话是打给顾惜的。

"嗯？"顾惜懒洋洋的声音从电话里传来，"小吃吃，拿了影后了，高兴吗？"

女孩儿愣了一下，端起蘑菇下到了排骨汤里，才想起蘑菇没有过水去掉土腥气。

空着的一只手把锅的火候调大。

她这才回答顾惜："高兴，付出有所得，值得吃一碗排骨汤庆祝下。"

"排骨汤？我叫你吃吃你还就知道吃了？唉，反正我是赚了，一部电影三个影后变成了四个，今天《女儿国》的搜索量猛增……好了，我先不说了，有点累，你也早点休息。"

"嗯。"池迟答应了，顿了顿，她才说，"不管怎么样，活得开心最重要，对吗？"

"对啊……"顾惜回答得很敷衍，随手把电话扣上了。

洗完澡的韩柯从浴室里走出来，腰上只挂了一块浴巾。

"这么晚了，我们的顾大明星还是这么忙。"男人这么说着，赤裸的上身还有顾惜留下的几道抓痕。

慵懒躺在床上的女人挑着眉笑了一声。

"谁能忙得过韩董事长，在床上干大事都匆匆忙忙。"

"匆匆忙忙？"

韩柯扑到了顾惜的身上想要搂她，被顾惜笑着推开了。

"我还要去洗澡呢，身上黏糊糊的。"

顾惜拥着毯子下床，当着韩柯面套上了一件真丝的睡衣。

韩柯在她的背后盯着她，从头发一点点逡巡到小腿，每一个部位都不放过，这是多少男人梦寐以求的女人呢？他们在梦里描绘她，而他能够真正地占有她。

只这一条，就让韩柯对顾惜欲罢不能。

"对了，今天我听说演你电影的一个小配角拿了个独立电影节的影后，她现在签了经纪公司了吗？"

男人靠着床头点燃了一根烟，问那个揉着头发进浴室的美丽女人。

"哦……"顾惜的声音没有什么变化，神情却已经变得十分冷淡甚至嫌恶，"我不太清楚，早就没什么联系了，明天我让路楠问问。"

"不用。"韩柯吐出一个烟圈笑着说，"不是什么大事儿，让下面的人自己去办，累着你我会心疼的。"

顾惜径直进了浴室，打开了热水。

在水流的冲刷下，她的手指搓着自己身上的每一寸肌肤，很用力……

很用力……

第五十七章

冷 水

排骨的肉香气、蘑菇的多样鲜香味、调料的气味都糅杂在了一起，一点点蒸腾出了材料新鲜才会具有的鲜美。

池迟盯着这一锅汤，心里已经没了刚刚的雀跃和期待。

顾惜可能又经历了什么糟糕又不能诉说的事情。看着亲近的人郁闷而自己却无能为力，这种感觉让池迟很不愉快。

"哎呀，这汤闻着就不错，有芹菜末吗？放点芹菜末、榨菜末，给我来一碗。"

杜老头晃晃悠悠地走了进来，两只手背在身后，提出的要求是相当不把自己当外人。

女孩儿连锅盖都不用开，闻着味就知道汤还没好。

"汤得稍微等等，芹菜是用西芹还是山芹菜？榨菜末要辣吗？"

"山芹菜最好，榨菜末不要辣的，碗里再点点香油，让热汤一冲香味就更足了。"

说起吃，杜安也是头头是道，全然不顾他嘴皮子说得溜，实际执行都要靠池迟。

池迟默默地去择洗着山芹，纤细的手指轻巧地择掉上面的叶子，杜安看着她的动作笑眯眯地说："你现在要是去拍个当厨子的电影，说不定会很轻松，动作很到位啊。"

她切菜的样子放个大特写，在镜头上会很好看。

朴拙的菜刀从山芹中间一切，芹菜就断成了两截，对齐刀口，细细地把山芹切碎，池迟盯着刀笑着说："真巧，我前几天接了一个当厨子的片子。"

"前几天？"杜安有点惊讶，"你已经定了下一个电影？"

"是啊。"池迟打开锅盖，撇去了最后的一层浮沫。

一时间，老头儿都不明白池迟是怎么想的。

如果是个正常的新人，那至少要等到自己的这部电影拍完，带着"杜安电影新任女主角"的光环去找下一部戏的资源，更何况她还有电影在国外刷奖，难道不该等出了结果好给自己增强竞争力吗？

或者，干脆带着给自己当了女主角的名头去给品牌站台，接几个代言，慢慢刷知名度等好电影上门，也是一条已经被人走熟了的路子，池迟这样迫不及待地就找好了下一个电影，实在是太少见了。

池迟随手洗了两个西红柿，自己在一个上面咬了一口，另一个递给杜安。

"西红柿要吗？"

老头儿一脸的嫌弃。

"番茄这种东西，必须做熟了才能吃。"

女孩儿又啃了一口西红柿，回了他两个字："矫情。"

"我矫情？我不吃生番茄就矫情了？"杜安瞪着池迟。

池迟歪头问他："你葡萄吃生的吗？"

言下之意，你葡萄都能生吃，怎么西红柿就不能吃了？

"歪理。"

说完这两个字，杜安没再说话，看着池迟吃完了西红柿，洗手，找出了碗筷又洗了一遍，才给他盛了一份排骨汤。

真的是排骨"汤"，一勺的杂菇，两三块小排骨，大半碗的汤。

香油有了，芹菜碎和榨菜碎也有了。

杜安咂咂嘴，看看池迟给自己捧出的那个大海碗，心里挺不是滋味的。

"我这里……就两块？"

池迟笑得很单纯："现在都九点了，我吃完还能跑两公里消化……您……"

所以说，人就不能置气，不能冲动，不能因为想吃几块排骨就放狠话。

杜安杜大导演在心里这么吐槽自己。

多少好吃的没吃过，多少稀罕的没见过？为了几块排骨大半夜地被人拖出来跑步，说出去也不怕别人笑话！

池迟当然不会真让老头儿和自己一起跑步，他们这个前进的速度，根本就是散步而已。

"SD独立电影节的影后，你觉得是个好东西吗？"杜安突然问池迟。

"算是吧。"女孩儿的手从道边的草丛上掠过，惊动了栖息其间的萤火虫，绿莹莹的小光点晃晃悠悠地飞向了树丛深处。

"是不是咱们身上的防蚊药水喷得太浓了？萤火虫都被吓跑了。"池迟问杜老爷子。

老爷子没理她的幼稚问题，他叹了口气，看着远方说："你这个时候拿奖，不如不拿，尴尬。"

文艺片拿奖，对于新人来说并不是好事。

一片成名之后被归类或者定型没那么可怕，只要肯花心思，总有转型成功的时候，怕就怕这个灵气十足的小姑娘会成为"伤仲永"中的一个。

因为她的年纪，她获奖的类型、她的资历、她的背景，糅合在一起就是一个大写的尴尬。

给杜安当过女主角还能说是起点高，可以给那些资历更老的知名演员们配戏，但她自己都当了影后，至少三五年之内不能去当配角，格调太高，光环太亮。

那些电影让池迟当主角，她又能演什么？

现在国内没几个导演能踏踏实实地真去拍一个文艺片，就算拍了，也轮不到池迟这个未成年的小姑娘去当主演，何书文有安澜，宋子桥有柳亭心，方士与有莫瑶和顾惜。

演商业片，池迟的年纪又限制了她的戏路，她能演热烈的感情戏吗？她能脱吗？就算她能，国家法律也不让。

现在新兴的所谓小妞电影倒是适合池迟，但是这种唯主角中心的电影说白了都是那些有钱的资本用来捧主演的，人家凭什么捧没有背景的她呢？

没有电影可拍，还不是最可怕的。

这才是杜安真正想说又不能对这个孩子说出口的。

"影后"名头看起来是光鲜了，整个电影市场却只会对这个刚刚进圈不到两年的女孩儿更残酷，人们会急着证明这个"影后"到底有多少的号召力，会急着看这个光环下面的女孩子能不能撑起自己的皇冠，可在国内根本没有任何演员是具有"票房号召力"的，真正具有号召力的东西，是优秀的电影本身。

媒体和资本不会在意这些，一旦池迟没有表现出他们想象中"影后"的样子，他们就会毫不犹豫地贬低她、放弃她，完全不在乎她只是个在电影圈漂泊了不到一年的新人，也不会在乎她的年纪现在正该在学校里读书。

杜安真的怕啊，怕池迟会被娱乐圈里的浮躁和压力彻底打垮，这样的人，在电影发展的历史上太多了，比成功者们要多得多。

"所以我趁着自己没那么尴尬的时候，低价定好了下一部电影，嗯，叫《凤厨》，讲的是个自梳女给人当厨子的故事，从十五岁演到二十七岁。"女孩儿好像根本不知道自己的前路会是多么坎坷。

杜老爷子停下脚步看着池迟。

"你知道自己会拿奖？"

"不是，我……知道自己会尴尬。"池迟不好意思地摸了摸自己的鼻子。

就算《跳舞的小象》没有拿奖，池迟知道自己也是尴尬的。

原因很简单，先有顾惜看中，后又出演杜安的女主角，在国内的年轻女演员来说都已经是求之不得的资源了，除非参演热度高的大 IP 题材或者参与到国家重点扶持的电影项目中去，不然，在很多女演员二十六岁之前能达到的顶峰，她已经达到了。

在外人看来是功成名就，于她却不是，她太年轻，还没有成年，演了十七岁出演的角色，可能二十七岁也是同类型的，在这些类型里，能超过《女儿国》和《申九》的能有几个呢？

所以她索性把视线放在了特殊题材的电影上，比如那个报名一个半月才给了回信的《凤厨》，他们愿意用一个新人，未必愿意用一个杜安用过的女主角，趁着低价拍戏又不会被人说当了影后之后"格调"丢光，就这么抓住一部还不错的剧本，总比让自己的下一部戏被人用放大镜和高光灯一起品评要好得多。

"前几年，我还在想为什么年轻演员们都不能好好地演戏，当个正经的演员。"

杜安长出了一口气，不知道是对着远方说还是对自己跟前的少女说。

"后来我就明白了，演员呢、明星呢根本就不是人。他们是社会的财富，是资本的爱人，是一群人赖以为生的工具。当一个明星开始出现的时候，这个社会就会想办法把他与曾经的生活隔离……比如说你，现在不过有了一丁点的名气就已经被迫放弃曾经的手机号码。"

老人指了指池迟裤兜里振动个不停的手机。

就算到了这个时间，人们都没有放弃去寻找那个给他们带来话题度和关注度的"玲珑"和"林秋"。

"这就是娱乐圈的现状——明星中心制，一旦你成了明星你就是一群人的神，神是没有生活的。"

池迟露出了一个很苦恼的微笑。

"怎么办呢，无论是演戏还是生活我都不想放弃。"

两个人从山路上折返，慢慢地往酒店的方向走。

"想要的这么多，当心到时候偷鸡不成蚀把米。"

杜安自己也不知道，自己为什么会突然对着面前的女孩儿说这些，也许是因为今天的风太暖，也许是因为那碗汤太香。也许是因为同样是《申九》这个片子让他想起了很多年前的那个人。

池迟没有说过，她一直拒绝炒作，拒绝在镜头前面的过度曝光，其实就是为了使自己演戏生涯能更长一点。

如果炒作能够让她有更多的机会去演更好的戏，她不会拒绝；如果过度的曝光能让她被更多更好的导演看到、能让她自己看到更多更好的剧本她也不会拒绝。

可是这些会让她离开生活——一个离开生活的演员怎么可能成为

一个好演员呢？

有句话连小学生们都知道，"艺术来源于生活，高于生活"，可惜现在还认为这句话是真理的人在演艺圈里是越来越少了。

对于明星们来说，如果扮演自己就能够获得财富，那么又会有多少人愿意牺牲自己的容颜、身材、声音、相貌、名声或者那些虚无的"偶像设定"去扮演一个别人呢？

生活和明星是有冲突的，生活和演戏，却又该紧密联系在一起。

"如果实在没有戏演怎么办？"快走回酒店的时候，老人问自己身边的少女。

"那我就去话剧团碰碰运气。前几天我还看到有喜剧的剧团在招人，看起来也是不错的。"

老人脚下打了个趔趄。

行啊，你行！

"好好演好我的申九，我告诉你，你要是认认真真演好了戏，多少好事儿都是你的，不然，你以为喜剧团那么好进啊！"

送老人走到他房间的门口，池迟对着他恭恭敬敬地弯腰行礼。

谢谢您点拨了我前路多艰，也更让我铭记了自己想要的到底是什么。

获得影后的喜悦，终于在那一份排骨杂菌汤中，彻底淡去了。

第五十八章
妥　协

　　第二天下午两点，窦宝佳带着她为池迟物色的助理到了剧组的所在地，工作人员把她拦在了距离拍摄现场五十米之外的地方。

　　池迟正和唐未远第一次正式搭戏。

　　申九和闻人令，表面上就像是两个拿反了剧本的言情剧男女主角，申九负责酷帅炫，闻人令负责傻白甜。一个冷漠又冷静，一个热情又可爱。

　　可是在他们轻松搞笑的相处之下，隐藏的是两种完全不同的思想的碰撞——乱世之下，一个是潜藏规则培养出的绝世神兵，一个是大道公理的忠实信徒，他们截然相反的世界观和价值观，让他们的每一次看起来简单的对话都带着火花。

　　比如现在这场戏：闻人令独自上山想要说服土匪们不要鱼肉乡民，结果遭到了土匪的暴打。申九一直站在树上，看着闻人令被打得惨叫连连，才出手救了他，两个人也因此产生了一段对话。

　　闻人令跌跌撞撞地坐在树下，露出了鼻青脸肿的惨状。

　　申九拿着剑，表情冷淡地侧面对着他。

　　"一百两银子一个人头，一千两银子我多送你一个。"

　　"啊？"

　　闻人令疑惑地发出声响，因为牵连到了脸上的伤，惊叫陡然变成了呻吟声。

　　"整个山寨也不过二十余人。"年轻的女杀手换了一个姿势，手上的剑打了个转儿，"两千两银子，我替你把山寨平了。"

"不不不……"书生连连摆手，神色有点着急，"人间自有公理在，一次说不听我就说两次，两次说不听我就说一个月，总能让他们弃恶从善的。"

申九冷笑："他们是会先被你说服，还是先打死你？"

"Cut！"杜安喊了停，摇了摇头，"你们两个人的感觉不对。"

"你们两个人的感情太生疏，彼此之间没有信任。"

盯着天空看了半天，杜老爷子给出了这样的指点。

池迟立刻从书包里掏出了自己的小本子，里面有自己梳理的感情线。

此时的申九已经是第四次救了闻人令的命了，这个书生在她的眼里已经成了"自古文人多奇志"的经典代表人物，除了惹麻烦就是惹麻烦的一号人。

信任……

一个人会去信任一只天天生病的猫崽吗？即使有那么点怜惜……

感情转换不应该是发生在申九和闻人令一起去"济慈院"的时候吗？申九看见闻人令教那些孤儿识字，教他们在读书之前洗干净手——不是为了那点俗人眼里的脏，只是为了让他们静下心来好好地去看每一个字。在闻人令的眼中，所谓的"道理"都是可以解释、可以改变人的，他用道理来约束自己，也用道理去教导孩子们如何去改变自己的命运。

那之后，申九才对闻人令改观，觉得他虽然手无缚鸡之力，其实内心是拥有着力量的，这种力量让她不自觉地心生敬畏。

同样疑惑的还有唐未远，他的情绪表现得更直白，直接写在了脸上——什么信任？

配着那张时刻显露着单纯无辜的脸，都有点像卖萌。

"你说，这个电影从始至终，申九是个什么样的人？"杜安先问唐未远。

唐未远想了半天，挤出了几个字："性情中人。"

杜安眉头动了一下，又问池迟："闻人令是个什么样的人？"

池迟皱着眉头想了半天，才说："从始至终，他是个好人。"

对，因为他是个好人，所以见惯了尔虞我诈的申九可以对他交付那点难得的信任。

他不会在你的背后对你捅刀子，也不会无缘无故对你下毒，更不会把你视为暗中的无形剑并期待可以用你来伤害世上的任何人。

对闻人令的这点"信任"才是申九允许这个傻书生出没于自己身边的根本原因。

哪怕闻人令是个被申九又嫌弃又保护的猫崽，他也是被申九捧在手心里不用担心被抓伤的。

因为他善良也柔弱——也是闻人令从一开始到最后最明显的特征。

"那申九以为闻人令会听她的建议吗？"

池迟有些迟疑地摇了摇头。

她仿佛明白了什么。

杜安又看向唐未远，有点无奈地说："你说申九是个性情中人，你的这种表现却是先把申九看成了一个脾气不好的女人，你不要怕女人啊，这个小姑娘她不吃人啊。"

一只老手拍了拍池迟的肩膀。

唐未远："……池导，我没怕她。"

"你看她的表情，可不是闻人令看申九应该有的表情。"

斯斯文文的男人顿了一下，没再说话。

老爷子摸了摸下巴，看看池迟，又看看唐未远，再看看天上的云彩、林间的飞鸟、偷偷抠鼻孔的摄像师……

"直接拍下一场，申九的竹林对打二。"他对着工作人员们说。

再转回来看着他精挑细选来的两个主演："你们两个人从今天开始每天找时间在一起待两个小时，给你们五天的时间，找到对彼此的感觉，不然，我就从你们两个人里面换掉一个。"

说这个话的时候，老爷子笑眯眯的，像是个安排相亲的老媒公。

两个年轻人的心里顿时都不好受了起来。

一直到下午六点，窦宝佳才终于有机会见到池迟。

女孩儿的脸被晒成了小麦色，手也变得粗糙了很多，眉眼却透出了和当初白白软软时不一样的凌厉和舒展，走路的样子也比从前更有气势。

短短几个月，她竟然变得有点像柳亭心。

窦宝佳心塞不已。

要是池迟变得跟柳亭心当年刚出道的时候一样，穿个黑色吊带背心搭配大红色的裤子就去走红毯，那简直是良材美质陷泥淖，能让她活活心疼死。

"先要当面祝贺你拿了 SD 的影后，等大高卢奖也揭晓了，咱们一起庆祝。"听着窦宝佳的腔调，仿佛大高卢影后也已经是池迟的囊中之物。

"封烁最近还好吗？"

"好，怎么不好，风头无两，几百份代言合同都在我手里让我慢慢挑。"

封烁气质天成又识时务，性格也宽和，窦宝佳对他十分满意。

"你看一眼合同，要是觉得可以就签了。"

合同足有七八页纸。

池迟看了第一页，就摇了摇头。

"改，要不我不签。"

照例一身衬衣西裤倚在桌子上看着池迟的经纪人瞪大了眼睛，她拿过合同看第一页，这一页就是一个简单的劳动合同模式，提出了甲方是谁乙方是谁，有什么问题吗？

女孩儿坐在自己房间的椅子上只穿了短裤的两条大长腿交叠在一起，上面有几条今天吊威亚被竹子剐出来的红痕。

"是我聘用你，不是你聘用我……"

窦宝佳简直惊呆了，这还是她第一次在这个年轻的女孩子面前展露出自己专业化之外的一面："我现在是瑞欣的副总，肯定只能代表瑞欣跟你签半年的聘用合同，怎么可能是你聘用我？"

池迟的嘴角带笑："是你希望能够取得我的经纪代理权，而不是我希望成为你窦宝佳手下的一名艺人，你的需求远大于我的需求，那么就要按照我的规矩来。"

女孩儿慢声慢调地说着，好像只是在送外卖的时候和别人讨价还价一样。

"池迟，你这是在强人所难。"窦宝佳在短暂失态之后终于恢复了自己平时的冷静，她慢慢组织语言想把整个场面拉回到自己的掌控之中。

"你只有两个选择，我并不是在让你考虑如何能把你想要的苹果做大做强，而是你只能选择这个苹果——也就是我，你要或者不要。如果你要，就得按照我的想法来；如果你不要，我可以去找一个不那么出名的小经纪人，让他来帮我解决一切问题。而且是我雇用他，我是他的老板。我相信，十七岁影后的这个名头能够让很多的掘金者趋之若鹜。"

"那些人怎么能跟我比，你知道我的手下每年会有多少人登上顶级杂志的封面吗？知道他们会拿到多么厉害的国际品牌代言吗？知道他们被我经营出的形象会多么被人追捧吗？"窦宝佳提高了音量气场全开，这种节奏完全不受自己掌握的感觉实在是糟透了。

"那些跟我有什么关系呢？"

池迟依然面带笑容，既不为窦宝佳的失语而得意，也不为她爆发出的气势所震慑。

"我只需要一个能为我处理杂事的人，这个人对我而言，唯一的要求是要听话、明白我的想法、懂得我的步调，而不是一上来就让我妥协让我迎合。"

窦宝佳在这个时候才突然明白，昨天池迟表现出的一切好说话只不过是试探她的底线，今天她被喜悦冲昏了头，一大早就坐着飞机来到了这里，只是证明了自己到底有多么渴望池迟这个人。

也就落入了这个女孩子的圈套里，从她来的那一刻起整个事情的主导权已经落入了池迟的手里。

"我是不是不该这么早就来？"在自己圈子里呼风唤雨的经纪人无奈地苦笑了一下。

"如果你今天不来，我就会找一个愿意来的、不那么出名的经纪人。我的邮箱里已经有几十份简历。"

"既然有那么多的选择，那你何必还要找我呢？"窦宝佳抬手捋了一下自己的短发，如果今天她不妥协，那就彻底失去了和池迟合作的机会，终日打雁，她还是被池迟这只大雁啄到了眼睛。

"因为我们打过交道呀。"

意识到窦宝佳的退让，池迟翻出药膏，在自己的腿上受伤的部位抹了起来。

到了现在，窦宝佳终于明白了池迟为什么会在这么年轻的时候就拿到了一个影后的头衔，为什么她能跟顾惜、柳亭心、安澜的关系那么好，为什么封烁在她来之前千叮咛万嘱咐让她一定要让着池迟。

因为她这副年轻的外表下面有一个高傲、有故事的灵魂。她有一种能够掌握自己命运的力量，当这种力量展露时，她所发出的耀眼光芒能让任何人沉醉。

"一面之缘能让你选择我，我也是不胜荣幸。"在意识到自己别无选择之后，窦宝佳迅速调整了自己的心态，还有心思自嘲。

"就算只有一面之缘，你也让我觉得你……是个心地善良的人……"

好像突然想到了什么，一拍额头，池迟笑了起来。

"我果然跟申九很像。"

《网络文学名家名作导读丛书》已出版书目

第一辑：

辰东与《遮天》/ 肖惊鸿 著

骷髅精灵与《星战风暴》/ 乌兰其木格 著

猫腻与《将夜》/ 庄庸 著

我吃西红柿与《吞噬星空》/ 夏烈 著

血红与《巫神纪》/ 西篱 著

第二辑：

子与2与《唐砖》/ 马文运 著

林海听涛与《冠军教父》/ 梣椤 著

忘语与《凡人修仙传》/ 庄庸 安迪斯晨风 著

希行与《诛砂》/ 肖惊鸿 薛静 著

zhttty 与《无限恐怖》/ 周志雄 王婉波 著

第三辑：

天蚕土豆与《斗破苍穹》/ 夏烈 著

萧鼎与《诛仙》/ 欧阳友权 著

耳根与《一念永恒》/ 陈定家 著

蝴蝶蓝与《全职高手》/ 张慧伦 张丽军 著

蒋胜男与《芈月传》/ 肖惊鸿 主编

第四辑：

更俗与《楚臣》/ 西篱 著

烽火戏诸侯与《剑来》/ 庄庸 著

梦入神机与《点道为止》/ 周志强 李昕 著

无罪与《剑王朝》/ 许苗苗 著

乱世狂刀与《圣武星辰》/ 房伟 著

第五辑：

任怨与《神工》/ 马季 著

唐欣恬与《恩将求抱》/ 汤俏 著

解语与《盛世帝王妃》/ 乌兰其木格 著

暗魔师与《武神主宰》/ 陈海 著

六道与《汉天子》/ 禹建湘 著

第六辑：

怀愫与《庶得容易》/ 王玉玊 著

安静的九乔与《我在红楼修文物》/ 桫椤 著

墨书白与《山河枕》/ 许苗苗 著

三水小草与《还你六十年》/ 王文静 著

关心则乱与《知否？知否？应是绿肥红瘦》/ 肖惊鸿 李伟元 著

图书在版编目（CIP）数据

三水小草与《还你六十年》/ 王文静著 . -- 北京：作家出版社，2023.5

（网络文学名家名作导读丛书）

ISBN 978 - 7 - 5212 - 2257 - 9

Ⅰ. ①三…　Ⅱ. ①王…　Ⅲ. ①网络文学 – 长篇小说 – 小说研究 – 中国 – 当代　Ⅳ. ①I207.425

中国国家版本馆 CIP 数据核字（2023）第 060262 号

三水小草与《还你六十年》

作　　者：王文静
责任编辑：袁艺方　王　烨
装帧设计：天行云翼·宋晓亮
出版发行：作家出版社有限公司
社　　址：北京农展馆南里 10 号　　　邮　编：100125
电话传真：86 – 10 – 65067186（发行中心及邮购部）
　　　　　86 – 10 – 65004079（总编室）
E – mail: zuojia@zuojia. net. cn
http: // www. zuojiachubanshe. com
印　　刷：中煤（北京）印务有限公司
成品尺寸：152 × 230
字　　数：370 千
印　　张：27
版　　次：2023 年 5 月第 1 版
印　　次：2023 年 5 月第 1 次印刷
ISBN 978 – 7 – 5212 – 2257 – 9
定　　价：48.00 元